Kurt Drawert

Ich hielt meinen Schatten für einen anderen und grüßte

Kurt Drawert

Ich hielt meinen Schatten für einen anderen und grüßte

Roman

C.H.Beck

Der Autor dankt dem Deutschen Literaturfonds e. V., der Arno-Schmidt-Stiftung, der Jürgen-Ponto-Stiftung und der Stadt Darmstadt für die gewährte Unterstützung. Ein Dank an Christian Döring für das Lektorat, an Eberhard Haas für die Fachgespräche und an Bernd Rauschenbach, der einmal sagte: «Du brauchst dich nicht zu bedanken. Es ist blanker Eigennutz, denn ich will das Buch lesen.» – «Hier nun ist es, lieber Bernd.»

Gesetzt aus der Palatino im Verlag C. H. Beck
Druck und Bindung: Pustet, Regensburg
Gedruckt auf säurefreiem, alterungsbeständigem Papier
(hergestellt aus chlorfrei gebleichtem Zellstoff)
Printed in Germany
ISBN 978 3 406 57688 1

www.beck.de

Für meine Freunde.
Und im besonderen für dich.

I. Woher? Wohin?

Wir liebten die Welt unter der Erde. Jeder war hingerissen von der Nutzlosigkeit seiner Arbeit, die Maschinen wirbelten den Staub durch die Luft, daß es eine Freude war, Zeuge zu sein, das ganze Jahrhundert betreffend. Ja, wir waren der Zukunft zugewandte Leute, an was auch sonst sollten wir uns halten. Die Luft war angenehm abgestanden, der Raum annähernd dunkel. Es war gut für alle, die hin und wieder die Augen verschließen und kurz einschlafen wollten. Nicht lange, fünf Sekunden vielleicht, und auch ich war oft noch einmal weggenickt, morgens. Es gab viel freie Zeit, für die meisten. Die Steine hatten nur auf ein Fließband gelegt und das Fließband hatte nur an- und ausgestellt zu werden, und das war schon der ganze, einfache Tag. Die Steine indessen hatten sich immer in Bewegung befunden, in Arbeit, sie waren die wirklichen Helden, nicht wir, wie gelegentlich behauptet wurde. Verkanteten sich die Blöcke in der Trommel, was dann passierte, wenn einer wollte, daß es passiert, da er besonders müde war und der Ruhe bedurfte, kam es zum Stau. Aber auch die anderen schliefen fest ein in diesen Momenten, was sehr solidarisch aussah, ein Bild voller Frieden und Eintracht, wie eine Herde schlafender Schafe. Gut, ich habe nie schlafende Schafe gesehen in diesem halbtoten Leben, aber vielleicht spielt auch das keine Rolle. Jedenfalls Strom weg, Maschine kaputt und so weiter. Ein Techniker mußte sich vom Mutterbetrieb weit in unseren Fuchsbau verirren. Keiner von uns konnte sagen, wie oft er unterwegs umsteigen mußte und wie tief er fuhr, um hier seinen Dienst anzutreten. Es war immer derselbe, nur daß er älter wurde.

Wir lebten ja mit ihm, waren angewiesen auf seine Hilfe, gewöhnten uns aneinander und sahen plötzlich mit Schrecken, daß er keine Haare und keine Zähne mehr hatte, als er im Licht stand, vor uns, etwas schüchtern, aber dennoch einem Heiligen ähnlich. Seine weit offenen, unbewegten Augen stierten lange in etwas wie einen Kabelschacht, er tastete mit dem Fuß nach der Schwelle, über die zu stürzen den sicheren Tod bedeutet hätte, Tutti, auch das muß gesagt sein, war blind. Wir riefen ihn alle Tutti, schon am ersten Tag vor ich weiß nicht wie vielen Jahren, alle gemeinsam, Tutti, und andere Namen, glaube ich, kannten wir gar nicht. Ich sehe noch, wie er den Tunnel herab- und in den Keller hereinkommt, auf stolze Art jung, schwarze, dauergewellte Haare, wie für die Ewigkeit frisiert. Also hereintritt und vor uns steht und von allen, von allen gleichzeitig Tutti gerufen wird. Ein Lichtstrahl brach sich in seinen gläsernen, blanken, hervorgequollenen und uns schon damals ungewöhnlich matt erscheinenden Augen und blitzte auf uns herab. Sehr starker Eindruck. Er hatte etwas von Jesus, möchte ich sagen, unser Klempner für gewisse Stunden. Tutti also tastete zunächst mit dem Fuß nach jener Schwelle, über die zu treten sich instinktsichererweise keiner getraute. Jetzt begann eine uns immer wieder faszinierende Kleinarbeit mit den Spitzen der Finger, den Verteiler entlang, über die Steckdosen und Sicherungen hin und an unzähligen Schnüren und Drähten vorbei, herauf und herunter und hin und her, bis er, über das feine Gespür seiner Hände, auf die Stromquelle stieß. Sie hatte er gesucht, sie war das Geheimnis aller Erfolge, die Augen, sagte Tutti, nützen hier sehr herzlich wenig. Das Gespür ist entscheidend, das Talent, den Reizstreifen zu finden mit seiner Rute, seiner Wünschelrute. – Ja, ja, sagte Tutti, noch blau im Gesicht und zitternd am ganzen Körper, wenn gar nichts geht, hilft die Pißwasserprobe, diese Blasenfontäne auf einen Kuhkoppeldraht, der noch am Netz hängt. Tutti war einmalig sportlich, der Strom hatte ihn zäh werden lassen und erfahren dem Leben, nicht uns gegenüber. Er verfügte über eine derart ungewöhnliche, orthopädisch gar nicht nachzuvollziehende Elastizität, die Glieder im allgemeinen, aber hauptsächlich das Rückgrat betreffend, daß er über Untiefen oder Hindernisse hinweg stehen konnte wie ein zur Schlaufe gebogener Draht, rückwärts wie vorwärts. Nicht selten schob sich noch der Kopf durch das O seiner Beine, die Arme hantierten wie mächtige, von der Stirn aus ins Maschineninnere greifende Fühler, und der Körper mit seinem nackten menschlichen Fleisch umhüllte das gefährlich freiliegende Hochspannungskabel, als wäre er ein Mantel aus Kunststoff, unser Tutti. Von einem Tod durch Verbrennen trennten ihn oft nur wenige Millimeter, die wir ihm alle sehr herzlich gönnten. Aber wie gesagt, das waren noch die gesprächigen Zeiten. Später tauschten wir kaum noch Worte, nach all den Jahren, man kann es schon Ehe nennen. Es ist ja wohl doch so, daß wir uns in vielleicht einer, vielleicht zwei Stunden alles zu erzählen vermögen, was auf der Seele herumliegt und gesagt werden will. Dann schon gehen die Wiederholungen los, die fiktiven Verlängerungen, die Legenden, um sich noch etwas bei Stimmung zu halten und im Gefühl zu betrügen, das Leben sei bunt. So waren auch wir sparsam mit unseren Worten, geizten am Ende, die letzten zehn Jahre, mit jeder Silbe. Eine sehr schöne Sprache entstand, aus wenigen Lauten, wie bei klugen Schimpansen.

Jeder wußte von jedem ausnahmslos alles. Nur über eines haben wir nie gesprochen, ob Tutti jemals eine Vermutung darüber hatte, daß die Pannen beabsichtigt waren, um besser schlafen zu können. Nun sahen wir ihn im Licht, unseren Jesus, er wirkte auf uns wie leidend gestorben und vergeblich auf seine Auferstehung wartend, wie es vertraglich vielleicht abgemacht war. Jedem war klar, als er ihn so stehen sah, ohne Hut auf der Glatze und ohne Zähne im Mund, den er noch einmal kühn zum Hühnerpo spitzte, um jedem mit einem Bussi Servus zu sagen, aber davon vielleicht ein anderes Mal mehr, von dem Charme, wie er unter uns Proletariern geherrscht hat. Immer Spaß irgendwie, immer gute Laune, viel Schlaf, tagsüber. Keine gräßlichen Pflanzen mit ihrem Anspruch auf Wasser und Licht, kein Kindergeschrei oder nur selten, von draußen, wenn Tutti kam und die Klappe nicht hinter sich zuschob, der blaue Himmel, der dann wie ein Sargdeckel drückte, wirklich sehr schrecklich. Aber sonst, auch Frauen, untenherum, unter uns und dergleichen. Nicht sehr schön mittlerweile, keine Feen, doch offen für Scherze und diese Dinge, zu kurz, um es Liebe zu nennen, zu lang, um es vergessen zu können. Oft in den Pausen, drei Minuten, im Durchschnitt. Der Anfang war gelegentlich zärtlich, doch dann ging es einfacher weiter, natürlicher. Abgang war auch, Zugang war auch, doch selten, immer seltener schließlich, man war unter sich und schätzte einander, mit einem Wort, ein Kollektiv[1] wie im Lehrbuch, all die Jahrzehnte hindurch. Und Tutti kam und brachte Zeitungen mit, deren Bildteil und die Wetterprognosen. Ob-

1 Synonym für Gruppe, Mannschaft, Sportverband (ostdeutsch/historisch).

wohl, andererseits, das Wetter interessierte hier kaum, eine Angelegenheit von höchster Abstraktheit, etwas Allgemeinmenschliches, wenn ich es so sagen darf, Welt- und Geistbezogenes, wie es draußen wohl tobte. Königsmorde und Sklavenaufstände, auch davon hörten wir und diskutierten es in den Clubs, wie sie nach Schichtschluß aufgemacht hatten, in einer Unterhöhlung des Kellers, sehr gemütlich und gleichbleibend warm. Auch viele Tiere saßen uns bei, all diese hübschen Tierchen. Hauptsächlich Asseln, würde ich sagen, flinke, spritzige Typen, schossen nur so durch die Kleidung und sprangen am Kragen wieder heraus. Oder im Gegenverkehr, durch das Hosenbein gefallen und davongeflitzt über die zum Ausdünsten abgestreiften Schuhe. Ich weiß nicht, warum mir Delphine einfielen, von denen ich einmal gelesen hatte in einer Zeitschrift für Populärwissenschaften, lange, sehr lange her. An der Ostsee konnte es sie nicht gegeben haben, an unserer schönen ostdeutschen Ostsee. Es hätte sich herumgesprochen, in all den schwierigen Jahren, es sprach sich alles herum, die Heimat war klein, sehr klein, wie eine Briefmarke, der nur noch der Speichel gefehlt hat, um wesentlich zu werden. Auch mir hätte man es berichtet, irgend jemand, der die Ostsee gut kannte, wie ich das Nachtleben kannte *In diesem besseren Land*. Sie erinnern sich an das Buch vielleicht auch? Oder war es ein Schlager? Von meiner Belesenheit, die mir zunehmend peinlicher wurde, hier, unter durchwegs einfachen Seelen, treuen, bruchlosen Herzen, oh, ich war nahe daran, von keinem mehr verstanden zu werden, berichte ich nicht an dieser Stelle, um nicht vom Ziel abzukommen. Es gibt Sätze, die einen noch tiefer in die Einsamkeit treiben, als es ohnehin schon der Fall ist. Eine

Hymne mit Text beispielsweise. Schwer zu ertragen. Man denkt nur noch über sie nach, andauernd, über nichts anderes mehr, abends, nachts, unter der Bettdecke, zusammengerollt wie ein Keimling, vor Gott. Was will diese, was will jene Zeile mir sagen, dieses Wort, jenes Wort, wie darf ich, muß ich die Strophe durch meinen Sprechmund bringen. Deutungshoheiten schwärmen mit Erklärungen aus, verbeamtet und mit allen Wassern der Unterstellung gewaschen, nicht hier, wo der Text frühzeitig abgeschafft wurde, dankenswerterweise. Die Erde ist reich, ich komme, in Anbetracht ihrer Insekten, zum Thema zurück, soviel steht fest. Auch Schlammfliegen, von oben, ganze Schwärme in düsterem Braunton. Schossen herab wie kleine Flieger mit ihren übersichtlich gegliederten Kiemen, Tracheenkiemen, die Megalopteraten, wer weiß, wer sie eingeschleppt hatte. Von unten die spitzen Torpedos, Hundert- oder Tausend- oder Zehntausendfüßer, nicht zu zählen, nicht zu begreifen. Das beste war, jeder saß still und steif und wartete ab bis zum Ende des Krieges. Toter Mann spielen, tote Gruppe spielen, das war der Trick, mit dem wir die Natur hinters Licht führen konnten. Hier genossen wir den Trumpf, den unsere Spezies, grob betrachtet, in der Hinterhand hielt. Oder im Kopf, besser im Kopf. Sie zogen ab, diese kleinen Biester. Stachen nicht zu und zapften nicht an unseren Adern herum auf der Suche nach Nährstoff und Vitaminen, obgleich auch dafür jeder Verständnis gehabt hätte, denke ich, obwohl wir es nie thematisierten, jedenfalls nicht während einer der Sitzungen, die ich miterlebt habe. Warum nicht, frage ich mich heute, aber ohne Ergebnis. Andererseits muß gesagt sein, daß wir doch auch sehr stolz waren auf unser Blut zwischen den

Knochen, tatsächlich, und es wird ja auch gebraucht, wenn man noch aufstehen und etwas verrichten will. Und wir waren gerne Arbeiterexistenzen, Proletarier aus allen Ländern und vereinigt im Erdreich. Jedenfalls gebe ich an, von diesen Gesellen berichtet zu haben, die hinter uns hockten, etwas auf der Lauer, etwas berechnend am Anfang, gerade im Club zu den verhaltenstherapeutischen Sitzungen, donnerstags, am runden Tisch, diese Biester. Wir hatten einen runden Tisch,[2] aber darüber noch ausführlich später oder auch nicht. Es herrschte also Eintracht zwischen allen, zwischen allen lebenden Wesen. Toter Mann, tote Gruppe, und schon waren sie wieder in ihren Nischen und Ritzen und legten Nissen ins Nest. Niedlich, wenn sie schliefen, aber vielleicht schliefen sie auch nicht und täuschten uns, um uns glücklich zu sehen. Sie haben ja auch ein Herz, glaube ich. Größer als das unsere, glaube ich. Übrigens, mein Name spielt keine Rolle. Ich müßte nachschauen, ich müßte ihn suchen, aber ich werde nicht suchen, nicht jetzt. Ein Erbstück, väterlicherseits, soviel steht fest. Hochadel, raunt man, wenn die Gelegenheit aufkommt. Aber sie kommt nicht auf, seien Sie beruhigt, und neiden Sie mir nichts. Meine erste Geliebte, oder was ich dafür hielt, gerne übrigens, nannte sich Bobo. Sie spitzte ihr Mündlein zu einem kleinen, sehr hübschen Loch und pfiff es hindurch: Bo-bo, wie der Pfeil eines Engels in die Mitte meines für die Liebe noch etwas geöffneten Herzens. Wir lernten uns unter schwierigen Umständen kennen, im kalten, sehr kalten Krieg, der auch hier nicht ohne Giftspuren ab-

2 Gemeint ist hier der politische runde Tisch, an dem sich alle, die sich zwangsläufig kannten, einigen sollten; chronologisch sehr heikle Passage, da sie schon das traurige Ende der Höhlenrepublik betrifft.

ging und Verletzungen der kompliziertesten Art, meine seltsame Liebe, jetzt halte ich dir doch noch den Nachruf, den ich dir schulde. Andererseits, Bobo wuselte eigentlich immer so an meinen Füßen herum und über sie hinweg, sie war meine ständige Begleitung, wie der Pudel bei Goethe. Dieser Satz birgt auch für mich ein Geheimnis, und schon geht es weiter. Denn die Gedanken, sie kreisen und jagen und treiben voran wie die ganze Entwicklung, namentlich heutzutage. Man denkt los wie ein Blitz, und schon liegt er im Schädel, der Gedanke, fertig und druckreif für eine Zeitung. Oder er verfällt, meistens verfällt er. Also Kriegszeiten, Planerfüllung, überholen, ohne nachzudenken und ähnliche Selbstmordaufrufe, und Bobo, wie sie am Stein hing und flehend mich ansah. Wasserblaue Augen und ein kleiner, goldiger Mund. Nein, sie war kein gewöhnlicher Mensch, man kann sogar sagen, daß sie ein Tier war, eine Wirtelechse oder eine Doppelschleiche, mit feinen, entzückenden Haftscheiben an den wie kleine Henkel aussehenden Füßen, mit verwachsenen Unterkieferästen und zwei ineinander verlappten Hautpölsterchen unterhalb des über alle Maßen beweglichen Kopfes. Abspringen, sie hätte abspringen müssen, doch verstand sie mich nicht, damals. Es war ein Sprachproblem, erkannte ich später. Der Trümmerer hackte, die Trommel, das Fließband, alles auf Hochtour, gnadenlos Richtung Jahrestagsfeier. Dreihundert Jahre Infanterie und dreihundert Stunden Bobo und ich, wie soll ich fortfahren, so ohne Tränen, die meine Erzählung würdevoll begleiten müßten, wie ein Regen traurige Tage begleitet, leise, erhaben. Nein, nichts als ein Krampf, vom Hals ausgehend über das Gesicht zum einen, in Richtung der Herzmaschine zum andern, am linken Arm entlang, an der linken Seite entlang. Aber leider, alle Sekrete verbraucht, alle Säfte verloren. Doch gäbe es nicht dieses trockene, tränenlose Weinen, wir wären verendet in einem Meer, glaube ich, die Menschheit, an und für sich, dahintreibende Wasserleichen, die Städte überschwemmte Städte, die Ratten ertrinkende, ertrunkene, neben uns dahintreibende, tote oder tot scheinende Ratten, alles tot, alles verendet in Tränen, in Tränenflüssigkeit, physikalisch betrachtet, in Trauer, metaphysisch betrachtet. Die Natur aber hat es uns eingerichtet, daß die Tränen versiegen, ein Dank, an wen auch immer. Dann wie verschluckte und im Hals steckengebliebene Erdäpfel. Ein Druck, als bekäme ich gleich keine Luft mehr, ein Schmerz, nicht stark, nicht sehr auffallend im Verhältnis zu anderen Schmerzen, aber gefährlich, heimtückisch. Keine Luft zu bekommen ist ernst, der Lage nach. Ich kenne mich aus, von Kindheit an, mit Gefühlen. Zuviel Gefühl, zuviel quirliges Innenleben, zuwenig Knochen, glaube ich, fast keine oder kaputte, viel sich im Körper bewegende, wabernde, hin und her sich verlagernde, weiche Substanz, wenn ich es mir vorstellen soll, woher die Augen sich in Meere ergießen oder in Pfützen auf einem Tisch, unterhalb des Kopfes, unterhalb der problematischen Stirn. Hätte ich leibhaftig einen Vater gehabt, nicht nur in den Papieren, meine ich, und ich wäre ein Ei, so hätte er mich länger kochen lassen sollen, wünschte ich immer, bis ich blau angelaufen wäre vor lauter Härte. Hätte ich eine Mutter gehabt, wünschte ich immer, sie wäre hinter mir gestanden und hätte mich mit einer Zange wieder herausgefischt aus diesem brodelnden Kessel der Zeugung. Erklären kann ich diesen Widerspruch nicht, dieses Väterlicherseits und dann wieder Mütterlicherseits und dann wieder keines von beiden. Aber an mein Pferd erinnere ich mich, an mein treues, sehr schönes Holzpferd. Dieser Anlaß, an Bobo zu denken, bringt mich zu denken an mein Pferd, aber ich möchte denken an Bobo. Mein Nachruf, immer wieder verschoben durch andere Dinge und verhindert durch übliche Fragen, wie ist das Wetter zur Stunde, wo weht der Wind her. Es ist sehr intim, würdig zu trauern und die richtigen Worte zu finden, da sind sie unerwünscht, die kritischen Zeugen. Ich stelle mir vor, wie ich aus dem Bauch meiner Mutter oder einer anderen Frau geradewegs auf glitschiges Herbstlaub geplatscht bin an einem Montag, für nichts vorgesehen und ein Zwerg unter den Zwergen der Babys, ohne Sprache naturgemäß und mit nutzlosen Augen, mit nutzlosen Gliedern, wieviel Zeit vergangen sein muß, wie viele Nächte vergangen sein müssen. Ich will sie nicht missen, ich will sie nicht zählen. An meine Stimme werden Sie sich gewöhnen, an meine gebrochene, Ihren Ohren unvertraut bleibende Stimme, an ihre Risse, Narben, wo die Worte reißen, sich fügen, reißen, sich in Silben zerlegen, in Anlaute, von den Anlauten zurück zu den Silben, zurück zu den Wörtern, zurück zu den Sätzen, zurück zu den Selbstverständlichkeiten sich formender Sätze, zurück. Sie ist ein Ort, sie ist eine Geschichte. Sie erzählt, wo ich nichts mehr erzähle, wo ich nichts mehr erinnere, nicht will oder nicht kann, ich beobachte es so an meinem Körper, an seinen mir oft lästigen Bewegungen, wir wollen weiterkommen, ich werde sprechen, ich bin genötigt zu sprechen. Zum einen, da ich verfolgt bin von dem Verdacht des Betruges, zum anderen, da ich verfolgt bin von dem Gefühl, im Dunkel meiner Herkunft erloschen zu sein, noch nicht tot, aber auch nicht mehr lebendig, in meiner Stimme. Doch auch jedes Wort ist ein Körper, ich orientiere mich so, ich erinnere mich so. Ich würde lieber die Vergangenheit in einen dunklen Raum hinein abgeschoben haben, die Bilder. Ich würde die Tür öffnen, und eine Lampe mit schwarzem Licht würde scheinen, und ich würde, was immer geschehen ist, hineinjagen. Eine Herde trauriges Vieh. Durch ein Tor getrieben, durch eine Schleuse getrieben. Geschlachtet, und wir hören das Blut sickern in die Erde, nachts. Was, wenn es keine Erinnerung gäbe, paßte nicht alles in meinen Kopf, ich würde mit Sprachen beginnen, ich würde mit den romanischen Sprachen beginnen. Ich würde mit Disziplinen der Wissenschaft beginnen, nicht mit allen, nicht mit denen, die mir sagten, wo ich hergekommen bin, wo ich hingehöre, obwohl, es müßte doch ein gutes Gefühl sein, Vater und Mutter zu haben, eine Schwester zu haben, einen Bruder, obwohl, es müßte doch ein schweres Gefühl sein, obwohl, ich würde beginnen mit Disziplinen, die mir sagten, wo ich hergekommen bin, wo ich hingehöre, um befreit zu werden von Erinnerungen, an Vater und Mutter, nein, an Bruder und Schwester, nein. Daß ich vom Rücken her steif bin, ist mein jetziges Problem. Es kann ein Vorfall der Bandscheiben, es kann eine andere Krankheit sein. Ich habe mir ein Brett unter die Kleidung gebunden, damit ich nicht in Versuchung gerate, mich zu bücken und unter Schmerzen nach vorn zu stürzen, weil es in einem Gelenkstück der Wirbelsäule unten, tief unten, fast am Steißbein, wo man zu fürchten hat, es beim Abgang mit einem Plopp zu verlieren, das Scharnier, meine ich, das Knochen- und Knorpelteilstück, nicht funktioniert. Ich sollte mich vielleicht doch verstärkt für die Wissenschaft des Menschen interessieren, später, später auch das. So möchten Sie doch verstehen, sagte ich Feuerbach,[3] daß ich, sagte ich Feuerbach, sobald Sie mit mir sprechen, nur stehen vor Ihnen kann oder liegen, senkrecht oder waagerecht, das ist mein Schicksal. Kein Dazwischen, keine Zwischentöne, keine Ungenauigkeiten. Die Schönheit der Grauzonen, sie hat, seit ich denken kann, mit mir nichts im Sinn. Meine Angaben, meinen Körper betreffend, werden, nach zu absolvierenden Studien die Wissenschaft vom menschlichen Körper betreffend, noch genauer, noch wissenschaftlicher sein, so daß ich, und Sie werden mir dann besser helfen können als jetzt, wo Sie mir nicht helfen können oder nur schlecht helfen können und wo Sie mir zudem mißtrauen, wo Sie zudem meinen ohnehin schon durch mangelnde Bildung nur unzureichenden Angaben durch ein Mißtrauen Ihrerseits noch … – nein, es ist mein Problem. Was mir fehlt, warum es mir fehlt, die Exaktheit meiner Worte meinen Körper betreffend, es ist mein Problem, heute hier und vor Ihnen. Zunächst also das Brett unter meiner Kleidung, es wird gehen, ich werde sprechen dabei. Vom Zustand meiner Zähne an einem anderen Tag, vom Zustand meiner Nerven, von meiner Müdigkeit, meiner Schlaflosigkeit, tagsüber. Vielleicht aber nehmen Sie auch gar keinen Anteil, weil ich erkenntnistheoretisch schon ausgeforscht und abgelegt bin. Dann mag ich wieder in Stummheit versinken und in tiefe Gedächtnislosigkeit, vielleicht immer

3 Feuerbach, Paul Johann Anselm v., Oberarzt am psychiatrischen Klinikum von Okkerwalde, schrieb auch den Begleittext: «Kaspar Hauser, Beispiel eines Verbrechens am Seelenleben des Menschen». Akademie-Verlag, Ostberlin, 73. Aufl. xx89/90. Siehe auch Anm. 6.

noch sprechend, aber gedächtnislos sprechend, bis ich wieder gleich einem Tier bin, das ohne Kopf läuft. Wenn ich etwas aufzuheben habe, werde ich mich der Länge nach auf den Boden werfen und mit den Händen auffangen müssen, aufheben, was aufzuheben sein wird, und dann werde ich Sie bitten, mich mit einer Seilwinde von hinten wieder nach oben zu kurbeln, im Ganzen, im Stück, wie ein tiefgefrorenes Schwein. Oder Sie sagen mir geradezu ins Gesicht, was immer Sie wollen, sprechenderweise, nicht geschriebenerweise auf kleinen, gefalteten Zetteln, die Sie mir vor die Füße werfen, weil ich lesen kann, leider. Nichts in romanischen Sprachen, doch das sagte ich schon, aber auf deutsch. Lesen, hören und verstehen. Nicht lesen kann ich in allen Sprachen einschließlich den romanischen Sprachen. Nicht lesen können auf deutsch ist nicht mehr möglich für mich, verlorene Unschuld, verlorene Kindheit, einiges verloren, anderes gewonnen, wieder anderes nicht gewonnen, nicht gewonnen und nicht verloren, hin und her und her und hin, auch bedenken Sie, bitte, mich nicht von hinten und nicht von der Seite anzusprechen, da ich, um Ihnen in die blauen Augen zu sehen, angenommen, Ihnen in die wie blau auf mich wirkenden Augen zu sehen, angenommen, mit einem Sprung zu einem Viertel linksherum müßte oder zur Hälfte oder zu einem Viertel rechtsherum müßte, je nachdem, von welcher Seite mich Ihr Einwand erreichte, mit der Gesamtheit des durch ein Brett zusammengehaltenen Körpers, schlimmer als eine Gans, von der wir wissen, daß sie den ganzen scheußlichen Kopf wenden muß, um einem in die Augen zu blicken. Und Sie würden lachen, Sie würden sich totlachen am Ende, und ich hätte auch noch einen Prozeß wegen Mordes am Hals. Aber es wäre nicht zum Lachen, unter uns gesagt, es wäre zum Weinen. Wenn ich doch nur mein Pferd[4] zurückbekommen kann, dann will ich ein solcher werden, wie mein Vater einer gewesen ist. Seine Bildung im Umgang mit Toten, seine erworbene Anständigkeit. Besser erklären kann ich mich nicht, allein die Schmerzen im Rücken, hauptsächlich, diese verbliebenen Indizien meiner Anwesenheit, besser erklären kann ich mich nicht. Der Verdacht des Betruges. Der Verdacht, daß die Stimme eine simulierende Stimme ist, daß der Körper nur ein Körper der Vortäuschungen ist, daß der erinnernde Verstand ein Erinnerung nur vortäuschender Verstand ist, daß die Wunde, die mir zugefügt wurde, eine selbstzugefügte Wunde, eine namenlose Wunde ist.

4 Es waren zwei Pferde. Aber eines davon liebte ich nicht.

2. In den Fabriken, daheim.

Tode dieser gräßlichen Art waren selten in der Fabrik. Dabei fing es an wie ein schöner, langer Witz, und lange Witze hatten wir nötig, mit vielen sich steigernden Pointen, die den Spaß auf den Gipfel peitschten, denn hoch hinaus wollten wir immer. Eine zerrissene Hose stellte man sich vor, vielleicht, daß man die kleinen Hödchen schaukeln sieht im kräftigen Wind, wie bei einem Schaf so etwa, das von der Schur kommt. Oh, diese kleinen frierenden Tiere in den starken Händen der Bauern, ich habe sie nie beneidet. So hätte gewiß jeder diesen Einfall haben können, mir, Neuzugang und an alles erst zu gewöhnen, den Preßluftschlauch an die Hosennaht in Höhe des Darmausgangs zu halten, um dann diesen mächtigen Druck, der sonst immer nur dem Säubern der Maschinen gedient hat, aus der Leitung zu lassen. Immerhin hatte sich einer Gedanken gemacht, wie er die anderen amüsieren und bei Laune halten konnte. Wir waren aber auch eine zu heitere Truppe, die alles, was geschah in den Räumen tief unter der Erde, daraufhin prüfte, ob es einen Anlaß zum Lachen ergab. Nichts komischer beispielsweise als ein Hammerschlag auf den Daumen oder ein Tritt mit dem Fuß in eine Scherbe oder der Irrflug eines Spanes ins offene Auge des Unglücksraben. So waren wir eben, in den Schacht gestürzten Kerbtieren gleich, die wild aufeinanderlagen und spielten. Der Humor jedenfalls, vielleicht nicht immer vom Feinsten, er ging uns nicht aus. Die Gründe dafür, daß einer in diese tiefste aller Tiefen strafversetzt wurde, sind keinem von uns bekannt gewesen. Vermutungen machten die Runde, vage Spekulationen, aber man wußte es nicht.

Nicht auszuschließen war, daß es gar keine Gründe gab, keine jedenfalls, die uns verständlich gewesen wären. Hier war es die Wortkargheit, dort ein strenger Körpergeruch, es gab schnell einen Fehler, der zum Verhängnis wurde. Möglich auch war, daß man lediglich mit dem Anfangsbuchstaben seines Namens über das Seitenende einer alphabetischen Liste geriet und ein neues Blatt Papier beansprucht hätte, das aus Kostengründen nicht mehr zur Verfügung stand. Man zweifelte an sich und zweifelte an sich, analysierte den Achselschweiß, prüfte, ob die Schuppenflechte vielleicht zu trocken geworden war und zu stäuben begann, und am Ende war es gar kein menschliches, sondern ein technisches Problem. Dann gab es eine Verfügung, und schon landete er bei uns, unten. Ganz unten, um es genau zu sagen, und unter uns nur noch Schotter und Schlamm. Manchmal, wenn es uns doch einmal etwas ernst im Gemüt war und wir kritisch auf die Beine des anderen schauten, dann fanden wir es schon auch, daß wir merkwürdig waren, Sonderlinge des Herrn. Wir hatten etwas von Eintopf, der aus lauter Abfällen aufgekocht wurde und nach verfaultem Gemüse roch. Auch von uns hätte ihn niemand essen mögen, ehrlich gesagt, und etwas verstanden wir so unser Schicksal. Von daher war dieser und in meinem Fall leider etwas außer Kontrolle geratene Sonderempfang von therapeutischer Notwendigkeit, eine Art kalte Dusche, um auch noch die letzten Erregungen abzutöten. Und je kälter die Dusche bzw. je kräftiger der Einlauf bzw. je ausgefallener die Idee von Begrüßung war, um so schneller konnte die innere Verfassung auf das Niveau von gefühlsfreier Stumpfheit, ohne die der neunte Schuldbezirk nicht eine Minute zu ertragen gewesen wäre, herabgedrosselt werden. Ein paar emotionale Reflexe blieben sowieso immer noch übrig, die dann in einem längeren Abtötungsverfahren weiter bearbeitet werden mußten, und dann blieb, leider, sollte ich sagen, abermals etwas übrig. Wir Menschen (?) sind ja recht zähe Wesen, und auch ich behielt durchaus und dennoch lebendige Reste, ohne die ich heute gar nicht imstande wäre, darüber zu sprechen, sagte ich Feuerbach. Aber das beweist nur, daß sie mir mit dem Schlauch lediglich meine Arroganz, Gefühle zu haben, austreiben wollten, ausblasen wie das Ei aus seiner Schale zu Ostern, und das war vom pädagogischen Anliegen her ganz in meinem Sinne. Denn ehe man abgestorben ist, ist das Leben wirklich sehr deprimierend, das wußten wir alle. So galt also auch hier: Erziehung muß sein! Diesen Satz kannten wir bestens, wir kleinen Diebe und ertappten Schwarzarbeiter, wir notorischen Krankmacher und heillosen Trinker am verrotteten Beschäftigungsplatz. Von diesem Satz ging eine Macht aus, die nicht zu hintergehen war, von keinem. In ihm waren die Verhältnisse, in denen wir lebten, zu einer Kurzformel gebracht, und mitunter hatten die Verfügungen, wie sie hier und dort auf eine für uns undurchschaubare Weise verhängt wurden, nur den einen hauptsächlichen Sinn, der Gültigkeit dieses Satzes zu dienen. War lange Zeit keine der über uns lebenden und arbeitenden menschlichen Erscheinungen durch Gestank oder Verwahrlosung oder serielle Kriminalität aufgefallen und war eben auch kein technisches Desaster wie zu lange Warteschlangen am Fahrstuhl durch personelle Überbelegung oder dergleichen festzustellen, was natürlich sofort zu neuen Verfügungen Anlaß gegeben hätte, um die Probleme auf diese Art zu lösen, mußte allein der Wahrung dieses Satzes wegen in geregelten Abständen jemand ausgesucht und nach unten geschickt werden. Und zu uns gekommen zu sein hieß dann immer, vom Tag in die Nacht gekommen zu sein, sofern wir so etwas wie Tage überhaupt hatten. Auch bin ich mir heute gar nicht mehr sicher, ob der Fahrstuhl, der die Bezirke miteinander vertikal verband, bis zum neunten Bezirk fuhr oder ob wir nicht doch noch ein gehöriges Stück kriechen mußten, denn tatsächlich hatte es von uns aus keine technischen Möglichkeiten für einen Kontakt mit der Außen-, oder besser, mit der Oberwelt gegeben, und wie sollte dann noch eine Schachtstation funktionieren? So haben wir also mit keinen menschlichen Erscheinungen, ob nun aus dem achten oder dem siebten oder dem sechsten oder dem fünften oder dem vierten oder dem dritten oder dem zweiten oder dem ersten Stock unter der Erde, kommuniziert, kleine und eher sehr private Wunder einmal nicht mitgerechnet, die ich gewiß vergessen habe für den Moment und demnach auch nicht erzählen kann. Gewiß lag es hauptsächlich daran, daß wir so schwer zu erreichen gewesen sind, und wenn überhaupt, dann nur für einzelne Personen, die sich mit etwas Geschick durch den Schacht schlängeln konnten, ganz bestimmt aber nicht für Gruppen, die bei uns auch gar keinen Stehplatz, geschweige denn einen Sitzplatz gefunden hätten. Und da nun Ausgang der Regel nach nur in Gruppe erlaubt war, hieß es, Pech gehabt. Außerdem stank es bei uns viel zu sehr, als daß wir guten Gewissens hätten Besuch empfangen können. Es gab Todesfälle deswegen, und das wollte die bessere Gesellschaft weit über unseren Häuptern verständlicherweise nicht riskieren. Obwohl wir selbst wirklich so gut wie gar nichts mehr rochen, aber es wurde uns berichtet von Personen, die bessergestellt waren und zum Beispiel auch noch über festes Schuhwerk verfügten oder dergleichen Annehmlichkeiten. Ohne Zwangsverpflichtung kam zu uns also keiner, Extremsportler oder Suizidenten einmal gesondert betrachtet. Eher war von uns einer oben, und oben gewesen zu sein hieß dann stets: achter Bezirk unter der Erde, ganz selten siebter Bezirk unter der Erde, einmal in hundert Jahren vielleicht sogar sechster Bezirk unter der Erde, und immer war es wie Jahresurlaub. Nicht selten aber kam er verdorben zurück, das heißt mit Hoffnungen auf dieses und jenes. Dann ging die ganze Abrichtungsprozedur von vorn los, bis der an Hoffnung Erkrankte wieder frei und gesund war, frei von Hoffnung und gesund wie eine Wildsau in ihrer Suhle. Denn nichts war so schädlich und so gefährlich wie Hoffnung, und nichts fürchteten wir mehr als Hoffnung verbreitende Gedanken, die auf unseren Gemeinschaftsgeist, der darauf eingeschworen war, auf fröhliche Weise nichts zu erwarten, zerstörerisch wirkte. Die größten Unsinnigkeiten und schmutzigsten Witze, bitte schön, ja, aber nichts mit Licht am Ende des Tunnels und kleiner weißer Friedenstaube, das war uns ganz unerträglich. Nun könnte man denken, sagte ich Feuerbach, daß die Hoffnung uns zu neuen Menschen gemacht hätte. Aber falsch, die Hoffnung hätte Erwartungen an unsere Spezies geweckt, die niemals zu erfüllen gewesen wären und täglich, stündlich und augenblicklich zu tiefen Abstürzen der Enttäuschung geführt hätten. Wir wären, jeder für sich, täglich, stündlich und augenblicklich mit dem Gegenteil dessen konfrontiert worden, auf das sich die Hoffnung berufen hätte, und schlimmstenfalls hätte sie sich auf die Erfindungen gutgemeinter Bücher berufen, aber wer hätte uns dann noch erhört? Außerdem las hier keiner, wozu auch. Bücher waren uns lästig und nahmen nur Platz weg, fast so schrecklich wie Blumen, die ständig irgendwelche Rohstoffe brauchen. Nun gut, man hätte mit Büchern vielleicht auch Zeit totschlagen können, aber das ging auch mit einer Klatsche vor einer Wand mit fetten Fliegen. Früher, ja, da haben auch wir gelesen, immer die Seite herauf und herunter und immer auf der Suche nach einem Sinn. Aber hatte es etwas genützt? Wir sind trotzdem gefallen, und alle fallen, irgendwann. Von daher schätze ich, daß die menschlichen Erscheinungen in den Schuldbezirken über uns unglücklicher waren, weil sie Bücher lasen, deren geheimer Ort immer die Freiheit ist, die, wie ein Opiumbauer den Mohn, Hoffnungen züchtet. Gewiß gibt es auch Bücher, die unschädlich sind, weil es in ihnen sehr schön um nichts geht, aber diese Betäubungslektüren hätten dann eher bei uns gestanden, wo es prinzipiell nur noch um Betäubungen ging – wohlgemerkt hätten, wäre der Platz, den wir für materielle Dinge ohne praktischen Nutzwert noch übrig hatten, ein wenig großzügiger gewesen. So jedenfalls waren die menschlichen Erscheinungen über uns den wirklich irrwitzigsten Hoffnungen verfallen, irgend etwas an ihrer Lage verbessern zu können, und sei es nur, daß sie um ein paar Meter näher an einer Lichtquelle sein und ihren Werkzeugkasten einmal über seine groben Umrisse hinaus erkennen können. Tatsächlich aber lag die Wahrscheinlichkeit, etwas verändert zu haben, wenn man es verändert haben wollte, im Verhältnis dazu, nichts verändert zu haben, je nach Schuldbezirk bei etwa 0,1 bzw. 0,01 bzw. 0,001 bzw. 0,0001 bzw. 0,00001 bzw. 0,000001 %, und bei uns wäre dann noch einmal ein gewaltiger Minussprung um mindestens drei weitere Nullen nach dem Komma hinzugekommen, da bis auf den Bakterienstatus der Luft auf nachweislich tausend Jahre im voraus berechnet nichts für eine auch noch so kleine Veränderung vorgesehen war. Wer hätte diese Verhältnismäßigkeiten psychisch ausgehalten? Und ich spreche jetzt gar nicht von uns, sagte ich Feuerbach, sondern von den Opfern der Hoffnung, in deren naiver Gemütsverfassung seelische Restbestände überdauert haben wie die Maulwürfe im sibirischen Winter. Wer erträgt es, die Hand der Liebe zu erwarten und dann immer wieder geschlagen zu werden? Und wäre der Schlag einmal ausgeblieben, wäre es Faulheit anstatt Gnade gewesen. Also keine Hoffnung zu haben garantierte das Überleben, alles andere war tödlich, denn es führte nur in eine selbstmörderische Verzweiflung. Das war unser Glauben! Sofern ich hier dieses edle Wort für uns verunglückte Gestalten überhaupt gebrauchen darf, ohne daß sich die Erde öffnet vor Empörung über soviel vergeudete Sprache. Oh, wir hätten es mit Mönchen, die tief vergraben in Erdlöchern leben, durchaus aufnehmen können, wäre unser Gruppenstupor als kollektives Gebet von jemandem ganz oben anerkannt worden. Aber gesagt sein muß auch, daß die menschlichen Erscheinungen über uns nicht nur schwer zu uns herabsteigen konnten, weil das Herabsteigen in jeder Hinsicht lebensgefährlich war, von den ästhetischen Zumutungen einmal ganz zu schweigen, nein, sie wollten auch kein Sterbenswort mit uns wechseln, so als wäre jeder auch noch so flüchtige Kontakt schon eine Infektionsquelle gewesen für Krankheiten jeglicher Art. Sie verachteten uns, so wie die Vierbeiner vielleicht den Spülwurm verachten. Igitt, Neunbezirkler, hörten wir immer, wenn wir einmal oben sein konnten und schon allein durch unseren Körpergeruch sofort zu identifizieren gewesen sind. Dabei gab es unter den über uns lebenden, oder besser, existierenden menschlichen Erscheinungen eine Menge, die es allein dem Äußeren nach an Häßlichkeit mit einem jeden von uns durchaus hätten aufnehmen können, die ganz schwer Entstellten, wie ich einer war, vielleicht einmal ausgenommen. Aber sie hatten gewissermaßen einen sozialen Status, auch wenn er in Wahrheit soviel wert war wie eine Grippeschutzimpfung für Leprakranke. Und sie hatten Angst, vielleicht selber ebenso tief zu fallen, wenn sie sich zu einem wie uns herabbeugen würden, und diese Angst versteckte sich hinter Verachtung. Sie alle hingen noch an den kleinen Fäden der Abhängigkeiten und mäßigen Privilegien, der eine mit seiner blauen Zusatzwolldecke am Schlafplatz, der andere mit seinem Urlaubsanspruch im Maschinenpark einen Bezirk höher, und allein dafür mußten sie sich anstrengen und die Bürde der Hoffnung ertragen. Wir Kreaturen nun erinnerten sie zu sehr daran, daß es vollkommen zwecklos war, an etwas anderes als an Zwecklosigkeit zu denken, und daß man der Zwecklosigkeit auch niemals entkommt. Und hin und wieder hat es tatsächlich jemand geschafft, daß er einem von uns begegnet ist und sich dann sofort aufgab und fallen ließ bis zum Aufschlag am bitteren Ende. Willkommen! Willkommen!, konnten wir da nur rufen und unsere verstümmelten Arme und Beine, so weit es eben noch ging, zur Begrüßung ausstrecken, der dann sofort einer jener Scherze gefolgt ist, wie ich sie erlebte. Alles andere mußte mühsam erlernt sein. Ich sehe mich noch das erste Mal diese faulige Stätte betreten, deren komfortable Beschaulichkeit einem erst auf den zwei- oder dreihundertsten Blick restlos klar werden konnte, und weiß, daß ich zunächst einmal nur an den Tod gedacht habe und an einen Friedhof ohne Kreuze und Gräber. Der Putz an den Wänden, die auch unsere Notdurft[5] aushalten mußten, da es Toiletten wie jetzt hier in Okkerwalde[6] nicht gab, war verquollen und rissig oder in größeren Schollen ganz herausgebrochen. Auf dem roten, blanken Ziegelstein, wie er tagtäglich mehr zum Vorschein kam, schimmerte ein gelber Firnis aus Schadstoff, der sich auf die Oberflächen aller Gegenstände gelegt und tief in poröse Materialien hinein abgelagert hatte. Der Fußboden war bedeckt von einer schwarzbraunen Mixtur aus Schmieröl und Abfallprodukten, auf der man entweder ausrutschte oder festklebte, je nachdem, ob man sich bewegte oder länger als eine Minute an einer Stelle stehen geblieben war. Und dann der Geruch, oh, könnte ich ihn beschreiben, ich wäre wahrhaft ein Dichter! Eine Klärgrube war gar nichts dagegen. Aber wie schon gesagt: Die wenigsten haben sich hier von Anfang an heimisch gefühlt und lange Zeit unter einem andernorts erworbenen und hierher eingeschleppten Idiosynkratismus[7] gelitten, der ihnen ihren Eindruck entstellte und einer gran-

5 Ich glaube, zu urinieren und auszuscheiden paßte nicht ins gesellschaftliche Konzept und wurde als dekadente Zwangshandlung (Primärneurose) wegtherapiert. – Also gar keine Toiletten, sic.

6 Okkerwalde, Kleinstadt in (?). 123 Einwohner (durchweg Nervenärzte) und ca. 150 Tausend Pendler. Dort mit Vollverpflegung seit xx89/90 ff. (Siehe auch Anm. 3)

7 Siehe auch: Großes Fremdwörterbuch, 127., erw. und verb. Auflage, Moskau/Leipzig, xx61.

diosen Täuschung der Wahrnehmung gleichkam. Als ich noch ein anderer war, passierte mir das auch, und ich habe viel Zeit gebraucht, dieses falsche Bild in mir selber zu korrigieren. Wer überhaupt noch etwas riechen konnte, sprach von einer Mischung aus Limone und Flieder, was als Grundgeruch angenehm leicht in der Luft lag. Der Fußboden hatte etwas von Wiese im Frühling, zwar nicht grün, aber weich wie getrockneter Pferdekot, und das Licht, nun, darauf waren wir besonders stolz, da es an eine Nachtbar denken ließ fünf Minuten vor Ladenschluß. Aber es reichte, um den Hammer vom Zollstock zu unterscheiden, und was wollten wir mehr. Wer allerdings gerade erst in unsere Höhle hereinkam und noch das Licht von einer anderen Etage gewöhnt war, der sah buchstäblich gar nichts, ehe sich dann wie durch die Augen von Katzen gesehen die ersten Umrisse zeigten, farblos huschende Schatten, die natürlich wir gewesen sind in aller uns eigenen hoffnungslosen Lebendigkeit. Sobald dann die erste Anpassungsleistung physiologisch vollbracht war, was allein die Sehnerven betreffend zwei, drei Stunden, oder waren es Tage?, Geduld erforderte, ließen auch die Erfolge nicht auf sich warten und enthüllten dem im Sehen geübten Betrachter den ganzen farblichen Reichtum, wie ihn eben auch die Substanzen besitzen, die wir nur allzu gerne verleugnen. Denn auch der Schimmel ist schön, am Brotkanten wie an der Pißwand. Überhaupt, die Wände, sie waren Raumteiler, Toilettenersatz und Kontakthof in einem. Was hier alles gemalt oder geschrieben stand, ersetzte ganze Zeitschriften mit Nacktbilderserien und Annoncenverzeichnis, sie waren eine Fundgrube für alle, deren Weichteile noch hart werden konnten. Und die sogenannte höhere Arbeiterschaft über uns? Für sie waren die Wände mit Diagrammen, Planzahlkurven und Speiseplänen quasi vergeudet und für keine Kommunikation der menschlichen Art mehr zu gebrauchen. Auch das eine Form der Entfremdung von Fotze (Vagina) und Schwanz (Penis),[8] wie sie bei uns gar nicht vorkam. Und wir malten, so einer begabt dafür war, nichts anderes, immer nur Fotzen und Schwänze,[9] wahre Kunstwerke, das kann ich sagen, und immer wieder anders von Mal zu Mal. Hier groß wie eine Büchse, dort mit einer nur winzigen Spalte wie bei einer angelehnten Tür, wirklich, es waren Gemälde, und man hätte eine Galerie damit ausfüllen können. Aber komplett und auf Anhieb war dieser enorme Kulturschatz ganz sicher nicht zu entdecken. Zumal die Arbeiten, die hier zu verrichten waren, gewiß von der denkbar einfachsten Art gewesen sind und eine schon sehr genaue Beobachtungsgabe erforderten, um sie überhaupt erst einmal voneinander unterscheiden zu können. Die Handgriffe, die Körperbewegungen, alles war auf minimale, kaum mehr wahrnehmbare Abläufe reduziert. Wie in Wachs gegossene Figuren saßen wir vor unseren Drahtrollen und Plastgehäusen, Farbnäpfen und Spiritusflaschen, Papierstößen, Füllmassen, Etikettenklebern und Fabrikationsstempeln, oft stundenlang stumm und selbst schon zu jener Mechanik geworden, die in der Form kleiner, hübscher Schnappverschlüsse herzustellen unsere Aufgabe war. Etwas bedrükkend Schemenhaftes muß von uns ausgegangen sein für einen, der uns wenig gekannt hat, etwas Amorphes vielleicht, etwas Totes und Nichttotes zugleich. Doch andererseits wa-

8 Unentschlossene Tonlage, je nach Publikum einmal so, einmal so.

9 Oder auch gar keine Bezeichnungen und einfach nur: «... Kunstwerke».

ren wir geradezu süchtig nach stereotypen Bewegungsabläufen, es konnte gar nicht eintönig genug sein, und das hing eindeutig damit zusammen, daß die immer gleichen Bewegungstakte des Körpers zur Ausschüttung von bestimmten Botenstoffen führte, sogenannte Glücksbringer, wie ich es heute nach vielen Jahren Zusatzstudium weiß. So achteten wir instinktiv darauf, diesen sich selbst verstärkenden Rhythmus nicht zu zerstören durch unpäßliche Handgriffe wie Kopfkratzen oder Nasenbohren oder dergleichen so zwischendurch. Die Stellung der Finger, die Haltung des Kopfes und der Beine, die zum Werkteil leicht nach innen verdrehten Augen, alles war aufs genaueste aufeinander abgestimmt und änderte sich tatsächlich nie, so daß es jedem sofort aufgefallen wäre, wäre da einer und auch nur für Sekunden aus der Reihe getanzt. Wurde der Rausch zu groß, unterbrachen wir willentlich, um den Gruppenorgasmus so weit hinauszuzögern, daß er mit dem Dienstschluß zusammenfiel, was, zugegeben, der nicht immer erreichte Idealfall gewesen ist. Für diese Unterbrechungen war in der Regel der Erfahrenste zuständig, und das war Tutti 2, ein durchgedrehter Drehbankspezialist, der keine rotierenden Teile mehr sehen konnte und frühausgesondert zu uns kam. Nein, wir alle kamen irgendwann einmal zu ihm, so muß es heißen, denn er war immer schon da mit seinen x-mal wie vielen Jahren. Tutti 2 jedenfalls prustete plötzlich viel schlechte Luft aus, die irgendwie im Takt der Maschinen körperlich falsch zirkulierte, und alle lachten wir ebenso prustend und schlechte Luft ablassend los, um uns dann sofort wieder auf die herrliche innere Erstarrung einzulassen, die im Regelfall einen halben Tag anhielt. Es war so viel Freude, so viel Friede und Einklang mit der Welt, wie sie war, in den physiognomisch nicht wirklich zu unterscheidenden Gesichtern, daß ein größeres Glück eigentlich gar nicht mehr vorstellbar blieb. Wären die Tore dieses Bezirkes aufgegangen wie in einem Film, den uns hier unten hätte keiner zeigen dürfen wegen Rührseligkeit, niemand wäre gegangen. Wohin auch? Etwa einen Stock höher, wo es schon keine so schönen Zeichnungen mehr an den Wänden zu sehen gab? Gewiß, wir waren tief gesunkenes Proletariat, die unterste Unterklasse des Proletariats, der Bodensatz und der letzte menschliche Grund, und dennoch waren wir das Anmutigste, das ich jemals erlebte. Aber das alles sind Beschreibungen vom Ende der Abrichtung her, und ich kann durchaus sagen, daß fünf Jahre sehr harte Arbeit notwendig waren, um dieses Karma[10] erreicht zu haben. Fünf Jahre, das war der Durchschnittswert an aktiver Lehrzeit, und er war einem Studium mit akademischem Abschluß, von dem auch ich einmal träumte, allemal gleichzusetzen. Dann die vielen Rückschläge, die sentimentalen Erinnerungen an so etwas wie Liebesersatz, oh, sagte ich Feuerbach, man kann sich das vorstellen, wie wenn ein Zahn stirbt und die Fäulnis noch nicht gänzlich gesiegt hat. So war unsere kleine, verstoßene Truppe natürlich nie ganz harmonisch, weil die Bewußtseinsgrenzen je nach Abrichtungsstufe sehr verschieden waren und demnach auch verschiedene Reaktionen bewirkten, die auf komplizierte Weise in Einklang gebracht werden mußten. Doch

10 Schönes Wort, aber mir selbst im Moment etwas unklar. Ich schwanke zwischen Kama (oder Cama? – ostdeutsche Margarine und wirtschaftspolitische Antwort auf Rama, die) und Karmen, das, ein Fest- und Gelegenheitsgedicht.

da die meisten seit weit über fünf Jahren hier unten waren, gab es immer auch einen sehr stabilen Kern, der mit den Anfängern gut umgehen konnte. Allerdings wußte keiner so genau, wie alt er unterdessen tatsächlich geworden war, da die Zeit selbstredend vollkommen stillstand und jeder Tag dem vorherigen glich. Am ehesten erkannte man es am Zustand der Zähne. Je weniger Zähne einer hatte oder je schlechter deren Beschaffenheit war, um so mehr Jahre waren schon abgerissen. Genau sagen konnte es jedoch keiner, es waren Schätzungen, grobe Orientierungen, wobei das Gebiß noch der beste Ratgeber war, ein besonderer Kalender, wenn man ihn nur zu lesen verstand. Daß hier keiner mehr herausgekommen war das letzte grob gerechnet halbe Jahrhundert, war nun das erste, was ich erfuhr, als ich hier ankam. Es war gewissermaßen Bestandteil der Schocktherapie, ehe dann diese Nachspülung mit dem Preßluftschlauch begann, von der ich nicht genau wußte, wie sehr sie mich getötet hatte. Nicht körperlich, sondern als jemand, der noch imstande ist, diese großen Gefühle wie Abscheu, Ekel und Haß zu empfinden, ohne die es keine Entwicklungen gibt. Und zu erfahren, daß hier Endstation war, konnte auch tatsächlich nur am Anfang erschrecken, denn bald schon, und nicht erst nach den obligatorischen fünf Jahren Sonderausbildung, die allein nötig waren für den sozusagen allerletzten Schliff, wollte keiner mehr weg. Zwar spielten alle, herauskommen zu wollen, und jammerten und klagten gar schrecklich, doch es war und blieb immer Bestandteil eines tiefen Einverständnisses damit, ein Gefangener in einem Gefängnis zu sein. Wären die Klage und der Wunsch herauszukommen einmal nicht mehr Bestandteil eines Spieles gewesen, wie es uns täglich amüsierte und viel schwere, weil ungebrauchte Zeit von den Schultern nahm, er wäre sofort in moralische Isolationshaft geraten, die praktisch so aussah, daß keiner mehr grüßte und mit einem gehäuften Löffel Grütze aushalf, wenn es einmal knapp war im eigenen Haushalt. So waren wir nicht nur Gefangene, die ihre Gefangenschaft schätzten, sondern die sie auch zu verteidigen wußten. Und jeder achtete auf jeden dabei, daß er a) mitspielte, verzweifelt zu sein und herauskommen zu wollen, und daß er b) vollkommen frei von Hoffnungen blieb, tatsächlich herauskommen zu können, um so sein absolutes Glück immer wieder bei uns zu entdecken. Dieses gewiß sehr soziale wie auch philosophische Spiel hatte so viele Bedeutungsnuancen, daß einer sehr viel spieltechnische Erfahrung brauchte, um die Wechsel von der Groteske zur Tragödie oder von der Simulation zur Ernsthaftigkeit und so weiter festzustellen. Es war ein magisches Spiel in einem magischen Raum in einer magischen Zeit. Aus magischen Gründen sind wir hierhergekommen, und aus magischen Gründen wollte keiner mehr fort. Wäre das Wort vom Magischen Realismus nicht schon besetzt gewesen von einem Kunstverständnis hoch über der Erde, wir hätten es erfunden. Und diese Magie auch war es, die das gesamte soziale und kulturelle und politische und juristische Leben hier unten zusammenhielt. Dafür brauchten wir keine Satzung und kein Gesetz. Man schaute es sich ab, von Neuzugang zu Neuzugang und von Generation zu Generation, bis es schließlich zur Volksbildung wurde und wiederum später zu einem genetischen Code. Das also war sie, die Ekstase der Revolution, die Freiheit und die Gleichheit und die Brüderlichkeit.

3. Dieser Mordversuch machte einen schlechten Eindruck auf mein Gemüt.

Ich wachte auf und war tot. Es war ein sonderbares Gefühl. Oder es war gar kein Gefühl, es war das Gefühl, keine Gefühle zu haben, das gibt es, ich habe es erlebt. Aber auch um mich herum war alles und jeder auf seine Weise tot, individuell tot, persönlich tot, nicht tot im Kollektiv. Ich hätte gerne herausgefunden, ob sie alle ein Erlebnis dieser Art hatten oder ob sie, weil jemand gnädiger mit ihnen war als mit mir, schon tot zur Welt gekommen sind. Ohne einen Schmerz, ohne Irritationen in Anbetracht dieser Leere. Aber es gab gewiß diesen Lichtspalt in einer hinteren Ecke meiner Behausung, und bisweilen war auch eine Gestalt erschienen und streckte die Hand hinein in dieses Licht und hinterließ Wasser und Brot, ich glaube, Brausewasser und Russisch Brot. Das teilten wir uns, Bobo[11] und ich. Das Licht teilten wir uns auch, Bobo und ich. Wir teilten alles, was es zu teilen gab, einen Apfel zur Weihnachtszeit, kleine, gebogene Gurken, die wir Bananen nannten, brüderlich in zwei Teile geschnitten und dann schwesterlich geteilt. Wer eigentlich wer oder was war von uns beiden zwangsvereinten Geschöpfen, das wußte ich kaum noch, so daß es durchaus vorkam, daß sich der eine verletzte, und der andere hatte den Schmerz. Ich weiß es von Daumer,[12] sagte ich Feuerbach, wieviel Krank-

11 Gattungsspezifisch war Bobo für mich, der ohne «Brehms Tierleben» aufwuchs, sehr schwer abzugrenzen gegen andere Wesen, und ich schätze, sagte ich Feuerbach, daß sie den Wissenschaften auch heute noch vollkommen unbekannt ist.

12 Daumer, Georg Friedrich, Begründer der Homöopathie bei akuten Denkstörungen am psychiatrischen Klinikum von Okkerwalde, schrieb unter ande-

heit im Körper ist und wieviel Schuld von ihm ausgeht. Er fand bei mir vieles im Dienste des Fortschritts und der medizinischen Schulwissenschaften, bin ich doch ein Geschöpf von wirklich bedeutender Aussagekraft, die Natur vom geprügelten Menschen betreffend, zerbrechlich wie, hier fällt mir jetzt gar kein Vergleich ein. Ich dachte an Glas, aber das wäre zu edel. Mein Zustand, wie ich schon sagte, fiel niemandem auf, so wie man auf schwarzem Papier keine Schrift liest in schwarzer Tinte oder die blauen Augen Gottes am blauen Himmel nicht sieht. Noch schwankte ich etwas, wenn ich auf Wanderschaft ging, von der einen zur anderen Seite der Zelle, mit der großen Zehe rechts Bobos Schlafloch als Startblock nutzend. Wir hatten immer Streit deswegen. Aber ich kam anders nicht weg. Wenn alles glatt ist wie Spiegel, ist eine Kante ein Wunder, das wir annehmen müssen. Bobo verstand das nicht und fühlte sich in ihrem Recht, einen eigenen Winkel für ihren zierlichen Körper zu haben, bedroht. Ja, in Bobo tobte viel kapitalistische Ideologie mit Anspruch auf Privateigentum und besonderes Vorrecht auf alles. Fernsehschäden, nehme ich an, oder Rundfunkverderbnis. Soldatensender. Radio Luxemburg. Andererseits war ihr Kopf nur sehr klein, da konnte sich kaum sehr viel abgespielt haben. Eigentlich wußte ich nicht viel von Bobo. Woher sie kam und wohin sie unterwegs war. Und sie hätte gewiß durch diesen Lichtspalt gepaßt, der sich gelegentlich auftat am Horizont, und mich verlassen können, so wie ja auch die anderen mich nach und nach verließen und auf und davon sind, Mäuse, Spinnen und Asseln, ins Freie. Nicht sie,

rem die «Mittheilungen über Kaspar Hauser» und experimentierte ausschweifend und oft bis nach Mitternacht. (Siehe auch Anm. 3 und 6.)

meine erste Geliebte. Und dennoch, dieser Kampf in der Liebe. Wer wen, das war immer die Frage. Gab es Bücher darüber, außer von Lenin? Später, ich mußte noch eine Epoche lang warten, hatte ich auch darauf eine praktische Antwort. Hier und jetzt nur meine Ausflugsberichte im Reich der lebenden Toten. Ich war sehr schwankend auf beiden Beinen, und allein die rechte große Zehe in Bobos Schutzbau bot mir wenigstens die Einbildung davon, irgendwie Halt zu finden in diesem meinem von allerhand Gefährdungen begleiteten Dasein. Sehr viel später werde ich wissen, daß Bobo unter dem Decknamen Bärbel tatsächlich einen Auftrag hatte, mich zu beschatten und zu berichten, was an mir auffällig war, und das war ja, Sie wissen es, alles. Nun war uns schon auch damals bekannt, daß der Geheimbund seine Spione bis auf die Größe einer Fingerkuppe chirurgisch verkleinern konnte, damit sie besser durch eine Öffnung des Körpers ins Innere des Feindes paßten. Auch Bobo konnte eine solche Sonderbehandlung hinter sich haben, diese Vermutung hatte ich wohl, fasziniert von ihren Verwandlungskünsten, wie ich es war. Hier ein süßer kleiner Feuersalamander, der flink durch die Finsternis turtelt, und dort nymphomanische Jungfrau mit weiblichen Geschlechtsmerkmalen. Und selbst diese Sterbenummer, die mir das Herz brechen sollte, war tricktechnisch durchaus brillant, da ließen sie sich gar nichts nachsagen, sagte ich Feuerbach. Oder es gab zwei Bobos. Ein Opfer und eine Opferimitation. Aber ich liebte und war also blind. Überhaupt, es ist schlimm, das nicht zu erfahren, ob Bärbel mich küßte, weil auch sie mich geliebt hat, und dann kam ein Geheimbundbeamter und zapfte sie an und schröpfte sie ab, oder ob sie schon zur

Abschröpfung angezapft ankam und mich küßte, um den Frieden meines Landes zu sichern und für ein bißchen Makeup vom Klassenfeind oben. Gibt es eine Gerechtigkeit, die mir darüber Auskunft geben möchte? Unaufgeklärte Reste, wohin auch immer ich blicke, vorwärts- oder rückwärtsgewandt, Fragen über Fragen an den Heiligen Vater. Wie jetzt weiter, wo mich diese tiefe Zerrissenheit einholt aus fernen verwunschenen Jahren. Und dieser Satz darf auch kein Fragesatz werden und ohne Begründung und Punkt. Die Natur ist, wie sie ist, die Natur der Geschichte und die Natur in der Sprache der Liebe. Nun hatte ich auch eine Margarete von Hering gekannt, sagte ich Feuerbach, und das war für Bärbel und ihre Auftraggeber gewiß ein Grund mehr, scharf auf meine Privatpost zu achten. Margarete von Hering war durch eine Hilfsorganisation über der Erde auf meine Bedürftigkeit gestoßen und sofort begeistert von meiner schiefen Gestalt. Wir schrieben uns lange, schmachtende Briefe. Sie mit Tinte und ich mit Blut, sie auf Bütten und ich auf Toilettenpapier, das die russische Besatzungsmacht, меня зовут somebody, für mich zurückließ. Von uns aus betrachtet, lebte Margarete im Himmel. Die Pakete, einmal zu Pfingsten durch einen Schacht für Abfall zu uns in die tiefste aller Tiefen gefallen, rochen wie kleine Engelärsche. Alles echt Lübecker Marzipan mit goldenen Sternchenaufklebern vor einem himbeerroten Geschenkpapiergrund. Was für ein Eindruck. Was für eine Aufregung, heftig bis zum Herzstillstand. Wir tasteten mit unseren schmutzverklebten Tentakelfingern die Schätze der Oberwelt ab, wie eine Grammophonnadel die Rillen kostbarer Schallplatten nachzieht, so liebevoll Faser für Faser, bis es war, als hörten wir sie singen, die großen unsterblichen Tenöre in diesen mehr oder weniger heimlich nach unten geworfenen Restpostenspenden. Allein die Düfte nach Fenchel oder Fichtennadel oder Zucker und Zimt. Woher wir das wußten? Sehr gute Frage. Aber, sagte ich Feuerbach, da war immer auch ein bißchen Schmuggelinfo im Schokoriegel, irgendeine sehr geheime Botschaft in der Form und Weise von Waschanleitung und Verbraucherhinweis. Gab es einen Fenchelgegenstand, stand Fenchel darunter oder darauf, gab es einen Fichtennadelgegenstand, stand Fichtennadel darunter oder darauf, bei Zucker stand Zucker, bei Zimt Zimt. So eine Ordnung war das, und wir waren durchaus im Bilde und vorausinformiert. Und wir konnten, mit diesen Gaben, den Himmel berühren, obwohl auch der Himmel nur eine Variante der Hölle ist, die Vorhölle genannt; denn es gibt nur Hölle; auch alle Engel und die Schönheit und die Freiheit sind Hölle; wir, ich und meine Geschichte und Sie und Ihr Urteil darüber, sagte ich Feuerbach, sind Bestandteil ein und derselben höllischen Welt. Schade nur war, daß es keine Nachrufe gab. Denn lohnt sich der Aufwand des Sterbens ganz ohne Nachruf? Also, ich mußte das selbst tun. Schrieb zwei, drei Sätze, lernte, sie hintereinander und vollständig richtig im Kopf zu behalten, und sprach sie mit zur Spirale verdrehtem Oberkörper zu der Stelle, an der jetzt noch lediglich meine Füße und mein Unterbau standen wie zwei vergessene Koffer. Ich weiß, sagte ich, daß Sie sich diese Korkenzieherfigur jetzt nicht wirklich vorstellen können, die ich brauchte, um mir selber einen Nachruf zu schicken. Sehr langes, sehr hartes Training, ehe es klappte. Ein anderes Problem war die Danksagungspflicht für alle diese schönen Himmelsgeschenke. Doch wie etwas durch eine Röhre nach oben bringen? Denn auch ein Brief hat ja Schwerkraft und braucht seine Beförderungshilfe. Zumal es immer Kontrollen gab zwischen unseren Schuldbezirken und der oberen, uns nur dem Vernehmen nach bekannt gewesenen Welt, streng überwachte und gefährlich unter Starkstrom gesetzte Stacheldrahtgrenzen, in dessen Maschen fast täglich ein Unglückskörper zum Ausbluten abhing. Es gab eine Beförderungsindustrie, das stimmt. Wir konnten schon schreiben auf russisches Toilettenpapier und dann eine Adresse unter dem Kürzel N.S.W.[13] angeben, was aus unserer Höhlen- und Tunnelperspektive, wie es sie bis xx89 unter dem Namen Deutsche D. Republik mit der Hauptstadt Ostberlin und dem Staatswappenlogo aktiver Hammer, gespreizter Zirkel und große gebogene Ehrenähre tatsächlich gab, immer der Himmel war. Aber, aber. Zum Beispiel Margarine bekommen und darin eingewickelt eine sehr gefährliche Zeitschrift mit sehr gefährlichen Bildern, Röntgenaufnahmen von meinem Verhau, habe das wirklich gesehen, mich und mein Spielpferd am rechten unteren Bildrand. Wie das nur zustande gekommen ist. Ich mußte also subtextuell antworten, klandestin,[14] chiffriert, auf den ersten Blick inkommensurabel und äußerst hermetisch, auf den längeren zweiten aber durchaus interaktionsbegabt lesbar. Margarine bekommen stop Vergleiche mit unserem zum Essen, Löten und Schmieren geeigneten Brotfett getroffen stop positiv im Blindversuch zugunsten erhaltenen Produkts

13 «Nichtsozialistisches Wahrscheinlichkeitsgebiet».

14 Auf das «Große Fremdwörterbuch» möchte ich ab jetzt nicht mehr hinweisen; die Empfehlung, es neben meinen Heften immer griffbereit zu haben, gilt von nun an ff.

stop danke und bitte weitergraben. Nun hatte die Beförderungsindustrie durchaus auch Löcher im Netzwerk, tolerante Zonen der Nachlässigkeit oder gerade zu Zeiten der chinesischen Grippe empfindsam große Personalprobleme, und das hieß immer auch: Die Urne für Post passiert ohne Stempel die Zone. Aber sich darauf verlassen und womöglich Kopf und Kragen riskieren? Nun gab es wirklich sehr schlaue Bauern in unserem Schlammkiez, und sie konnten die Systemlosigkeit der Kontrollen durchaus systematisch ergründen. Es gibt Chaos und Willkür, aber nicht ohne erkennbare Logik. Man muß nur die passenden Regeln finden. Das gilt für Geheimdienste ebenso wie für ungeschützten Geschlechtsverkehr. Da hatten wir also die abgegriffenen, ein wenig schlampig verschlossenen Urnen für Post, bei denen alles darauf hindeutet, daß es nur irgendwie schnell gehen muß. Also unverdächtig, zunächst jedenfalls. Denn wer etwas zu verbergen hat, wird es nicht in einer halboffenen und leicht einzusehenden Verpackung tun. Aber dieser simple gedankliche Kurzschluß zerstreut den Verdacht auf eine doch höchst verdächtige Weise. Und so sagte ein Beamter der Beförderungsindustrie zu einem Beamten der Beförd erungsindustrie: Da will einer uns täuschen, indem er eine Urne für Post in betonter Schlampigkeit sendet und annimmt, dem das Verbotene im verborgenen suchenden Auge uninteressant zu sein. So nicht, Genossen! Dann hatten wir die in äußerster Sorgfalt beschrifteten und beklebten Urnen für Post. Also unverdächtig, zunächst einmal. Denn wenn jemand eine Urne für Post so gut zu einem Abschluß bringt, will er Unverdacht stiften, weiß aber, daß auf diesen Unverdacht der Verdacht fällt, und rechnet nun damit, daß der

Verdächtigende den Verdacht wieder fallenläßt durch die Überlegung, daß einer ja nicht selber das Verdächtige auch noch verdächtig machen wird. Ein ganz schlauer Bauerngedanke. – So nicht, Genossen! sagte ein Beamter der Beförderungsindustrie zu einem Beamten der Beförderungsindustrie und öffnete von nun an bevorzugt gerne die sehr ordentlich verschlossenen Urnen für Post, wie ein anderer bevorzugt gerne die schlampigen, es war eine Frage von schulischer Bildung, Dienstplan und mentaler Disposition. Die größten Schwierigkeiten bekamen die Beamten der Beförderungsindustrie mit den Teils-teils-Urnen für Post, die weder der einen noch der anderen Sorte zuzurechnen waren, und wir griffen diesen bauernschlauesten aller bauernschlauen Gedanken der Teils-teils-Herstellung sehr dankend auf, schmierten fast unleserlich den Verwandtennamen aufs Adressengitter – «Für Margarete» in meinem Falle war immer in Ordnung –, um dann in Schönschrift N.S.W. hinzuschreiben und die Wertmarke der Beförderungsindustrie, aktiver Hammer, gespreizter Zirkel und große gebogene Ehrenähre, exakt mit Winkel und Zentimetermaß im rechten oberen Eck anzubringen. Oder die eine Öffnung der Urne für Post war gut, die andere schlecht verschlossen, die eine Seite war sauber, die andere mit Sabberspuren äußerlich säuisch geworden, es war ein solcher Reichtum an Möglichkeiten, und unsere Phantasie war so unendlich groß, daß wahre Kunstwerke auf diese Art entstanden, die die Beamten der Beförderungsindustrie schier in den Wahnsinn trieben. – Aha, sagte schließlich ein Beamter der Beförderungsindustrie zu einem Beamten der Beförderungsindustrie, sie wollen uns in den Wahnsinn treiben mit diesen Teils-teils-

Produktionen, um fortan nur noch Teils-teils-Produktionen zu überprüfen und natürlich auch fündig zu werden. Jetzt aber schlüpften wieder die schlampig und die verdächtig korrekt aufgegebenen Urnen für Post durchs Netzwerk, es war immer Hase oder Igel sein. Schlau oder nicht schlau!, lautete die zentrale und alles entscheidende Frage, und nicht, ob nun Volks- oder Postbank. Nun geht es wirklich zu in meinem Kopf wie in einer Frauenhandtasche, so durcheinander. Wann kam Margarete in meinen Schuldbezirk? Wie und warum? Ich werde weitere Forschungen anstellen, um das herauszubekommen, und vielleicht, sagte ich Feuerbach, kann ich auch die Behörde zur Aufarbeitung vergessener Seelenzustände für einen Auftrag gewinnen. Ich will wissen, was ich weiß. Zum Beispiel: Margarete sprach Rotwelsch, und ich sprach gar nicht. Konnten wir uns verständigen? Nein. Doch. Wir legten uns sofort aufeinander und warteten ab, ob etwas geschieht. Und es wurde Licht in meinem und in ihrem Herzen. Kein gemeinsames Sprechen zu haben ist gut für verzweifelte Körper. Wenn Sprache kalt ist, ist Schweigen gesund. Ich habe das untersucht. Daumer hat das an mir untersucht und dann mit mir über seine Resultate gesprochen. Ich bin sein Erfolg. Er ist mein Schöpfer. Also zurück. Neunter Schuldbezirk unten. Tiefste menschliche Tiefe. Wir waren Sarginhalt, die Holzwolle im Überraschungspaket, Hundefurz. Doch zu tot, um zu leiden. Wir begegneten uns in der Weise von Schatten an der Wand, von Kerben in Holz geritzt, von Rissen in gebrochenen Steinen. Ich hatte ein Schild um meine große Zehe gebunden, auf der eine Zahl stand, die ich selber nicht kannte. Wenn ich in meinem Verhau auf und ab ging, schlurfte das Nummernschild über den Boden. Es klang wie der Schrei einer Katze. Große Katzenkonzerte, wenn alle in ihrem Verhau auf und ab gegangen sind. Dann wieder Stille, bis ich das Rauschen meines Blutes hörte. Dieses Geräusch war die Geschichte des Tages. Hätte ich eine Sprache gehabt, wäre es vielleicht zu beschreiben gewesen. So blieb es eine Spur des Verschwindens. Dann dachte ich wieder, dieses Kommen und Gehen ist richtig. Nichts will sich selbst überleben, ich nicht, die Zeit nicht. Das Konzert verklingt, und dann ist es aus. Sehr einfach im Grunde. Mein Verhau, meine Zelle, da haben wir schon zwei Worte für eine Angelegenheit, mein Sumpfloch, mein Himmelreich, es ist alles eine Frage der Perspektive und der Lust am Nichtsein oder der Nichtlust. Wir gewöhnten uns schnell an jeden Zustand, Anpassungstiere, die wir geworden waren.

4. Den Schlammkiez aufwärts. (Leiden.)

Ich merke schon, sagte ich Feuerbach, daß Sie sich kaum wirklich vorstellen können, wie es da aussah, unter der Erde, und wie ich wann, wo und warum einsaß. Aber auch ich sehe mich in den verschiedenen Räumen eine jeweils andere Strafe absitzen, von der Einzelhaftzelle im neunten Bezirk Abteilung vierunddreißigster Gesang,[15] wo ich ja nur meine Holzpferde kannte und den Kübel für Abfall, über Leiden einen Stock höher bis an die Grenze zum feindlichen Ausland nach oben. Nein, niemals hätte ich gedacht, je aus dem Schlammloch im neunten Schuldbezirk heraus und nun sogar bis ans Licht einer kleinen und nur wenig verschimmelten Dachstuhlbehausung zu kommen – es muß ein Spiel gewesen sein, ein Spaß, den sich andere mit mir und meinesgleichen gemacht haben wollten. In Leiden war dann tatsächlich alles ein wenig leichter, und meine Meinung von der Verderblichkeit des Charakters durch Wohlstand änderte sich mit den Verhältnissen zusehends, denn wir sind, was wir haben, sagte ich Feuerbach, und wenn wir nichts haben, reden wir uns ein, nichts zu brauchen. Leiden lag in der mathematischen Mitte zwischen zwei Orten, deren Namen in meinem Gedächtnis ausgelöscht sind. In Erinnerung geblieben ist mir Leiden auch nur wegen meiner vielen präsexuellen Betriebsausflüge, die ich dort unternahm (so an die dreitausend in einem Planjahr (aber meistens doch harmlos und fast ohne Nachwuchs)). Unter der Erde auch das, ich sagte es schon, wir waren vergraben wie die Wühlmäuse, wie die

15 So genannt, weil dort alle irgendwann «sangen» … (und nicht nur Lieder!).

Maulwürfe, wie die Regenwürmer, aber doch schon eher so wie bei Ihnen, hier, in Okkerwalde, eine Art offene Station. Vielleicht zeichne ich jetzt doch einmal auf, wie das Land ins Erdreich gestemmt war. Die neun Bezirke der Schuld waren in der Form eines Trichters tief nach unten geschlagen, wobei der neunte Schuldbezirk den äußersten Tiefpunkt darstellte, so tief, daß wir schon glaubten, wir hörten die Steinschmelze brodeln. Der *Fabrik an und für sich* (Volksheldenanstalt und Bestrafungsinstanz in einem) folgten *die Arbeiterweihe* (wo es schon kleine Hilfshütten gab und eine städtische Aufwärmhalle mit sozialrealistischem Kulturkalender), *die Marxistisch-Leninistische Gehirnschule* (geheimbundverdächtig), *körperliche Erhärtungsmaßnahmen* (vormilitärisch, fing oft schon im Mutterleib an), *die junge sozialrealistische Familie* (Zeugungsfalle), *die Pionier- und Freundschaftsratsgruppe* (Nachhilfeunterricht für die zehn Abrichtungsgebote), *die Nationale Volksfrontarmee* (mußte jeder hin, der ein männliches Glied hatte, (was recht häufig zu Selbstverstümmelungen führte)), *das allgemeinverbindliche Polytechnikum* (Abrichtungshauptausbildung) und, fast schon mit Feindberührung, *die Wissensabteilung* (Nationale Bücheranstalt). Bärbel hieß übrigens Barbara, die sich auch sehr gerne Babsi nannte. Ich weiß wirklich nicht mehr, welcher Name zu welcher Frisur paßt, sagte ich Feuerbach. Ich hatte einfach zuviel erlebt, im unteren Bereich meines Körpers. Dann wieder Bobo. Dann Margarete von Hering und deren große, auf die ganze Welt oben wie unten verteilte Verwandtschaft, da sind Verwechslungen naturgemäß nicht zu verhindern. Als Faustregel merken wir uns: Je gewöhnlicher der Name, um so größer die Wahrscheinlichkeit eines Geschlechtsaktversuches. Mit einer Ausnahme vielleicht. Alle anderen waren Staatspersonal und per Gesetz über meine Wenigkeit gestellt. Auch kann ich für die vielen männlichen Personen, die meine Existenzspur kreuzten, nur den Namen Tutti noch bieten. Das hängt mit einer Verordnung meiner Regierung zusammen, daß wir alle Brüder und Schwestern sind und uns im Einheitsnamen vollständig finden.[16] Ich weiß nicht, ab wann dieses Gesetz wieder aufgehoben wurde, weil in dem Zahlensalat aller Tuttis, die für die Behördenerfassung eine eigene Ordnungszahl brauchten, irgendwann keiner mehr durchsah. Oder waren es doch schon erste Anzeichen von sehr frühem Aufruhr? Bärbel nun war eine zierliche kleine Frau mit zwei winzigen kleinen Kindern. Was für winzige kleine Kinder, dachte ich immer, wenn ich sie von meinem Dachbodenfenster über die Straße gehen sah. Hätte ich nicht um die Existenz dieser winzigen kleinen Kinder gewußt, ich hätte sie für gefüllte Einkaufsnetze gehalten, wie sie der kleinen Babsi an den Armen hingen und sie sicher auf schmerzhafte Weise nach unten zerrten, oder an Eimer voller Briketts, weil die wirklich sehr kleinen Kinder sehr oft rabenschwarz aussahen. Wie nur diese zwei winzigen kleinen Kinder den winzigen kleinen Körper der Frau verlassen haben, fragte ich mich, am Dachbodenfenster mit Blick auf Barbaras Einkaufsnetze. Wie schnell es doch ging, daß sie zu mir in meinen Hochstand kam. Ich glaube, es waren die Umstände unter der Erde, die bewirkten, daß jeder zu jedem schnell hoch in den Hochstand oder hinunter in den Unterstand mitging. Igitt, sagte Daumer, ihr Ferkel. Aber ich denke anders darüber. Wir waren ja früh gealtert und frei. Es reg-

16 Später erfuhr ich, daß Tutti «alle» und folglich alle Tutti hießen (Importartikel aus Italien).

nete rostrote Brühe ins Zimmer, und ich kam von meinem Hochstand herunter und in die städtische Aufwärmhalle hinein, bestellte mir wie üblich Kamille und las in den Todesanzeigen, als mit einem kräftigen Windzug der aufgeregt hin und her pendelnden Schwingtür diese kleine, zierliche Frau hereinwehte, so leicht wie eine Feder und so weich wie ein Engel, beides Dinge, die ich so noch nicht kannte. – Ich heiße Bärbel, sagte sie. – Oh, sagte ich. – Bist du jeden Tag hier, um Kamille zu trinken? fragte sie. – Ja, sagte ich. Ich habe ein Loch in der Decke, und wenn es regnet, muß ich weg. – Interessant, sagte sie. – Ja, sagte ich. Dann gingen wir. Ich zeigte ihr alles. Sie war sehr beeindruckt, und wir standen dann eng aneinandergeschmiegt und schauten durch das Loch meiner Decke in den weiten, an diesem Abend sehr klaren Himmel. – Was für eine schöne Wohnung, sagte sie. – Ja, sagte ich. – Was für ein herrlicher Ausblick, sagte sie. – Ja, sagte ich. – Was für ein schönes großes Loch, sagte sie. – Wohl, sagte ich. – Willst du? fragte sie. – Was? fragte ich. – Mein Loch sehn? fragte sie. – Welches? fragte ich. Diese Frage aber mußte sie enttäuscht haben, und sie wandte sich ab. Diese Frauen sind doch wahrlich komplizierte weibliche Wesen. Außerdem, was sollte ich mit einem Loch anfangen, in dem man die Sterne nicht sieht? So ohne Wissen war ich nun also immer noch, und Bärbel war auch bald nicht mehr traurig gekränkt von meiner schüchternen Art und kam wieder und wieder, es war eine schöne Regelmäßigkeit, wie die wilder Katzen, wenn sie zum Futterplatz kommen. Es war Sexualerziehung, sozialrealistische Aufklärungsarbeit, Biologieunterricht siebte Klasse: DER MENSCH. Wie stolz das gemeint war. *Menschen, ich hatte euch lieb, seid wachsam!* Irgendwo immer diese Zeilen gelesen und dann wachsam weitergegangen und wachsam angekommen und wachsam eingeschlafen oder wachsam Babsis Brüste bewundert, wenn es schon sonst nichts zu bewundern gab. Das Gebiet war ja abgeriegelt, da fiel man doch wie von selbst ineinander. Das übrigens war mir auch eine Erklärung für Bärbels Zustand mit diesen zwei wirklich sehr kleinen Kindern am Handgelenk rechts und am Handgelenk links, die jeder, der es nicht besser wußte, für Einkaufsnetze hielt oder für Eimer voller Briketts. Natürlich, am Anfang hatte ich da gar keine Ahnung. Bärbel kam, zeigte mir, was sie hatte, bis eine Therapiestunde um war und sie sich ihre Schuhe wieder auf ihre klitzekleinen Beinchen streifte und ging, Tag für Tag und Woche für Woche, bis ich achtundzwanzig wurde und gesellschaftlich anerkannt volljährig war. Wieviel Geduld von ihr ausging, es muß Liebe gewesen sein. Barbara, was habe ich dir angetan all diese Jahre hindurch! Da stand sie dann plötzlich mit ihren vollen Einkaufstaschen vor meinem Zelleneingang, und ich wußte sofort, daß heute ein besonderer Tag war und daß von diesem Tag an alles anders sein würde als bisher. – Das sind die Zwillinge Tutti + Tutti, sagte Bärbel. – Wo kommen sie her? fragte ich. – Aus meinem Körper, sagte sie mit einem obszön in die Länge gezogenen Lachen, wie ich es noch nie an ihr beobachtet hatte. Ja, es war, als wenn Tutti + Tutti in diesem Lachen geboren wurden und aus dem obszön verzogenen Mund kamen anstatt richtigerweise aus dem Analgang. Wir jedenfalls kamen alle irgendwann einmal hinten heraus, vorausbestimmt, ein Proletarier zu werden, ein Floh oder gar nichts. Und wie gern wäre ich eine Mundgeburt mit fertiger Sprache gewesen. Ich hatte also Babsis zierlichen

Leib aufs schändlichste unterschätzt und sagte: Wie schön, daß ihr da seid. Kommt nur herein und legt die Briketts ab. Sie hatten alle Briketts in den Armen, weil es Winter war und Barbaras Behausung undichte Fenster hatte und der schreckliche Ostwind bis unters Strohlager pfiff. Tutti + Tutti hatten je ein Brikett im Arm, das sie artig in eine Ecke neben meiner Toilettentür legten, und Bärbel hatte sieben Briketts im Arm, die sie neben die Briketts von Tutti + Tutti legte, was eine schöne schwarze Reihe ergab. – Es gibt heute Briketts in der Stadt, da sind wir gleich los, sagte Babsi. – Du hast einen Ofen? fragte ich. – Nein, sagte sie. Aber das macht nichts. Und in diesem Augenblick sah ich in Barbara die unendlich tapfere Frau, die zwei wirklich süße kleine Tuttis auf die Welt gebracht hatte und trotzdem noch zwanzig Stunden am Tag berufstätig war, um in der äußerst kurzen Freizeit mir auch noch in pädagogischer Absicht ihre Erfahrung zu schenken. Ja, es war ein Arbeiter- und Frauenstaat, und wir gehen ihn spruch- und sprachweise durch. Klar war mir allerdings, daß da etwas vorgefallen sein mußte mit Bärbels wirklich zierlichem Körper, und auch, daß es demnach so etwas wie einen Mann gab, der das anzurichten imstande war. Richtig. Er hieß Tutti 3 und war Grenzpostbeamter. Einer von denen, die meine Urnen für Post an Margarete von Hering durchsuchten, ob da auch nichts Subversives durch die Wortgruppen schimmerte. Doch halt. Ich verfitze mich. Margarete im Himmelreich oben, ich jetzt im achten Schuldbezirk unten, Posturne nach oben, Päckchen nach unten, aber Barbara mit geöffneten Beinen auf meinem Schoß. Die Vergangenheit ist etwas Gleichzeitiges, vielleicht deshalb. Nun gab es Tage, an denen Tutti 3 früher nach Hause kam und auf Bärbel so lange mit dem ganzen Zorn seiner politischen Klasse einschlug, bis diese wirklich sehr zierliche Frau schwarz, rot und goldgelb war den ganzen Körper entlang abwärts. Furchtbarer Anblick. Ich machte kalte Umschläge und schrieb Beschwerdebriefe an Stalin. Später erfuhr ich, daß er schon tot war und folglich auch nichts mehr lesen konnte. Tutti + Tutti hielten sich auf dem Korridor auf und spielten mit den Briketts Mensch-ärgere-Dich-nicht. Ich habe niemals mehr so begabte und bis zum Autismus radikal auf sich selbst konzentrierte Kinder gesehen. Wie sonst auch hätten wir in Anbetracht dieser Wesen Mann und Frau spielen können, Verliebter und Verliebte, Königin und Grubenarbeiter, Katze und Wurm. Bärbel weinte und weinte. Sie habe diesen stämmigen Grenzpostbeamten ohne Berufsausbildung mit Abitur doch auch nur wegen der auf Verehelichung gewährten Rabatte genommen, wir kannten das vielfach von vielen, diese verlockenden Sonderangebote und ihre verheerenden Folgen. Es war eine Art Staatsfalle und Zeugungstrick. Und kaum, daß ich ihr glaubte, hing ich auch schon im Zentrum des Schicksals von Schuld und Verschuldung, Treuebruch und Eifersuchtswahn, gefährdet auf Schritt und Tritt. Wohin ich auch ging, überall lauerte Tutti 3 mit einem Beil in der Hand in den Büschen und wartete auf die Dunkelheit wie auf einen Komplizen für die schrecklichste aller Taten, den Totschlag. Was heißt das philosophisch betrachtet: daß es uns durchaus gegeben haben mußte als huschende, mit Geschlechtsmerkmalen hochausgestattete Subjekte. Ich sage das mit diesem Nachdruck, sagte ich Feuerbach, weil doch immer wieder behauptet wird, wir hätten gar nicht Weihnachten gefeiert aus Angst vor der Rute. Aber vielleicht war ja gerade das unsere Freiheit, frei von Freiheit zu sein und bequem in der Erstarrung zu leben. Wir ließen uns einfach nach hinten fallen, wenn wir es bis zum Hals hinauf satt gehabt haben, und da wir im Abgrund schon waren, passierte auch nichts. Aber hier und jetzt ist mir wirklich sehr schwindlig, und mein Haupt erbittet sich Ruhe. Doch bin ich nun in diese Ruhelosigkeit gekommen, weil ich in diese Welt gekommen bin, und ich will doch sehr dankbar sein und mich dankbar erweisen, wenn Sie mir nur glauben möchten, daß es ein Leben vor dem Leben und daß es eine Geschichte vor der Geschichte gegeben hat. Und Sie, sagte ich Feuerbach, werden es mir noch berichten, wessen verlorener Sohn ich bin. Also weiter, die Sprache abwärts. Erstens: Wir haben uns als Subjekte gelesen. Zweitens: Das Land hatte uns verwunschen und ausgesetzt wie streunende Katzen. Drittens: Wir konspirierten, wo immer wir konnten. War das nichts? – Ist das nichts? fragte ich die weinend auf meinem Schoß sitzende, schwarz, rot und goldgelb geprügelte Bärbel. Wir hatten uns so viel zu sagen und ein Verständnis füreinander, wie ich es später nicht mehr erlebte. Doch Tutti der Grenzpostbeamte schlug so lange mit dem Beil gegen die Hauswand, bis ich wirklich mürbe geworden sagte: Bärbel, nimm jetzt deine Kinder und deine Kohlen und geh! Die Wirkung dieser ein Ende der Schambeziehung ankündigenden Bemerkung war unvorhersehbar heftig. Denn sie ging nicht in ihr Lager zurück, sondern geradewegs in die städtische Aufwärmhalle, wo es einen mit Gas betriebenen Heizofen gab, durch dessen Tür sie ihren kleinen, hübschen Kopf stecken konnte, um sich nun selber die letzte Stunde zu schenken. Selbsttötungen aber waren gesetzlich verboten, weil dann am nächsten Tag zum einen eine Arbeitskraft fehlte, zum anderen, weil es keinen objektiven Grund dafür gab, sich freien Willens aus dem Sklavenglück zu entfernen und die herrliche Unterwelt indirekt damit anzuklagen. Hatten wir denn nicht tatsächlich genügend Wasser und Brot? Fehlte irgendwem etwas? Und vor Liebesspielen waren die Warnungen politisch erfolgt, hier war keiner mehr haftbar zu machen. Zum Beispiel erinnere ich mich an das relativ späte Auftauchen von Liebeslyrik im Literaturprozeß meiner Zone. Zu Recht. Denn durfte es ein öffentliches Anliegen sein zu erfahren, wer wen und wie ins Verderben vögelt? Aber wir waren nun einmal nicht ganz allein für uns unter der Erde, und immer wenn eine Schachtsperre aufging, kam schädlicher Einfluß herunter wie rieselnder Mörtel aus den Fugen der Eisenverschalung. Ich jedenfalls habe das erste Ich-Gedicht in einer nur nachts zu bekommenden Sammlung handschriftlich verfaßter Lyrik gelesen und war sofort auf die Seite der Verbildeten gewechselt und fortan ein Schädling. Auch daran nun, daß Bärbel so jäh Schluß machen wollte, sollte ich schuld gewesen sein, und der Grenzpostbeamte schlug nur noch heftiger mit dem Beil auf meine in äußerster Eile errichtete Barrikade ein, die dem zornigen Ansturm nicht mehr länger standhalten konnte. Ich weiß nicht mehr, wie es ausging, ob er mir nun tatsächlich den Kopf abschlug und mich in vier Teile zerlegte oder ob er nur drohte, es zu tun, es dann aber doch nicht aus einer Reihe kühler Überlegungen heraus den eigenen Vorteil betreffend vermochte. Ich erinnere mich nur, wie ich eines Tages von der psychiatrischen Nachtstation einen Anruf bekam. Oder war es ein Telegramm, zugestellt von einem bis in meinen Dachstuhl heraufgekommenen Grenzpostbeamten keuchender- und bis aufs Unterhemd vollgeschwitzterweise mit den wenigen, aber durchaus sehr ernsten Worten: «Chronifizierte Suizidgefährdung. Schuldobjekt muß inaugurierter Bestandteil der zu treffenden medizinischen Maßnahmen sein. Treffpunkt um Mitternacht am alten Schlachthof.» Irgend etwas war seltsam an dieser Nachricht, gewiß, aber ich konnte den Fehler nicht finden. Wir wurden ja oft, ob nun am Tage oder zur Nacht, irgendwohin bestellt, einmal, weil man angeblich einen Zweier im Lotto gewonnen hatte, ein anderes Mal, weil es Kalk, Lehm und Sand gab. In den meisten Fällen hatten diese schriftlich meistens gar nicht vorliegenden, sondern auf mündlichem Überlieferungswege mehr geflüsterten als gesprochenen Vorladungen nichts zu bedeuten. Der Zweier im Lotto war in Wahrheit nur ein wertlos gebliebener Einer, und anstelle von Kalk, Lehm und Sand standen ein paar ideologisch vorformatierte Proletarier am Drahtzaun und hielten ein Schild hoch: «Hinter diesem Drahtzaun gibt es ab morgen Kalk, Lehm und Sand» oder so ähnlich. Dennoch mußte man hin, schon um sich später von seinen Enkelkindern nicht vorwerfen lassen zu müssen, einen Zweier im Lotto oder Lehm, Kalk und Sand beispielsweise aus einem notorischen Mangel an Optimismus heraus verpaßt zu haben. Und in diesem Bärbel betreffenden Fall kamen einige sehr prinzipielle Anstandsaspekte hinzu: niemals einen Menschen zu verraten, mit dem man schon einmal ineinander verkeilt lag. Das hieß ganz klar: Der Staat endet, wo die Liebe beginnt. Tutti 3 konnte mit dem Beil zwischen Bärbel und mir sein, aber nicht Walter Ulbricht.[17] Das

17 Großherzog der Deutschen D. Republik von (?) bis (?).

waren Axiome, menschliche Fertigteile eines aufgeklärten und um Würde bemühten Ostblockbewußtseins, in jahrzehntelanger Gedankenarbeit herausgebildet und Erdschicht für Erdschicht soziologisch abgesickert und demoskopisch belegt. Und was tat Bärbel? Sie lockte mich nachts in den Schlachthof, um auszubeuten, daß ich ihr ergeben und körperlich abhängig war. – Du mußt wissen, sagte sie mit dünner, dem Zerreißen naher Stimme zu mir, der zitternd, ängstlich und aufs äußerste irritiert neben ihr saß, die Automaschine immer wieder hochkurbelnd, um etwas Heizungsluft gegen die Kälte zu haben, daß morgen früh vierzehn Badewannen aus Bonn gebracht werden. Superstahlware mit Zierleistenkante. Vermutlich zwischen neun und neun Uhr fünfzehn. Hierher, zum Schlachthof, damit die Hauptbevölkerung in den Urnenblöcken davon keinen Wind kriegt und neidisch die vierzehn Beamten absticht, die drei Jahrzehnte auf diese Superstahlwannen mit Zierleistenkante gewartet haben wie Kranke auf ihre Entlassung. – Bärbel, du bist beim Geheimbund? fuhr es entsetzt aus mir heraus. Dann ging alles sehr schnell. Zwei männliche Geheimbundassistenten zerrten mich aus Barbaras Fahrzeugmaschine, verbanden mir Augen und Ohren und führten mich ab. Wir gingen mehrere Tage immer geradeaus, wahrscheinlich bis zur Ahlbecker Strandpromenade nahe der polnischen Grenze. Bellende Hunde hörte ich keine, und Schüsse durch die Ostseeluft pfeifen hörte ich auch nicht. Ich will also nichts übertreiben. Dann wurde ich folgendes gefragt: – Geboren in Leiden? – Ja. – Sind Sie eine Darmgeburt? – Naturgemäß. – Leiden Sie unter mentalem Negativismus? – Bis zur Erschöpfung. – Würden Sie sich für den Frieden sterilisieren lassen? – Nicht nötig. – Kennen Sie eine gewisse Madame M. v. H. im kapitalistischen Ausland? Aha, sehr aufschlußreich, schoß es mir hell durch meinen meistens doch eher vernebelten Kopf. Bärbel, Babsi und Barbara, jede ist ein Geheimnis für sich. Nicht, daß es sich unbedingt um drei verschiedene Personen gehandelt haben mußte. Es kann durchaus, und ich nehme es an, da wir alle zigfach gespaltene Schuld- und Schundopfer waren, ein und dieselbe an verschiedenen Orten verschieden reagierende Liebste gewesen sein. Barbara neben mir und von meinen Geschlechtsaktversuchen gelangweilt in tiefe, von Liebe handelnde Träume versunken. Bärbel beim Geheimbund Auskunft gebend über meine Einsamkeitsschmerzen und andere Hinfälligkeiten. Babsi klagend und weinend darüber. Wer will und darf darüber richten? Ich? Sie? Und doch, sagte ich Feuerbach, will ich auf einem kleinen Stück sauberen Boden stehen, als Staub der Geschichte, mit Sprache vollgesudelt, ach wäre ich doch besser gar nicht zu Bewußtsein gekommen und blind verborgen in einem Winkel zum Sterben geblieben. Doch ist auch eine kleine, verborgene Würde in mir wie eine letzte bare Münze in einem leeren Portemonnaie, und mit dieser Münze wird niemand seine Schulden bezahlen, dafür bürge ich und borge mir Kraft. – Bärbel, wie tief du mich getroffen hast! sagte ich, so tief, wie kein Geheimbundtutti mich jemals hätte treffen können. Sie weinte sich ihre blauen Kulleraugen rot und deutete mit Daumen und Zeigefinger immer wieder ein kleines Stück Luftlinie an, und ich wußte, daß sie ihre Söhne Tutti + Tutti damit meinte. Dann war es sehr lange vollkommen dunkel; es hat so viel Dunkelheit geherrscht in meiner Existenzzeit, daß ich gar nicht weiß, was vorgefallen ist jenseits der Dunkelheit; aber vielleicht ist auch nichts vorgefallen jenseits, und die Einbildung zu sein und die Gewißheit, nicht zu sein, oder die Einbildung von Gewißheit oder aber eben gar nichts, keine Geschichte, kein Leben und kein Tod, nur Filme und Bücher und Bilder einer Geschichte von Leben und Tod. Ich muß zur Ruhe finden, ich muß aufhören können, darüber nachzudenken. Sie könnten mich freigeben, sagte ich Feuerbach, Sie könnten aufhören, mich zu nötigen, nach einer Sprache zu suchen für die Geschichte am anderen Ende der Wirklichkeit. Denn bin ich nicht Kreatur genug, um frei von Verpflichtung zu sein? Dieser Gedanke kam mir zuerst auf der Ahlbecker Strandpromenade. Der Geheimbund wollte mir drohen, und ich mußte lachen, weil ich schon tot war und damit gegen jede Drohung immun. Es war wirklich ihr größtes aller Probleme, daß sie uns ab einer bestimmten Erniedrigungsintensität nicht mehr erniedrigen konnten, ab einer bestimmten Enteignungsgrenze nicht mehr enteignen konnten, ab einer bestimmten Beobachtungshäufigkeit nicht mehr beobachten konnten. Die Aberkennungen waren gewiß vielfältig, aber erschöpflich. Die Erniedrigungen und Enteignungen, sie waren von diesem einen entscheidenden Punkt der Erschöpflichkeit an, den zu überschreiten zu einer Ohnmacht der Mächtigen führte, nicht mehr zu vollziehen, so daß auch die auf weitere Erniedrigungen und Enteignungen hinauslaufenden Drohungen wirkungslos wurden und der gesamte Sprachschatz der Drohungen nur noch aus spannungslos schlaffen Wortgebilden bestand, so abstrakt wie negative Zahlen und so bedeutungslos wie fallender Regen auf einem Friedhof von unten betrachtet. Meinem Gefühl nach war ich tot und lag in der Erde und dachte, was geht mich der Regen auf meinem Grabstein an. Dann hörte ich, daß Bärbel weinte, als sie nun mit ansehen mußte, wie ausgeliefert ich war und mit verbundenen Augen abgeführt wurde. Strafe muß sein, dachte ich. Gewissensstrafe. Wenn auch vor niemandem mit einem Gewissen, aber vor dem Gewissen höchstselbst. Hatte dieses Ereignis Einfluß auf meine Persönlichkeitsspaltung? Ja. Nein. Dann wurde ich in eine Zelle zwei Schachtgänge tiefer geführt. Und wen traf ich? Ich habe es vergessen. Aber ich traf jemanden, das weiß ich so klar, als wäre es eben erst geschehen. Existenzen mit einem Auge prägt man sich besonders gut ein, das ist ihr Vorteil. Keine Ahnung, wo er das andere Auge verloren hatte, wie und wodurch. Er sprach nicht gerade gerne und viel. Ich glaube, seine Geschichte war nicht sehr aufregend. Gut, meine Geschichte war vielleicht auch nicht sehr aufregend, aber ich hatte doch etwas daraus gemacht, soll heißen, hinzugedichtet, und dann nicht mehr gewußt, was Erfindung und was realer Traum gewesen ist. Das ist doch ein taugliches Verfahren. Oh, wenn wir keine Erfinder gewesen wären, was hätte es jemals zu berichten gegeben? Denn ich bin mir wirklich nicht sicher, ob Bärbel tatsächlich in meiner Leidener Dachstuhlbehausung von hinten an mich geschmiegt mit mir durch das Loch in der Decke den vollen Mond angeschaut hat oder nicht. Das Bild, das ich von dieser Szene im Kopf behalten und in diese Zeit hinein mitgebracht habe, ist mir verdächtig romantisch: tiefblauer Himmel, hellgelber Mond, Babsi mit einer Elfenbeinhaut und selbst ich, ohne Verstümmelungen, ohne Narben, auf zwei festen Beinen und mit einer sympathisch leichten Versteifung in der Mitte des Körpers. Gab es das? Es wäre wohl wunderbar gewesen, aber ich bleibe skeptisch. Andererseits, nur ein Auge zu haben und wirklich nicht einmal den Ansatz einer Erzählung, die dazu paßt, ist wohl schlimmer und existentiell niederschmetternder als die Frage, ob wir oder ob wir nicht gleich am ersten schönen Abend, Barbara und Babsi, Bärbel und ich? Er kam aus einer Sprudelwasserfabrik, soviel wußte ich später, saß den ganzen Tag vor einer Fließbandstrecke mit einem offenen und einem geschlossenen Auge und blickte prüfend durch eine Lichtschleuse auf die wie Paradesoldaten an ihm vorbeiziehenden Sprudelwasserflaschen, ob sie voll aufgefüllt waren und ohne Schaden am Glas geblieben sind. Den Oberkörper weit vorgebeugt, die Hände zum schnellen Eingreifen für den Fall einer Fehlermeldung, die gewissermaßen nur aus einer Zentrale seines Gehirns kommen konnte, sehr nah an der schätzungsweise in fünf Kilometer die Stunde vorbeirauschenden Flaschenkolonne, und die Augen, wie schon gesagt, im Einsatz halbiert, linkes Auge auf und rechtes Auge zu, dann rechtes Auge auf und linkes Auge zu, dann wieder linkes Auge auf und rechtes Auge zu und immer so fort, tagein, tagaus, Jahr um Jahr. War das ein gutes Leben? Ich weiß es nicht. Monotonie ist ja dem Prinzip nach etwas Herrliches, aber wenn man dabei ein Auge verliert, ist sie wohl auch nicht gesund. Doch vielleicht gab er auch nur an und wollte Rente. Denn tatsächlich keiner, mit dem ich über ihn gesprochen hatte, und ich war eine Zeitlang sehr herzlich und setzte mich ein, wo immer ich konnte, erinnerte sich daran, ihn je mit einem zweiten Auge gesehen zu haben. Alle, die ihn gesehen haben, haben ihn immer nur mit einem Auge gesehen, und dieses eine Auge wäre auch stets weit aufgerissen gewesen, sobald die Schicht begonnen hätte, und es wäre zugefallen so schwer wie das Fabriktor, sobald die Schicht zu Ende gewesen ist. Er hatte also gelogen, als er erzählte, linkes Auge auf und rechtes Auge zu, rechtes Auge auf und linkes Auge zu. Ich nehme an, daß er deshalb in dieser kargen Ausnüchterungszelle gelandet war und neben mir einsaß. Denn die Rentenlüge war eine wirklich hart geahndete Straftat. – Aber du mußtest doch damit rechnen, sagte ich zu Tutti 4, dessen traurig tiefverweintes Auge meinen Blicken zu entkommen versuchte, indem es irgend etwas an oder neben oder unter meinen Schuhen zu suchen schien, obgleich wir beide sehr genau wußten, daß es weder an noch neben noch unter meinen Schuhen irgend etwas geben konnte, weil wir in einer Ausnüchterungszelle waren und weil es in einer Ausnüchterungszelle nichts als Ausnüchterungszelle gab. – Aber du mußtest doch damit rechnen, daß deine Rentenlüge eines Tages offenbar werden würde. Spätestens dann, sagte ich und lenkte meine Augen in Richtung seines Blickes auf meine Schuhe, wenn dein traurig tiefverweintes Auge von deiner Flaschenreihe in der Sprudelwasserfabrik einmal hoch in die Augen der anderen gerichtet sein würde und keiner daran Anstoß genommen hätte, nur von einem anstatt von zwei Augen angeschaut zu werden, weil wahrlich keiner jemals seinen Sprudelwassertutti mit zwei Augen sehen gesehen hat. Tutti 4 schluchzte, und ich fuhr fachmännisch und pädagogisch einwandfrei fort: Sieh nur, wie zu lügen nicht weiterhilft, wenn man schon immer nur ein Auge gehabt hat. Und damit war etwas geleistet und geschehen, was in meiner ganzen Existenzzeit einmalig blieb und unübertroffen wundervoll: Ich war erzieherisch tätig und, gemessen an Sprudelwassertuttis wirklich zur Reue hochaufgeschwemmtem Problemauge, erfolgreich. Das läßt sich sagen. So wurden wir Freunde ohne Paarungsgedanken, wie es wohl selten ist in unserer gewiß äußerst schwierigen Geschlechtskultur. Es mußten Jahre vergangen sein, denn ich saß ja auch lange in dieser Zelle und spielte vereinsamt mit meinen Füßen, als ich Tutti 4, unterdessen erblindet und ohne Rentenanspruch am Kamilletresen der städtischen Aufwärmhalle auf einem drehbaren Barhocker sitzend, wiedertraf, Jahre oder Jahrzehnte, wer will das schon wissen. Ein Gespenst war nichts dagegen, so sehr in sich verschlossen und bleich im Gesicht wie nach tausendjähriger Folter. Ansprechen oder nicht, das beschäftigte mich Stunde um Stunde. Er schlürfte an seiner Kamille, und ich, so hautnah neben ihm hockend oder stehend, ich weiß das nicht mehr genau zu berichten, dachte, wenn du so laut die Kamille in dich hineinschlürfst, wie er die Kamille in sich hineinschlürft, wird er hören, was ich höre und den Verdacht auf eine lebendige Nachbarschaft schöpfen und mich womöglich aus meinen niemanden etwas angehenden Gedanken reißen, die, immer wenn ich in der städtischen Aufwärmhalle gewesen bin, um Bärbel kreisten, um mich dann, an meiner Stimme, die in ihrer Sonderbarkeit naturgemäß so unverwechselbar war wie ein Buckel bei einem Buckligen oder wie ein Schiefhals bei einem Schiefhalspatienten oder wie eine Hasenscharte bei einem Hasenschartenträger oder wie ein Klumpfuß bei einem Klumpfußbesitzer und so weiter und so fort, gleichviel jetzt, daß ich alle diese körperlichen Merkwürdigkeiten zudem ja auch noch besitze, wo war ich stehengeblieben?, ach ja, mich gewissermaßen selbst zu überführen und dem inzwischen stockblinden Sprudelwassertutti hörbar zu machen, daß ich es bin, der Freund aus der Ausnüchterungszelle im allerletzten Schuldbezirkswinkel. Ich, der ihm die Sache mit seinem Auge moralphilosophisch einmal klargemacht und mit dem Gesetzbuch in Übereinstimmung gebracht hatte. Ich, der nun vielleicht schuld an seiner Erblindung geworden war für den Fall, daß die Erblindung psychosomatische Ursachen hatte und eine nun wiederum mich aufs äußerste beschämende Antwort auf meine pädagogisch gutgemeinte, psychologisch aber verpatzte Bemerkung zu Fragen der Rente und der Rentenanspruchslüge in einer Zeit, auch das muß gesagt sein, in der es von Rentenanspruchslügnern wirklich nur so gewimmelt hat, ich bin gleich fertig mit diesem Satz, sagte ich Feuerbach, Naziverfolgungsrentenlügner hier, Stalinopferrentenlügner dort, gewesen ist. Ich gab also acht, meinen Tee nicht zu schlürfen und mich damit hör- und ansprechbar zu machen, denn Tutti 4, tief vereinsamt in der Seele, wie er da in sich zusammengesackt auf dem Barhocker hockte gleich einer Winterfliege auf einem Pferdemisthaufen, denn es war Winter, tiefer Januarschnee überall, und ich wollte und wollte jetzt nicht gestört sein und an Bärbels kleinen Pfirsich denken, hätte mich angesprochen, ganz zweifellos, und dann wäre ich verloren und von diesem Augenblick an mit einem Gewissenskonflikt beschäftigt gewesen, wie ich es ganz und gar nicht gut fand zur Stunde. Ich trank also nicht, sondern nippte nur, um ja keine Geräusche zu hinterlassen für jemanden, der für Geräusche aufs äußerste empfänglich geworden war durch seine Nichtsehfähigkeit überkompensatorischerweise. Heute frage ich mich natürlich, warum ich meine Kamille nicht stehenließ und gegangen bin. Aber es wird so gewesen sein, daß das Glas schon bezahlt war und dann auch ausgetrunken werden mußte. Nicht meinetwegen, sondern in Einhaltung eines Gaststättenrechtes, nach dem prinzipiell verzehrt werden mußte, was bestellt worden war. Es gab so viele Rechte auf eine Verpflichtung, daß ich sie nicht mehr auf eine Reihe hintereinander bekomme. Endlich war alles leergenippt aus der Tasse oder dem Becher oder dem Glas, nein, kein Glas, Becher, endlich, und endlich konnte, durfte ich gehen, und ich drehte mich um, um zu gehen, da berührten sich unsere zwei kleinen Finger, der meiner linken und der seiner rechten Hand, nicht lange und heftig, aber spürbar, und ich dachte, jetzt, wo sich unsere zwei kleinen Finger berühren, wird er deine Nachbarschaft bemerken und dich mit einem übertrieben freundlichen Dank, aufs hinterhältigste, weil auf eine die Anstandssinne okkupierende Weise, in Anspruch nehmen solange es geht. Und dann wird es wieder losgehen, über die alten schönen Zeiten zu sprechen, wie man zusammen gegen die Wand geschifft hat, bis sie aussah wie Blümchentapete. Doch nein, er fühlte mich nicht. Er fühlte nichts mehr. Aber er roch mich, und das fand ich schlimmer. Erste nachträgliche Überlegung dazu: Warum habe ich das nicht als Kompliment empfunden? Immerhin, ich wusch mich alle zwei Wochen, man kann sogar sagen: ich duschte, denn ich besaß einen Wasserspritzgegenstand, der über eine dem Duschen durchaus ähnliche Technologie verfügte. Ich bin nun gewiß keine der Technik verstandesmäßig zugeneigte Person und erzähle sehr ungenau weiter, aber diese Errungenschaft besessen zu haben, das anzugeben ist mir wichtig und zeigt, daß ich nicht nichts war, oder besser gesagt, daß ich vielleicht nichts war, aber dennoch mehr als nichts hatte, oder besser gesagt, ich unterschied mich von allen anderen, die nichts waren und nichts besaßen, eben durch diesen dem Prinzip von Druckboiler, Wasserzufluß und Wanne durchaus verwandten Wasserspritzgegenstand. Mehr als eine Rinne und weniger als ein Bad. So wie ich. Mehr als eine Zecke und weniger als ein Hund. Wie kam ich dazu? Ich sehe noch Bärbel, wie sie zu mir allein deswegen kommt, weil ich diesen technologisch sehr interessanten Gegenstand besitze, der ihr zur Reinigung ihres Körpers so sehr dienlich sein konnte. Ihre glatte, weiße Marmorhaut hinter dem Vorhang aus Plaste und Elaste aus Schkopau. Ihr helles, unbeschwertes Lachen, wie eine Armee glücklicher Kinder, sobald lauwarmes Wasser auf ihre himbeersüßen Poren tropfte. So viel Ausschweifung auf Westniveau in meiner Hochstandhütte unter der Erde, ich frage mich tatsächlich und weiß keine Antwort: Woher? Einmal warf mir Margarete zwei Münzen in den Schacht, die bei uns ein wahrer Reichtum waren. Ja. Ich tauschte eins zu zweihunderttausend (?) und kaufte es im Warenhaus KONSUMENT (?), das drei Stück davon anbieten konnte, da es die mongolischen Endverbraucher plötzlich abbestellt hatten (Zeitung vom gleichen Tage). Ich weiß tatsächlich nicht mehr, wie dieser Gegenstand hieß, aber Margarete von Herings Verwandtschaft[18] war froh, bei mir etwas wiederzufinden, das sie wenigstens im entferntesten an ihre Heimat denken ließ, in der warmes, fließendes Wasser zur Tagesordnung gehörte. Ansonsten war für sie bei uns alles wie eine Landschaft des Mondes. Zum Beispiel die rückwärts fahrenden Autos, vorne Pferde-

18 Wer konnte das gewesen sein? Und wie lange wohl hielten sie, bei uns zu sein, durch?

gespann und hinten Motorräder. Aber ich verzettele mich wieder. Wenn man alt ist wie eine Schildkröte, nicht nach Jahren, sondern nach Schmerzen gemessen, kommen so viele verschiedene Bilder in die Tragödie, daß man selbst noch meint, ein doch eigentlich recht bevorzugter Haufen zu sein. Jedenfalls verstehen Sie jetzt, sagte ich Feuerbach, daß es mich zutiefst kränken mußte, wenn man mich schon allein mit der Nase herausfand. Und das ausgerechnet von Tutti 4, den näher zu beschreiben ich aus hygienischen Gründen unterlasse, zumal es nur unzureichend genaue Worte gibt für die bizarren Grindlandschaften in seinem mehrfach prämierten Aktivistengesicht. Daß er ein wieder und wieder erwählter Held der Arbeit war, ein Adolf Hennecke[19] an Unerschrokkenheit und Einsatzbereitschaft, verhinderte nicht seine Blindheit im Alter. Mehr noch: Auch der Tastsinn war ruiniert. Jeder andere hätte meine Anwesenheit in der städtischen Aufwärmhalle trotz Totalerblindung spätestens in dem Augenblick registriert, in dem sich mein linker und sein rechter oder sein linker und mein rechter kleiner Finger berührten, ob nun willentlich oder nicht. Aber Sprudelwassertuttis Finger waren Lederriemen geworden, schwarze nervenlose Körperfransen, so sehr hatte er sie eingesetzt im Dienste des Fortschritts, ohne Fragen zu stellen und immer bei Starkstrom. Ich werde noch oft daran denken und davon erzählen müssen. Vielleicht, weil es mich über meine eigene Mißgestalt hinwegtrösten kann. Und das im solidarischen

19 Hennecke, Adolf, dt. Bergarbeiter; sein Förderrekord löste xx48 nach dem Vorbild der sowj. Stachanow-Bewegung die Aktivisteninitiative «Bewege dich jetzt, Genosse!» aus (zahlr. Tote nach einer Massenhysterie). Starb einsam, den Körper in eine Fahne gewickelt.

Verbundenheitssinn und nicht, um Konkurrenz loszuwerden, weil monströs zu sein Mode geworden ist. Venceremos, Tutti, wir werden siegen! Aber im Ernst jetzt, sollte sich ein Mensch im Namen des Sozialrealismus so weit auf den Hund bringen? Artikel 35 der Verfassung der Deutschen D. Republik besagte z. B.: 1) Jeder Bürge[20] der Deutschen D. Republik hat das Recht auf Gesundheit und Schutz seiner Arbeitskraft. 2) Dieses Recht wird durch die planmäßige Vergrößerung der Arbeits- und Lebensbedingungen, die Pflege wie z. B. die Volksgesundheit, eine umfassende Sport- und Freizeitanlage sowie durch Wanderkurse und Schulspeise gewährleistet. 3) Auf der Grundlage eines sozialen Versicherungssystems werden Arzneimittel gegen Sachleistungen eingetauscht. Artikel 36 der Verfassung der Deutschen D. Republik drückte es noch klarer aus, worauf Tutti 4 wirklich allen Anspruch haben sollte: 1) Jeder Bürge der Deutschen D. Republik hat das Recht, ein Invalide zu sein. Meine zweite nachträgliche Überlegung, meine Kränkung, von Sprudelwassertutti riechenderweise erahnt worden zu sein, betreffend, betrifft meine in dieser Situation wahrgenommene, mit kritischer Distanz mir selbst gegenüber gewürdigte und an Eitelkeit grenzende Feinheit oder Vornehmheit, wie Artikel 37 es meint: Jeder Bürge der Deutschen D. Republik hat das Recht auf Rechtsschutz bei Kündigung. Und davon mache ich jetzt, bitte, Gebrauch.

20 Nicht mit «Bürg-er» verwechseln, bitte. Danke.

5. Zwischenberichte aus dem Inneren meiner pathologischen Gesamterscheinung.[21]

Daß ich groß bin, wäre gelogen, und ich habe es auch niemals behauptet. Wenn jemals von Größe die Rede gewesen sein soll, dann betraf sie allein meine Schulden. Und nicht nur Geldschulden haben sich, ich möchte sagen: akkumuliert, denn das klingt wenigstens wie höherer Abschluß und an Intelligenzüberschuß tragisch gescheitert. Ich habe auch Sprachschulden, die genauer betrachtet Empfindungsschulden sind, und ich muß sehr viel Gefühl zurückgeben. An wen, weiß ich nicht. Da meine Mutter wahrscheinlich weiblichen Geschlechts gewesen ist, werde ich einer Frau zurückzugeben haben, was in einer hinteren Kammer meines geschändeten Herzens wie für die Ewigkeit aufbewahrt ruht. Doch was könnte in mir am Leben geblieben sein, das zu verschenken keine Beleidigung wäre? Meine Erinnerungen, die vage Mutmaßungen eines idealischen Halbmenschen sind? Gewiß, ein wenig utopieverliebt war ich schon immer, wenngleich hinter einem Realitätssinn versteckt, für den das Leben nur eine Summe aus Abfällen ist. Klarsicht im Nebel der höllischen Wirklichkeiten und Halluzinationsrituale, den menschlichen (?) Fortschritt (?) betreffend, sind ja einander nicht völlig auszuschließende Grundphänomene eines aktiven Gelegenheitsgeistes. Einmal dies, einmal das. Ein-

21 Oder, wie Feuerbach schrieb: «Es ist ein bedauernswerter Umstand, daß es in der ganzen Stadt Okkerwalde keinen einzigen Menschen gab, welcher so viel wissenschaftliches Interesse in sich gefunden hätte, um diesen Menschen (?) zum Gegenstand physiologischer Untersuchungen zu machen.» – Und schon war Professor Daumer zur Stelle und begann.

mal Kopf, ein anderes Mal Hüfte und abwärts. Doch das ist bereits Sinnunterstellung. Bleiben wir bei den Tatsachen, bei den Maßen, von den Fußsohlen bis zur Schädeldecke. Immer wieder Bleistiftstriche am senkrechten Balken, genau gemessen ein Meter achtunddreißig, und wenn ich verliebt war, kamen noch ein paar Zentimeter hinzu. Aber es kann sich geändert haben. Auch Fehlgeburten entwickeln sich erstaunlich zum Tode. Man sollte immer wieder nachschauen, messen, unterwegs sein forschenderweise, um zu verstehen, was für ein Rätsel der Körper ist. Hätte ich früher zum Beispiel, als ich noch Versteifungen bekam, kurz zuvor Maß genommen, ich hätte sicher eine Latte gerissen, die auf zwei Meter fünfzig gesetzt war. Aber konnte ich im erholsamsten Moment, den es für unsereins überhaupt gab und in dem ich aus mir unerfindlichen Gründen immer an das Gemälde *Die Freude der Armen* von Otto Dixieland denken mußte, die Möglichkeiten meines augenblicklichen Wachstums im Kopf haben, um dann nicht doch immer wieder fürchterlich anzustoßen hier oder dort? Zumal ich noch außerhalb eines Bewußtseins vom Körperlichen als einer der sensationsgierigen Fachwelt außerordentlich kostbaren pathologischen Produktmasse lebte, wie ich sie aufs hochwertigste besaß und, mit Verlaub, noch immer besitze. Daumer würde viel Geld dafür geben, wenn er auch nur einen authentischen Abgang aus der Zeit meiner Jahre als ostdeutscher Erdling unter die Lupe bekäme, sagte ich Feuerbach. Jetzt ist es zu spät, und auch die Produkte beim Discounter können gar nicht ersetzen, was mir der Zonenbrei physiologisch betrachtet angetan hat, um das menschliche Wunder des Überlebens vorzuführen in seiner ganzen prächtigen Vollkommenheit. Ich war in eine Art philosophische Raserei geraten und fuhr fort, dem für den Moment etwas überforderten Feuerbach meine Erkenntnisse zu schenken: nicht die hochzivilen, feinmotorisch komplexen, psychodynamisch differenzierten und aufs intelligenzquotenmäßig bestausgestatteten – ich ließ die Aufzählungskette zur Charakterisierung der von mir gemeinten Spezies, die schier endlos zu werden begann, ganz einfach fallen, um gleich zum nosologischen Finale zu kommen – nein, die Primitivlinge, wie ich einer bin, die Hefe im Sonntagskuchen, der Humus, das Holzmehl, die Pampe, die gewöhnliche Grundsubstanz wie Gips unter der vergoldeten Charakterkopfbüste oder Silikon in der Brust eines Busenwunders, der äußeren Form nach kaum zu unterscheiden von einem Haufen, auf dem sich die Fliegen tummeln, und im Innenweltleben so interessant wie eine ausgeräumte Karstadttüte, das, dieses zwischen *Es ist* und *Ich bin* oszillierende Existenzgeheimnis in Haut-, Fett- und Gewebeverpackung, das die elementare Voraussetzung bildet für ein paar auserwählte Prachtexemplare, die dann die Gesetzbücher und die Geschichtsbücher und die Kochbücher schreiben und die kulturellen und politischen und juristischen und soziologischen Erwartungen an unsereins, die wieder und wieder aus weiß der Himmel was für Gründen verwechselt werden mit ihresgleichen, so bis in alle Ewigkeit unerreichbar hoch ansetzen, daß der Sturz, sagte ich Feuerbach, nicht nur grundlegend gegeben ist, sondern endlos lang dauert, von der Höhe der Ansprüche in die Tiefe der Realität, von der Fiktion *Mensch* in die Wahrheit einiger aufeinander reagierender Aminosäuren oder dergleichen. Allein was dem Gehirn, das nun wirklich aussieht wie eine

Harzer Käserolle, die nicht pünktlich in ihre Verpackung zurückkam, alles zugemutet wird an Leistungsbereitschaft, da hätte man ja noch mit einer Maschine im Moment ihres technischen Ausfalls mehr Mitleid. Und dieser Sturz, dieser alles in die Abgründigkeit mit sich reißende Vernichtungsstrom, mit dem wir ertrinkenden Ratten gleich herumgeschleudert und abgetrieben werden, wird gebremst und beendet nur durch die dem Leben wie ein Gnadenbrot beigegebene zeitliche Begrenztheit. Das einzige ontologische Ereignis, das unsere Vorstellungen vom Humanen absolut ausfüllt, ist demnach unsere Sterblichkeit, woraus zu schließen ist, daß das Nichtvorhandensein, also das Nichtgeborensein, also das Keine-Mutter-und-keinen-Vater-Haben die idealen Voraussetzungen bietet, wenn man nur eben reif und bereit ist, das Nichtsein als Chance zu begreifen. Ich also bin gar nicht so fern eines würdigen Lebens, sagte ich, wenn er, Feuerbach, nur bitte aufhören möchte, für mich meine Herkunft zu klären. Denn es gibt, das habe ich gelernt, nur die Verstoßung. Natürlich gibt es Täuschungsangebote wie Treueversprechen und Körperwärme und lange, gutgemeinte Briefe, so wie es damals meine zwei kleinen Holzpferde gab, aber darüber hinaus, prinzipiell und von oben betrachtet, haben wir es ausschließlich mit Praktiken der Verstoßung zu tun. Ich denke sogar, daß die hellen Momente, die wir für Glück halten wollen, weil sie frei sind von einem Schmerz, eingerichtet wurden, um der Verstoßung noch mehr Gewalt beizugeben, wenn sie vor dem Hintergrund einer Versöhnung erscheint. Das ist der existentielle Zynismus, der vor keinem System jemals haltgemacht hat, so daß ich doch über der Erde der Kreatur unter der Erde aufs Haar genau gleiche.

Wann und unter welchen äußeren Bedingungen war ich als ein Geschöpf der Geschichte wahrer und tiefer? Aber konnte ich Feuerbach, der sich so engagiert und schon geradezu obsessiv an meinem Rätseldasein festgebissen hatte, dermaßen vor den Kopf stoßen und sagen, daß mich meine Ursprungslegende nicht weiter interessiere und daß ich unterdessen recht gut damit zurechtkommen kann, ein namenloses Garnichts zu sein? Möglich, daß ich allein Feuerbach zuliebe noch etwas mitspielte und Erinnerungen in mir aufkommen ließ, von denen ich wirklich bald nicht mehr wußte, ob sie zu meiner Vergangenheit gehörten oder lediglich Reproduktionen einer Bildungsverdorbenheit waren, die sich zu Zwangsvorstellungen abgespaltet und verselbständigt hatten. *Ich* ist eine Zwangsvorstellung, davon ging ich unterdessen sehr sicher aus. Indes und andererseits bin ich doch der, der ist, was er gesagt hat über sich, allein nur dies und nichts sonst. Und ich sage, was ich herausgefunden habe und weiß, damit es auch die anderen herausfinden können und wissen und mich nicht länger nötigen möchten. Wenn ich nun nichts sagen würde, wäre ich nicht etwa nichts, was ich recht schön finden könnte, ich wäre lediglich ein anderer, und das wäre schlimmer. Ich wäre dann die Vermutung darüber, daß ich ich bin, könnte aber ebenso auch nicht ich sein, und keinem fiele es auf. Gewiß kann ich auch nicht ich sein, wenn ich sage, er, dieses Wesen von einsachtunddreißig, ist ich, dieses Gesicht ist ich, dieser gute und dieser nicht gute Halbmensch, dieses nicht Lügenkönnen und diese Lüge währenddessen sind ich, er, dieser Körper, dieser von Sprache zerstörte und tief vernarbte Aufenthaltsort einer Seele im Körper ist ich und so weiter. Ich muß nicht sein, was ich sage, daß ich es bin. Aber ich bin ganz gewiß nicht, was gesagt wird, daß ich es wäre, würde ich nicht sagen, was ich bin. Würde ich gar nichts sagen, wäre ich eine Erfindung. So bin ich ich in der Vermutung, ich zu sein, und diese Vermutung kommt meinem Wissen von mir selber zumindest recht nahe, sagte ich Feuerbach, der immer noch nicht herausgefunden hatte, und das war in bezug auf die Glaubwürdigkeit meiner Selbstaussagen durchaus von großer Bedeutung, ob es diese Deutsche D. Republik überhaupt gab und ob ich, wenn es sie denn gab, ein echter Erbprinz derselben und als dieser von unschätzbarem Experimentierwert sei. Denn ich nehme gelegentlich doch an, sagte ich Feuerbach, im Dienst eines grandiosen Experimentes gestanden und meine Zeit an fremde, die Lehre vom tierhaften Menschen betreffende Gedanken nutzfrei vertan zu haben. Fragestellung: Wie reagiert eine Ratte, eine Darmgeburt wie ich a) auf vollkommene Dunkelheit, Wasser und Brot? und wie b) auf das Licht der Freiheit? Wann wird diese Ratte, diese Darmgeburt Freiheit gebrauchen können, a) in der Dunkelheit bei Wasser und Brot? b) im Licht derselben, mit oder ohne selbstangelegte a) sichtbare oder b) unsichtbare Fesseln? Braucht diese Existenzform, wie sie meiner Wenigkeit eigen geworden war, menschliche Sprache mit a) einem reichen, b) einem mittleren, c) einem kleinen Wortschatz, oder genügt es zu grunzen? Andererseits trieb es Daumer in die Verzweiflung, da er doch immer wieder auf Subjektreste in mir stieß, die nicht vollkommen aufzulösen und auf seine Interessen hin, die natürlich die weitergeleiteten Interessen der Pharmazie, der Bekleidungs- und Nahrungsmittelindustrie und später auch des Vergnügungsgewerbes gewesen sind, umzuleiten waren. Schon zu

Zeiten, in denen ich die härtesten Leibesabrichtungen erfuhr, die ein organisches Lebewesen auszuhalten imstande ist, entdeckten meine für mich und meine Erziehung zum Sklaven zuständigen Aufseher mit Teilfacharbeiterausbildung im Fach Starkstromelektrik sehr zähe eigene Kräfte, die menschlich zu nennen mir jetzt nicht zusteht, die aber auf jeden Fall resistent für jede Form von Vereinnahmung gewesen sind. Lag etwa in dieser kranken Muschel meiner Person eine kostbare Perle, vergleichbar mit einem Charakter und einem Willen und einer Moral? Und wo, wenn diese Welt unter der Erde reines Gift gewesen ist, kam sie her? Daumer interessierte sich für Körpermaße, Gewichte, Umfänge, Ausscheidungen, Abgänge, Reaktionen und Nichtreaktionen. Aber was konnte er erfahren über die Summe seiner Messungen und Untersuchungen hinaus? Ob ich, zum Beispiel, einer höheren Gattung zuzusprechende Empfindungen hatte oder ob meine Liebe zu Bobo und Bärbel, Barbara und Babsi, zu Grete und Margarete, wie sie allenthalben durch meine halbnervösen Andeutungen kurz vor dem Einschlafen bekannt geworden sein kann, doch nur ein vegetativer Reflex gewesen ist? Um darauf eine brauchbare Antwort zu finden, könnte mir meine Abstammungslegende vielleicht doch etwas nützen. Also weiter: Wo kam er her, wo ging er hin, wer war seine Mutter? Doch vielleicht meine ich gar nicht meine Körpermutter, vielleicht meine ich eine Universalmutter. Etwas und jemand, der uns von oben her festhält, wenn wir, wie es unausweichlich ist, stürzen. Etwas und jemand, der einen Sinn gibt dafür, daß es keinen Sinn gibt. Etwas und jemand, in dessen Augen ich lesen kann, wer ich bin, wenn ich bin, auch ohne einen Namen zu haben. Meine

Körpermutter wäre nur ebenso hilflos, wie mein Körpervater es wäre, wie ich es bin und wie alle es sind. Meine Körpermutter und mein Körpervater und der Körper meiner mir eigenen Namenlosigkeit beschäftigen mich nicht. Wer *Ich* ist, wenn ich mich mit meiner Körpermutter oder meinem Körpervater oder dem Körper meiner mir eigenen Namenlosigkeit beschäftige, interessiert mich. Dieser wertvolle Satz aus einem vorherigen Jahrhundert, *Ich ist ein anderer*, interessiert mich, weil ich ja tatsächlich stets als jemand angesprochen werde, der ich gerade nicht bin – als Lebender, während ich tot bin, als Toter, während ich lebe, und so weiter. Die mich nicht mögen, sagen sehr einfach, mich gibt es nicht, und damit schon sind sie mich los. Denn kann ich beweisen, daß ich mich sprechen hören kann, daß ich mich sehen sehen kann, daß ich mich fühlen fühle? In meiner Totseinzeit, als ich gar nichts wußte von mir selber, wurde ich, glaube ich, ernster genommen, sonst wäre ich nicht verfolgt worden bis in jeden kleinen Mäuseschlupfwinkel hinein, sonst wäre ich nicht abgehört worden, wie ich was zu meinem Spielzeugpferd spreche, und Bärbel wäre mir nicht ins Bett geschleust worden, um an mein Geheimnis zu kommen. Meine Totseinzeit muß sehr interessant gewesen sein. Vielleicht studienzweckmäßig ergiebig schon für Oberarzt Dr. Tutti, der die Resultate für harte Devisen an Daumer nach oben verkaufte. Ich sage bewußt: vielleicht, weil es Vermutungen sind, Unterstellungen allemal, Interpretationen der Dinge, die sind, wie sie sind, und die nicht sind, wie wir sie sehen. Oder die sind, wie wir sie sehen, weil sie sind, was wir behaupten, daß sie es sind. Standpunktfragen, würde ich sagen. Ich bin, weil ich bin, oder ich bin, weil anerkannt wird, daß ich bin. Früher, in meiner Totseinzeit, war ich, und jetzt, am Ende der Totseinzeit, bin ich nicht mehr oder nicht mehr selbstverständlich oder nur so viel, als ich beweisen kann zu sein, hier und vor Ihnen, sagte ich Feuerbach, in Verdacht gekommen, nicht zu sein und meine Anwesenheit zu bezahlen mit Lüge und zu lügen, daß ich mich sprechen hören kann, daß ich mich sehen sehen kann, daß ich mich fühlen fühlen kann. Keine materiellen Hinweise darauf. Vereinzelte Fotografien, in feuchte Kisten verstreut, angeschimmelt und gelb bis in die Mitte des Bildes. Körpermutter und Körpervater und Körperich mit seinen zwei Pferdchen im Arm. Nicht wirklich zu erkennen. Mehr Schwarzton als Bildnis. Mehr Behauptung als Nachweis. Feuerbach recherchierte. Ich recherchierte. Daumer nahm Puls und maß Fieber. Man sorgte sich um meine Gesundheit, weil es immerhin sein konnte, daß ich am Ende doch noch real bin. Und dann wäre mein Wertsein gestiegen wie eine Aktie, weil ich als ein Überlebender der Totseinzeit gegolten hätte, als ein Zeuge der Nichtwelt, ein echter Unter-der-Erde-Bewohner, mehr Experimentalgeschöpf als menschliche Schöpfung, aber mit Lungenflügel und Atmungsorgan und unbesiegbar wie Ungeziefer. Ich bin selbst immer wieder überrascht, wie ähnlich ich einem Menschen letztendlich doch bin. Etwas eitel und stolz drehe ich mich vor dem Spiegel im Kreis und sage zu mir: Schau, fast wie ein Mensch! Das ist neu. Das ist ein Selbstvertrauen in meiner Fragmentpsyche, wie ich es früher niemals besaß. Aber geschenkt auch, in einer Totseinzeit an sich selber zu denken, wenn der einzige Gedanke, der zu einem selbst hinführt, einem gar nicht gehört. Denn wurde ich nicht erschaffen allein durch die Beobachtungen der anderen an meinem Körper? Waren die Blicke nicht da, war ich verschwunden. Daumer sah mich an, und ich sah mich sehen und fühlte mich fühlen und vieles mehr. Hinsehen und da sein und wegsehen und weg sein, darauf konnte ich mich verlassen, das war verbindlich, beobachtet werden und bedeutend sein und nicht beobachtet werden und an seiner Gewöhnlichkeit leiden, das gehörte zusammen. Später blickten die Blicke mich ganz einfach weg, das war sonderbar, angeschaut zu werden und gesagt zu bekommen, nicht vorhanden zu sein und Beweise schuldig zu bleiben für das, was vor einem Spiegel geschieht. Daumer zauberte mich weg, indem er mich anschaute und durch mich hindurchsah und nachfragte, ob da noch etwas oder noch jemand im Raum sei. Ich mußte den ganzen Tag etwas tun dafür, um in Daumers Tagebuch als vorhanden erwähnt zu werden. Mein Dasein war unselbstverständlich. Ich war, bin und bleibe unselbstverständlich. Meine Knochen, mein Schädel, meine Erinnerungen, meine Vermutungen, alles war, ist und bleibt unselbstverständlich. Daumer sollte mich aus dieser Unselbstverständlichkeit befreien, indem er verifizierbare Nachweise, Studienergebnisse, theoretische Beweisketten und empirische Resultate lieferte. Er war rechenschaftspflichtig auch anderen gegenüber. Er bekam, glaube ich, Gelder für mich, damit er den Nachweis meines Vorhandenseins erbringt. Niemand kann tun, was er will. Auch die nicht, die so tun, als täten sie, was sie wollten. Autonomieschwindel. Moralisch fast so verwerflich wie die Rentenlüge. Obgleich der Autonomieschwindel erst einmal gar nichts einbringt. Etwas Aufmerksamkeit von seiten einer autonomiebegabte Wesen naturgemäß gern vorführenden

Presse: der Affe und was daraus wurde. Aber dann und sehr plötzlich ist Schluß. Es sei denn, der Autonomieschwindel geht nahtlos über in die Rentenlüge. Geschichtsopferfälschung, theoretisch möglich, sobald der Nachweis erbracht ist, ein biologisch zirkulierendes System ohne nennenswerte Abhängigkeit von einem sozialen Träger zu sein, einer psychopathologischen Basiseinrichtung wie der Psychiatrie zum Beispiel. Und immer wieder: die Atmung, der Puls, was gewissermaßen die Kronzeugen meiner physischen Beschaffenheit mit überprüfbarem Anwesenheitsstatus sind. Es genügte nicht mehr, darauf hinzuweisen, daß ich leibhaftig vor einem in den Garten aufgestoßenen Fenster stehe und die Katze der Maus hinterher ins Gebüsch springen sehe, wenn ich leibhaftig vor einem in den Garten aufgestoßenen Fenster stand und die Katze der Maus hinterher ins Gebüsch springen sah. Du mußt beweisen, sagte Daumer, daß du leibhaftig vor einem in den Garten aufgestoßenen Fenster stehst und die Katze der Maus hinterher ins Gebüsch springen siehst. Behaupten, sagte Daumer, kann das jeder, und das ist, sagte ich Feuerbach, eine wirklich auf sehr andere Weise kompliziert verstrickte Welt für mich. Denn in meiner Totseinzeit, in der ich mich wieder und wieder hart in den Arm kneifen mußte, um zu prüfen, ob mein Körper auch etwas spürt und vielleicht nicht so sehr tot ist, wie es den Umständen nach der Fall zu sein schien, in dieser Auslöschungs- und Verhinderungszeit, an die ich denke wie an eine sehr große Dunkelheit mit kurzen, kräftigen Blitzen, war ich vorhandener, als es mir selber lieb und wichtig sein konnte. Ich ging vom Bett zum Tisch und vom Tisch zum Fenster und vom Fenster zur Tür, und es war so sehr wichtig, daß niedergeschrieben stehen mußte, wie und wann ich vom Bett zum Tisch und vom Tisch zum Fenster und vom Fenster zur Tür gegangen bin und ob es auf dem Weg vom Bett zum Tisch und vom Tisch zum Fenster und vom Fenster zur Tür Begegnungen mit einem anderen Menschen gegeben habe, der seinerseits vom Bett zum Tisch und vom Tisch zum Fenster und vom Fenster zur Tür unterwegs gewesen ist, um mich, der ebenfalls vom Bett zum Tisch und vom Tisch zum Fenster und vom Fenster zur Tür unterwegs gewesen war, zu treffen und mir vielleicht etwas Außergewöhnliches zu geben oder zu sagen, was mit dem Weg vom Bett zum Tisch und vom Tisch zum Fenster und vom Fenster zur Tür nichts mehr zu tun gehabt hätte, wodurch der Weg vom Bett zum Tisch und vom Tisch zum Fenster und vom Fenster zur Tür für alle, die diesen Weg gegangen sind, ob gleichzeitig in gleicher Richtung oder zeitversetzt in entgegengesetzter Richtung oder gleichzeitig in entgegengesetzter Richtung oder zeitversetzt in gleicher Richtung, zu einer Vortäuschung davon geworden wäre, den Weg vom Bett zum Tisch und vom Tisch zum Fenster und vom Fenster zur Tür, ob gleichzeitig in gleicher Richtung oder zeitversetzt in entgegengesetzter Richtung oder gleichzeitig in entgegengesetzter Richtung oder zeitversetzt in gleicher Richtung, zu gehen des Weges selber wegen, um in Wahrheit, in welcher Abfolge auch immer, vom Bett zum Tisch und vom Tisch zum Fenster und vom Fenster zur Tür in der Absicht zu gehen, sich etwas Außergewöhnliches und den Weg vom Bett zum Tisch und vom Tisch zum Fenster und vom Fenster zur Tür, in welcher Abfolge wer wann wie und wo losging auch immer, nicht mehr Betreffendes zuzustecken oder zuzuflüstern oder wer weiß was nicht alles andere noch. Ich selbst war mir überhaupt nicht sicher, ob ich tatsächlich vom Bett zum Tisch und vom Tisch zum Fenster und vom Fenster zur Tür gegangen bin, und hätte es nicht diese Niederschriften darüber gegeben, die wir natürlich nicht einsehen konnten zu einer Zeit, in der diese Einsicht von praktischem Nutzen gewesen wäre, weil sie uns Auskunft über den Status unseres Vorhandenseins, nein, nicht hätte geben, aber doch vermuten lassen können, um so neue Hoffnung zu schöpfen, und die eigenen Anwesenheitsproben, die sicher jeder von sich regelmäßig nahm, auch, nein, nicht bestätigt, aber doch zur Vermutung freigegeben hätte, realen körperlichen Ursprungs zu sein, wüßte nicht nur ich, sondern niemand nicht, ob er nun an besagtem Tag zur besagten Stunde und so weiter vom Bett zum Tisch und vom Tisch zum Fenster und vom Fenster zur Tür gegangen war und so weiter oder nicht gegangen war und so weiter, wie, wann und mit wem auch immer, was, auf die Gegenwart dieses Ereignisses bezogen, praktische Schlußfolgerungen von durchaus ermunternder Aussage zugelassen hätte, aber nun und auf die Vergangenheit dieses Ereignisses bezogen, als Rückblick, als Nachgedanke o.ä. kaum mehr von Wichtigkeit war. Und hätte es nicht diese Niederschriften darüber gegeben, ich wüßte auch heute nicht, ob ich oder ob ich nicht diesen Weg tatsächlich ging, was, von daher, verpaßten Sinn nachholt, denn, aber das erklärte ich schon, ich hätte dieses Anwesenheitswissen natürlich damals gebraucht, vor allem, damals, um dieses bedrükkende Gefühl der Gefühllosigkeit, um dieser Vorstellung, begraben zu werden, ohne beerdigt zu sein, das heißt, ohne zur Beerdigung fachmännisch untersucht und freigegeben worden zu sein, kompensatorisch auszugleichen und somit nutzbringend im Sinne meiner Anwesenheitsvermutung für mich zu verwenden, was von daher gewiß ein Gefahrenkomplex von äußerster Ernsthaftigkeit darstellen mußte für die Kräfte der Deutschen D. Republik, deren Bürge[22] ich war, die das Wissen darüber, ob es oder ob es mich nicht gab, für sich behalten und nur auf Antrag und mit einer mit gesundheitlichen Argumenten argumentierenden Begründung, der das Gutachten von Oberarzt Dr. Tutti unbedingt beizulegen war respektive voraussichtlichen Sterbetages zur Begründung eines auf Mitgefühl hinauslaufenden Verständnisbemühens, preisgegeben haben. Und auch das nur zögerlich und in kleinen, kaum wirklich zu gebrauchenden Erkenntnisportionen in Form, Art und Weise über viele Jahre verschickter und sich wieder und wieder widersprechender Beamtenbriefe mit Stempellogo aktiver Hammer, gespreizter Zirkel und große gebogene Ehrenähre.

22 Siehe Anm. 20. (Gilt ff.)

6. Von der Wartezeitmarter, kurz vor Ausbruch des Krieges.

Ja, dieses Jahrhundert unter der Erde bestand hauptsächlich aus Wartezeit, es war, glaube ich, das Jahrhundert der Wartezeit an und für sich. Wir warteten auf alles, von unserer Geburt an wie auf diese höchstselbst. Ich wartete, glaube ich, von allen am längsten, ehe mich meine Körpermutter in die rauhe präsibirische Wildnis ausgesetzt hatte. Dem Entbindungswarten folgte das Bestätigungswarten, entbunden und in die rauhe präsibirische Wildnis ausgesetzt worden zu sein. Ein Leben war zu kurz, um das Puzzle dieser Bestätigungswartezeiten zusammenzubekommen. Einige schafften es, aber sie waren dann auch weit über hundert. Ich hätte es niemals geschafft, das begriff ich sehr früh, wartenderweise auf einen dieser zahllosen kleinen Beamtenbriefe mit Stempellogo aktiver Hammer, gespreizter Zirkel und große gebogene Ehrenähre. Zumal, ich sagte es eben, diese Beamtenbriefe voller verwirrungsbeabsichtigter Gemeinheit gewesen sind und in der Folgeinformation die Vorgängerinformation annullierten, so daß das Puzzle zur Ermittlung des Anwesenheitsstatus immer wieder in eine an Selbstzerstörung grenzende Infragestellung der Beweistauglichkeit zusammenstürzte, implodierte, wie am Ende alles, was mit dem Stempellogo aktiver Hammer, gespreizter Zirkel und große gebogene Ehrenähre, früher hätten wir gesagt: gesegnet, heute sagen wir: belastet war, implodierte. Klarer noch, zumal hier das Wort Gemeinheit gefallen ist, womit die Beamtenobjekte in einen zur Rentenlüge geeigneten Autonomieschwindel verstrickt werden, der zu einer Übertreibung der Kompetenzen führt, denn keiner, und nicht einmal ein

Beamtenobjekt, wußte in Zusammenhang mit der Ermittlung des Anwesenheitsstatus tatsächlich Bescheid, so daß die Beamtenobjektbriefe sicher hauptsächlich das Nichtwissen zur Sprache gebracht haben, wodurch dann diese den Anwesenheitsstatus unaufgeklärt lassende Verwirrungssprache entstand. Woher sollten die Beamtenobjekte ihre Informationen unsere Lebendigkeit betreffend haben, wenn sie selbst keine Beamtenobjekte, über ihre Lebendigkeit Auskunft gebend, kannten? Das ist eine interessante Frage, sagte ich Feuerbach, die mich wohl nicht zur Ruhe kommen und schlafen lassen wird die nächsten Tage, Wochen oder Jahre. Nicht einmal der jeweils unsterbliche Staatsratsvorsitzende auf Zeit, der sozusagen das wichtigste Beamtenobjekt war, das die Gesellschaft unter der Erde überhaupt hervorbringen konnte in Verbindung mit der Masse der arbeitenden und den Frieden für alle erhaltenden Primärwesen einschließlich der zahllos vielen Parasiten wie der Kopf- und der Filzlaus zum Beispiel, hatte einen restlos sicheren Einblick in seinen Anwesenheitsstatus. Alle krochen und tappten sie im Dunkeln. Die einen im absoluten Dunkel, die anderen in einem an Helligkeit zumindest denken lassenden Dreiviertel- oder Vierfünftel- oder Fünfsechsteldunkel. Ich erinnere mich nur zu gut an die Wissensarroganz eines im Dreiviertel- oder Vierfünftel- oder Fünfsechsteldunkel kriechenden oder tappenden Beamtenobjektes gegenüber den im absoluten Dunkel kriechenden oder tappenden Beamtenobjekten, ganz zu schweigen uns gegenüber, die nicht einmal Beamtenobjekte, sondern geradezu Objektobjekte waren und behandelt wurden wie Schmutz an den Sohlen der Schuhe. Oh, eine Metapher, wie freundlich, zurück. Denn ich wartete wie alle anderen auch auf diese fragmentarischen und zur Verwirrung geeigneten und nur, wie ich es jetzt weiß, zu einem minderen Teil absichtlich und zu einem hauptsächlichen Teil aus gegebener Selbstverwirrtheit zur Verwirrung in sprachverwirrter Nichtsprache abverfaßten Beamtenobjektbriefe unseren Anwesenheitsstatus betreffend, tagtäglich am Fenster stehend wie ein am Fenster stehender Mondsüchtiger, wenn es Nacht gewesen wäre, oder Sonnensüchtiger, wenn es ein sonniger Tag gewesen wäre, oder Wolkensüchtiger, wenn es ein Regentag gewesen wäre, und so fort zum Beispiel, aber der Regel nach wohl wie ein Wolkensüchtiger, weil es ein Regentag war, weil wohl doch jeder Wartetag ein Regentag war. Ich sehe mich ganz deutlich warten, wenn ich darüber spreche, daß wir im Grunde unserer Zeitgegebenheit in einer Wartezeit waren. Manche strickten dabei oder bügelten die Pionierhalstücher ihrer Jungtuttis mit dem Vaterlandslogo: Hammer (aktiv), Zirkel (gespreizt) und Ehrenähre (groß und gebogen), wieder andere sahen die Sandmannberichte mit Ente und Schnatterinchen oder sammelten Beeren für den Korbine-Früchtchen-Orden in Gold, Holz oder Kreide. Ja, alle waren wir beschäftigte Objektobjekte, und kein Oberweltreporter hätte in unseren sorgenzerfurchten und auf notorischen Vitaminmangel zurückzuführenden gelbhäutigen Gesichtsmasken Spuren von Wartezeitbewußtsein entdeckt, sie haben nachweislich gar nichts entdeckt, und das war kränkend besonders für uns zu harten Kritikern gewordenen Parteikaderleichen. Jeder, kurz dies auch dazu, war mit vollzogener Geburt potentieller Parteikader und in Folge eine Parteikaderleiche mit subalterner Zutrittsberechtigung ins Untotenreich Schuldbezirk neun, Abteilung vierunddreißigster Gesang, für die wirklich ganz schweren Fälle von pathologischer Zukunftsverliebtheit und nicht mehr therapierbarer Fortschrittsneurose in einer ganz und gar inkommensurablen Eigensprache zum Vortrag oder zur Verschriftung gekommen und für eine allgemeine, mich und die anderen betreffende Zusatzvergiftung des Denkenkönnens geworden. Und doch waren wir beseelt von Wartezeitbewußtsein. Die an Maschinenbewegungen erinnernden Arm-, Bein- und Kopfbeugen zum stampfenden Rhythmus eines Produktionsprozesses in Richtung nächster Fünfeinhalbjahresplan, sie waren nicht, wie die Oberweltpresse wieder und wieder bemerkte, frei von menschlicher Beseelung, auch wenn nur dem an Erfahrung reichen und Minimalgesten zu deuten befähigten Beobachter, der gewiß ein emotional verfeinerter und zum Subtextlesen begabter Spezialbeobachter sein mußte, auffallen konnte, daß in diesen scheinbar unbeseelten Gesichtern die Zeichen eines außerordentlich ausgeprägten Wartezeitbewußtseins auf ihre Versprachlichung und schließliche Übersetzbarkeit in eine der großen Weltsprachen Polnisch, Ungarisch, Tschechisch oder Bulgarisch, Rumänisch oder Russisch warteten. Ich setzte mir Wasser für meinen Kamillentee auf in einer Zeit, in der ich schwer kamillenteeabhängig war und den ganzen Tag über nur eines zu tun hatte: mir, wie und wo auch immer, Kamillentee zu besorgen, den ich nicht selten, ob es mir nun bekam oder nicht, im Rohzustand aß, um die lange Wartezeit – schon wieder eine Wartezeit! – des Aufkochens und Abkühlens und Trinkenkönnens mit einem verbrauchstechnischen Trick abzukürzen, ging vom Bett zum Tisch und vom Tisch zum

Fenster und vom Fenster zur Tür und wartete. Die Kamille war eine Droge gegen das Warten, und auf sie konnte ich nicht warten, oder nur schwer und unter gräßlichen Schmerzen. Das große Existenzwarten indes war durch nichts abzukürzen oder auszutricksen, es war zu betäuben, mit Kamille zum Beispiel oder mit diversen Liebesspielen, die geeignet waren, keine Spuren in Form von Nachwuchs zu hinterlassen, so unglücklich dann wie wir alle, aber es war nicht in einem ontischen oder ontologischen, nicht zu verwechseln mit onkologischen Sinne auf eine ernstzunehmende und den Geschichtsbüchern anzuvertrauen geeignete Weise abzuschaffen. Das Existenzwarten war nicht abzuschaffen, das wollte ich sagen, sagte ich Feuerbach. Und ich tat durchaus sehr viel, während ich wartete. Alle taten sehr viel, während sie warteten. Selbst die Geschlechtsaktversuche, wie ich sie erlebte oder als erlebt überliefert bekam, waren als nützliche Wartezeitvarianten bekannt. Nicht selten sah ich auf meinen Wecker dabei und überlegte, wie viele Stunden noch vergehen mußten bis zur nächsten Briefkastenfüllung. Aber was genau von diesen täglichen Briefkastenfüllungen erwartet wurde, wußte niemand zu sagen. Denn die Briefkastenfüllungen waren rein behördlicher Verpflichtungsnatur, Hausordnungspläne oder neue Appellvorschriften im Broschüreformat. Gesetzblätterdrucke zum Abheften für jeden Bürgen der Deutschen Dermatologischen – ha, jetzt habe ich das Zwischenwort auch wiedergefunden – Republik. § 22, Absatz 1/III: Es ist unsittlich und entspricht einer Straftathandlung mit Inhaftierungscharakter, zu einem anderen Bürgen der Deutschen Dermatologischen Republik zu sprechen a) nach 18.30 Uhr, b) an gesetzlichen Feiertagen wie b1) 1. Mai, b2) 7. Oktober und b3) Väterchen-Frost-Silvester sowie c) um zu klagen. § 23, Absatz 345: Jede Begegnung eines Bürgen mit einem anderen Bürgen der Deutschen Dermatologischen Republik entspricht einer unerlaubten Zusammenrottung und ist strafrechtlich verfolgbar zu machen, wenn a) diese Begegnung nicht unverzüglich und freien Willens wieder aufgelöst wird oder b) diese Begegnung nicht unverzüglich und freien Willens auflösbar ist, durch b1) Unfall eines der an der Begegnung beteiligten Bürgen, b2) Bewußtseinstrübung eines der an der für einen der an der Begegnung beteiligten Bürgen als real nicht wahrgenommenen Begegnung der Bürgen oder b3), ich habe es vergessen. Es war so exakt, und ich bin so ungenau. Aber im Falle dieses Briefes, auf den ich wartete und an den ich dachte, während ich mir mit dem einen oder anderen Geschlechtsaktversuch die Zeit verkürzte, ging es um, wie war der Satz? Ach, ja, im Falle dieses Briefes ging es um die Frage: weiterexistieren, ja oder nein. Ein Krieg wurde angekündigt der allerschrecklichsten und alle Kriege an Schrecklichkeit noch übertrumpfenden Art, mit Hitzeproduktionen, daß wir alle noch als Schatten ins Mauerwerk eingepreßt würden, unvorstellbar für jeden. Ein Krieg der Schuldbezirke untereinander. Hier die Basisrohre im Erdreich und nach oben gestochen, dort die den Schacht abwärts fliegenden Giftuntertassen. Wir schreiben das Jahr Herbst xx83. Tutti 5 und ich und viele Frauenkriegsabwehrkörper in einem Lager für postmilitärische Vorausbildung im Big Camp «Ernest Thälmann» bei Wurzen. – Bist du auch froh, behindert zu sein? fragte Tutti5. – Ich bin sehr froh, behindert zu sein, antwortete ich. – Was für ein Glück, behindert zu sein, sagte Tutti 5. – Was für ein

Glück, behindert zu sein, sagte ich und streckte meinen Klumpfuß, der in einem von Hofrat Stark in Tübingen spezialangefertigten und um eine elastische Richtrute und Lederriemen verbesserten Korrekturapparat steckte, Tuttis eitrig freiliegenden Oberschenkelknorren infolge einer Amputation des über dem Knie abgelösten Beingliedes entgegen. – Was machen wir, fragte Tutti 5, wenn wir die Prüfung nicht bestehen und sie uns in den staatlichen Überlebensbunker nicht hineinlassen wollen? Ja, es war ein sehr schlimmes Drohbild, mit einem Projektor an die Kalkwand geworfen und jeden auf Dauer traumatisierend: rechts ein gemütlicher Überlebensbunker, sehr hübsch eingerichtet, ruhige Bürgen voller Zuversicht und in sozialrealistischem Hoffnungsfieber beim Brett-, Hütchen- oder Kartenspielspielen, daneben eine Hustenteetheke, darüber ein sowjetischer 5-Watt-Strahler mit Kreppapierkrause, auf eine weibliche Entwicklungsingenieurin der Freien Pioniergruppenhilfe gerichtet, wie sie mit einem Handstaubsauger Made in Ho-Chi-Minh-Stadt, alles vom Besten und Schicksten, was unter der Erde handelsüblich herumlag, den versehentlich durch die zu lange offengehaltene Überlebensbunkertür hereingewehten Atomstaub vom Tapetenmuster saugte, und links daneben, zwei Schritt von der zu lange schon offenstehenden Überlebensbunkertür entfernt und dennoch am Eintritt gehindert durch einen ihn energisch abweisenden Grenzpostbeamten mit einer schutzpolizeilich zugelassenen Waffe in der rechten Hand, der mit langen Haaren und tobender Klassenfeindheule verbotene Schlager viel zu aufdringlich laut bis ins Innere des Überlebensbunkers hinein abspielende und deutlich mit einem untersten Anwesenheitsstatus nichtausgestattete Delinquent, eine: Dieses-Individuum-haben-wir-verloren-Erscheinung, wie es sie nach einer Auslese von ca. einem bis eineinhalb Prozent pro Populationsschub wieder und wieder gab zuzüglich der durch keine wissenschaftlich vorausschauende Methode zu verhindernden oder wenigstens zu reduzierenden Kriminalitäts- und Psychoserate, und darunter in großer und uns allen als ein auf Lebens- und Sterbenszeit je unvergeßlich bleibender Schock durch die Glieder fahrender, gleichsam mahnender wie die Mahnung in vollzogene Strafe schon verwandelt habender Schrift: *Dieser Typ muß draußen bleiben!* – Tutti, wenn uns das trifft, sagte ich zu Tutti 5, der nichts mehr sagte und nur noch still in sich hineingeweint hatte und die Prüfungsfragen dabei auswendig lernte, wie was zusammenpaßt, wenn es tatsächlich Krieg gibt. – Nein, nein, sagte ich zu Tutti 5, wenn jemand draußen bleiben muß, dann allein ich. Es war ein Trostversuch und als solcher moralisch untadelig. Zumal ich immer der war, bin und sein werde, der, wenn nicht alle Menschen oder Halbmenschen oder Viertelmenschen usw. in ein Boot oder auf eine Insel oder an ein über einen Abgrund hängendes Rettungsseil passen, abgehängt wird, ausgesondert und abgeschrieben, vergessen, vernachlässigt und stehengelassen, verraten und verkauft und aufgegeben von Anbeginn. Und dann dieses Warten auf die Entscheidung der Prüfungskommission, Tutti 5 auf der Tuttiseite der Welt und ich auf der Gegnerseite der Unterabteilung. Bin ich, oder bin ich es nicht, berechtigt in einen der vorhandenen und nach Schuldbezirken gegliederten Überlebensschutzbunker zu kommen mit und ohne Toilettenspülung oder Hilfsduschenausstattung oder ukrainischen Gurkenreserven und vieles andere mehr oder weniger oder gar nicht? Denn auch ich wollte sterben auf natürliche Abart. Aber nie eine Antwort erhalten. Und ich wartete und wartete. Keine Ahnung. Wirklich weniger als gar nichts.

7. Die Nadelmaschine eines gewissen František Kafka.

Eines Tages klingelte es, wo?, in meiner Leidener Wohnung, und ein seriös zu sein nicht ungeschickt simulierender Herr ganz in Schwarz stand vor meiner Abrißhausherrlichkeit und erklärte mit verwelkten Nelken im Arm, die er seiner geliebten Verlobten schenken wollte, es aber nicht geschafft habe beruflicherweise, weil zeitlich immer am Anschlag, er sei, und ein wie über sich selbst lachen müssendes Grinsen huschte über das aschgraue Beamtenobjektgesicht, von der – na, Sie wissen schon, *Firma*, und ob er mich für den Moment, der sehr entscheidend sein würde in Hinblick auf die Frage: Überlebensbunker ja oder niemals, sprechen und etwas Entscheidendes die Angelegenheit: Überlebensbunker ja oder niemals Betreffendes fragen könne. Um nun nicht so leise flüstern zu müssen, wie diese Angelegenheit den Flüsterton für den Fall verlangte, daß ein anderes vernunftbegabtes Objektobjekt rein theoretisch wahrscheinlich zuhören könnte, daß nicht nur ich, sondern selbst er nicht mehr verstehen würde, was er gerade geflüstert habe, bat er, hereinkommen zu dürfen für diesen einen individualhistorischen Moment. – Klar, komm, sagte ich in völliger Überforderung durch sich der einfachen Logik nach ebenso einander ausschließende wie gleichzeitig auf mein schon immer sehr schwaches Nervensystem einwirkende Wahrnehmungsreize. Tutti X setzte sich auf das für den seltenen, aber nicht völlig ausgeschlossenen Kommunikationsfall angeschaffte und quer vom Fenster in die Mitte des Halbschattenraumes in zwei vom Dachscheitel herabgelassene Strickschlingen aufgehängte Besucherbrett, schaukelte fröhlich seinen Geheimbundkörper, den ich zu dieser Zeit noch für einen recht harmlosen und dem meinen durchaus verwandten Überflußkörper hielt, durch die von allerhand Aufregungsschweiß etwas angesäuerte Luft und sah für mein Verständnis aus wie eine Suizidleiche am Birkenast über dem Dorfteich von Wurzen, wo es ganz besonders viele Suizidleichen an Birkenästen hängend gegeben hat, warum auch immer, ich weiß es nicht. – Firma, das klingt interessant, sagte ich mit einem leisen Unterton von mehr philosophisch vorweggenommenem als tatsächlich empfundenem Mitleid. Wasserwirtschaft wäre ganz vorzüglich, weil mit meiner Hilfsduschenausstattung seit ein paar hundert Jahren etwas nicht mehr ganz stimmt, fügte ich hinzu und hatte wohl verdrängt, daß es um meinen Anspruchsantrag auf einen gewiß nur drittklassigen Stehplatz im Überlebensbunker ging. Und wieder huschte ein an auf, kann man das sagen?, ein an auf Hochglanzparkett verschüttetes Schmieröl erinnerndes Grinsen über des Geheimbundtutti blaßblau verfärbtes Grummelgesicht. – Schmieröl her oder hin, sagte der lustig auf meinem Kommunikationsbrett hin und her schaukelnde Tutti X, in meinem Resthaar noch heute, weil auch ich ein Arbeiter bin. Diesen bedeutenden Nachsatz hatte er gesungen zu einer damals sehr bekannten Melodie. Noch immer hoffte ich innig, der Herr in der todschickschwarzen Proletarierkleidung wäre in Sachen Wasserwirtschaftsprobleme professionell auf Hilfstour und erzählte bis zum Austritt von, ich möchte es Engagementspeichel nennen, was mir die Mundwinkel abwärts auf den Hemdkragen tropfte, wie schwierig es für meinen Niemandskörper geworden sei, zu einer einigermaßen zufriedenstellenden Reinigung zu kommen, wenn der Wasserstrahl in meiner Hilfsduschenausstattung, die eine mich für alle Zeit bis in die Ewigkeit in den Genuß des Privilegs bringende Anschaffung war, von der Kraft eines Spatzenstrahls sei anstatt von der einer an einen TGL-Fortschritt anknüpfenden Errungenschaft. Wirklich, nur wenige Tropfen aus einem münzgroßen Duschkopf am Ausgang des eigens für mich vom Kanalisationszuleitungshauptrohr abgehenden und durch mehrere Wände in meine Behausung hineingefädelten Erlebnisschlauches, so nannten wir das, Bärbel, Barbara, Babsi und ich, angeregt von einem dank Margarete von Hering zu uns heruntergeschmuggelten Wellnesskatalog, den wir nicht müde wurden Seite um Seite durchzublättern träumenderweise. Hinzu kam, daß der unterhalb der PVC-Wanne an vier Aluminiumhäkchen befestigte Druckkesselboiler von etwa zwei bis drei Liter Füllmenge regelmäßig bei Gebrauch vom Gewicht des leichte Schwingungen erzeugenden Körpers im Duschabenteuer aus seiner vielleicht etwas zu nachlässig konstruierten Halterung brach und mit einem vor allem die Untermieter aufs äußerste reizenden Knall auf die Kacheln krachte. Untermieter, wer könnte das gewesen sein? Und keine gesicherte Auskunft dazu von Tutti X. Das machte mich stutzig. Tutti X schaukelte, und ich dachte nach. Vielleicht ist er gar nicht von der Wasserwirtschaft? schoß es mir durch den noch immer mit einer enormen Verdrängungsleistung beschäftigten Kopf, als auch schon die sehr scharfe Frage wie ein Messer in Butter geschnitten mein für derartige geistige Überraschungsangriffe wahrscheinlich zu kleines Gehirn komplett zu überfordern begann: – Sind Sie für oder gegen den Frieden? Nein, er duzte mich, natürlich. Nicht aus

Freundschaft, sondern aus Herablassung. Es hätte mich auch noch mehr durcheinandergebracht, als ich es ohnehin schon gewesen bin, wäre ich angeredet worden wie ein Kronprinz von Baden zum Beispiel. – Oh, sagte ich, lassen Sie mich nachdenken, bitte. Ich duzte Tutti X selbstverständlich nicht zurück, denn er roch wirklich nicht so sehr streng und hatte Anspruch auf verbale Distanz. Außerdem war ich jetzt schon ganz und gar ängstlich geworden und zitterte sichtbar und versuchte, Zeit zum Denken herauszuschinden, damit ich keinen Fehler beginge und in ein noch größeres Elend geriete, als ich es ohnehin schon zu ertragen hatte. Ja, es war noch viel zuviel Hoffnung in meinen Knochen, das fällt mir jetzt auf und wundert mich äußerst. Klar, diese Frage war eine Falle, und ich mußte mir viel Zeit zum Denken besorgen. Ich drehte mich in Richtung meines Kamillenteelagers und sagte, wir sollten doch erst einmal einen Kameradschaftstrunk nehmen. Tutti X durchschaute mich sofort. – Er muß doch wissen, ob er für oder gegen den Frieden ist? sagte er, geschickt das Personalpronomen so wechselnd, daß mir meine Rolle als Objektobjekt noch einmal klar werden konnte. – Ich brauche meine Drogen zum Denken, sagte ich. – Ach, sagte er, nach wie vor mein Kommunikationsbrett zur Entspannung seiner durchaus Respekt einflößenden Muskelgruppen im oberen Körperbau nutzend, ach, sagte er, nicht mehr und nicht weniger. Mir war bewußt, daß ich jetzt irgend etwas versaut hatte, aber was und wodurch, das war noch offen. – Na ja, sagte Tutti X, in so einen Überlebensbunker passen halt nicht alle hinein. Es gibt zu viele Überflußkörper. Man muß Entscheidungen treffen, Prioritäten setzen, wer zur Fortpflanzung taugt. Und wer nicht für uns ist, ist gegen uns. Und wer gegen uns ist, kann nicht für den Frieden sein. Denn wir sind der Frieden, sagte Tutti X. – Ich bin aber auch ein bißchen der Frieden, sagte ich mit einem leisen Ton der Empörung. Auch kleine, auch sehr kleine Menschen können große Gefühle für den Frieden haben. Tutti X stand von meinem aufs bequemste schaukelnden Kommunikationsbrett für Besucher mit einem hochkonzentriert energischen Ruck auf, als wollte er meine erzwungene Gastfreundschaft nicht länger in erzwungenen Anspruch nehmen, und sagte nun deutlich zorniger geworden, wobei seine wirklich äußerst aparte Tuttilocke ihren festen Sitzplatz verlor und nach vorn über die Stirn hin herabhing wie ein, ach, wo komme ich nur immer hin mit den Sätzen, weil ich ein wohl quirliger Geist bin, ein Geistesmensch eben, ein Homo academicus. – Nun, wie er will, sagte Tutti X, wie er meint. Der Geheimbund bettelt und bittet nicht. Ich war überrascht und fast schon beleidigt, wie schnell er mich aufgab und wie wenig er um meine Überzeugung kämpfte. War ich denn wirklich nur Dreck? – Er ist Dreck, sagte Tutti X und spuckte aus. Wir haben das alles belegt seit vielen Jahren, sagte Tutti X, seit er von seiner Körpermutter ausgesetzt wurde. Wir wissen einfach alles, das soll er glauben. Auch von dem Fluchtversuch freilich, sagte Tutti X. Ich glühte und brütete einen hochroten Kopf aus vor lauter Schuldseinempfindung. Es stimmte. Ich wollte zu Margarete, um mich einmal persönlich für den letzten Quelle-Weihnachts-Sonderkatalog zu bedanken, hing am Liftseil wie ein Affe am Baumstamm, aber die Kraft ließ mich doch ganz schnell im Stich, und ich rutschte die vielleicht zwei, vielleicht drei Kilometer an einem halben Tag wieder herunter, als wäre rein gar nichts gewesen. Keine Grenzpostbeamten, keine Tuttis, keine Geheimbundkörper, nur meine Winzigkeit in tiefer trauriger Nacht. – Ich will es mal so sagen, sagte Tutti X. – Wie? fragte ich. – Also so, sagte Tutti X. Er war auf den scheußlichsten Abwegen aufwärts, und wir haben gewartet, daß die Vernunft wieder zurückkommt, die ihm ja immerhin einmal gelehrt worden war in mühsamer sozialrealistischer Sonderdidaktik. Eigens seinetwegen, sagte Tutti X, haben wir eine außerordentliche Geheimbundversammlung durchgeführt unter dem Thema: *Der schlecht beschriftete Körper und seine Folgen für den Staatsorganismus.* Ich war es, der darauf hinwies, daß wir keinen Geheimbundkörper gebrauchen können, der unfreiwillig und allein unter dem Eindruck von Daumenschrauben, Halskrause und Dornenkranz sein Bekenntnis abgibt, sagte Tutti X. Felix Edmundowitsch Dserschinski in allen Ehren, sagte Tutti X weiter, aber wir sind in einer etwas anderen kollektivneurotischen Situation, so hautnah am klassischen Klassenstaatsfeind. Meine Sehnsucht nach einer schönen Tasse Kamillentee wurde immer größer, es hing mit meiner Betäubungsbedürftigkeit im Augenblick realer Gefahren zusammen, und ich verstand den Sinn seiner Rede nur wie durch eine Nebelwand hindurch, als wäre ich von dem Moment des plötzlichen Auftauchens des Geheimbundkörpers in meiner Dachgeschoßhütte bis zu dem Moment der an mich gerichteten und mir alle Kraft und Vernünftigkeit und Diplomatie und Intelligenz und Standpunktorientiertheit abverlangenden Frage, Frieden yes oder nicht, um mehrere Grade blödsinniger geworden. – Nein, er ist Dreck, und dabei bleibt es, sagte Tutti X. Aber wir sind ja auch nur Menschen, sagte Tutti X. Wir können ihn nicht auf die Liste unserer Bunkerkundschaft setzen, aber ausmerzen werden wir ihn vorläufig auch nicht. – Danke, sagte ich. – Bitte, sagte Tutti X. Dann weinten wir beide, und Tutti X erzählte, was für eine schwierige Kindheit er hatte. Immer schon einen Klumpfuß in einer Klumpfußmaschine. Oder war ich das? Was habe ich dazu, bitte, gesagt? fragte ich Feuerbach. Es ist soviel Zeit vergangen, es müssen Jahrhunderte sein. So ein wirklich schöner schwarzer Lackledermantel und eine so herzzerreißend weinende Scheinpersönlichkeit im Inneren dieser sicher geheimimportierten Kostbarkeit, dachte ich. Wie auch der politische Hochadel plötzlich zusammenbrechen kann, dachte ich. Eben noch Stalin und gleich darauf gar nichts. Nein, ich konnte und kann keinen frierenden Hund sehen, weil mein Herz noch vorhanden ist für die armen und die schwachen und die traurigen Geschöpfe. – Also, sagte ich zu Tutti X, erst einmal eine schöne heiße Kamille und dann weg mit dem Kummer. Wir schaukelten auf meinem Kommunikationsbrett, sehr lange, sehr ruhig, meine linke auf seiner rechten oder seine rechte auf meiner linken Hand, was insofern nicht dasselbe ist, als die Hand oben aktiv und die Hand unten passiv gewesen sein muß, was insofern einen gewaltigen Unterschied ausmacht, als die aktive Hand einem Handlungsimpuls des Mitgefühls oder der emotionalen Vereinnahmung oder beider Motive gleichzeitig folgte und die passive Hand einem Handlungsimpuls des Geschehenlassens von Mitgefühl oder emotionaler Vereinnahmung oder beider Motive gleichzeitig. – Ich bin, sagte Tutti X schließlich, eine Darmgeburt wie er, wie du, er duzte mich wieder. Alles zweiter Bildungsweg, sagte Tutti X.

Hilfsabitur auf der Bauern-und-Handwerksfakultät in Leiden. – In Leiden? fragte ich. Da hätten wir uns ja treffen können, als ich die Straßen dort fegte. – Ja, sagte Tutti X und verschüttete etwas Kamillentee aus meiner im Jungpionierdasein selbst zurechtgekneteten PVC-Bechertasse, die nicht unbedingt zu den ausgesuchten Schönheiten unter den Bechertassen dieser Welt gehörte, aber gar nicht tropfte vom Bechertassenboden auf die jeweilige Untertasse oder die jeweilige Tischplatte oder den jeweiligen Fußboden und praktisch betrachtet durchaus tauglich gewesen ist. Tauglicher als ich, das gestehe ich sofort. Jedenfalls, was erfuhr ich? Tutti X hatte erstens keine Tuttieltern, was ihn einmal mehr in meine Existenznähe rückte. Tutti X hatte zweitens Verdauungsprobleme, und auch das war mir durchaus vertraut. Geheimbundtuttis Antrag auf Bunkertauglichkeit war nicht generell abgelehnt, wie etwa meiner, aber bestätigt zunächst einmal auch nicht. Geheimbundtuttis Angst wuchs und wuchs, mit jeder Raketenmeldung tagtäglich und stündlich und von Minute zu Minute und mehr. Eines Tages jedenfalls habe es dann auch in Geheimbundtuttis Abrißhausherrlichkeit geklingelt, und ein Seriosität geschickt simulierender Geheimbundkörper mit einem todschickschwarzen Lackledermantel habe plötzlich vor dem verängstigten Tuttiobjekt gestanden und gesagt, er käme, er könne es sich wohl denken, von der Firma, und ob er, das Tuttiobjekt, auch für den Frieden sei, das solle er, das Tuttiobjekt, doch jetzt einmal und ganz unmißverständlich dokumentieren, und daß es schließlich bedeutende Auswirkungen auf den weiteren Werdegang seines auf Bunkertauglichkeit hin zur Überprüfung freigegebenen Antrages hätte, habe ein Genosse Dr. Tutti dem Tuttiobjekt gesagt, erzählte mir Tutti X sehr traurigen Blicks auf die halbverschüttete Bechertasse und die Kamillenteepfütze am Boden, bis mir diese abwechselnd weinende oder in kalter Depressionserstarrung auf die halbverschüttete Bechertasse und die Kamillenteepfütze am Boden stierende Tuttierscheinung die ganze Unterweltkälte bis an mein Herz trieb, Punkt. Außerdem habe das Tuttiobjekt, habe der Genosse Dr. Tutti dem Tuttiobjekt gesagt, das Privileg einer Hilfsduschenausstattung, wie gut oder nicht gut sie immer auch funktionieren würde, und allein schon dafür, was ja auch heißt, sich für den Fall des Ernstfalls den Atomstaub von der Haut waschen zu können, wie die Bunkerhilfskraft mit dem Handstaubsauger Made in Ho-Chi-Minh-Stadt es auch nicht besser zustande bekäme für den Fall, daß eine Feindtype die Grenzpostbeamten in moralische Diskurse verstrickt für den Fall, daß das rechtzeitige Schließen der Überlebensbunkertür verhindert worden wäre für den Fall, daß Atomstaub auf der Tapete das Tapetenmuster bis zur Unkenntlichkeit durcheinandergebracht haben würde für den Fall einer psychologischen Kriegsführung also, die sich für den Fall auch dadurch auszeichnen täte, er sagte tatsächlich «täte», sagte Tutti X, habe der Genosse Dr. Tutti dem Tuttiobjekt gesagt, erinnere ich mich, sagte ich Feuerbach, und das war ja nun kein schönes Deutsch. Tapetenmuster bis zur Unkenntlichkeit durcheinanderzubringen, damit die Objektobjekte keine Orientierung mehr hätten und die Tapete für die neue Weltordnung hielten, war durchaus taktische Mode, sagte Tutti X, und allein schon dafür und für den Fall sei er nun, das Tuttiobjekt dem Genossen Dr. Tutti gegenüber, verpflichtet dankenderweise. Und jetzt kommt der

Unterschied zwischen diesem Tutti und mir: Ich sagte, nein, und er sagte, wir. Abfall ist Abfall, aber ja sagen zum Sozialrealismus allein einer Hilfsduschenausstattung oder billiger Bunkertauglichkeit wegen, nein danke, Bärbel. Ich zog meine linke unter Geheimbundtuttis rechter Hand weg, wenn ich mich passiv verhalten haben sollte, oder ich nahm meine linke von Geheimbundtuttis rechter Hand weg, wenn ich mich aktiv verhalten haben sollte, gleichviel. Wie war das Wetter? Hauptsächlich Regen. Wartezeitregen. Etwas Nebel von Nordost, ein paar Kratzer Sonne von Südwest. Welchen Tag hatten wir? Ein Montag im Jahre xx83. Es gab nur Montage damals. Kein Dienstag. Kein Mittwoch. Kein Donnerstag. Kein Freitag. Kein Sonnabend. Kein Sonntag. Allein deshalb hießen die großen Protestmärsche aller Objekttuttis später auch Montagsdemos. Was heißt, die Montagsdemos können durchaus auch an einem Dienstag oder einem Mittwoch oder einem Donnerstag oder einem Freitag oder einem Sonnabend oder einem Sonntag stattgefunden haben, ohne deshalb jemals keine Montagsdemos mehr gewesen zu sein. Dann, ein paar Jahre später, diese Tschernobylwolken exakt an einem internationalen Kampf- und Arbeitertag, und ich, leichtsinnig und ohne warnende Margaretenachrichten von Sender Freies Berlin, raus und rüber zu Bärbel, um meinen Zorn wegzuficken. Ohne Gesichtstuch bin ich los, es roch etwas muffig, aber sonst Sonne an diesem Tag so schön wie der Popo eines Prinzenbabys. Pilze habe ich keine gepflückt, das war vielleicht meine Rettung. Später gingen mir ein paar Schamhaare aus, aber das kann durchaus auch altersbedingt gewesen sein. Ich möchte nicht alles auf die Höllenwelt schieben. Mein Körper war in seiner

Fehlbeschriftung so oder so eine Krankheit. – Unsere Körper, sagte Tutti X, der jetzt von meinem Kommunikationsbrett für Besucher aufgestanden und in Richtung seines auf einem PVC-Besenstiel abgehängten todschickschwarzen Lackledermantels schon unterwegs war, unsere Körper, sagte er, sind in ihren Fehlbeschriftungen so oder so eine Krankheit. Er ist noch da? wunderte ich mich, im Gedankenwald meiner historischen Vergangenheit für wohl mehrere Minuten wie abwesend wirkend versunken. – Sie sind noch da? sagte ich zu Tutti X. – Ich bin immer da, sagte Tutti X. Ich bin auch da, sagte Tutti X, wenn Sie nicht einmal im Traum daran denken, daß ich da sein könnte. Und wieder fiel ihm seine flotte Tuttilocke nach vorn über die Stirn bis auf die plattgedrückte Nase. Komischer Anblick. Komischer Körper. Ich mußte lachen. Ich, der sich jede Restzukunft gerade gründlich vermasselt hatte, lachte. Aber es muß ein weinendes Lachen gewesen sein, ein Lachen im Ton des Aufpralls eines schuldigen Körpers auf knallharte Erde. – Es ist Schuldvererbung, sagte Tutti X, und er ist ein Schulderbe, womit er nun wieder ganz geschickt das Personalpronomen auf meinen Objektobjektstatus hin verändert hatte. Und er wird es auch noch bekennen, sagte Tutti X weiter, ein Schulderbe zu sein, und sei es unter dem Eindruck von Daumenschraube, Halskrause oder Dornenkranz. Übrigens, er kennt den Feindschriftsteller František Kafka? Er weiß, sagte Tutti X, der bereits den todschickschwarzen Lackledermantel von meinem PVC-Besenstiel wieder abgenommen und über den linken und eigens dafür leicht angewinkelten Arm gefaltet hatte, daß die Nadelmaschine, sagte Tutti X, daß die Beschriftungsmaschine, sagte Tutti X, bei uns tatsächlich existiert, und zwar auf eine Weise effektiv, daß der Herr František Kafka vor Neid erblassen würde? Wir sind alle Schuldvererbungsopfer, sagte Tutti X abermals, und wir werden es nicht zulassen, daß einer, der auch noch eine Darmgeburt ist und ein höchst primitives, ganz gewöhnliches, hypergemeines Objektobjekt, ohne erwähnenswert gute Russischkenntnisse und demnach ohnehin abgeschrieben und vollkommen ohne Anwesenheitsnachweis, sagte Tutti X, dem Status nach eine negative Zahl, reiner Dreck sozusagen, sagte Tutti X, nein, ich fasse es auch heute noch nicht und breche diesen Erinnerungsvorgang erst einmal ab. Wir müssen nicht mehr von diesen Traurigkeiten vernehmen, glaube ich, sagte ich Feuerbach, ich brauche keine Bilder mehr, glaube ich, sagte ich Feuerbach, die belegen, a) daß es Kafkas Nadelmaschine tatsächlich gab und b) daß ich wirklich ein Folteropfer war. Ein Folteropfer sehr feiner und spurenloser und körperlich gar nicht nachweisbarer Art. Mehr ein Sprachfolteropfer, abwesend und unmündig gehalten, ein Unmündigkeitsopfer. Andererseits wurde diese meine Abwesenheit und Unmündigkeit von vielen Geheimbundkörpern registriert und beschrieben und in Archiven gelagert, die natürlich gigantische Abwesenheitsarchive waren mit Beweisen des Nichtvorkommens als handelnde Sozialsubjekte. Der Generaltrick war die Auslöschung bei vollem klinischen Erscheinungsbild der Person. Das heißt, jeder war stets beides, abgestorbener Winterast und Vogel, der darauf saß und den Zweig brechen hörte, glücklich im Unglück und vergnügt in der Verzweiflung geworden, geschlechtslos potent oder vernünftig verrückt oder lautlos sprechend oder tonlos rufend oder trokken weinend, sich selber so ungewiß, daß er noch seinen

Schatten für einen anderen hielt und ihn grüßte. Vielleicht war es ja doch gut, daß mir Bärbel nachgestiegen kam bis in die Träume und dem Geheimbund zu den Akten gab, was sie sehen, fühlen und riechen konnte, womit etwas erhalten geblieben sein kann, was meine Anwesenheit in der Abwesenheit beweist. Ein paar Hinterlassenschaftsschriften, die mir helfen könnten, vorhanden zu bleiben, wenn sie mich alle, in deren Händen mein Schicksal wimmert, wegsubjektivieren, wie sie mich vorher hinsubjektiviert haben, objektiv wegsubjektivieren, wie sie mich vorher subjektiv hinobjektiviert haben, da sie bezweifeln, daß ich ein Überlebender der Totseinzeit bin, ein waschechter Unter-der-Erde-Bewohner, stammbaumhalber blaublütig und soziologisch konvertiert zur untersten Arbeiterklasse. – Denn er muß wissen, sagte Tutti X, daß er wirklich nur durch unsere Berichte sein kann, denn wir vergeben den Anwesenheitsstatus für heute und in alle Ewigkeiten, und wir ordnen zu, wie bedeutend noch seine allerkleinsten Verrichtungen und wie unbedeutend noch seine kühnsten Gedanken für ein Weltganzes sind. Wir sind die Antwort auf ihn, auf dich, sagte Tutti X, und eine andere wird es nicht geben. Das war ihre Nadelmaschine, sagte ich Feuerbach, und ihr Vorteil war, daß sie gar keine Nadeln mehr brauchte, um einen Körper durch Schrift zu entwerten.

8. Mir fehlte es wirklich an gar nichts, aber schlecht war mir trotzdem.

Ich war wohl tatsächlich ein zerbrechlicher, zierlicher Zwergwuchs mit einem Ansatz zum Zwitter, politisch: deutschdeutsch, soziologisch: ausgeschlossen und hochbegabt, psychosexuell: dynamisch und meistens zwei zu eins männlich, materiell, ich meine betriebswirtschaftlich und auf den eigenen Haushalt bezogen: dauerhaft abgebrannt. Später, als ich auf Anregung Daumers zum Erforscher meiner eigenen vier Körperwände geworden war, betrachtete ich mich bewußt und führte Buch darüber. Der Klumpfuß, ein scheußliches Leiden. Andererseits eine erstaunlich starke Stelle meiner Erscheinung physischerweise. Alle Kraft, schien mir, ging von diesem Matschklumpen aus. Ich stand darauf, schoß damit Tore oder gab mir selbst einen Arschtritt, um zu sehen, ob ich noch lebte. Die zur Hälfte in O-, zur anderen Hälfte in Y-Stellung distrahierenden Beine sahen nur ein wenig merkwürdig aus, störten mich aber zunächst einmal gar nicht und dann, als ich anfing, ein Bewußtsein von meiner Bewußtlosigkeit zu erlangen, im lediglich ästhetischen Sinne. Abgesehen davon, daß ich sehr schwierig Hosen bekam und auf Sonderanfertigungen mit eingearbeitetem Seitenschritt und einem Rockbund im Übergangsbereich vom konkaven zum konvexen oder vom konvexen zum konkaven Beinstellungsmuster, ich verwechsele permanent gewölbt und gebuchtet, angewiesen war. Hinzu kam mein männliches Geschlechtsmerkmal, kein starker Ast, aber doch immer im Wege und lange Zeit nutzlos, so daß der Schneider von der Volksfürsorge eine Zusatztasche inwendig eingenäht hatte und ich diesen Überraschungsmuskel recht gut verpacken konnte wie Mutter ihren Silvesterkarpfen am letzten Montag des Jahres. Heute würde ich wohl besser ein Handy hineintun, aber damals, xx68, ich zwölfjährig (?), da dachte ich noch wirklich an Schutz. Nein, ich schwöre, von einer latenten Prägung zum Hermaphroditen wußte ich nichts, und daß ich gesamtdeutsch gewesen bin von Anfang an. Vielleicht hätte ich Unzucht mit mir selber getrieben, anstatt die andere Seite depersonalisiert zu betrachten. Aber so kann man sich täuschen und findet heraus, daß die in tausend Scherben zerfallene Voll- oder Halbwelt sich den eigenen Körper zum Versteck ihrer Wahrheit gesucht hat. Bin ich unkonkret? Ich meine, zu klagen ist die eine richtige Weise des Umgangs mit der Enttäuschung, gelinde gesagt. Aber auch nicht falsch ist, sich an der Erbschuld zu messen und einzugestehen, auch einen Anteil an der Antiopposition gehabt und die sozialrealistische Gesellschaftsordnung partiell mit ermöglicht zu haben. Denn auch ich habe einmal auf den Namen Tutti gehört und der Deutschen D. Republik als Gehülfe gedienet.[23] Es war keine lange Zeit, dafür fehlte mir Ehrgeiz. Es war eine eher kurze Zeit. Es waren zwei oder drei Monate, würde ich sagen, daß ich der Klasse 1a der allgemeinverbindlichen polytechnischen Oberschule als Garderobenwart vorstand. – Warum ich? fragte ich und erfuhr, daß Frau Oberschulrätin Grete von Hering, die sich im Arbeiter- und Frauenstaat salopp nur noch Gretchen nannte, um ihre nun hinderlich gewordene Adelsverwandtschaft wegzuverschwindeln, in meine drei an Engelhaar erinnernde gold-

23 Gezogenes «e» beachten! (Sagt etwas über mein Rhythmusempfinden.)

gelbe Locken verliebt war. – Was für schöne goldgelbe Lokken, sagte Grete von Hering. Wie der dritte Streifen unserer Fahne. Will er nicht etwas Wesentliches werden, unser kleiner Klassenkampftutti? – Ja, sagte er, sagte ich. – Da muß einer aber sehr früh anfangen. Mit gesellschaftlicher Arbeit zum Beispiel, sagte Grete von Hering, ehe sie sich im Dezember xx62 vor eine Trabantkutsche warf, um sich das Lebenslicht selbst auszuknipsen. Man sei, hieß es, hinter das Geheimnis ihres Namens gekommen, der geradewegs zum Klassenfeind führte, und da habe es für Grete von Hering nichts mehr anderes zu tun gegeben als eben dies. Aber mit so einem Feindbildcharakter als Initiator meiner Garderobenwartlobby konnte meine Tuttikarriere überhaupt nicht mehr fortgesetzt werden. Im Gegenteil, meine drei wirklich sehr markanten goldgelben Locken wurden als dekadenter und postfaschistischer Kulturschmutz bezeichnet und zwangsverordnet abgeschnitten. Zwar kamen sie etwas nachgedunkelt wieder, aber bei ihrem Anblick noch an einen Engel zu denken erledigte sich dadurch von selbst, daß sie durch eine Talgdrüsenerkrankung heftig zu riechen begannen. Immerhin, auch ich wurde älter, nicht nur meine Regierung. Vielleicht wollte mich Grete von Hering für einen Einsatz in der Oberwelt auch sonderausbilden, ich weiß es nicht und werde es nicht mehr erfahren. Möglich ist vieles, fast alles. Selbst, daß ich natürlicher Zeugungsadel bin. Es gibt so ein gewisses Blitzen in meinem Blick, bestätigt von allen, die mit mir schliefen, das darauf Hinweise liefert und meine ansonsten und von außen betrachtete Seinsweise als Vollblutproletarier einschließlich aller einen Adelsstammbaum geradezu ausschließenden Defekte und subtilen Insuffizienzen oder doch zumindest diversen Merkwürdigkeiten aufs nachdenklichmachendste konterkariert. Ich selbst bin diesem Blitzen im Blick auch schon begegnet bei einer Spiegelwendung unter günstigem Einfall von Licht, so daß ich sofort *o meine Herrlichkeit* zu mir als einem auf jeder Legitimationsskala weit nach unten gesetzten Vertreter der Rasse der Unterdrückten sagte, o meine Herrlichkeit, von mir zu mir geflüstert wie Honig von Biene zu Biene getragen. Scheiße zum Beispiel, ist sie nicht auch eine rätselhafte Entität? Und kann dann nicht auch ich einen Anspruch auf eine Stelle in Mutters Kreuzwortgeheimnis haben? Das würde mir auf dem Weg weg von der Selbstverleugnung tatsächlich helfen. Dies oder klipp und klar Geld. Aber zurück zu dem, daß ich wurde, wie ich bin, oder daß ich werde, wie ich wurde, oder daß ich bin, wie ich nicht bin: Die Garderobenwartmachterfahrung war fundamental prägend. Grete von Hering öffnete ihre von Margarine und Schmalz verschmierte Montagsbrotbüchse, leckte mit dem angefeuchteten Zeigefinger zwei, drei Krümel vom Brotbüchsenboden und holte schließlich den hinter einem Salatblatt versteckten Vierkantschlüssel für die Garderoben hervor mit den mir je unvergessenen Worten: Oh, ich habe sie nun doch vergessen. Auf jeden Fall stand Grete von Hering vor der Wandzeitung vom letzten Montag, während sie mich in das neue Amt einführte, und daran erinnere ich mich deshalb genau, weil ihr sehr sachlich und neutral wirkender Oberhemdkörper die Konkurrenzkurve der sowjetischen Kosmonauten zu den amerikanischen Astronauten verdeckte und ich die Frage, wäre sie in diesem Moment an mich gestellt worden: Wer führt vor wem mit wie vielen Punkten?, nicht hätte beantworten können und daher hauptsächlich nur davor Angst hatte, jetzt, so kurz vor der Ernennung zum Garderobenwart mit Versammlungsrechtpflicht beim Pionierfreundschaftstreffen jeden Montag auf dem Appellplatz, diese eine Frage prüfungsmäßig gefragt zu werden: Wer führt vor wem mit wie vielen Punkten?, und ich verfluchte Grete von Herings massigen Oberhemdkörper in diesem Moment, obgleich ich ihn in anderen Momenten durchaus und gerade wegen seiner Ähnlichkeiten mit meinem eigenen Körperbau in Hinblick auf Geschlechtsneutralität oder, mich betreffend richtiger noch, auf Geschlechtsneutralisierung durch einen biologischen Doppelcharakter, den zu besitzen mir nachhaltig nachgesagt wurde, begehrte. Der Satz ist wohl wieder zu lang, Entschuldigung dafür. Ich werde gleich wieder einfacher denken, immer in Hauptsätzen, wie beim Okkerwälder Heimatboten.[24] Aber ich habe wohl auch ein sehr emphatisches Verhältnis zu dem, was ich erzähle, so daß sich das Erzählte vom Erzähler immer auch wieder verselbständigt freimacht und weitererzählt, während der Erzähler schon in sein oder mein Bett gegangen ist, um in einem tiefen Gerechtigkeitsschlaf niederzukommen. Es war ein Montag, wie jeder Montag ein Montag war. Jeder kaute an seinen Montagsbroten und schaute auf das typische Montagswetter hinter der jeden Montag vom letzten Montag sehr verschmierten Dachfensterluke wie in eine Nebelregion und sagte den jeden Montag zu hörenden Satz, der deshalb auch Montagssatz hieß und bei den späteren Montagsdemonstrationen eine zentrale Rolle spielte: Wieder ein Montag in unserem Montagsleben.

24 Okkerwälder Heimatbote, der, Tageszeitung der Region (hier und heute), Ein-Personen-Betrieb, Auflage schwankend, manchmal auch gar nicht.

Aber nein, nicht für mich, der an diesem Montag diesen diesen Montag zu einem besonderen Montag machenden Vierkantschlüssel in seiner Jungpionierfaust festhielt wie ein Bekenntnis zum Frieden. Ich war bereit!, und: immer bereit!, durch keine kapitalismusideologische Beeinflussung oder gar Bestechung bereit zu sein zu einem Verfahrensverbrechen derart, mit dem Aufschließen nach Schulschichtschluß nicht bei der Garderobe mit dem Apfelsymbol zu beginnen (denn für die des Lesens und Schreibens noch unkundigen ABC-Schützen[25] gab es kleine Bildchen zur Orientierung im Dschungel ihrer Rechtlosigkeiten und Pflichten), sondern bei der Garderobe mit dem Zwetschgensymbol am diametral entgegengesetzten Ende der zu einem Garderobenschrank umgebauten Legebatterie aus einer polnischen Hühneraufzuchtsfabrik; oder bei der Garderobe mit dem Pfirsichsymbol in der Mitte der zu einer Garderobe sorgfältig umgebauten Legebatterie; oder bei der Garderobe mit dem Birnensymbol, die gleich nach der Garderobe mit dem Apfelsymbol kam und deshalb besonders die Birnensymbolkinder um eine Verletzung der Regel zu bitten veranlaßte. Die Zwetschgensymbolkinder haben, glaube ich, nie um eine Verletzung der Regel gebeten oder gebettelt oder mich eben darum zu bestechen oder zu erpressen versucht, weil das Öffnen der Garderobentür der Garderobe mit dem Zwetschgensymbol eine so eindeutige Verletzung der Regel bedeutet hätte, daß mir diese Eindeutigkeit abzuverlangen aus restsolidarischen Empfindungsgründen niemand tatsächlich zumuten konnte, und das hat sie und uns alle doch

25 Bitte nicht mit ABC-Waffen in Zusammenhang bringen (!), die wir kleinen Kümmerlinge nachweislich nicht besaßen.

sehr geehrt. Aber das vorzeitige Öffnen der Birnensymbolgarderobentür oder der ihr folgenden Garderobentür mit dem Symbol des Eimerchens hätte eine Verletzung der Regel möglicherweise auch im Versehensfall sein können, worauf nun gewiß keine Todesstrafe stand, so daß vor allem die Birnen- und die Eimerchensymbolkinder mich bettelnderweise zu bitten oder zu bestechen oder zu erpressen versuchten. Und die Birnen- und die Eimerchensymbolkinder waren noch immer die Zeugungshinterlassenschaften von höheren Beamtenobjekten, die mir hätten das Leben durchaus noch schwerer machen können, als es für einen Zwergwuchs mit Zwitterneigung und Klumpfuß ohnehin schon gewesen ist. Gut, ich hätte die Apfelsymbolkinder, die dem Stand nach immer und ausdrucksstark darauf bestanden haben, als erste ihre Oberbekleidung namentlich im Herbst und im Winter und am noch etwas kühlen Anfang des Frühlings in ihre aus einer Legebatterie freundlicherweise umgebaute Garderobe zu bekommen bzw. aus dieser heraus, was gewiß noch wichtiger war, hinter mir gehabt, wenn es zu einem Kampf der sich und nicht zu Unrecht benachteiligt fühlenden Birnen- und Eimerchensymbolkinder mit mir halb- oder viertelmenschlicher Kleinigkeit gekommen wäre, aber, ehrlich währt jetzt am längsten, was hätte es genutzt? Es gab, glaube ich, nur vier Apfelsymbolkinder, und sie waren alle hochsensible Hilfsnaturen, weil ihre Geheimbundväter keimfreie Heimzellen hatten und die Jungtuttis immer an mangelnder Abwehrkraft litten. Und wir haben ja später mitbekommen, aus unseren Verschlägen und Nischen in die brodelnde Revolutionsküche schielend, wie die wenigen Apfelsymbolkinder, die ich alle noch von den Unterrichtsstunden in Staatsbürgenkunde sehr persönlich gut kannte und die ihren vorprogrammierten Erfolgsweg abwärts bergauf auch gnadenlos durchgezogen haben, wie schnell sie vor allem von der Masse der Zwetschgensymbolkinder regelrecht weggefegt wurden aus der deutschen Bürgengeschichte. Nichts währt ewig, nicht mal Erich,[26] sagte ich mir, in einem plötzlichen Ansturm von Altersweisheit die Zukunft klug vorausberechnend und meinen Vierkantschlüssel wie eine Pistole mit dem Finger am Abzug im Schlüsselgriff drehend. Und doch gab es einen merkwürdigen Regelstolz, eine Harmoniesucht, die sich darin zu spiegeln begann, daß die Tuttiordnung nun einmal die Tuttiordnung war und als diese bis zur Beleidigung des Dieners sich selbst gegenüber auch bedient werden wollte. Gott weiß, wie dieses Gesetz außer Kraft treten konnte, warum und wodurch. Vielleicht ein Schmetterlingsschlag auf der anderen Seite der Ostsee, und die morsche Welt brach zusammen. Sehen Sie, sagte ich Feuerbach, was mir der Geheimbund schon damals aufs Hemd schrieb: *Ich bin schuld*. Und manchmal denke ich tatsächlich, hätte ich in den zwei oder drei Monaten Garderobenwartverpflichtung auch nur einmal eine Ausnahme gemacht und vielleicht sogar die Zwetschgensymbolkinder zuerst nach Hause in ihre Gruben und Untergrundhütten gehen lassen, wäre die Deutsche D. Republik bereits xx62 am Ende gewesen durch einen knallfallplötzlichen Aufstand aller Nichtapfelsymbolkinder gegen die schwachen vier Apfelsymbolkinder und ihre Apfelsymbolkinderväter. Und vielleicht hätte ich, bei dieser oppositionsnahen Vorvorgeschichte, auch eine

26 Anspielung auf einen Staatsratsvorsitzenden der Deutschen D. Republik.

winzig kleine Opferrente unter meinem Kopfkissen heute, aber na ja und überhaupt. Apfelsymbol war eben immer der Anfang, und Zwetschgensymbol war eben immer das Ende. So und nicht anders ging ich, früh beim Zuschließen und mittags oder nachmittags oder frühabends beim Aufschließen der Garderobenschränke zur Sicherungsverwahrung der Oberbekleidung namentlich im Herbst und im Winter und ein wenig am noch etwas kühlen Anfang des Frühlings, vor. Es war eine Aufgabe, ein Auftrag, etwas, das meiner verrutschten Erscheinung Wichtigkeit gab. Übrigens früher kühler Frühlingstermin war nicht mehr meine Angelegenheit. Herbst und Winter, ja. Nein, nur Winter. November, Dezember, Januar oder Dezember, Januar, Februar xx62. Ich sechsjährig, sofern richtig mitgezählt wurde, und Mutter immer noch ein Geheimnis im Inneren meines Herzens. Nein, die Birnensymbolkinder oder die Eimerchensymbolkinder den Apfelsymbolkindern einmal vorgezogen zu haben, hätte revolutionshygienisch wenig bewirkt, denn es wäre eine Bevorzugung innerhalb der Rassenklasse der Bevorzugten geblieben und hätte kaum mehr als eine kurze Verstimmung einerseits und eine kurze Beglückung andererseits bewirkt, einerseits abgetan und mir nachgesehen als versehentliche Fehlleistungsnummer, andererseits geringschätzig dankbar belächelt als im Grunde doch feiger Einmaligkeitsmut. Und die Zwetschgensymbolkinder oder auch die Erdbeer-, Pfirsich-, Radieschen- oder Rhabarbersymbolkinder wären die Zweit- oder Dritt- oder Viertrassenklassenkinder geblieben, die immer nur als Letzte oder Vorletzte oder Drittvorletzte oder Viertvorletzte usw. aus dem schulischen Schlachtstand herauskommen konnten, denn um das in den schulischen

Schlachtstand Hereinkommenkönnen ging es in Wahrheit nie. Nicht selten haben die Apfelsymbolkinder morgens beim Hereinkommenkönnen in den schulischen Schlachtstand aus Symmetriegefühl vor allen den Zwetschgensymbolkindern den Vortritt angeboten bzw. mir angeboten, die immer benachteiligten Zwetschgensymbolkinder einmal zu bevorzugen, aber immer nur in Zusammenhang mit dem Hereinkommenkönnen in den schulischen Schlachtstand und niemals in Zusammenhang mit dem Herauskommenkönnen aus dem schulischen Schlachtstand am Mittag oder am Nachmittag oder am frühen Abend im Herbst oder im Winter oder am noch etwas kühlen Anfang des Frühlings, nein, jedenfalls was mich als Garderobenwart betraf, nur im Winter, und womöglich wiederhole ich mich jetzt, aber es entspricht doch der Tatsache der Wiederholung als primärem Existenzregelfall, oder?, wie man in der Schweiz um Bestätigung der Aussage buhlend sehr gerne rückfragt,[27] sagte ich Feuerbach. Und natürlich lehnten die Zwetschgensymbolkinder das für sie völlig wertlose Angebot der Apfelsymbolkinder, die dieses Angebot aus Fairneß zu machen vorgaben, es aber allein, und auch das dümmste Zwetschgensymbolkind konnte sich das an seinen zwei mal vier plus zwei Fingern abzählen, aus reiner Selbstbevorteilungsliebe machten, ab, wobei nun die Apfelsymbolkinder die Absage der Zwetschgensymbolkinder gar nicht verärgert auffaßten und diesbezüglich sehr schnell abließen von ihrem nur wenig wirklich intelligenzgesicherten Plan. Ich war nun immer die Brücke dieses Rassenklassendilemmas, und einmal

27 Wann erfuhr ich von der Existenz eines Landes so hoch in den Bergen (quasi als geographische Antwort auf unsere Höhlenrepublik bis xx89)?

schlug mein Herz auf der linken, ein anderes Mal auf der rechten Seite der Barrikade hinter den Rippenbögen in der Tiefe des Brustkorbs. Auf eine Allroundbevorzugung zu bestehen, was bedeutet hätte, die Zwetschgensymbolkinder kommen als erste in den allgemeinverbindlichen polytechnischen Oberschulschlachtstand hinein und als letzte wieder heraus, wäre einem Eingeständnis gleichgekommen, die ihrer pädagogischen Auftragssubstanz nach jede sexuelle Regung im Keim erstickende allgemeinverbindliche polytechnische Oberschule als eine die ihrer pädagogischen Auftragssubstanz nach jede sexuelle Regung im Keim erstikkende allgemeinverbindliche polytechnische Oberschule anzusehen, und das wäre auch für die Apfelsymbolkinder ein juristisch ahnbarer Tabubruch gewesen. Also boten die Apfelsymbolkinder den Zwetschgensymbolkindern einen Rollentausch beim Hereinkommenkönnen in den schulischen Schlachtstand immer wieder einmal an, aber doch jeweils so, daß sie nicht ernsthaft mit einem Erfolg ihres Rollentauschangebots zu rechnen schienen und eine zweite, die Zwetschgensymbolkinder in ihrer Ablehnung verstehende Botschaft dem Rollentauschangebot quasi mitgegeben war zwischen den Zeilen. Es waren Kassiber, Klandestinitäten, unlesbare, aber mitausgesagte Zwischentexte oder dergleichen. War man sich also nicht doch unter der Erde unterirdisch schon einig, im Absurden zu fischen? Ich muß das noch herausforschen in aller Genauigkeit bis ins Detail, weil ich als empfindlich für gerechte Geschichte geboren worden bin und einige physiologisch schwer nachweisbare Geschichtsgerechtigkeitsfühler habe, die mir bisweilen gräßliche Schmerzen bereiten bis in die Zehenspitzen hinein.

9. Kein Pferd für Licht, kein Brot für Schatten.

Was gilt es, noch zu verschweigen. Achtung, dieser Satz hat es in sich! warnte ich Feuerbach. Wollen Sie vielleicht auch noch wissen, fragte ich in der Geschwindigkeit einer ratternden Maschinenpistole sofort hinterher, um ihm auch ja keine Reflexionszeit zu schenken, wie Grete von Hering beerdigt wurde? Gar nicht. Selbsttötungsdelinquenten wurden prinzipiell nicht beerdigt. Dennoch stand ich an einem Montag mit gleichmäßig gut verteiltem Regenwetter auf einer Beerdigungswiese hinter der städtischen Aufwärmhalle und wartete, ob Grete von Hering oder das, was von ihr noch zu sehen oder zu riechen war, nicht vielleicht doch noch beerdigt werden würde durch eine Gnade von Gott allein weiß wie weit oben und nun speziell die arme nichtproletarische Grete von Hering betreffend, die von der mit vollen fünfundzwanzig Kilometern die Stunde über den Highway von Leiden gebretterten Trabantkutsche so schrecklich zerrissen und im Gesicht entstellt wurde, daß lange schönheitschirurgische Nachbesserungen notwendig waren, Grete von Hering überhaupt anzuerkennen, Grete von Hering als Grete von Hering überhaupt noch herauszufinden inmitten der vielen Körperknochenfragmente und Fleischüberbleibsel. Und dann wurde sie von zwei Tuttis der Volksfürsorge angekarrt, ziemlich zerzaust auf einer Zementkarre zitternd, der Hemdoberkörper zusammengesackt wie ein Jutebeutel, in dem aber auch gar nichts mehr drin ist, Kopf auf den Rumpf gefallen, Beine vielfach zur Schraube verdreht, wenn überhaupt noch an Ort und Stelle zu finden, Ohren schon von den Ratten zerbissen und die Frisur freilich ganz hin, ein schreckliches Bildnis, eine Wüste, ein Garnichts. Hier noch ein bißchen Grete und dort noch ein bißchen Hering, aber nirgends mehr war noch irgend etwas von ihrem Von vorzufinden. – Kein Erbschafts-Von mehr zu haben, rief mir der eine und, was ich an seinen tief auf die Wangenknochen herabhängenden Tränensäcken sofort richtig erkannte, auch sensiblere der beiden Volksfürsorgler zu. – Nicht deshalb bin ich gekommen! rief ich in die Nacht hinein den plötzlich nur schemenhaft zu erkennenden Gestalten zu und bereits hinterher. Sie war meine Patin einer Garderobenwartkarriere am Polytechnikum! – Aha, rief der nicht gleichermaßen sensible zweite Volksfürsorgler zurück. Dann brach die Kommunikation zwischen uns ab. Vielleicht, weil es regnete und der eine Montag zu Ende gegangen war und ein anderer Montag begann. Grete von Hering wurde auf die Beerdigungswiese geschüttet und mit lose herumliegenden Zweigen nur sehr mäßig bekleidet, und ich, ihr Goldlockenjüngling mit der Hasenscharte, ihr einziger Verbündeter in dieser dem Leben genommenen und dem Tod gegebenen Stunde, hockte nieder vor ihren letzten körperlichen Habseligkeiten und weinte wohl mehrere Stunden, ohne auch nur einmal den Kopf zu erheben. Es gibt so Gefühlsgeheimnisse, die sind sehr schwer verständlich zu schreiben, denn an und für sich übten wir ja nur Russisch. Und dennoch: Я люблю тебя. Erzählte ich wohl, daß es ein verregneter Montag gewesen ist, als ich so vor Gretes letzter Leidensstätte, die Hände zum heimlichen Gebet gefaltet, in meiner eigenen Urinpfütze saß? Das zu erwähnen ist insofern wichtig, als der Montag immer der Verscharrungstag der Suiziddelinquenten gewesen ist und folglich auch keine Feierklientel zu bekommen war, was dann eben einen so traurigen und menschenfreien Montag wie diesen ergab. Aber hoppla jetzt! War nicht jeder Tag Montag? Das macht mich nun wieder stutzig. Fakt ist, ich klebte an Gretes Überresten, wie Bobo viele Jahre später an einem Stein klebend in die Trümmermaschine meiner schlußendlichen Berufsschicksalshalle im letzten Schuldbezirk unten hinein- und davongezogen wurde. Und dann sah ich durch ein Astloch hindurch ihre schöne weibliche Öffnung, völlig unbeschädigt übrigens, ein bißchen dampfend, so kam es mir vor, wie eine Coltmündung nach einer wilden Schießerei mit den Ordnungsbehörden, und ich wußte, daß es ihre Seele sein mußte, die sich fortgemacht hatte aus ihrem irdischen Grete-von-Hering-Leben in die Ewigkeit geradewegs durch die Muschi. Mit niemandem sonst hatte Gott ein so großes Erbarmen wie mit den ostdeutschen Suizidleichen. Ich war gewiß fast überhaupt nicht religiös, aber es gab Momente von einer solchen moralischen Schönheit, daß ich nicht einmal einen Geschlechtsaktversuch unternehmen wollte, obgleich es mir danach stand bei gleichzeitig optimaler Bedingungssachlage. Wäre ich Grete von Hering an diesem traurigsten aller traurigen Montage körperlich zu nahe gekommen, keiner hätte es bemerkt und mich zur Buße meines Schuldkörpers vor die Pionierfreundschaftsgruppe auf den Appellplatz gezerrt. Warum erwähne ich das? Um zu beweisen, daß auch in meiner wirklich lächerlichen Gestalt erhabene Zeichen der Schöpfung wetteifern. Ich deckte also Gretes Weiblichkeit mit einem zusätzlichen und ausgesucht schönen Fichtenzweig zu, wartete, bis alles in mir wieder friedlich wie ein Bergsee in seiner Verschlafenheit ruhte, und gab ihr auf diese Art das letzte Geleit. Welche Fragen tauchen jetzt auf? Grete von Hering kehrte irgendwann kurz vor Weihnachten xx62 in ihren Ursprung zurück, und das freien Willens verbotenerweise. Ich war sexuell betrachtet noch gar nicht vorhanden, so daß es keinen besonders großen Verzicht bedeutet haben kann, sich den Geschlechtsaktversuch abzuerkennen. Wir haben es hier mit einem sehr praktischen Fall der Übereinkunft von Moral und natürlicher Verhinderung zu tun, die sich eine soziale Person mit berufsorientierter Aufgabenstellung sofort als willentliche Leistung hoch anrechnen würde. Weiter. Warum war die ostdeutsche Suizidleiche so erbarmungswürdig wie nichts anderes sonst? Weil ihr das Recht auf ein rechtmäßiges Ende schlichtweg versagt geblieben ist, und das fand ich persönlich sehr schmachvoll. – Ich finde das persönlich sehr schmachvoll, sagte ich dem sensibleren der beiden Volksfürsorgler, als sie den Karottenweg wieder zurückgekommen waren nach zwei oder drei Tagen, die ich allein am kleinen Gebirge aus Knochen und Kiefergehölz trauernd und ohne geeignete Wunschvorstellung betend verbrachte. – Ich auch, sagte der erste Volksfürsorgler. – Ich nicht, sagte der zweite Volksfürsorgler. Aha, dachte ich und wußte Bescheid. Das mit den bis auf die Wangenknochen tief herabhängenden Tränensäcken war das gute, das mit den Mongolenschlitzaugen immer nach verlorenen Geldstücken schielende war das schlechte Subjekt. Die Menschen verraten sich, man muß sie nur lange genug beobachten. – Aber gehört er nicht auf das allgemeinverbindliche Polytechnikum? fragte der zweite, nein, der erste Volksfürsorgler. – Oh, sagte ich, ich bin ausgesondert. – Soso, sagte der erste, nein der zweite Volksfürsorgler. Und da treibt er sich jetzt auf der Beerdigungswiese herum und schaut, ob irgendwo noch ein Adels-Von zwischen Grete und Hering übriggeblieben ist, das er sich in die Schatulle legen könnte für die ganz schlechten Zeiten. Ich fühlte mich ertappt, obwohl ich damals keinen Schimmer hatte, daß so eine winzige Silbe einmal Rente absondern könnte. Zumal in einer politischen Landschaft, in der Adelsankündigungen auf rigorose Anfeindung stießen, was nur besagt, daß die beiden Totengräber der Volksfürsorge schon eine sehr feine Witterung hatten für eine Zukunft im Umsturz. Nah genug an der Basis waren sie ja. – Ich bin ein Bürge der Deutschen, ich vergesse das Mittelwort immer, Republik, sagte ich im Brustton der halbvollen Überzeugung, damit von einem sozialrealistischen Land gesprochen zu haben. – Und wir sind Bürgen der Beerdigungswiese, bekam ich von beiden gleichzeitig in merkwürdig hoher C-Dur-Tonlage als Antwort zurück. Dann muß ich, eng an Gretes Überreste gekuschelt, eingeschlafen sein. Als ich erwachte, lag ich auf meinem Strohsack in Leiden, küßte meinen Klumpfuß und dachte nach, den Blick starr auf eine ertrunkene Fliege im Nachttopf gerichtet. Über was? Natürlich, über die zur geistigen Nachuntersuchung freigegebene Situation, wie ich so ganz ohne Übergang von dem einen in den anderen Raum gekommen war. Darf ich an dieser nicht uninteressanten Stelle der Aporie ein wenig verweilen? fragte ich Feuerbach, der mir plötzlich sehr müde vorkam, das graue Haupt vornüber auf das kleine und ebenfalls graue Lätzchen – oder war es eine Krawatte (?) – gesunken, das er um den Hals gebunden trug. Also auch das nahm ich zur Kenntnis, wie selbstverständlich und parallel zu meinen Ausführungen ein anderes Leben betreffend. Mein Hang zur Reflexion des Erlebten war schon als Kleinkind enorm.

Bärbel murmelte mir ein paar Glaskugeln rüber, und mir fielen Zitate aus Kierkegaards *Entweder-Oder* dabei ein. Später, im ersten Paarungszeitalter, legte sich Bärbel nackt für mich nieder, und ich sah sie mir an wie eine Seite aus *Also sprach Zarathustra*. Ich war ein Geistesarbeiter und bis zum siebten Lebensjahr vollkommen impotent. Ich sehe noch, wie sich meine Hand in die Hose verirrt hat und sich aber auch gar nichts ergab im erregbaren Fleische. Hing es vielleicht doch mit meiner negativen Herkunft zusammen und einer damit durchweg falschen Ernährung? Zähringer-Linie, o.k.!, nur eben leider in umgekehrter Richtung. Von Schloß Pilsach im Palast der Republiken weiß ich nun folgendes zu berichten: ein Glasbau halbseitig, der Rest verschraubte Metallelemente eines Stabilbaukastens. Besonders eine am Treppenaufgang zu den in Blattgold und Mahagoni gefaßten Volkskammerpritschen, auf denen die Staatsratsvorsitzenden aller Generationen, nur von hauchdünnen Pergamentpapierwänden voneinander getrennt, die im Auf und Ab der schnarchenden Atmung fein oszillierten, Mittagsschlaf hielten – der Satz ist nicht mehr zu retten. Ich vereinfache: Besonders eine am linken Treppenaufgang mit halbrechter Drehung zur Mitte stehende Plastik, Lenin auf einem Wildschwein und mit einer Sichel in der linken und einem Hammer in der rechten Hand, fesselten meine Blicke für Stunden. Altrussische Ritter- und Fürstenbilder in Schwarzweißkopie auf Preßpappe gezogen, um allein in der Schlichtheit der Präsentation die Dekadenz auszudrücken, ohne daß die Kulturgeschichte nun gleich ganz auf den Müll geht, hingen daneben an einer olivgrünen Ölwand, wie ich sie sonst nur noch von den Toiletten einer geschlossenen Abteilung her kannte, in der ich einmal meine

Kamillenteesucht zu therapieren bemüht war. Sie gehörten zu einer Wanderausstellung mit dem doch etwas unschönen Titel: *Die Flöhe im Schafspelz* und waren administrativ, warum auch immer, dem chinesischen Staatszirkus zugeordnet. Dann sehe ich mich auf einem Platz mit dem Namen *Alexandraplatz* stehen, der auf einem T-Shirt geschrieben war, das von einer Weltuhr in Richtung Palastwache wehte. Weltuhr? Bei uns? Habe ich diesen Globus vielleicht doch verwechselt mit einem nachgebauten Kürbis, über den symbolische Schiffe über symbolische Meere auf der Suche nach neuen Ländern irrten? Der Name *Alexandra* hingegen war klar: Alexandra, die verleugnete Witwe Stalins und Erfinderin der ersten Schulbücher in blutroter Druckschrift. Dann wieder die Bilder vom Palast der Republiken, die Staatsflagge mit knallhartem Hammer, gespreiztem Zirkel und großer gebogener Ehrenähre, an diesem Tag auf Halbmast gezogen, was ein deutliches Zeichen für Impotenz war und vor allem der Frauenwelt sagte: Heute, bitte schön, nicht. Vom Schloßhof, dessen Mitte ein Gemüsebeet zierte, auf dem hauptsächlich die gemeine Gurke gedieh, aber auch die asiatische Erbse und die ideologisch nachformatierten Tomaten der KPdSU, führten kleine Kies-, nein Kokswege zu Strickleiterwänden, über die man in die oberen Etagen gelangte. Die Zahl der Türen und Tore, hundert (?), tausend (?), durch welche man ins Innere des Volkskammerhauses kam, weiß ich nicht mehr genau anzugeben. Inwendig des Volkskammerhauses viele Plastikstühle mit PVC-Schonbezügen. Überall Apfel- oder Eimerchensymbole. Eine Wand mit Zahnputzbechern und Apfel- oder Eimerchensymbolen und eine Wand mit Fingerbürsten und Apfel- oder Eimerchensymbolen. Eine dritte

Wand mit Waschlappen und Apfel- oder Eimerchensymbolen und eine vierte Wand mit Kämmen und Apfel- oder Eimerchensymbolen. Keine Zwetschgensymbole, ganz sicher nicht. Keine Birnensymbole, ganz sicher auch nicht. Keine Radieschensymbole und keine Erdbeersymbole und ganz sicher auch keine Rhabarbersymbole. Nur eben Apfel- und Eimerchensymbole, was übertragen auf die Dienstgrade der Nationalen Volksfrontarmee so ungefähr dem oberen Offiziersstatus entsprach. Gesetzt nun den Fall, sagte ich Feuerbach, daß dieses Erlebnis im Schloß nur ein Traum gewesen ist, wie kam dann aber dieser Traum, den exakt zu analysieren ich mir für die Rentenzeit bereits schon einmal vorgemerkt habe, in meinen gewiß nur sehr kleinen und vielleicht auch mit Gehirn ausgestatteten Kopf? Ich will sagen, sagte ich Feuerbach, ich kann doch nur geträumt haben, was ich irgendwann einmal sehenderweise erfuhr? Diesen Gedanken nun fand ich in seiner Logik so messerscharf, daß mir für den Moment des Selbsteindrucks schwindelig wurde und ich mich Feuerbach zu Füßen auf den Boden legen und kurz ausruhen mußte. Ich war also meiner Abstammungsvermutung argumentativ um einige entscheidende Zentimeter nähergekommen, wenn man sich bitte das Näherkommen im Geiste einmal vor einem geradewegs in die Unendlichkeit aufgespannten Zollstock vorstellen möchte. Ich weiß nicht, ob mir Feuerbach noch folgen konnte. Seine nach innen verdrehten Augen wollten eher das Gegenteil sagen. Aber ich konnte meine Denk- und Kombiniergeschwindigkeit nicht mehr langsamer gestalten, so daß man hätte vielleicht auch noch mitschreiben können, ich war eine gezündete Rakete des Geistes und schoß nur so durch die Galaxien der Wissensvorräte. Glauben Sie mir, fragte ich Feuerbach, daß das meiner Regierung schon damals gar nicht in den Kram gepaßt hat? Diese Pfiffigkeit, wenn ich nicht gerade prästuporös abhing? Ich konnte ihnen ja in den Rechnungsblock gukken, soll heißen, ihr System durchröntgen mit meinen temporären Potentialen des Denkens. Und richtig, es klingelte, oder es klopfte, sofern die Batterie meiner Klingelanlage gerade aufgebraucht war. Es muß ein Montag mit dem für Leiden ganz typischen rostbraunen Ascheregen gewesen sein, der sich auf alle Gegenstände abgesetzt und sie zu rostbraunen Aschegegenständen gemacht hatte. Sehr lustig. Der Fehler nun war, daß ich öffnete und, wie es zu meinen diversen Angewohnheiten schon damals gehörte, die Augen noch eine Weile geschlossen hielt, um mich stärker überraschen zu lassen. Zeit genug, für den ganz in Schwarz gekleideten Geheimbundbeamten auf eine Weise meinen kleinen und im Grunde nur schwer ins Ziel zu bekommenden Kopf mit dem Stiel einer Streitaxt zu treffen, daß ich sofort auf den Fußboden stürzte und den Anschein von Ableben gab. – Weiß er, fragte mich Genosse Dr. Tutti, kaum daß ich mit kleinen Zwinkerspielen der Augenlider von meiner Rückkehr ins Leben Zeugnis ablegte, warum er niedergeschlagen und hierher verschleppt wurde? Dann winkte er mich, in einer chilenischen Hängematte zwischen zwei Holzpfosten schaukelnd, so nah zu sich heran, daß ich riechen konnte, was es zum Frühstück gab,[28] und sagte: Er denkt zu viel. Das ist nicht gut. Das ist für ihn nicht gut und für uns auch nicht.

28 Wodka, Speck und Zwiebel. Vgl. hierzu den Schlager: «Wodka, Speck und Zwiebel / schmeckt nicht übel, / das ist russisch Tradition.» (3. Vers evtl. ungenau (?))

Deshalb liebe ich Tiere. Sie denken zwar auch, aber nützlicher, allein auf sich und ihre primären Interessen bezogen. Fressen, verdauen und ausscheiden, und um etwas anderes geht es in Wahrheit auch gar nicht. Fressen, verdauen und ausscheiden. Und, meinetwegen, noch ficken. Aber nicht denken, jedenfalls nicht in einer so exzessiven, ja geradezu zügellosen Weise. – Aber ich kann leider gar nicht anders, erwiderte ich halblaut, und ich gehe auch, die Finger zum Schwur hochgehoben, nur mit Büchern ins Bett. – Ja, er hat die Grübelsucht, und das ist ein wirklich ganz scheußliches Leiden, sagte Genosse Dr. Tutti, denn es lenkt nicht nur vom gar herrlichen Klassenkampfstumpfsinn unserer Montage ab, es produziert vielleicht auch Erkenntnisse, und schon weiß er mehr als die Partei und ist eine Gefahr für den Fortschritt und die sozialrealistische Basisverordnung. Nun kann ich gewiß nicht sagen, daß ich besonders neugierig war, im Gegenteil, ich liebte das Nichtstun und fühlte mich wohl, wenn ich niederkam auf meinem Strohsack ohne Zweck und Bestimmung, sagte ich Feuerbach. Aber ich konnte einfach nicht *nicht* denken in dieser Zeit. Es war ein schwerer und laut Genosse Dr. Tuttis Meinung dringend behandlungsbedürftiger Anankasmus. – Aber, versuchte ich Genosse Dr. Tutti noch zu beruhigen, ich muß zwar andauernd denken, aber ich denke fast nur an Pussis, und zwei Sekunden täglich vielleicht auch an Nietzsche. War er beruhigt? Nein. Er kannte nämlich Nietzsche nicht, blätterte in seinen Nachschlagewerken aus der Zeit des Studiums auf der Polizeifachhochschule «Roter September» und fand dann nur das Wort *Niete* heraus. – Nieten, aha, sagte er. Produziert er also auch Nietenhosen, wie sie da oben so Grundmode sind? Ob

Nietzsche oder *Niete*, ich saß in der Falle zweier unter Verdacht auf Landesverrat stehender Worte und hatte gewissermaßen die Wahl zwischen Pest und Cholera. Aber ich wählte die Grippe und empfahl dem Genossen Dr. Tutti, sich besser nicht anzustecken und mich auf Abstand zu halten. Danach muß ich in eine sicher nur gutgemeinte Einzelhaftzelle gekommen sein, denn ich wachte auf, und es war dunkel, und ich schlief ein, und es war immer noch dunkel. Das hatte mir Sprudelwassertutti einmal gesagt: Wenn du aufwachst, und es ist immer noch dunkel, dann haben sie in den Fabriken entweder frischen Ruß abgelassen, oder die Schweine vom Geheimbund haben dich in einer Einzelhaftzelle bei Wasser und Brot eingeschlossen, weil du viel zuviel nachdenkst. Doch wie war herauszubekommen, an welchem Ort ich nichts sah, wenn es zu den Haupteigenschaften von Dunkelheit zählt, genau das zu verbergen? Denn wachte ich auf, war es dunkel, und schloß ich die Augen, war es ebenso dunkel. Augen auf, Augen zu, Augen auf, Augen zu. Bald schon wußte ich nicht einmal mehr, wann ich die Augen geöffnet und wann geschlossen hatte, wann Tag und wann Nacht gewesen ist und ob ich nun wach oder in einem Traum versponnen war. Ich begann, mir Gedanken über mein Denken zu machen und kam zu dem Schluß, daß ich, wenn ich in grammatisch geschlossenen Sätzen denke, bei Verstand sein muß, was ich mit Tag identifizierte, und wenn ich in Wort- und Bildsalat denke, weggeschlummert bin, wofür nun bekanntlich die Nacht zuständig war. Aber konnte mir irgend jemand in dieser gottverlassenen Unterwelt sagen, ob ich nicht lange schon den Tag mit der Nacht und die Nacht mit dem Tag ausgetauscht hatte, um am Tag, den ich für die

Nacht hielt, geschlafen zu haben und in der Nacht, die ich für den Tag hielt, wach gewesen zu sein, um nun so auch das Denken mit klarem Kopf verwechselt zu haben mit dem Denken in den wilden Bildern der Träume? Doch Einhalt jetzt! Konnte ich überhaupt ein Bewußtsein über einen das Bewußtsein außer Kraft setzenden Traumzustand haben? Und ehe Sie mir gleich keine Antwort zurufen, sagte ich Feuerbach, komme ich Ihnen lieber zuvor und sage es selbst: Nein! Denn das denkende Denken kann sich nicht selber erkennen, wohl aber das gedachthabende Denken, das vollzogene und schriftlich niedergelegte und als schriftlich Niedergelegtes bereits reflektierte Denken. Von schriftlicher Hinterlassenschaft kann ja nun aber in Zusammenhang mit mir um Zettel und Bleistift notorisch verlegener Bildungsruine eigentlich nicht die Rede sein. Mit welchen Worten hätte ich meine Gedanken überhaupt zum Ausdruck gebracht und als schriftliche Hinterlassenschaft einer Nachwelt vererbt haben können? Licht, Wasser, Brot, das dürfte so ziemlich alles gewesen sein, was mir als Denkmaterial zur Verfügung gestanden hat, wobei ich noch nicht einmal weiß, ob ich mit Pferd Pferd, mit Licht Licht, mit Wasser Wasser und mit Brot Brot gemeint habe und nicht etwa mit Pferd Brot und mit Licht Wasser oder mit Pferd Licht und mit Wasser Brot oder mit Pferd Wasser und mit Licht Brot. Nein, ich habe nur das Wort Pferd gekannt. Es war alles Pferd. Das Licht war Pferd, und das Wasser und das Brot waren Pferd. Ich habe das Pferd, aufs intensivste denken müssend, über den Boden geschoben und ihm nach und nach die Haare des Schwanzes und der Mähne ausgerissen. Jedes ausgerissene Haar war die Originalität eines in seiner Flüchtigkeit unwiederbringlichen Gedankens. Es müssen stumme Gedanken gewesen sein, jenseitige, im Körper auf- und untergehende, nicht mitteilbare, sondern empfundene Gedanken. Der Gedanke als Blick beispielsweise oder als Bewegung des Fußes oder der Hand und dann der Gedanke als Schrei. Die Hälfte meines bisherigen Lebens muß ein einziger Schrei gewesen sein. Aber nicht aus Zorn oder Angst oder Verzweiflung, wie es meinem Adoptivkörpervater vorgekommen sein mußte, da er mich knebelte, ehe er sich hinlegen und schlafen wollte, sondern weil die konsequente Verlängerung der menschlichen Sprache diese Energie, die nur ein Schrei werden konnte, zwingend verlangte. Die Fortsetzung der menschlichen Sprache ist ein Schrei, das war ganz klar bewiesen. Aber meinem Adoptivkörpervater konnte ich das nicht vermitteln, er wäre 1.) beleidigt gewesen, mich eine Evolutionsstufe höher zu sehen, so vollgemacht und sehr übel riechend, wie ich vor Gott stand, und er wäre 2.) in dieser tiefen Kränkung für mich und meinen Hunger unberechenbar geworden und hätte mich womöglich meinen eigenen Dreck fressen lassen aus Verachtung sich selbst gegenüber. Ich mußte ihn also täuschen und verhindern, daß er in mir seine Zukunft erkennt. Mein tief in die sprachliche Verlautbarung eingegangener und die gesamte Existenz zusammenfassender ontologischer Schrei hatte ein individueller und damit nicht verallgemeinerbarer Schmerzschrei zu werden, das beruhigte ihn. – Er hat wieder die seelische Not? rief mir mein Adoptivkörpervater in den Schacht meiner Einzelhaftzelle hinein, um meinen ihn aufs tiefste beunruhigenden Schrei ein wenig schön werden zu lassen oder doch zu verharmlosen. Aber ich hatte weder eine seelische Not noch einen physischen Schmerz, ja, ich hatte nicht einmal einen sachlichen Grund, der in eine seelische Not oder einen physischen Schmerz hätte münden können, weil es mir an rein gar nichts gefehlt hat. Im Gegenteil, ich besaß sogar einen Vierkantschlüssel, mit dem ich als traurige Zwergwuchserscheinung des allgemeinverbindlichen Polytechnikums die Garderobenschränke öffnen und schließen konnte und mit dem ich für immerhin drei Monate eine nicht zu unterschätzende politische Macht in die Hände bekam. Bei so viel Kompetenzübertragung, die mich dem vaterländischen Verdienstorden in Plaste & Elaste aus Schkopau schon näher gebracht hatte, als ich es jemals in Anbetracht meiner Denkresultate gewollt haben konnte, durfte mein ontologischer Schrei schon gerechtigkeitshalber kein Schmerzschrei mehr sein, und das hätte mein Adoptivkörpervater auch wissen können, wenn er es hätte gewußt haben wollen. Aber er wollte es nicht wissen, und ich half ihm dabei, indem ich ihn täuschte, so gut es irgendwie ging. Ich erfand Schmerzgründe, Verzweiflungsgründe, Zornesgründe, um ganz normal kommunizieren zu können mit meinem Pferd beispielsweise in langen, spitzen, erschreckend lauten Schreien, wie Wahnsinnige oder wie Sterbende schreien. Das konnte er nicht ertragen, das hätte niemand ertragen. Die gesamte Menschheit hätte diesen Schrei als eine Sprache der Zukunft unmöglich ertragen, in der Unterwelt nicht und in der Oberwelt nicht und in keinem Schuldbezirk aller Schuldbezirke, weil er bereits seelenlos war, eine biophysikalische Disposition, eine Sprache nicht mehr als Ausdruck von Schmerzen, sondern selber ein Schmerz in der ganzen Abwesenheit dessen, dem dieser Schmerz einmal zugefügt wurde. Ich konkretisiere: eine

Sprache des Schmerzes anstatt ein Schmerz in der Sprache. Mein Schrei war also die absolute Sprache des Schmerzes, und das war meinem Adoptivkörpervater so unerträglich, daß er mich eines Tages nach einem wohl sehr deutlich mißglückten Täuschungsversuch, obwohl er natürlich aus eigenem Überlebensinteresse immer an meinen Täuschungsversuchen interessiert gewesen ist, aus dem Schacht zog, mich notdürftig kleidete und mich, des Laufens in den vielen Jahrzehnten des Kriechens nicht kundig, wie einen Mehlsack durch die Unterwelt schleifte bis nach Okkerwalde hinauf. Ich komme später darauf zurück, sobald ich einen Globus gefunden und die entscheidenden Stellen mit Lupe und Zentimetermaß hinreichend gut ausgeforscht habe. Erwähnenswert vielleicht noch meine völlige Lustlosigkeit an der Fortbewegung. Mein Gefängnis, in dem ich bis zum Einsturz der Erdschicht leben gewollt haben mußte, war ohngefähr sechs bis sieben Schuh lang, vier breit und fünf hoch. Die Hauptstadt hieß Ostberlin. Der Boden schien mir festgestampfte Erde zu sein, an der Vorderseite waren zwei kleine Fenster mit Holz verschlichtet, welches ganz und gar schwarz aussah. Es soll aber Uran gegeben haben für die sowjetische Besatzungsmacht als Nachschlagszahlung zum Weltkrieg zuvor. Und braune Kohle gleich unter der Erdoberfläche, fast schon mit den bloßen Händen herauszubekommen und technologisch denkbar und dankbar einfach abzuverbauen. Auf den Boden war Stroh gelegt, worauf ich zu sitzen und zu schlafen pflegte. Ich habe also noch einen Begriff mehr gehabt haben müssen als Materialverfügung zum Denken: Stroh! Sehr schöner Nachklang. Meine Füße waren von den Knien an mit einer Decke bedeckt. Über meinem Lager auf der linken Seite war im Erdboden ein Loch, worin ein Topf angebracht war. Es war auch ein Deckel darüber, den ich wegschieben mußte und dann doch immer wieder darüberdeckte. Zur Schreibnatur wird man, erkannte ich schnell, wenn man diesen Deckel einmal nicht mehr oben hinaufgibt und dann sehr kräftig nachdenkt. Aber das kam aufgrund meiner dauernden Zettel- und Stiftlosigkeit ohnehin nicht in Frage, sonst wäre ich womöglich auf eine gebildete Schule geraten, und wir hätten heute von mir schon bedeutende gesammelte Werke zum darin Stöbern gehabt. Die Kleider, die ich in dem Gefängnis getragen habe, waren ein Hemd, kurze Hosen, in denen aber das Hinterteil fehlte, damit ich meine Notdurft verrichten konnte, weil sich die Hosen nicht ausziehen ließen. Alles VEB-Ware mit TGL-Siegel und Qualitätsmarke Q und einheitlich stahlblau. Die Hosenträger hatte ich auf dem bloßen Leib. Das Hemd war darüber. Meine Nahrungsmittel waren Wasser und Brot. An Wasser hatte ich Mangel, an Brot niemals. Ich aß aber wenig Brot, da ich keine Bewegung hatte und nur dachte. Auf den Gedanken, mich fortzubewegen, kam ich vielleicht deshalb nicht, weil ich sofort mit dem Kopf irgendwo angestoßen wäre, in Heringsdorf / Ostsee an der Zellendecke und in Zinnwald / Erzgebirge am Zellenfußboden. Vielleicht kroch ich hin und wieder ein bißchen, zum Beispiel zur Darm- und Blasenentleerung in die Hauptstadt, wo ich einmal xx72 die Jugendweltfestspielbewegung mit angesehen habe, obwohl nicht gewollt und gefördert wie die positive Jugendweltfestspieljugend. Aber Bärbel war auch da, und wir küßten uns das erste Mal glücklich. Meine Fortbewegungsart und -weise fand also hauptsächlich auf einer negativen Umlaufbahn statt, nach innen gerichtet und mehr stellvertretend als tatsächlich, mehr symbolisch als faktisch, mehr im Kopf als auf der Fußbodenerde meines ersten sozialrealistischen Vaterlandes. Dachte ich viel, weil ich mich nicht fortbewegen konnte? Oder bewegte ich mich nicht fort, weil ich viel dachte? Wer weiß, ob ich das alles studiert und gelesen hätte, das ich allein deshalb studierte und las, weil ich bis auf die kleinen Ausflüge zum Latrinenloch unendlich viel Zeit in der Zeit gehabt habe. Ein Luxus, wie sich unschwer erkennen läßt. Ein Aufseher öffnete die Luke, um ein wenig frische Luft herein- und herunterzufächeln, und ich schmiegte mich ganz fest an die Zellenwand in direkter Linie zum Lichtstrahl, der wie ein Gottesgeschenk zusätzlich da war und ausreichend Helligkeit anbot. Ich las wirklich alles, von der Gebrauchsanweisung bis zum Gesetzbuch und von Adorno bis Zatopeks *Aus dem Tagebuch eines Langstreckenläufers* oder Wittgenstein oder *Wittgensteins Neffe*, alles vor und zurück und meistens von links nach rechts und von oben nach unten. Wo hatte ich diese Feindlektüre von drüben, draußen, oben damals schon her, und wie kam sie zu mir? fragte ich Feuerbach, der das natürlich auch nicht wußte. Denn was mein Adoptivkörpervater in der Hauptstadt Ostberlin hinterlegt für mich hatte, waren a) die gesammelten Denkschriften von Marx, Engels und Lenin, b) zur Entspannung *Die Töchter der großen Bärin* von einem verheimlichten Nachwuchs Karl Mays und c) *Wie der Stahl geschmolzen wurde* des US-Amerikaners mit russischen Urgroßeltern Nikolai Ostrowski. Letzteres war Pflichtlektüre mit Zitatverpflichtung auf dem Polytechnikum. Wäre es dabei geblieben, was mein Adoptivkörpervater mir in bester domestizierender Absicht neben den Topf gestellt hatte, oh, ich wäre doch nie auf die falschen und meine Zukunft sämtlich zur Vergangenheit erklärenden Bahnen gestolpert. Aber so, geistig durchwurmt vom Klassenkampfgegner, bestand stündlich entweder Flucht- oder Selbstmordgefahr, die auch ein Freiherr vom Schnitzel, der in entfernter Verwandtschaftsbeziehung zu Margarete von Hering gestanden haben soll, diese aber aus *wer-wen*-moralischen Gründen nie zugab, nicht gutreden konnte. Da mochte der Kanal schwarz sein, wie er wollte, keiner schenkte ihm Zuversicht. Ich sehe mich noch hinter Omas Ohrensessel versteckt Feindsender gukken, wie ihn Freiherr vom Schnitzel in Auszügen anbot, den Ton immer wegignorierend und damit wie unter Starkstrom geraten. Ja, der Gedanke, hoch und in den Westen zu Margarete zu gehen, wurde größer und unabweislicher noch als meine Antenne im erregtesten Zustand – fünf Zentimeter, würde ich schätzen. Aber Sie sehen ja, sagte ich Feuerbach, daß ich kein Bär bin und einer Bärin nur dienen könnte als erotisches Gesamtereignis, aber nicht von den Werkzeugen her. Als ich so drei oder vier war, und später dann Bärbel, dieser listige Geheimbundkäfer, der seine häßlichen Berichte mit meinem Herzblut schrieb ... Aber vielleicht lassen wir das, denn nichts nachtragen will ich ihr zu dieser Stunde, so müde mit dem Augenlicht für diese Spitzelarchive und ihren erbärmlichen Jeder-ist-ein-anderer-Infos. Nicht alle lieben jede Lektüre, und ich bin an dieser einen und sehr besonderen Textverarbeitungsstelle geradezu phobisch geworden und spüre sofort, wie sich der Magen umdreht schon bei dem bloßen Gedanken daran. Schweineschriften sind gar nichts dagegen. Und daß ich sie lesen konnte, noch ehe ich bei Professor Daumer zur Umerziehung einsaß und den neuen Kulturtext Wort für Wort auswendig lernte, besagt doch klar, daß ich des Lesens und Schreibens schon fähig gewesen sein mußte und nun alles noch einmal erlernte. Mein erstes Lesen- und Schreibenkönnen hat allerdings mit meinem zweiten Lesen- und Schreibenkönnen herzlich gern wenig zu tun. Denn einmal las und schrieb ich, weil sonst nichts zu tun gewesen ist und ich wenigstens etwas erleben wollte, und ein anderes Mal las und schrieb ich, um das Lesen und Schreiben meiner ersten Abrichtungsjahre oder -jahrzehnte (?) wieder loszuwerden oder zu verwesentlichen, je nachdem, worum es gerade ging und wer was von mir wollte. Das zweite Lesen- und Schreibenkönnen ist demnach mit dem ersten Lesen- und Schreibenkönnen überhaupt in keine Beziehung zu bringen. Um so mehr oder weniger nicht, als das Gelesene oder Geschriebene in meiner ersten Lese- und Schreibzeit völlig anders geklungen hat und völlig anders zu verstehen gewesen ist als das Gelesene oder Geschriebene in meiner zweiten Lese- und Schreibzeit, da es zwischen der ersten und der zweiten Lese- und Schreibzeit keine, darf ich jetzt bitte *Koinzidenz* sagen, ohne überheblich zu wirken? fragte ich Feuerbach, Koinzidenz gab. Hätte früher gestanden: *Gertrude ist glücklich und geht durch die Gülle,* hätte es sofort ein germanistisches Sonderkommando von hochinformierten Sprach- und Sprechexperten gegeben, die, abberufen von allen Polytechnikhochschulen o.ä., nichts anderes zu tun gehabt hätten die nächsten Monate oder Jahre hindurch, als ausnahmslos alle Bedeutungsmöglichkeiten dieses an Botschaftsvielfalt tatsächlich überreichen Satzes herauszubekommen und in ihrer eventuellen Subversivität gegeneinander ins Verhältnis und den Verfasser schließlich vor die sozialrealistische Gerichtsbarkeit zu bringen. Was lesen wir jetzt? *Gertrude, ist, glücklich, und, geht, durch, die, Gülle.* Der Satz sagt fast nichts, jedenfalls nicht mehr als das, was er in der Folge seiner Worte bezeichnet. Kein Geheimnis, kein tieferer Sinn, kein, darf ich bitte *Subtext* sagen? fragte ich Feuerbach, Subtext. Warum nicht? Weil der Leser keine Angst vor der Sprache hat und nichts in sie hineinliest oder aus ihr heraushört, was er begehrt oder fürchtet; weil er, darf ich bitte *Metapher* sagen? fragte ich Feuerbach, keine Metaphern mehr braucht und metaphorisch auch nicht mehr denken kann. Das sind die Unterschiede, so grundlegend und so unüberwindbar, daß alles, was war, nicht mehr lesbar sein kann oder lesbar ist in anderer Weise. So daß ich doch tatsächlich zweifach gewesen sein muß und immer als eine Hälfte des Ganzen. So daß mein Körper auf der einen Seite mit Schrift schon beschriftet worden ist und auf der anderen Seite mit Schrift noch zu beschriften sein wird. So daß meine Körpergeschichte, unter der Erde oder auf der Erde und immer so hin, zweimal gewesen ist. So daß ich vielleicht auch alles zweimal erzähle, weil ich es zweimal zu sehen oder zu hören oder zu empfinden bekam. Das erklärt auch mein doppeltes Vorhandensein gespaltenerweise, philosophisch verständlich, medizinisch bedenklich, so daß Daumer folgendes an Untersuchungen bzw. Behandlungen bzw. Operationen bzw. prophylaktischen Therapien usw. noch wird vornehmen müssen: 1.) Messung der Gehirnströme, vor allem die biophysikalischen Aktivitäten vom Thalamus zum Hypothalamus betrachtend, 2.) Kopfschichtröntgen, 3.) Stirnhirndurchtrennung nach Monez, 4.) anschließende Maltherapie, eventuell kreativer Schreibkurs für Stuporklienten, sofern mindestens vier Vokabeln einwandfrei gesprochen und schriftlich hinterlegt noch abrufbar sind: Pferd, Licht, Wasser (und) Brot. Und dabei hat, bitte schön, Pferd Pferd zu sein, Licht Licht, Wasser Wasser (und) Brot Brot. Kein Pferd für Brot oder Licht für Wasser mehr oder Pferd für Licht oder Wasser für Brot oder Pferd für Wasser oder Licht für Brot. Aus und vorbei mit dem Unterweltvorteil und seiner nicht genug herrlich zu findenden Hochbedeutungsvergabe aus reinem Nichtsein heraus, obwohl und andererseits, aber das wissen wir ja.

10. Der Körpervater und dessen Rittmeistersohn.

Weil nun mein Vater ein oberer Rittmeister bey der 4ten Geheimgarde bey dem 6ten Regiment Pawel Kortschagin in Wurzen gewesen ist, stand für mich fest, was zu werden ich gewollt haben mußte. Da ich noch nicht selbst im Kenntnisstand meiner Zukunft war, mußte es mir schriftlich beigebracht werden. Es machte also Arbeit, daß es mich gab, und wäre ich politisch ein wenig aufgeweckter gewesen und hätte ein Einsehen in meine verdrehte und für nichts wirklich zu gebrauchende Natur gehabt, oh, ich hätte mich abschaffen müssen, um Land und Regierung zu stärken. Andererseits war ich ja schon dadurch, daß ich so vollkommen unfruchtbar im Staate herumhing, subversiv durch bloße Anwesenheit, und das wollte ich nun auch nicht verschenken. So nun stand ich wie jeden Montag zur Mittagszeit am Dachlukenfenster und erwartete nichts, sah nur den Grenzpostbeamten die Mahnpost verteilen, ein leichter Wind bürstete den Regen schief, und dachte, so sind sie eben, die Montage. Wie immer sah ich durch die Dinge, auf die mein Blick fiel, hindurch, denn ich träumte viel in meiner sehr frühen Jugend kurz vor der Zeugungserlaubnis. Es hat also bestimmt eine Stunde gedauert, ehe ich Tuttis aufgeregtes Winken mit einer Einschreibsendung vor meinem Dachlukenfenster registrierte, indessen schon merklich erschöpft, was den Schwung und die Kraft seines nach mir winkenden Armes betrifft. Es ist mir sicher in dieser Stunde mehrmals passiert, daß mich, während ich durch den aufgeregt mit einer Einschreibsendung nach mir winkenden Grenzpostbeamten hindurchgesehen habe wie durch eine Erscheinung der Phantasie, das Gefühl überkam, etwas sei durchaus anders heute als sonst an einem Montag um diese Zeit. Doch ich konnte dieses Gefühl lange nicht, wie soll ich sagen, koordinieren und in eine gewisse gedankliche Übereinstimmung bringen mit der Wirklichkeit, wie sie gerade war. Nun kam es aber auch damals schon darauf an, die Welt nicht nur verschieden zu verändern, sondern auch zu interpretieren, und das wußte ich vom Polytechnikum her. Es war also ganz und gar keine Verweigerungshaltung im Spiel, ich sah Tutti 6 einfach nicht sehenderweise, zumal ich nicht im Traum daran dachte, daß einmal auch mir eine Postsendung zustehen könnte – und noch dazu als ein nur von mir selbst in Empfang zu nehmendes Einschreiben, was mir eine Bedeutung verlieh, die ich psychisch überhaupt nicht adäquat kompensieren konnte.[29] Aber nach einer Stunde, etwa, fiel dann der Groschen. Ja, er wollte tatsächlich zu mir und sah völlig verschwitzt aus von der Mühe, es mir verständlich zu machen. Um schneller hinunterzukommen, übersprang ich immer zwei Stufen und landete, das eine Mal mit dem linken, das andere Mal mit dem rechten Fuß, auf jeder dritten Stufe von oben, so sehr hatte mich Tuttis Post, von der ich noch überhaupt nicht wußte, woher und weswegen, motiviert. Wir waren doch so sehr dankbar für jeden auch noch so kleinen Wink! Hatte ich jemals zuvor drei Stufen auf ein-

29 Zum ersten Mal sah mich Feuerbach an, als wäre ich nicht der Fall, sondern ein Kollege, sagen wir der Stationsnachtwächter der Abteilung für selbstmordgefährdete Frühgeburten, mit dem er über einen Fall schwadroniert, und das erfüllte mich nun wirklich so sehr mit Stolz, daß mein Hodensack anschwoll. (Erklärung: Soziale Würde und Aktivitäten des Hodens hängen bei mir direkt zusammen und reagieren unmittelbar aufeinander. (Daumer scheiterte komplett daran, dafür eine Erklärung zu finden.))

mal genommen? Ich glaube, nein. Auch zwei Stufen auf einmal: Ich glaube, nein. Eine Stufe auf einmal, das kam schon vor, hin und wieder. Aber nicht selten geschah es, daß ich unten gar nicht erst ankam, weil ich die gleiche Anzahl der Stufen, die ich gerade vorwärts herabgestiegen war, rückwärts wieder hinaufstieg. Ich hatte einen wirklich weiten Weg bis nach unten, und da waren viele überraschende Wendungen in meiner Gedankenwelt möglich, die mich abbringen konnten von meiner unterdessen mir selbst höchst unpopulär gewordenen Absicht. Das hatte mit vielem gleichzeitig zu tun, hauptsächlich aber mit meiner sehr privaten Evolutionsgeschichte, die sich in starken und gänzlich unberechenbaren Entwicklungsschüben vollzog und dafür sorgte, daß ich, nachdem ich gerade einmal fünf oder auch nur zwei Minuten im Treppenhaus unterwegs gewesen bin, zu ebener Erde angekommen, ein völlig verändertes Wesen mit einem völlig veränderten Verständnis für die Welt geworden war. Dann wieder geschah zehn Jahre gar nichts und dann wieder, als hätte mich Gottes Finger berührt, in Sekunden alles. Und als ein plötzlich um Jahre der Vollkommenheit entgegengereifter Mensch oder Halbmensch oder dergleichen war mir dann eben der Sinn des Ganges hinunter und heraus verlorengegangen, und ich kehrte, ohne freilich mich umzusehen (denn auch ich hatte ein Ziel vor den Augen!),[30] um. Oder aber, andererseits, die Bedingungen der Realität hatten sich blitzartig verändert, und mir war auch damals schon eine solche partielle Intelligenz mitgegeben, diese außerhalb meiner Beeinflussungssphäre liegenden Gegebenheiten in

30 «Du hast ja ein Ziel vor den Augen/damit du in der Welt dich nicht irrst (...)» – Schlagertext.

erstaunlicher Geschwindigkeit zu erkennen; und nicht nur zu erkennen, sondern sie auch analytisch auszuwerten und die für mich richtigen Schlüsse daraus zu ziehen, was in dem Fall hieß: umzukehren und den grauen Jutebeutel für Nahrungsmittel, den ich ausnahmslos immer bei mir hatte, da wir auf Schritt und Tritt von ganz besonderen Nahrungsmitteln wie etwa der sowjetischen Knoblauchzehe oder dem polnischen Bigos-Amigos überrascht werden konnten, wieder an seinen für alles mögliche nützlichen Nagel neben der Haustür zu hängen. An diesem geradezu außerordentlichen Montag nun gab es kein Zögern und keinen Schritt rückwärts, im Gegenteil: Ich flog geradezu, wie ein Buchfink, nur eben mit einer Hand am Geländer und nach dem Prinzip der drei Stufen mit einem Schritt. Ich rechnete also im Fluge, wie oft ich noch zwischenzulanden hatte mit meinen Füßen links oder rechts, ehe ich unten angekommen das Einschreiben in Empfang nehmen könnte. Es war eine ungerade Zahl, so viel weiß ich noch, und daß am Ende das Gleichmaß der Abstände zerstört gewesen ist, da für den letzten Sprung nur noch eine Treppe übriggeblieben war, was den Sprung zu einem normalen Schritt werden ließ und meine auf absolute Symmetrie bedachte Bewegung damit unvollkommen und geradezu häßlich. Irgend etwas ist jetzt ganz schlecht gelaufen, gestand ich mir, keuchend vor dem keuchenden Boten meines Glücks oder Nichtglücks stehend, ein. – Entschuldigung, sagte ich zu Tutti 6. Aber ich habe Sie lange nicht erkannt, obwohl schon so lange gesehen. – Oh, sagte Tutti 6, erkennen und sehen sind doch zwei sehr verschiedene Paar Schuhe. – Schuhe? fragte ich. – Ja, sagte Tutti 6. – Wieso Schuhe? fragte ich. – Das ist eine Redewendung, erklärte mir Tutti 6. – Für wen oder was welchen Fall? fragte ich weiter. – Ich habe jetzt nicht mehr ganz so viel Zeit, sagte Tutti 6 sichtlich nervös, und damit überreichte er mir den mausgrauen Mottschützenumschlag mit einer Sonderbriefmarke der Nationalen Volksfrontarmee. – Bitte, sagte Tutti 6 und gab mir eine mit Tinte gefüllte Mehrwegspritze, deren Kanüle ich ihm als Nachweis der Übergabe des Schriftstücks in ein über Brust und Rücken gezogenes Kästchenfeld zu stekken und nach erfolgter Farbmarkierung der für mich ausgewiesenen Hautfläche wieder zu entfernen hatte. – Aber ich habe das ja noch gar nie gemacht, sagte ich. – Das haben die wenigsten schon, sagte er. Das ist Berufsrisiko, und außerdem bin ich härteversichert. Tutti 6 buckelte etwas, um seinen, meinen Stich zu empfangen. Ich weiß nicht mehr, sagte ich Feuerbach, ob ich gleich die richtige Stelle getroffen hatte oder ob ich noch mit einer halben Übungsstunde Tuttis Zeitkontingent zusätzlich strapazierte. Aber an das Gefühl erinnere ich mich, etwas Entscheidendes mein verhindertes Leben betreffend in Händen zu halten, ein Zeichen der Zeit, nach diesem Montag mit seinem bitte immer auch symbolisch zu verstehenden Dauerregen. Zunächst jedenfalls hatte ich noch überhaupt keine Vermutung, was welcher Herr von mir wollte. Ich lehnte mit meinem Rücken an der Hauswand und hörte den mürben Mörtel knirschen und sah Tutti 6 stolz auf seinem neuen Grenzpostbeamtenfahrrad über die Hügel verschwinden und dachte, wenn jetzt irgendein Tutti im Treppenhaus steht und dich anspricht und dir sagt, daß es ihm gar nicht gutginge an diesem Montag, werde ich fragen, ob er mir das nicht nächsten Montag noch einmal sagen könne, denn ich habe da gerade eine sehr bemerkenswerte

Postsendung per Einschreiben von der Nationalen Volksfrontarmee erhalten und müsse doch nun gleich erst einmal hoch und sehen, ob es Krieg gibt. Aber kaum hatte ich, bereits auf dem Rückweg nach oben und diesmal nur zwei Stufen auf einmal nehmend, um einen schön symmetrischen Abschluß hinzubekommen, diesen Gedanken gedacht, sprach mich ein Tutti auch schon an und sagte: Mir geht es gar nicht gut an diesem Montag. – Können Sie das bitte am nächsten Montag für mich wiederholen? fragte ich zurück und sah noch, wie er, einer verängstigten Hausschnecke gleich, den Kopf einzog und sofort nach innen gerichtet mit sich selber redend zu schimpfen begann. Das sind ohnehin die schönsten Gespräche, dachte ich und war bereits wieder daheim und saß nieder auf meinem Balken und öffnete ganz langsam wie sonst nur noch Barbaras Höschen den Umschlag. Oh, was mir nicht alles durch den Kopf ging währenddessen! Es war so viel Phantasie in meinem Jugendhitzkopf, so viel Hoffnung auf eine Veränderung meines Montaglebens, daß es mir heute schon fast etwas peinlich wird, es einzugestehen. Ich legte das bereits aus seinem mausgrauen Mottschützenumschlag herausgepulkte und sofort als Amtsschreiben kenntlich gewordene Papierstück zur Seite, nachdem ich es mehrere Sekunden oder gar Minuten oder gar Stunden mit meinem alles durchbohrenden Halbbewußtseinsblick schon einmal als grobes Ganzes wahrgenommen hatte, stand auf und bereitete mir eine Tasse Kamillentee zu. Ich wollte es zelebrieren, a) und allgemein: daß ich lesen kann – woher und warum, kann ich nicht sagen, und b) daß ich und mein Körper so wichtig gewesen sind für diesen Moment, daß man eigens für uns ein öffentliches und unter schwierigem Umstand herbeigebrachtes Papierstück übrig hatte, gleichviel welchen Inhalts. Aber ich hatte meine Tasse, oder war es ein Becher?, noch gar nicht richtig leer, da stand ich schon entblößten Leibes vor einer Reihe von Ärzten, und der erste zog mein Augenlid nach unten und beschrieb die Farbe des inneren Fleisches, und der zweite zog meine Vorhaut zurück und beschrieb den Grad der Phimose, und der dritte schaute mir mit einer kleinen Taschenlampe in den Analgang und erzählte dem vierten, der mit einer kleinen Taschenlampe das Innere meiner Ohren erforschte, was er entdeckte, und der fünfte schaute mich ganz allgemein an und vielleicht, so kam es mir vor, durch mich hindurch, so wie ich auch gerne durch ihn hindurchgeschaut hätte, wenn mir das in Anbetracht dieser hochnotpeinlichen Messungen möglich gewesen wäre. Aber es war mir nicht möglich, weil ich physisch präsent sein mußte und damit entschieden verhindert war, zu träumen. – Weil sein Vater ein oberer Rittmeister ist, sagte Oberarzt Dr. Tutti, ist er beim Sonderkommando und wird am Grenzposten den Schuldbezirk sichern und alles niederschießen, was sich ringelt, räuspert und regt! Es ist wirklich ein Verdienst, sagte Oberarzt Dr. Tutti, etwas, das nicht jeder bekommt. Und gewiß, gewiß, nur weil der Herr Vater die Richtigkeit dieser Entscheidung mit seinem Namen bezeugt. Und dann nahmen sie weiter Maß, 1.) von meinem Schädelumfang, 2.) von meiner Körpergröße, 3.) von der Länge meines linken Armes, 4.) von der Länge meines rechten Armes, 5.) von der Länge meines linken Beines, 6.) von der Länge meines rechten Beines, 7.) von meiner Halslänge, 8.) von, nein, der Penis hatte sich in diesem Aufregungsdurcheinander völlig zurückgezogen und war gar nicht meßbar. Nun aufgepaßt, sagte ich Feuerbach: alles verschiedene Größen, linker Arm größer als rechter Arm, linkes Bein kleiner als rechtes Bein, Schädelumfang größer als meine Körpergröße, aber wiederum kleiner als rechter Arm und wiederum größer als linkes Bein und wiederum ebenfalls größer als linker Arm, aber wiederum kleiner als rechtes Bein. Meine Körpergröße wiederum nicht so groß wie meine rechte Beinseite, was an meinem Klumpfußapparat gelegen haben kann, der sicher einen halben Meter zu lang gewesen ist. Völlig klar war, daß ich eine Drillichspezialanfertigung benötigen würde, und das machte mich verlegen und im Schuldgefühl, soviel Umstand zu machen, sehr klein. – Ich schlage vor, sagte ich, in Anbetracht dieser meiner körperlichen Besonderheiten, auf diesen Auftrag zu verzichten. – Was für ein Edelmut, sagte einer der Oberarzttuttis, der gerade dabei war, Länge und Winkel meiner Hasenscharte zu ermitteln. Aber, fuhr er fort, wir können das gar nicht annehmen! Dreißig Jahre Infanterieregiment mit Sondereinsatz an der Schuldbezirksgrenze und nebenher die Sprachen Chinesisch, Mongolisch und Russisch, ist das nichts? Nun war auch noch ein Schneiderlehrling von der Volksfürsorge gekommen und fing seinerseits an, mich mit seinem Zollstock zu quälen und hier und dort kleine Nadeln in einen von der Rolle geschnittenen Stoff zu stecken, der mir bereits über den Körper gelegt worden war und den ich nun drei Jahrzente lang tragen sollte. – Aber ich bin doch gesellschaftspolitisch gar nicht tauglich und relevant, gab ich noch einmal zu bedenken. Ein paar Monate Garderobenwart am allgemeinverbindlichen Polytechnikum, das war meine ganze gewissermaßen aktive Zeit, sagte ich. Dann brach die Erfahrung, für den Frieden zu kämpfen, vollständig ab. Und nun, ergänzte ich, muß ich doch erst einmal ganz klein und von unten wieder anfangen dabeizusein. Aber es ginge auch gar nicht so sehr um mich, wurde mir daraufhin deutlich gemacht, als vielmehr um meinen Rittmeistervater, der schließlich ein Recht darauf habe, einen ordentlichen Rittmeistersohn zu besitzen, auch wenn dieser in Wahrheit kein ordentlicher Rittmeistersohn ist und noch vieles dafür zu tun haben würde, einer zu werden. Schlimm genug, daß ich diese Verwachsungen habe und von einer schon allgemeingefährlichen Häßlichkeit sei, ich verfüge ja nicht einmal über innere Werte, die meine äußeren Scheußlichkeiten ein wenig nur wettmachen würden. Daraufhin nun wurde mir erklärt, daß die Einberufung zur dreißigjährigen Dienstverpflichtung eine geradezu einmalige Chance für mich wäre, mein tristes Montagsleben in eine individuell selbstbestimmte Abhängigkeit zum Gehorsam umzuwandeln und vom biophysiologischen Abschaum zur sozialrealistischen Persönlichkeit aufzusteigen. Und natürlich dürfe ich im Kaserneninnenhof die festgestellten Anomalien meiner Physis, die hier, aktenkundig geworden, sofort in einem Geheimsafe verschwinden und erst der Nachwelt im siebten Glied wieder zugänglich gemacht werden würden, nicht erwähnen, um noch einen Anspruch auf diesen Dienst zu behalten. Denn der Anblick, den ich biete, sei geeignet, mich einfach nur in der Nacht auf einen Posten zu stellen und darauf zu vertrauen, daß jeder umkommt, der mich versehentlich zu lange ansieht. – Das aber auch noch als Schriftstück gewissermaßen faktisch verbürgt, nein, das müssen wir stillschweigend verschweigen, sagte Oberarzt Dr. Tutti. Und das, fügte er bereits schon in die Luft sprechend hinzu, tun wir allein seinem Vater und nicht ihm zuliebe, worauf ich erst einmal verwirrt hinter mich sah, um zu prüfen, ob es noch jemand anderen gab, der hier im Raum stand. Oh, diese Art des Wegsprechens von mir als einem doch immerhin gemeinten Personengegenstand war ein äußerste Vorsicht anzeigendes Alarmsignal! Jetzt mußt du aber schlau sein, schoß es mir durch den Kopf, und ich hatte durchaus über Momente von Schlauheit verfügt, auch wenn sie mitunter um Tage oder gar Wochen zu spät kamen, um für den Anlaß noch von Bedeutung zu sein. In dieser Situation aber konnte ich mit nichts Schlauem rechnen, gleichviel, ob sofort oder in zeitlicher Verzögerungstaktik, das Schicksal war gegen mich, ich war vollkommen frei von einem Gedanken und auch noch unfähig, dafür die passenden Worte zu finden. – Der Herr Rittmeister ist lediglich mein Adoptivkörpervater, gab ich dann schließlich doch zu bedenken, ich aber bin, ich bremste ab und nahm neuen Anlauf: ...Geistesadel.[31] Oberarzt Dr. Tutti wurde zornig und flächendeckend rot im Gesicht. – Wir sind ein Arbeiter- und Frauenstaat, sagte er, und wir lassen uns von keinem empiriokritizistischen Zwergwuchs – Zwergwuchs, das saß! – am Aufbau des Sozialrealismus hindern. Ich bin gewiß nur eine simple Natur, fuhr er fort und tat mir auf der Stelle sehr herzlich leid, und ich habe mir alles schwer erarbeiten müssen. Vom Analphabet bis zur Rolle am Barren. Und auch mit einem oberen Rittmeister als

31 Was meinte ich damit, und wie kam ich darauf? fragte ich Feuerbach. Gut, für meinen Staat war ich Dreck, der denken konnte, aber nichts wies auf eine Familie wie die der Zähringer hin etc. pp.

Vater konnte und kann ich nicht punkten. Aber ich werde es nicht zulassen, daß die Volksseele Schaden nimmt durch konterrevolutionäre Oberweltphilosophien, wie sie eine gewisse Margarete von Hering, uns bekannt auch als Schwester der zu Recht nicht mehr lebenden Grete von Hering, hereinschleust. Moment mal. Das läuft ja wieder einmal wild durcheinander. Mein Adoptivkörpervater war a) Hochadel mit einer dem Hochadel angemessenen Oberweltphilosophie und damit ein kulturgeschichtliches Abfallprodukt, b) eine relevante allgemeinverbindliche Persönlichkeit als Rittmeister im 6. Infanterieregiment der gemeinnützigen Wasserschutzpolizei und vorzugsweise ohne Intelligenzrest und c) eine Fiktion meiner Mutter. Aber wer und wo war wessen Mutter? Das läuft alles wirklich wild durcheinander jetzt, und auf der Ebene der Fakten komme ich gleich gar nicht mehr weiter. Wahrscheinlich war Vater Nummer 1 mir fremd und Vater Nummer 2 mein Adoptivkörpervater, der Vater Nummer 1 weltlich vertrat und ganz anders beschaffen gewesen ist. Ich sollte mich vielleicht nur noch auf das konzentrieren, sagte ich Feuerbach, was sich nicht mehr erzählen läßt, um bei der Wahrheit zu bleiben. Also auch das Maßnehmen meiner physischen Merkmale muß, gleich der Sprech- und Sprachabrichtungen beim Lesen- und Schreibenlernen, zweimal stattgefunden haben in meinem Leben bis eben. Einmal im Kampf um den Frieden, und ich die geheime Waffe meiner Partei, der ich namentlich nachweislich nie angehört habe, und ein anderes Mal nach meinem Auftauchen in Okkerwalde, als der Herr Professor Daumer mich in die Küche holte und nach allen Gesichtspunkten und Möglichkeitsfällen hochgenau gründlich studierte. Ich bin doch wohl ein interessantes Geschöpf in allen diesen verschiedenen Gedankensystemen, weil an mir alles leider völlig uneben ist. Ich bin doch wohl die Kreatur meiner Schöpfung an und für sich, sagte ich Feuerbach. Was also sollte ich anderes tun, als genau das aufzuschreiben und den Oberarzttuttis im Regiment, die noch einmal im Kasernenhof genau Buch geführt hatten über den Gesundheitsbestand ihrer Reiterarmee, mitzuteilen? Ich hatte schon vorgesorgt für diesen sehr ernsten Fall im Innenhof der Kaserne, indem ich ein Schriftstück meinen schwer verbogenen Rücken betreffend einem Befundarzt der städtischen Poliklinik, der mir sehr zugetan war, weil ich keine Gedichte schrieb wie ein gewisser Kurt Bartholomeus[32] zum Beispiel, aus dem Kreuz geleiert, soll sagen, abgetrotzt hatte und nun mit zu den Oberarzttuttis im Kaserneninnenhof zur buchstäblich letzten Ölung brachte. Ich öffnete das Siegel des Umschlags, nahm das Schriftstück, das mein Stadtorthopäde den Oberarzttuttis an der Nahtstelle zum Klassenkampffeind schickte, heraus und schrieb unter Beachtung exakter Fachtermini wie etwa: Verdacht auf transitorische Cerebralinsuffizienz o.ä. usw. den schwer verbogenen Rücken betreffend die ganze schaurige Wahrheit meinen mißratenen Körper im allgemeinen betreffend einschließlich aller seelischen Defekte und psychomotorischen Disregulationen und einer damals wirklich sehr akuten Waschzwangneurose, alle zwei Minuten eine Waschung der Hände mit dem Spülmittel *Fit* und einmal die Stunde mit grober Scheuerpaste für Verunreinigungen mit Schmieröl oder Margarine o.ä. usw., auf eben

32 Unbekannt geblieben auch unter dem Künstlerdecknamen *Kuba*.

dieses Schriftstück meinen schwer verbogenen Rücken betreffend hinzu. Von der Hasenscharte über den Schiefhals bis zum Klumpfuß, einfach alles, was bucklig und brüchig und verletzt an mir war, bis zu meiner wie von einem Sägewerkzeug zerschnittenen Stimme, mit der ich einem Vor- oder Vorvorgesetzten gleich welchen Ranges gar nicht *Guten Tag* und *Auf Wiedersehen* sagen konnte, ohne ihm nicht mindestens eine halbe Stunde seines kostbaren Vor- oder Vorvorgesetztenlebens dadurch zu stehlen, daß ich mindestens eine halbe Stunde für eben diese eher beiläufig anzubringende Bemerkung im Stechschritt gehenderweise und bei mir stockend, holpernd und stammelnd stillgestandenerweise brauchte und sich der so Angesprochene tatsächlich nur eines gefragt haben kann: Was, um alles in der Welt, soll denn das für ein Tag sein? Aber zurück. Als nun dieses Schriftstück meines ärztlichen Vormundes im städtischen Poliklinikum meinen schwer verbogenen Rücken betreffend um die Länge eines Romans der Wahrheit zuliebe von mir selbst auf das gründlichste ergänzt worden war, übergab ich es den Oberarzttuttis, die in einem Kreis auf dem Boden der militärischen Haftanstalt hockten und über meine Zukunftslosigkeit sprachen wie Gemüsehändler über vergammelten Kohl. Die Wirkung, kann ich sagen, war kolossal. Und dabei hatte ich nur reproduziert, was viel genauer und ausführlicher noch in einem Safe für die Nachwelt schmorte. – Sein gewiß recht schwer verbogener Rücken wäre ja noch hinzunehmen, sagte ein Oberarzttutti zu einem anderen Oberarzttutti geneigt, der wiederum dem Blick des in meiner Angelegenheit zu ihm sprechenden Oberarzttuttis auswich und gedanklich eher mit einem der Form nach interessanten

Loch in der Decke als mit mir beschäftigt war. – Aber sehen Sie nur, hier, die vielen Verkalkungen, diese überflüssige Darmwindung, und dort, dieser Splitter einer Stutenhufe mitten im Herzklappenfehler. Was glaubt er, wer wir sind und was wir hier machen? – Was hat er denn geglaubt, schrie und spuckte Obermajor Tutti mich an, als ich wieder in meiner Heimatstadt Leiden auf meinem Balken im Dachgeschoß saß, wer sie sind und was sie dort machen? Sagte ich nicht: keine Einblicke geben in den wahren Zustand seiner Beschaffenheit physisch und überphysisch?[33] Daß er es nur weiß: Er ist nicht wegen seiner Häßlichkeit und körperlichen Gestaltlosigkeit in sein verkeimtes Urinnest zurückgeschickt worden, tobte Obermajor Tutti weiter, mir dabei mit Daumen und Zeigefinger das rechte Auge so weit aufreißend, daß sich das scharfe Licht seiner Schreibtischlampe tief in meine Pupille schneiden und sie langsam versengen konnte. – Er ist zurückgeschickt worden, weil man natürlich sofort seine Übellaunigkeit, seine Nichtbereitschaft, seinen, so kann man es nennen, subversiven Charakter herausgefunden hat. Wir, hier, haben dem verlorenen Rittmeistersohn allein dem armen Kollegen Rittmeister zuliebe eine Bewährungshilfe gewährt. Wir alle haben alle Augen fest zugedrückt, sagte Obermajor Tutti und riß mein Auge noch einmal kräftig weit auf, damit dieser dem Rittmeistervater zu einer einzigen Schande verkommene Rittmeistersohn eine eigentlich nicht mehr zu rechtfertigende Chance, Chance, Chance bekommt! Und was macht er daraus? Arschwischpapier! Obermajor Tutti hatte einen Kopf jetzt so rot wie die

33 Das Wort «psychisch» war gerade abgeschafft worden dank einer sehr genauen Betrachtung am Hund.

Fahne, die über ihm an einem für wirklich sehr vieles zu gebrauchenden Haken hing. Ich spürte, wie meine Hose naß wurde und hörte einen feinen plätschernden Ton von meinem leise auf kalte Kacheln rieselnden Strahl, und es klang wie das Lied vom kleinen Trompeter. Mit dem vielleicht aus politischen Gründen unbeschädigt gelassenen linken Auge konnte ich eine Schabe erkennen, die ängstlich über den Fußboden flitzte und sich hinter der Scheuerleiste für ewig und immer verkroch. Das war ich! Obermajor Tutti schlug noch mit einem Lederriemen auf meine Fluchtbahn ein, aber ich war schon unter einer Bohnerwachsblase wie ein Soldat in seinem Schützengraben und in relativer Sicherheit vor seinen Blicken verschwunden. Was war eine Bohnerwachsblase? Ich würde sagen, eine chemische Rückstandsbildung von der Größe eines kleineren Maulwurfhügels und klebrig und schmutzbraun wie mein zerbrechlicher Korpus. Und um Himmels willen, nein, denken Sie jetzt nicht an František Kafka! sagte ich Feuerbach. Ich habe damit gar nichts zu tun gehabt damals. Es war einfach nur Glück, erster Teil: daß ich zur richtigen Sekunde den passenden Schmutzwall mit Einstiegsloch fand, und zweiter Teil: nein, andersherum. Erster Teil: daß ich mich selbst auf die Größe meiner Bedeutung herabbringen konnte wie durch ein Wunder (und vielleicht hatte ich da von Bobo, die ja nun eine exzellente Verwandlungskünstlerin gewesen ist, doch auch einiges gelernt), und dann zweiter Teil wie erster Teil vor diesem ersten Teil. Andernfalls, wäre meine Natur nicht zu dieser urplötzlichen und auch für mich überraschenden Metamorphose imstande gewesen, hätte der Obermajor mich unter seiner Schreibtischlampe zerdrückt. Vielleicht aber, ich konnte es nicht genau wissen, wäre ich auch befördert worden, denn ob einer zertreten oder befördert wurde, hatte sehr viel mit jenen Zufällen zu tun, die das Leben erst so richtig lustig und bunt macht. Der eine also wurde Moorsoldat im untersten Schuldbezirk, dort, wo die ewige Finsternis ihren Anfang nahm, und der andere, der alles ebenso machte, Delegierter zur Messe der Meister von Morgen (MMM, nicht zu verwechseln mit MM, Muster-Messe) zum Beispiel oder dergleichen. Und immerhin war ich ja mit meiner in jeder Hinsicht außergewöhnlichen Häßlichkeit, die strategisch nur richtig zum Einsatz gebracht werden mußte, um militärisch verwertbar zu sein, gefährlich wie eine gezündete Handgranate und damit durchaus auch beförderungswürdig. Wie geht es eigentlich Angela Davis? fragte ich Feuerbach, der daraufhin seinerseits fragend mich ansah. Entweder wußte er nicht, wer A.D. war (oder ist, sofern sie noch auf dieser Welt weilt), oder er wußte nicht, wie es ihr geht, weil es die Zeitungen nicht mehr berichten. Was haben wir nicht alles getan protestierenderweise, damit sie ordentlich zu essen und zu trinken bekommt. Ich malte mit meinem Blaustift eine weiße Taube aufs mattrot gefärbte Löschpapierblatt und schrieb darunter die allerherzlichsten Geburtstagsgrüße. Sie sind wach und merken gewiß, daß ein Stift mit blauer Tinte auf mattrotem Grund unmöglich eine weiße Taube ergibt, sagte ich Feuerbach. Aber kam es darauf tatsächlich an? Oder war, andererseits, nicht diese unbedingte Absicht entscheidend in einer Welt als Wille und Vorstellung betrachtet? Doch geantwortet hat sie mir auch nicht, und das war, rein menschlich gesehen, eine Niederlage. Immerhin, ich faltete dieses Löschblattpapier zu einer Schwalbe und feuerte sie ab. Später erklärte mir Grete, ich hätte vergessen, den Schwanz zwischen die Schenkel zu schieben, und da wäre sie höchstens bis zur Klärgrube von Leiden gekommen und keinen Fuß weiter…, nie und nimmer aber… bis in die verheimlichten Staaten … von … – ich habe diesen Namen vergessen, irgendwie ging es um das Gegenteil von … UdSSR. Unter, dem, Sofa, sitzen, Russen. Das konnte ich mir, zur Schabe degeneriert und unter einer Bohnerwachskruste Obermajor Tuttis Jähzorn überlebend, erstaunlich gut vorstellen. Meine Vorstellungsgabe war ohnehin außergewöhnlich und schloß sogar ein, noch ein nützliches Wesen zu werden, das nicht mehr nachdenkt und dafür etwas anderes macht wie: Kartoffeldrucke schnitzen, Schaltkreise zeichnen, Zwiebelzöpfe flechten, es war ja doch vielseitig, unser Leben als Pimpfe. Aber außergewöhnlicher noch als meine Vorstellungsgabe war eben meine Häßlichkeit, die, wäre es mir nicht gelungen, dem Infanterieregiment mit einer List zu entkommen, vielleicht doch verstaatlicht worden wäre. Doch hatte ich bedacht, daß der meiner Poliklinikumsakte handschriftlich beigefügte Roman meine Versehrungen betreffend nun an jenen Ursprungsort zurückgeschickt werden konnte, an dem der meine Versehrungen betreffende und meinen Roman an Schaurigkeiten gewiß noch überbietende Tatsachenbericht im Safe lagerte mit dem strategischen Ziel, die jeweiligen Oberarzttuttis in den militärischen Frontlagebezirken um den wahren Zustand meiner Erscheinung zu täuschen und mich somit einsatzbereit zu halten im Sinne einer ebenso geheimnisvollen wie effizienten optischen Waffe? Nein. Warum allerdings die Gefahr bestand, mich militärisch nicht mehr verwenden zu können, wenn die ganze Wahrheit über den Grad und das Ausmaß meiner Versehrungen, wie sie im Tatsachenbericht aktenkundig war, den Oberarzttuttis in den militärischen Frontlagebezirken bekannt geworden wäre, erschließt sich mir auch heute noch nicht. Sie wucherten nicht mit ihren Pfunden! Oder aber, es gab Expertisen darüber, daß ich als Geheimwaffe auch unter den eigenen Leuten einen nicht unerheblichen Schaden hätte anrichten können, wenn sie zum Beispiel auf meine Häßlichkeit nur unzureichend vorbereitet gewesen wären und sich dann ebenso zu Tode erschrocken hätten im Anblick meiner Erscheinung wie die Feinde in den Stellungen und Stallungen über und neben uns. So oder so, ich verbrachte also eine Zeit in der höchsten Gefahr, daß meine um die Wahrheit ergänzte und zum Roman des menschlichen Leidens an und für sich gewordene Poliklinikumsakte vom Infanterieregiment zurück an die Geheimbundbehörde gesandt werden könnte und mich dann der Urkundenfälschung und des Betruges überführte. Sie aber haben verstanden, fragte ich Feuerbach, daß ich gar kein Betrüger gewesen sein kann, auch wenn ich meine tatsächlichen Leiden noch einmal schreibend erfunden hatte, weil der Betrug in strategischer Absicht, mich als Gefechtsmonster eine Weile noch scharf zu halten, bereits im Wehrtauglichkeitsstudio der Geheimbundbehörde von Leiden begann? Aber die Oberarzttuttis im Infanterieregiment werden nun ihrerseits gedacht haben, wenn wir diesen sich wie einen Roman vom menschlichen Leiden an und für sich lesenden Tatsachenbericht meinen Zustand betreffend der Geheimbundbehörde von Leiden zurückschicken, liegt jeder nächsten Musterungskommission ein Schriftgut vor, dessen außergewöhnliche Insuffizienzqualität mich für alle

Zeit für die Rote Reiterarmee unmöglich tauglich sein läßt. Und da es xx74 noch keine Suchmaschinen gab, wußten sie natürlich nicht, daß Obermajor Tutti genau einen Schritt weiter gewesen ist, als er eben diese Meß- und Untersuchungsberichte allein Forschungszwecken in einem fernen Jahrhundert zuliebe nicht gleich vernichtete, sondern lediglich sonderverwahrte, auf jeden Fall aber aus dem Verkehr der Gegenwart zog, um meine physische Wenigkeit als einberufungstauglich schließlich doch noch auszeichnen und als Geheimwaffe s. o. einsetzen zu können. Ihre Gemeinheit war meine Rettung, denn sie ließen meine Poliklinikumsakte im Infanterieregiment irgendwo tief in die Erde versinken wie die Urne eines namenlosen Bauern ins Massengrab und gaben dem Obermajor Tutti keinen Beweis für seine Vermutung der Beeinflussung der letzten Tauglichkeitsölung im Infanterieregiment Hauptzollzone Grenzübergang meinerseits. Aber diese Gewißheit im Rahmen aller Ungewißheiten hatte ich wahrlich erst viele qualvoll verwartete Jahre später, eigentlich erst in Okkerwalde, als meine Leidensgeschichte in Leiden wirklich ein abgetragener Hut geworden war, den auch ich mir nicht mehr gern aufsetzen wollte. Immer wenn ich den Obermajor Tutti sehen zu müssen nicht verhindern konnte, interpretierte ich aufs empfindlichste seinen jeden in Mark und Bein erschütternden Blick auf die einzig entscheidende Frage: Hat er oder hat er nicht meinen meine Körperwahrheit nacherzählenden Roman bekommen, der immer noch eine Untertreibung seines im Safe lagernden und allein mir gewidmeten Nachschlagewerkes mit allen entscheidenden Verfallsdaten und Entzündungsprognosen virologischer oder bakterieller, auf jeden Fall aber mich und meine Umgebung physisch sehr direkt bedrohenden Art darstellte? Und ich sah immer ein Leuchten oder ein Blinken, ein Blinzeln oder ein Blitzen, ein Flackern oder ein Flimmern in seinem jeden in Mark und Bein erschütternden Blick, der von seinem normalen, jeden in Mark und Bein erschütternden Montagsblick abwich und eine zusätzlich nur mir geltende und zusätzlich nur mich in Mark und Bein erschütternde Botschaft enthielt, auch wenn es weder ein Leuchten oder Blinken, Blinzeln oder Blitzen, Flackern oder Flimmern in seinen objektiv betrachtet doch sehr stumpfen und unbewegten Augen gegeben hat und der Blick alles in allem und über meine Einbildungen hinaus nur ein ganz normaler Montagsverwaltungsblick war. Wäre Obermajor Tutti psychosozialen Verhaltenskausalitäten einschließlich deren contrainduzierten Reaktionsparadoxen gegenüber informierter gewesen, als er es mit seinem Pawlowschen-Theoriewissen im zweiten Bildungsgang zehnte Klasse eben nur war, hätte er allein durch meine seinen Blick interpretierende Art und Weise Verdacht schöpfen müssen. Und dann hätte er einmal persönlich nachfragen können, ob es da in meiner unmittelbaren und noch gar nicht vollendeten Vergangenheit nicht vielleicht doch etwas gäbe, durch das ich in objektiv betrachtet stumpfen Augen ein Leuchten oder Blinken, Blinzeln oder Blitzen, Flackern oder Flimmern erkenne, weil ich in der Furcht vor einer Aufdeckung eines Verbrechens lebte und überall Zeichen entdeckte, die auf das Aufgedecktwerden oder Aufgedecktsein eines Verbrechens Hinweise gaben. Aber das war nun wieder ein Vorteil an meiner Deutschen D. Republik, daß sie den Bildungshorizont ihrer Tuttiobjekte auf ein gerade noch zum Eierblasen oder Sackhüpfen taugliches Maß minimierte und die ganze paranoide Unterbaustruktur einfach, wie Dreck unter den Teppich gekehrt, vom Sprachsystem ausschloß. Was nicht gesagt werden kann, ist nicht da, auch wenn es dich zersetzt. Das war nicht nur tödlich, sondern, in meinem Falle, ein Glücksfall. Oder stellen Sie sich einmal vor, sagte ich Feuerbach, die Tuttiobjektbeamten hätten etwas anderes als Nikolai Ostrowski gelesen, dessen *Wie der Stahl geschmolzen*[34] *wurde* geradezu das *Tractatus Logicus Philosophicus* des Sozialrealismus war. Hilfe! So war alles gut vernäht miteinander und nur in meiner Angst von beängstigender Größe, und ich konnte, den Förderkredit für nachwuchsbewußt früh fickende Kinder als Startguthaben von meiner Regierung in der Hosentasche, mit Babsi (?), Bärbel (?), Barbara (?) aufs Hochzeitsamt gehen einfach nur so. Es war ein friedlicher Montag ohne Verwandtschaft, wir saßen am Straßenrand und aßen Käse, bis dann die Sonne in einen Lilienstrauß stürzte und für immer verschwand. Den Rest schenken wir uns.

34 Oder «gehärtet» (?)

II. Die Welt der Bücher: Abschreibesysteme.

(Für H.-J. S.)

Wir aus dem neunten Schuldbezirk, dort, wo auch die Kanalisation ihren Systemaustritt hatte und ihr zähflüssiges Schwemmgut in die Grunderde abgab, waren wohl doch und im rein physiologischen Sinne … zu sehr … Menschen. Soziologisch betrachtet, zwar Remittenden, aber mit einem empirisch durchaus meßbaren evolutionären Zuviel, und das war ganz klar der Geburtsort des Schicksals. Wir erkannten es daran, denken zu müssen, obwohl die Tätigkeiten, die für uns auserlesen waren, am besten verrichtet werden konnten, wenn wir nicht dabei dachten und uns mit Leib und Seele ganz den wippenden oder schwingenden Bewegungsvorgängen gerade aktiver Muskelgruppen blind überließen, wie Blätter[35] im Wind. Aber gerade die in völliger Freiheit vom Denken angelegten Arbeiten nötigten uns, denken zu müssen, und es waren immer und ausnahmslos unbenötigte, den gesamten Arbeitsvorgang ver- oder, wenn Sie lieber wollen, entfremdende Gedanken, sagte ich Feuerbach; an Kirschen in der Kirschenzeit oder an Pflaumen in der Pflaumenzeit; an Gewitter in der Gewitterzeit oder an Regen in der Regenzeit; an Weihnachten in der Weihnachtszeit, an Windeln in der Windelzeit, an Durchfall in der Durchfallzeit, an Masern in der Masernzeit; an Krankheiten; an Tötungen; an Suizidmeldungen aus Wurzen; an Hochzeitssträuße in der Hochzeitszeit und an Scheidungsklagen in der Scheidungszeit; an Sportunfälle und an Wegeunfälle und an

35 Nein, Laubblätter können hier leider nicht gemeint sein.

Heimwerkerunfälle; an Penisbrüche; an Herpes; an regressierende Jungpioniere und an tollwütige Eichhörnchen und an… und immer wieder an…, aber das sagte ich schon. Schnell zu verstehen, daß die Arbeiten im neunten Schuldbezirk sehr schön und sehr leicht gewesen wären, aber man hätte keinen Kopf haben dürfen, um sie in aller Vollkommenheit auch genießen zu können. Das, einen Kopf zu haben, nicht nur eine Birne mit Haaren, meine ich, ist allen die größte Belastung gewesen, und wir taten wirklich das Äußerste, aus dem Kopf eine Birne mit Haaren zu machen – wobei die Haare an und für sich keine größere Rolle mehr spielten und bei den meisten durchaus schon zu zählen gewesen sind auf einen einzigen geübten Blick. Also mußten Maßnahmen getroffen werden, Schutzprogramme unserer Population. 1.) Prinzipielles Leseverbot jeglicher Literatur, die a) über einen Wortschatz von über 175 Vokabeln verfügte (Wortneubildungen doppelt und Fremdwörter dreifach gerechnet), b) in einer vom einfachen Hauptsatz S → P → O oder S → O → P oder O → S → P oder O → P → S oder P → O → S oder P → S → O abweichenden Grammatik verfaßt war, was eindeutige Anzeichen einer spätbürgerlichen Dekadenz gewesen sind (das Erzählsubjekt will nicht kommunizieren! Es will von der Masse der einfachen Maschinenarbeiter und Maschinenarbeiterinnen nicht verstanden werden! Und es will auch von der Masse der einfachen Bauern und Bäuerinnen nicht verstanden werden. Ebenso nicht von der kleinen, aus dem Arbeiter-und-Bauernstand hervorgegangenen Klasse der naturwissenschaftlichen oder technischen Intelligenz. Es verweigert sich, ein Ingenieur der Seele zu sein. Es, I beg your pardon, onaniert.), c) negativ konditioniert war (negative Figuren, negative Gefühle der negativen Figuren, negatives Gedankengut der negativen Figuren mit negativen Gefühlen, negatives Handlungsniveau der mit negativem Gedankengut negativ wirkenden negativen Figuren mit negativen Gefühlen usw., bis zum Gesellschaftsverfall usf.). Also, mit einem Wort: Bei Helmut Preislich oder Uwe Ärger oder Heribert Kant, um hier nur drei der bedeutendsten Schriftstellerpersönlichkeiten der Deutschen D. Republik zu nennen, sagte ich Feuerbach, der natürlich nichts mit den Namen anfangen konnte, war Schluß.[36] 2.) Prinzipielle Leseverpflichtung von a) siehe letzte Bemerkung zu 1.), dann b) das *Nationale Deutschland* (ND)[37] und c) *Du und dein Haustier* sowie d) *Frösi, Atze und Bummi.* 3.) Mit dem Testbild ab 21.05 Uhr beginnendes absolutes Fernsehverbot! (Denn die Botschaften des Testbildes waren in Anbetracht der ausgebliebenen Botschaften des Bild-, Sprech- und Filmbetriebes so fundamental subversiv, daß sie unmöglich geduldet werden konnten und fast noch schlimmer waren als eine der vielen hirnresistenten Arbeiten, die gerade dadurch, daß ihnen das Denken hinderlich war, zum Denken verführten (wie, um den Gedanken hier nun auch zu einem Abschluß zu bringen, das Testbild die ganze verschwiegene Welt eben dadurch zeigte, daß es nichts zeigte – außer das Muster für einen Schlafanzug vielleicht, mit dem meinen durchaus vergleichbar)). Aus einem Leben im letzten Loch zwangsver-

36 Andererseits wollte ich auch nicht, daß er mutmaßte und sie am Ende noch überschätzte und zum Beispiel für berühmte Tierpfleger vom Leidener Zoo hielt o. ä.

37 Zeitung der Nudistenbewegung. Falsch. Parteiblatt (las keiner oder nur unter Strafandrohung).

setzt zu werden in die Nationale Bücheranstalt von Leiden, das war ein grandioses kulturpolitisches Versehen meiner Regierung mit den späteren Folgen des Zusammenbruchs einer auf tausend Jahre und eine Nacht angelegten Systemzeit, denn was die Tuttis in den Behördenanstalten nicht bedenken konnten, ich konnte ja nun lesen alles a) über Helmut Preislich hinaus und außerdem b) alles über Uwe Ärger Hinausgehende, also die Minimalformel S → O → P grammatikalisch, jetzt strengt mich dieser Satz doch zu sehr an, und ich mache es mir und uns wieder leichter und sage: Ich konnte alle Bücher nicht nur a) lesen, sondern b) subkutan zirkulieren lassen durch einen gewiß hochgefährlichen und allein von mir verantworteten Ausleihbetrieb unter der offiziellen Büchertheke hindurch. Ja, ich war zu einem Verteiler des Wissens geworden; ich entschied, was und was nicht aus den mehrfach verschlossenen literarischen Geheimarchiven in die Unterwelt hineinkam, um nach und nach auch bei den allereinfachsten Menschen die allereinfachsten Abläufe in Frage zu stellen wie beispielsweise, nach der Notdurft nicht mehr nur die bloßen Hände zur Reinigung zu verwenden, wie es vom Gruppenratsvorsitzenden im Sinne von Rohstoffersparnis einmal empfohlen worden war, sondern Papier vom ND. Unsere Welt also veränderte sich von diesem Moment an schlagartig, als ich in der Nationalen Bücheranstalt Nachtwächter wurde mit hilfsbibliothekarischer Sonderausbildung, zumal ich in der Zeit des Wachens nun auch befugt war, alte Buchbestände (*Nietzsche, Friedrich: Zur Genealogie der Moral. Eine Streitschrift. Leipzig-Plagwitz, xx23*) nach den Preußischen Instruktionen und neue Buchbestände (*Steineggert, Giselamunde: Goethes Phimose, Gedichte. Ostberlin und*

Weimar, xx61)[38] nach dem RAK[39] zu katalogisieren. Dachte nun meine Regierung tatsächlich, ich würde keinen schielenden Blick zwischen die Buchdeckel werfen und lernen, lernen und nochmals … lernen? Der Eiserne Vorhang, der strikt oben und unten, richtig und falsch, revolutionär und reaktionär voneinander trennte, so wie Gott einmal den Tag von der Nacht und den Mann von der Frau und das Glück von einem Misthaufen getrennt hat, bekam also allein durch mich einen Riß. Ich sagte schon, es muß ein postalischer Irrläufer bei Obermajor Tutti eingegangen sein, durch den er veranlaßt war, mich auf eine Weise strafzuversetzen, die einer Beförderung gleichkam. Jedenfalls mußte ich dann sehr lange und sehr einsam durch einen Luftschacht nach oben steigen. Ab dem fünften Bezirk wurde die Luft merklich besser. Nicht, daß ich unsere mit wirklich zu vielen schweren Gerüchen belastete Luft für schlecht befunden hätte, deren Sauerstoffanteil bereits so minimal geworden war, daß die jüngere Generation erste Anzeichen von Adaptationskiemen bekam – kleine, feuchte und rhythmisch pulsierende Hautausstülpungen hinter den Ohren –, oh, das gewiß nicht. Aber

38 Neben der Herausgabe dieser bedeutenden Lyrik der damals noch im blauen Hemd der Freyen D. Jugend auftretenden Nachwuchsautorin Giselamunde Steineggert war das Jahr xx61 auch noch durch ein anderes und mindestens gleich großes Ereignis historisch signifikant: die Unabhängigkeitserklärung der Unterwelt von der Oberwelt durch eine klare Grenzregelung und Verteidigung dessen, was uns volkseigentümlich höchstselber gehörte. Für meinen Vater muß das ein bedeutender Schlachtsieg gewesen sein, für mich war es ein Tag ohne Schulsport. Ich erinnere mich deutlich und erzähle es später vielleicht sehr genau, sagte ich Feuerbach. Anderes erinnere ich gar nicht und erzähle es trotzdem.

39 Was RAK hieß, weiß ich nicht mehr. Doch mit RAF bitte auch nicht verwechseln.

diese Luft ab dem fünften Bezirk und erst recht dem vierten und dann dem dritten und zweiten wurde weicher und süßer, auch leichter zu atmen, oder besser noch: Sie atmete sich von selbst, es war ein Wunder, empfand ich. Im neunten Schuldbezirk war ohne Schnüffeltechnik kein Sauerstoff zu bekommen, und jeder, der diese Technik nicht irgendwann lernte, starb früh. Das Atmen also war Arbeit, schwere Arbeit für einen Anfänger und mittelschwere Arbeit für einen Fortgeschrittenen, und für sehr, sehr wenige war es leichte Arbeit. Alle aber sprachen, wenn sie über das Atmen in den Fabrikhallen oder über das Atmen beim Gehen in die Fabrikhallen hinein oder über das Atmen beim Gehen aus den Fabrikhallen heraus sprachen, von Arbeit, und zu sagen, ich habe schwer gearbeitet heute, hieß neben dem, gesagt zu haben, ich habe schwer gearbeitet heute in dem Sinne, tatsächlich schwer gearbeitet zu haben in dem Sinne, vor schweren Gegenständen gestanden zu haben in dem Sinne, diese Gegenstände in eine der vier Himmelsrichtungen zu bewegen gezwungen worden zu sein in dem Sinne, vor einer tatsächlich schweren Arbeit gestanden zu haben, immer eben auch, ich habe schwer gearbeitet heute in dem Sinne, daß die Luft heute besonders schlecht zu atmen war in dem Sinne, daß das Atmen den Atmenden erschöpft hatte in dem Sinne, vielleicht sogar erschöpfender gewesen zu sein als die tatsächliche Arbeit erschöpfend war, sagte ich Feuerbach. Ich weiß nicht mehr, ob ich ein guter oder nur ein mäßiger oder gar ein schlechter Techniker des Atmens gewesen bin. Im Augenblick der Wahrnehmung des Atmens als fast widerstandslos und demzufolge als annähernd sich selbst regulierender Vorgang des Körpers jenseits eines Bewußtseins vom

Atmen als Arbeit ab dem fünften Schuldbezirk aufwärts, wäre ich, wäre ich heruntergepurzelt plötzlich in diese Luftgiftküche meiner unmißverständlich primären und sehr primitiven Herkunft, vermutlich gestorben.[40] Honig verdirbt. Klingt logisch. Und dabei war diese Welt der Bücher im ersten Schuldbezirk noch lange nicht das, was Margarete von Hering mir später zeigte, als die Erdschicht zur Vorhölle brach und ich zum ersten Mal Sonne, Himmel und Sterne sah und alle diese aufregenden und mich ganz nichtig machenden Dinge. Ich meine das echte planetarische All, in dem sich unsere Weltkugelscheibe herumtreibt, und nicht die hochgespannten und gewiß gutgemeinten Transparente meiner Regierung zum Zwecke der Täuschung. Hier die mit Heftpflaster auf blauen Papiergrund geklebten Gestirne, dort die Kiesgruben am Stadtrand von Leiden, und etwas abseits vom Eingang Bobo, mit von sich gestreckten Gliedern den Moment völligen Alleinseins abwartend in wahrscheinlich autoerotischer Absicht. Schließlich wußte ja jeder, daß außer Erde alles Beton war, und der Rest waren Produkte der Akademie der Künste der Deutschen D. Republik. Keine Anklage, keine Verurteilung, keine Beschwerde. Ohne die berühmten 1000 bunten Luftballons wäre suizidal betrachtet noch mehr passiert, und nicht nur in Wurzen. Gut, wir von den hochgeschätzt siebzehn vielleicht sieben Millionen allerärmsten Schweine im neunten Schuldbezirk waren durch gar nichts mehr bei der Stange zu halten, wenn das nicht jeder für sich und allein tat. Aber die grob gerechnet

40 – Der Satz müßte ein wenig umgestellt werden, aber wir haben hier wirklich keine Zeit für germanistische Feinprozeduren … (sagte ich Feuerbach (wem sonst?)).

andere Hälfte derer, die besser aufgepaßt hatte und, in höhere Bezirke verteilt, an Hoffnungen litt wie andere an Fußpilz oder Schuppenflechte, sie hatte die Clubhausnachmittage mit Streuselkuchen, sorbischer Trachtengruppe und hüpfenden Folkloresoldaten nötig wie wir unsere tägliche Rauschgiftdosis durch eine im hospitalisierten Rhythmus der Stupidität entstehende Hormonausschüttung. Während ich noch einmal in das tiefe und sich nach unten gefährlich verfinsternde Loch im Inneren des Rohrschachtes, den ich heraufgeklettert kam und nicht wieder heruntersteigen wollte, blickte (um mich zu belohnen?, oder zu bestrafen?), stieß ich, wie aus Versehen, eine Eisenluke, die sich plötzlich vor mir, nein, über mir befand, auf; womit?, mit dem Kopf; wie?, wie ein junger, schlüpfender Adler. – Kommen Sie nur herein, sagte eine freundliche Stimme einer durch mein plötzliches Auftauchen hörbar erregten oder überraschten oder sofort für Höheres inspirierten Person, zweifellos mich meinend, der ich mich bis zur Schulter schon herausgedreht hatte wie eine Schraube aus ihrem Gewinde und die Unterseite eines Schreibtisches sah und zwei zappelige Beine in orthopädischen Schuhen. – Ich habe schon auf Sie gewartet. Hier liegt Ihr Aktenvorlauf. Im politischen Bewußtsein nicht ganz in Ordnung, wie? So ein bißchen wild noch, mit Vorstellungen, dieses Leben betreffend. Na ja. Ich war auch einmal jünger als jetzt. Kommt vor. Dann platzte mir irgendwann einmal der rechte Lungenflügel, und die Welt wurde, wie sie tatsächlich ist. Die Welt wird für jeden eines Tages, wie sie tatsächlich ist. Und wie ist sie? Unbedeutend. Nicht gut oder schlecht, einfach nur unbedeutend. Unterdessen hatte ich auch meinen restlichen Körper durch die Rillenführung der Schachtverschalung bis auf den Fußboden des Zimmers, nun ja, geschraubt und sah den schwerbehinderten, aber seinen physiologischen Umständen entsprechend gar nicht allzu schlecht riechenden Kaderaktenmann in seiner ganzen gekrümmten und von vielen notoperativen Eingriffen verstümmelten Gestalt: schrecklich und furchtbarer anzusehen noch als mich selbst. Tatsächlich war ihm der rechte Rippenbogen vollständig herausgetrennt worden, so daß ihm die rechte Schulter bei jeder noch so kleinen Bewegung hart auf die Beckenknochen fiel. Das Gesicht war wie der brüchige Hang einer Sandaufschüttung, alles fiel aus seiner Festigkeit und Form und kippte, gehalten nur noch von letzten muskulären Verfaserungen unter der Haut, nach unten ab und nach innen weg. Die Augen, basedowsch ohnehin, glichen den an langen Fäden heraushängenden Glasaugen der Plüschtiere gewalttätiger Kinder, die die Glasaugen der Plüschtiere wieder und wieder malträtieren und herausreißen wollen und nur deshalb nicht herausreißen können, weil das Produkt ein Markenprodukt mit starkem Garn gewesen ist.[41] Das mich nun wirklich tief Beeindruckende war, daß der Kaderaktenmann mit diesen Augen tatsächlich etwas sah, und da er die Augäpfel auch getrennt voneinander bewegen konnte, nahm der Kaderaktenmann die Dinge der Welt, die hier natürlich auf die Größe eines Pförtnerhäuschens geschrumpft war, in einer Komplexität wahr, wie sie wahrzunehmen für einen jeden von uns, der geradezu stümperhaft immer nur Ausschnitte zu sehen bekommt, vollkommen unmöglich ist. – Ja, sagte er und muß die gesamte West-

41 Importware (schwer zu bekommen).

seite des Raumes einschließlich mich, der auf der Ostseite des Raumes, nein, nicht stand, sondern, weil ich sehr müde vom Weg hinauf gewesen bin, in der Hocke kauerte, als müßte ich ein Geschäft erledigen, ausgeleuchtet und erkannt und richtig gedeutet haben. – Eben deshalb, sagte er, weil ich sehen (!) kann, bin ich Kaderaktenmann geworden, und mit diesen Worten waren die Augäpfel auch schon rechtsseitig Richtung Norden und linksseitig Richtung Süden unterwegs und haben damit alles optisch erfaßt, was in diesem Moment von Wichtigkeit war. Haben mich die kleinen Bleistifte in seinen Ohren irritiert? Ich glaube, nein. Ich glaube, ich hatte erkannt, daß ein Kaderaktenmann nicht einfach Ohren haben kann wie jeder andere Mensch, sondern Ohren haben muß, die immer in einer Art Bereitschaftsdienst sind und für mehrere Tätigkeiten gleichzeitig zur Verfügung stehen, als Hörorgan und als Bleistifthalter in diesem Falle. Und es wäre auch tatsächlich wirtschaftlich unvertretbar gewesen, diese gigantischen Hörgänge, wie ich sie vorher noch niemals gesehen hatte, nicht nutzbar zu machen, sie nicht zu urbanisieren, genauer gesagt. Selbst Tuttis Ohren, als sie einmal versehentlich am Stromnetz gehangen haben und groß wie Rosinenschnecken wurden, waren kümmerlich dagegen. Ja, der Kaderaktenmann in der Nationalen Bücheranstalt von Leiden war zu zwei Drittel Ohr und zu einem Drittel Auge, so würde ich das sagen, und der Rest war Verdauungstrakt wie bei allen anderen Säugern auch. Muß ich erwähnen, daß sich viele kleine organische Lebewesen in diesen Ohrgängen aufhielten, die ich gewiß in dem Moment zu sehen bekam, als sich der Kaderaktenmann seitlich zu mir stellte, um etwas anderes zu tun, als mit mir zu reden oder mich anzuschauen oder nach mir zu riechen, welcher Art ich entstammte und aus welchem Bezirk ich gekommen war? Aber ich will nicht schlecht reden, denn ich war bestimmt nicht frei von Keimlingen und Parasiten der verschiedensten Kulturen und Nationalitäten. An die einen hatte ich mich gewöhnt, sie merkte ich nicht mehr im störenden Sinne und duzte sie unterdessen, und die anderen, ob ich nun gegen sie war oder nicht, wurde ich einfach nicht los und betrachtete sie wie zugelaufene Kinder, die mir wider den eigenen Willen untergeschoben wurden. Halt! Jetzt rede ich fast gegen mich selber, bzw. *ich säge am eigenen Ast*, um es metaphorisch zu sagen, sagte ich Feuerbach. Denn bin ich nicht auch wie einer meiner juckenden Hautausschläge als Vorbote eines sich in den Nischen und Falten und Löchern meines Leibes neu hervorbringenden Lebens ein, nun ja, Asylant dieses Planeten? Darf ich arrogant sein und es mir leisten, über die Schuppenflechte ein ästhetisches Urteil zu sprechen, ich, der ihr großer Bruder sein könnte? Es war so, ich war, ich wußte es, in der Bücherwelt, wenngleich noch immer ein Zimmer für behördliche Zwecke davor, und wurde augenblicklich, kaum daß ich aus dem für Menschentransfer geschaffenen, an den Innenseiten aber leider von Ausscheidungen der verschiedensten Farben und Konsistenzen hochgradig verschmutzten Rohr gekrochen kam, mir selbst auffallend hochmütig. Allein der Gedanke, Körperwirklichkeit mit Kopfwirklichkeit vertauscht zu haben, Krankheit, Niedergang und Tod gegen die feine Materie der Bücher und ihrer sprachlich in sie hineingewebten Geheimnisse, versetzte mich in einen geradezu euphorischen Zustand inklusive der wahnhaften Annahme, das Leben sei ein brauchbares Beispiel für das Gegenteil von einem Nachttopf. Oh, war das eine aufregend philosophische Periode in meinem Nichtsein. Frau Prof. Adelheide Müller, geborene von Hering,[42] ihres Zeichens Chefbibliothekarin an der Nationalen Bücheranstalt, war zu meiner persönlichen Begleitperson geworden und von Tutti, dem Kaderaktenmann, höchstselbst beauftragt, mich in die verschlungenen Pfade der endlosen Gänge der zahllosen Magazine mit bis zum Deckenanschlag hochgebauten Regalen voller mit Händen, Augen, Erbsen und Erbsentopf schier unzählbaren Literaturprodukte einzuführen, hier in Leder gebunden und dort auf fadengeheftetes Toilettenpapier gedruckt, mir die Irrwege und die Kreuzwege und die Abkürzungen zu erklären, die Chiffren an den Stahlträgerpfosten lesbar zu machen, die Verweise und Verbote zu erklären, die Abgründe und die Schändlichkeiten, die Gemeinheiten und unendlich vielen Lügen. Ich hatte schon lange kein Zeitgefühl mehr, und wenn ich jetzt daran denke, denke ich, es müssen Wochen oder Monate gewesen sein, daß ich mit Frau Prof. Adelheide Müller, die auf eine die Lehre vom Schönen betreffend nicht uninteressante Weise immer durchsichtiger wurde, während wir gingen und über Goethes Phimose sowie den Gedichtband gleichen Titels der Modeautorin Giselamunde Steineggert plauderten, auf Einführungskurs unterwegs war. Der Staub war auch hier Staub, gewiß, aber er hatte, ehe er sich auf unsere Atemwege legte, nein, ich möchte jetzt doch lieber von der interessanten Durchsichtigkeit der Wesen erzählen. Ich sah, nicht gleich, aber nach zwei oder drei Wochen vielleicht, Frau

42 – Dämmert's? fragte ich F., wie sie sich alle versteckt hielten, wenn sie Verwandte, oben, im fröhlichen Feindesland hatten?

Müllers Organe, ihr Pulsieren und in starken Schüben gegen die Hautwände blubbern, das ganze innere Kraftwerk. Auch war sie von einem durchaus gutgenährten Mops am Anfang unserer Exkursionen durch das schier unendliche Reich der gedruckten und vergessenen Sprache zu einer dürren Spindel am Ende geworden und weiß wie die Kalkwand hinter den Bücherregalen mit ihren Schmutzspuren in Buchrückenform. Nun kann es durchaus sein, daß mein Bewußtsein in der Minute des Kennenlernens noch zu sehr geprägt war von dem Milieu meiner Herkunft und unter dick oder normal oder dünn oder dürr andere Füllungen vor dem sogenannten inneren, das heißt magischen, das heißt dritten Auge sah – in welche Richtung dünn für dick oder dick für dünn, vermag ich nicht mehr zu sagen –, so daß sich in Wahrheit gar nicht Frau Müller verändert hatte, sondern mein aufs klügste den neuen Umständen in der Nationalen Bücheranstalt bereits angepaßter (auf naturwissenschaftlich erklärbare Weise verwandelter (oder verzauberter?)) Blick. Ihre Durchsichtigkeit glich der Durchsichtigkeit jener über die Schachtgrenzen hinweg berühmt gewordenen Gläsernen Kuh im Hygienemuseum von Leiden, die zu besuchen und zu bewundern vor allem selbst fast schon ein wenig transparent anmutende Japaner herkamen, war vielleicht meinem Auge nur erst viel später aufgefallen oder im Bewußtsein als sonderbar kenntlich geworden. Halt! Fehler! Die Japaner können bis xx89 eigentlich nur Vietnamesen gewesen sein. Und jetzt fällt mir auch die Vitrine mit den plastinierten Geschlechtsteilen wieder ein, die befallen waren von spätkapitalistischen Dekadenzkrankheiten, Weißer Schanker, Roter Sockenpilz, Gelbe Eiterschrunze. Namen über Namen, die auch als Potenzblocker mit Langzeitwirkung[43] äußerst erfolgreich eingesetzt wurden und mit der gepflegten Liebe zum gepflegten Bier im Sozialrealismus nichts gemein haben konnten. Nie wieder Hygienemuseum!, und nie wieder Krieg! schworen wir später. Aber nun möchte ich einmal auf eine meines Erachtens doch recht bemerkenswerte Konversation hinweisen, sagte ich Feuerbach, die ich am nämlichen Tag zur nämlichen Stunde mit meiner Fachvorgesetzten führte und die etwas so wesensverändert Neues meine Möglichkeiten des sprachlichen Ausdrucks und damit meinen Charakter betreffend enthielt, daß ich sie, wie Sie gleich hören werden, bis jetzt nicht vergaß. Wir also auf Wanderschaft durch die Wandelgänge dieser gigantischen Bücheranstalt, sie schon mehr Erscheinung als Körper und ich noch mehr Trottel vom Schlammkiez als auch nur annähernd ahnbar Bibliothekar. – Man sagt, sagte sie, es regnet heute. – Ich vernahm ähnliches, sagte ich. – Ein wahrhaft garstiges Wetter, sagte sie. – In der Tat, sagte ich. – Aber es muß nicht wahr sein, sagte sie. – Warum nicht? fragte ich. – Weil die Information doch schon längere Zeit her und vielleicht nicht mehr kongruent ist mit dem Ereignis der Wolken, sagte sie. – Aber doch wohl und überhaupt postkongruent, gab ich zu bedenken. – Wahrlich, gestand sie ein. Wenn es vorhin stark geregnet hat, dann könnte es nunmehr noch schwach regnen, nieseln, tröpfeln, und das wäre von der Grundannahme, in der wir davon ausgegangen sind, daß die Aussage: *Es regnet* richtig ist, nur eine graduelle, mitnichten aber eine faktische Abweichung. – Das ist wohl trefflich formuliert, sagte ich.

43 Exportschlager! (Vor allem in die Mongolei, um hauptsächlich die Schafe vor ihren Hirten zu schützen.)

Aber nehmen wir an, fuhr ich inspiriert und ein wenig auch schon klüger geworden fort, das vermeintlich garstige Wetter war nur halb so garstig und der Regen schon von Anfang an mehr Nieseln und Tröpfeln, dann, immerhin, könnte die zeitliche Differenz dafür Sorge getragen haben, daß nunmehr wieder Friede herrscht auf der Welt und Trockenheit die nackten Häupter erfreuet, worauf sie begeistert ausrief: – Merklich interessant! Merklich interessant! – Fällt Ihnen an der Gesprächskultur etwas auf? fragte ich Feuerbach. Wie natürlich sich Frau Müller angehört hat, weil ohnehin schon mehr jenseits als inmitten des Lebens und vom Alter her nicht mehr zu zählen? Und wie angestrengt ich geklungen habe? Wie ambitioniert? Antiproletarisch? Meine Herkunft, man kann schon sagen, verleugnend, man kann schon sagen, verratend, man kann schon sagen, gemein? Was war nur aus meiner in guten Stunden gütigen Seele geworden im Augenblick des Anblicks von Büchern? Aber auch die nun wirklich bis zur Unhörbarkeit weiche Stimme meiner Aufsichtskraft mit Ausbildungsauftrag änderte sich nach nur wenigen Tagen zum, nun ja, Unfreundschaftlichen. Daß ihr Ehemann einsaß, weil er Radiergummi gestohlen und nach Polen verscherbelt hatte, wußte ich noch nicht, sonst hätte mein Herz vielleicht Frieden geschlossen. Denn sie, Adelheide, war ohne ihren Radiergummitutti reinweg gar nichts, es gibt solche Frauen, und ich wußte das auch. – Die Ausrufungszeichen oben kommen erst hinter der dritten Teilüberschrift, sagte sie wie mit einer Steinschleuder gegen meine Ohren geschossen. Und? Setzen wir einen Punkt, wenn der Eintrag die Aussage abschließt? Ja? Nein? Haben wir gelernt, daß der Verfassername getrennt werden kann? Mei-er anstatt

Meier, We-ber anstatt Weber? Fickel-schnei-der anstatt Fikkelschneider? Und was haben wir da für einen Fleck auf der Seite?, den ich dann sofort mit einem als sehr kostbar angesehenen Kratzmesser, das ich einmal verloren hatte, was sehr schlimm war, und das ich dann wiederfand, was meine über mich schon verhängte Strafe wesentlich milder ausfallen ließ, wegpusselte und ohne ein Loch im Papier zu verschulden. Das Kratzmesser, am Holzgriff dunkle Ränder bildend, vollgesogen mit meinem Angstschweiß, habe ich, Strafe hin, Zufall her, immer noch; ich glaube, es ist die einzige Requisite nicht nur meiner Leidener SLB-Zeit, oh, ein neues Wort (nicht übersetzbar), sondern meines Nichtlebens unter der Erde überhaupt. Andere würden es schäbig finden, für mich gehört es bei mir getragen, um mich selbst zu ermahnen, nicht vergeßlich zu sein und stets in Ehren zu halten, daß ich jetzt hier auf dem lustigen blauen Planeten her und hin und hin und her gehen und vielleicht doch noch zum stolzen Besitzer einer Pachttoilette oder gar *Parkordnungshüter* werden kann, sofern sich die Herrschaften in Okkerwalde gütig, das heißt für mich entscheiden und auch Sie mir, oder habe ich das noch gar nicht erwähnt?, einen fachkundlichen Nachweis meiner teilweisen geistigen Umnachtung, nein, meiner teilweisen umnachteten Gesundheit, nein, meiner Umnachtung nicht ohne partielle geistige Klarheit ausstellen mögen und unsere Gespräche auf dieses Anliegen hin, wie soll ich sagen, extrapolieren, bitte. Ich habe tatsächlich viele Nächte schweißgebadet wach gelegen vor moralischer Schuldgewißheit betreffs dieses Werkzeugs, das mir Frau Professorin im allergrößten Vertrauen auf meine hilfsbibliothekarische Zukunftskarriere gewissermaßen als eine Gabe auf Kredit überreichte mit der einem Ereignis gleichen Erklärung: Die ganze SLB (gemeint ist gewiß die Nationale Bücheranstalt von Leiden) verfügt über sieben Kratzmesser dieser Art. Eines hat der Direktor Herr Prof. Tutti, eines Dr. Theo Tutti, der Kaderaktenmann, eines Туттй, der Vorsitzende der Gesellschaft der Freunde des Russischen Rouletts, ein zweites hat der Herr Prof. Tutti, eines habe ich, ein zweites habe auch ich, um es jetzt dir, Ihnen zu geben, und eines ist für den sehr unwahrscheinlichen Fall des Verlustes eines der sechs verwendeten Kratzmesser aufbewahrt im Generalgeheimsafe nahe der realkapitalistischen Schmutzbuchbestände, die bitte sämtlich und dauerhaft unlesbar bleiben. – Und und ich ich bin bin erlaucht erlaucht, sagte ich voller im Gesicht roter Aufregungsflecken aufs tiefste gerührt, gleich gleich dem dem Professor Professor Туттй und Туттй dem dem Vorsitzenden Vorsitzenden der der Gesellschaft Gesellschaft der der Freunde Freunde des des Russischen Russischen Rouletts Rouletts und und dem dem Doktor Doktor Theo Theo Tutti Tutti und und… – und mir, schnitt mir die Chefbibliothekarin das mir unwillkürlich gleich zweimal herausgeflutschte Wort ab, Frau Prof. Adelheide Müller! Es kann sein, daß diese Beförderung zum Besitzer eines Kratzmessers die höchste gesellschaftliche Auszeichnung bedeutet hat, die ich in der Deutschen D. Republik jemals bekommen habe, und selbst noch den Erhalt des Vierkantschlüssels zu Zeiten meines Jungpionierlebens als Garderobenwart des Polytechnikums an symbolischer Strahlkraft kaderpolitisch betrachtet übertraf. War ich dadurch schon ein gemachter Mann? Oder gehörte es zum generellen Experimentalspiel, um die Frage, wie verhält sich die Ratte bei Lob, durch Messungen der Pulsfrequenzen und Fieberkurven biologisch exakt beantwortet zu wissen? Auf gar keinen Fall aber, sagte ich Feuerbach, war ich dadurch bestechlich geworden. Ja, ich habe das Kratzmesser angenommen, wie ich zwei Jahrzehnte zuvor den Vierkantschlüssel angenommen habe, und es kann sein, daß ich damit auf meine süßen kleinen Frauen, die ja doch immer alle gleichzeitig um mich waren wie die heiligen Schwestern eines todkranken Monsters, Eindruck machen wollte. Aber wenn ich in diesem System, sagte ich Feuerbach, in dem ich es zu zwei simplen Werkzeugen brachte, die aus meiner tausendfach benachteiligten eine in nur zwei winzigen Bereichen des Scheinlebens bevorzugte Person gemacht haben, eine Stellung einzunehmen verfolgte, dann wirklich nur eine im Sinne des Kamasutra[44] mit Bärbel zum Beispiel im Stroh oder so. Denn politisch betrachtet war und blieb ich ein Wurm, der am Holz fraß, anstatt es zu schneiden. Frau Prof. Adelheide Müller, die vielleicht unter Vertrag stand und Preisgeld bekam, wenn sie mich nur ordentlich gut weichgekocht hätte, erkannte das wohl und änderte Tonfall und Farbe der Augen. Leise oder laut, wispernd oder singend, wo immer sie war, hinter mir stehend und ihren kleinen Kopf, der wie eine Stecknadel auf einem Pferdearsch aussah, über meine windschiefe Schulter geschoben oder im tänzelnden Schritt von mir fort zur Toilette, um sich das Trinkei, höhere Angestellte ab einer Berufsdauer von fünfzig Jahren bekamen verfügtermaßen vom Staat Trinkeier geschenkt, durch die sie von anderen Angestellten als höhere Ange-

44 Erklärung im Moment nicht verfügbar …

stellte zu unterscheiden gewesen sind, mit frischem Wasser zu füllen, wie war der Satz? Sie jedenfalls hetzte und schimpfte und spuckte mir hinterher, wo immer sie konnte, und wisperte und lispelte hörbar für jeden in unserer Nähe die Fehler über die Lippen, die mir als eine natürliche Folge von Anfängerschaft unterlaufen waren oder die mir als eine natürliche Folge von Anfängerschaft hätten unterlaufen können und nur deshalb nicht unterlaufen sind, weil ihrer Meinung nach sie mich auf die Möglichkeiten der Fehler als eine natürliche Folge von Anfängerschaft rechtzeitig hinwies. Oder die mir auch als natürliche Folge von Anfängerschaft nicht unterlaufen wären, um mir allein durch ihren insistierenden Hinweis darauf, daß sie mir als eine natürliche Folge von Anfängerschaft unterlaufen könnten, schließlich doch unterliefen, da ihre negativen Vorhersagen meine Möglichkeiten, nicht alle möglichen Fehler auch zu begehen, attackierten und dazu führten, daß mir Fehler, die mir auch in einer natürlichen Folge von Anfängerschaft nicht unterlaufen wären, unterliefen, so wie sich ja auch Vorhersagen oft schon allein dadurch erfüllten, daß sie getroffen worden sind, sagte ich Feuerbach. Bald schon wußte ich nicht mehr, wann mir ein Fehler unterlief, weil er mir in einer natürlichen Folge von Anfängerschaft unterlaufen mußte, und wann mir ein Fehler unterlief, der mir nicht, und auch nicht infolge von Anfängerschaft, hätte unterlaufen müssen. Und dann wußte ich nicht einmal mehr, ob mir ein Fehler tatsächlich unterlaufen war oder ob ich es mir nur eingebildet hatte, um mich dafür und völlig unnötigerweise bei Frau Müller zu entschuldigen, die daraufhin erneut von den Möglichkeiten der Fehler zu sprechen begann und mich dadurch nur kurze Zeit später geradezu zwangsläufig dazu brachte, die als mögliche Fehler heraufbeschworenen Fehler nun auch zu begehen. Schließlich wußte ich nicht einmal mehr, ob Frau Müller auf die Möglichkeiten von Fehlern überhaupt zu sprechen gekommen war oder ob ich mir ihre wispernde und lispelnde und zischelnde Stimme gehört zu haben nur einbildete, da sie sich schon im Inneren meines immer kranker werdenden Kopfes eingenistet hatte und auch dann zu mir sprach, wenn sie nicht zu mir sprach. Ich konnte wirklich nichts mehr voneinander unterscheiden, was war, was nicht war und ob das, was nicht war, nicht irgendwann vorher einmal doch war und jetzt erinnert wurde und damit einem Einbruch der Vergangenheit in die Gegenwart gleichkam, wie ja andererseits auch die Zukunft in die Gegenwart einbrach, wenn Frau Prof. Adelheide Müllers Vorhersagen meine mir unterlaufenen Fehler betreffend um die bloße Erfüllung ihrer selbst wegen Fehler bewirkten (sehr klarer Ausdruck! Glückwunsch!).[45] O gewiß, sagte ich Feuerbach, diese schreckliche Person, die gewissermaßen immer hinter mir stand und immer auf mich einredete, gleichviel, ob sie tatsächlich hinter mir stand und auf mich einredete oder nur in einem meiner halluzinatorischen Bewußtseinsausfälle, und das war ja lange schon von mir selbst nicht nur nicht mehr zu unterscheiden, sondern, da die praktischen Folgen, nämlich das Verursachen von Fehlern, die einem nicht unbedingt unterlaufen mußten, unter diesen Bedingungen aber unterlaufen sind, auch völlig egal, machte mich von Tag zu

45 Ja, es gab solche Momente von germanistischem Selbstbewußtsein, daß ich mir tatsächlich von rechts nach links auf die Schulter klopfte (und manchmal auch von links nach rechts noch zurück).

Tag mehr, soweit das überhaupt noch möglich gewesen ist und es da nicht auch obere Grenzwerte gibt, worüber zweifellos Sie, sagte ich Feuerbach, um vieles besser Bescheid wissen, verrückt. Die Lehre von der Gesundheit des Geistes vor Augen, sah ich mich doch in hoher Gefahr, denn Frau Prof. Adelheide Müller handelte ganz klar und vertraglich besiegelt im Auftrag von Obermajor Tutti *persönlichkeitszersetzend,*[46] und die Bestrafungsmaßnahme im Gewand der Belohnung, nein, die Belohnungsaffäre im Kleid der Vernichtung, nein, die versehentliche Beförderung durch einen postalischen Falschweg im Vorgang der Kenntniszuteilung war wohl mehr kalkuliert als von mir vorgeträumt worden. War es Rache? Denn von Frau Müllers verschlafenem Hinterteil war ich zu keiner Stunde verzaubert. Ich glaube, sie spürte das, da meine Hände ihr immer fern geblieben sind und sich sehr auffallend mit jeweils anderen Dingen beschäftigten, sobald ihr dürftiges Fleisch mir für meinen Geschmack zu nah kommen wollte. Auch Spitzel haben Körperregionen mit einer Sehnsucht, und genau auf diese Erkenntnis war meine Republik gegründet und stolz. Also ein hundsgemeiner Trick, der ihr angeraten wurde, um mich herumzukriegen für einen Sondereinsatz gegen ihre eigene Cousine, meiner geliebten Margarete einen Schuldbezirk über uns, und der an ihrer Häßlichkeit scheitern mußte, so daß sie, gescheitert und blamiert, wie sie war, vor mir, dem Objekt, und vor Obermajor Tutti, dem Vorgesetzten, nun

46 Keine leichte Arbeit übrigens, denn nicht selten wurden die, die andere verrückt machen sollten, selber verrückt, so daß durchaus möglich sein kann, daß Bobo, nein Bärbel, nein Frau Prof. Adelheide Müller, geborene von Hering, ihren Auftrag gar nicht mehr klar überlebte.

ihre geballte Wut an mir abließ und mich tadelte, was immer ich tat oder auch nicht tat, um den notorischen Tadel aus Jähzorn umzuwandeln in einen notorischen Tadel als gezielte *Zersetzungsmaßnahme* im Auftrag von, siehe oben. Aber wollte ich in Adelheides literarischen Folterladen unbedingt bleiben, um mir ihre Zersetzungstiraden auf Schritt und Tritt gefallen zu lassen (zumal sie mir ganz existentiell betrachtet so hart an den Kern oder, wenn Sie lieber wollen, auf die Nüsse gegangen sind), nur weil es hier nicht so herb roch? Mit mir nicht, Madame! sagte ich mir und verwandelte mich in meine dumme andere Hälfte, so daß keine Aufsichtsbehörde in dieser Buchabteilung mit dem hauptsächlichen Ziel der Ordnung und Wiederfindung von Büchern nach einem System, ich wiederhole, a) preußische Instruktionen und b) RAK, mich zu behalten noch länger gewollt haben konnte. Sie griff noch einige Male nach meinem Leben, aber doch schon ins Leere, denn nun war ich frei, weil ich strafversetzt wurde vom Titelaufschreiber zum Nachtwächter, und ich muß sagen, das lag mir doch sehr. Die Titelaufschreiber hatten immer einen leicht von der Erde abgehobenen Gang, wie ihn nicht einmal die Leute besitzen, die aufgeschrieben haben, was sich hinter diesen Titeln an Schreibkunst verbirgt. Denn hin und wieder waren ja auch richtige wichtige Schreibkünstler in unserer Nationalen Bücheranstalt, um zu betteln, ob sie nicht einmal Bücher lesen dürften, die zu lesen unsittlich oder gedankenverderblich oder gewalterzeugend oder die sozialrealistische Ordnung gefährdend waren. Und dann kam ein Titelaufschreiber in einem leicht von der Erde abgehobenen Gang, als hätte er alle diese Bücher, deren Titel er auf kleine mausgraue Karteikarten abgeschrieben hatte, damit man sie im endlosen Buchreihenwirrwarr auch noch einmal wiederfinden konnte, selber geschrieben, und sagte in erhabenem Ton: Nein, das Buch ist leider gar nicht lesenserlaubt, oder: Nein, das Buch ist nur bedingt lesenserlaubt, aber nicht für Sie, solange Sie keine Sondererlaubnis vom Staatsratsvorsitzenden dafür haben, oder: Vielleicht, wenn Sie sich hier an diesen Kantentisch bitte hinhocken möchten, bis ich den Kaderaktenmann um Erlaubnis gefragt haben konnte, oder: Kommen Sie doch bitte morgen wieder, wenn es nicht so stark regnet. So waren die Titelaufschreiber natürlich um vieles mächtiger schließlich als selbst noch die richtigen wichtigen Bücheraufschreiber, die in Wahrheit natürlich überhaupt nicht wichtig waren, weil sie auch nicht mächtig sein konnten, jedenfalls nicht hier. Und ich, der geborene Nachtwächter, war ich nicht wichtiger plötzlich als noch der wichtigste Titelaufschreiber, da ich nun künftig Nachtwache hatte und demnach allein war, und das mit allen Schlüsseln zu allen Giftschränken gleichzeitig? Über die Giftschränke gibt es folgendes zu sagen; es handelte sich nämlich nicht, wie Sie sicher schon angenommen haben werden, sagte ich Feuerbach, um reines chemikalisches Gift zur Vergiftung der Körpermasse eines Menschen oder auch eines Tieres wie zum Beispiel der Taube im Park. Es handelte sich um Seelengift oder Gedankengift oder Bewußtseinsgift, um es genau zu sagen, Bewußtseinsgift in der Weise von Schriften, Büchern, wie unschwer anzunehmen ist in Anbetracht der Tatsache, daß hier von keiner Hühnerfarm, sondern von der Nationalen Bücheranstalt im sächsischen Leiden die Rede ist. Können Bücher Gift sein? O ja!, und kein zu unterschätzendes. Ich war ganz bestimmt von nichts anderem als von Büchern nach kurzer Zeit schon recht schwer vergiftet worden, nur war es in meinem Falle von heilsamer anstatt von tödlicher Wirkung. Meine innere Ausheilung der vielen Verletzungen aus meiner Frühzeit im neunten Schuldbezirk, wo es nur Steine, blaues Kunstlicht und Bobo, meine Tierliebste gab sowie die zwei hölzernen Pferde, die ich Tutti + Tutti nannte, verdanke ich allein der Existenz dieser mithin hauptsächlich im Giftschrank zu findenden Bücher. Es war eine Fügung, es war ein Glück, es war ein Geschenk, daß ich Nacht für Nacht für Nacht allein mit dem süßen Gedankengift sein und es in mich einfließen lassen konnte wie ein Mittel zur Erzeugung von Träumen. Ich las im Sitzen, im Liegen und im Stehen; ich las fortwährend in allen Lagen und immer; ich erlebte diese Zeit durchgehend nur lesenderweise, und ich glaube, ich habe alles, auch die intimen und intimsten Verrichtungen, nur lesenderweise verbracht, so daß ich letztendlich kaum noch gewußt haben konnte, wo die Welt der körperlichen Verrichtungen und tatsächlichen Schmerzen anfing und wo die der Einbildungen und Nachempfindungen und Ersatzerlebnisse. Aber dieses Ineinanderübergehen der Zustände war wirklich auch gar kein Problem, da unsere Leiden ja immer Ineinanderübergangszustände von gefühlten und gedachten Schmerzen sind, die Solidaritätsschmerzen zum Beispiel, die die Schmerzen eines anderen lebenden und uns sehr nahe kommenden Wesens in einem selbst wiederholen. Die Übertragungsschmerzen, wenn die ganze schwierige Welt sich ablädt auf einer einzigen Schulter und alle Trauer zur Trauer eines Verzweifelten wird im ausweglosen Moment. Die Gedankenschmerzen, die entstehen, weil der Geist nicht nicht sein kann und sich das Fremde zur eigenen Angelegenheit macht. Gäbe es nur die Körperschmerzen, die kommen, wenn wir tatsächlich Geschlagene sind, wären wir gleich den wilden und rohen Tieren geblieben. Aber die Gedankenschmerzen, mit denen wir voraussehen können, was sein wird, erinnern können, was gewesen ist, mitfühlen und mitleiden können und die im Ineinanderübergangszustand von Körperschmerzen gar nicht zu unterscheiden sein können, weil jeder Gedankenschmerz Körperschmerz und jeder Körperschmerz Gedankenschmerz wird, machen uns erst zu (*Menschen* zu sagen fiel mir an dieser Stelle leider nicht ein) etwas anderem als zu wilden, rohen Tieren. Die Verlogenheit der Epoche im Erdreich begann, sobald ein Agitationsmitglied das Wort *Realismus* wie ein Abziehbild über den notorischen Nichtrealismus der sogenannten sozialrealistischen Weltanschauung schob. Alles war ein sprachlicher Kochtopf voll von Ideen, in denen das Reale im Namen des *Realismus* abgeschafft wurde, und ich erinnere mich nur zu gut, wie die Schächte, die in die Tiefe führten, Namen bekamen, nach denen sie aufwärts verliefen, und ausgerechnet das Agitationsmitglied forderte unentwegt Realismus. Gemeint damit aber war immer die Bestätigung des Eingebildeten, es war ein Realismus für Irre, und ebenso, wie ich wirklich dankbar dafür war, daß ich jetzt in der Bücheranstalt Verfügungsmacht über den Bestand aller Bücher hatte und mich ebenso wissender machen wie betäuben konnte, war ich wirklich dankbar, aus dem neunten und nicht dem achten oder siebten oder sechsten oder fünften usw. Schuldbezirk gekommen zu sein, weil der neunte wie kein anderer Bezirk auf eine Illusionen gar nicht erst aufkommen lassende Weise wahr gewesen ist und eine so entschiedene Hoffnungslosigkeit erzeugte, daß in dieser Hoffnungslosigkeit ein jeder von uns seine Freiheit fand. Und diese Freiheit war der Freiheit der Bücher, nicht aller Bücher, hauptsächlich aber der Bücher in der Giftschrankabteilung, sehr gleich, so daß die Freiheiten einander berührten, die Erinnerung an meine Freiheit, hoffnungslos zu sein, berührte die Freiheit, mit dieser Hoffnungslosigkeit und aus ihr heraus geschrieben zu haben, die sich für mich im Augenblick des Lesens als Hoffnungslosigkeit übertrug, und in dieser Berührung der Freiheiten lag eine große innere Ruhe für mich. Denn es war, in diesem Zusammentreffen, mit den beiden in der Hoffnungslosigkeit begründeten Freiheiten etwas geschehen, das Hoffnung erzeugte; nicht die Hoffnung darauf, die Freiheit würde einmal mehr als lediglich die Freiheit von Hoffnung bedeuten; vielmehr die Gewißheit der Übereinkunft mit einem und mit vielen anderen einzelnen in der Freiheit als Freiheit von Hoffnung angekommenen Menschen, Geschwistern, Seelenverwandten; und das in einer Systemordnung voller irre gewordener potentieller oder tatsächlicher Pädagogikstudenten mit *Schöner-unsere-Städte-und-Gemeinden*-Absichten. Das war mein großer Zuspruch, und daß ich nicht allein geblieben und verrückt geworden bin im Leiden am verrückten Realen, verdanke ich diesem von keiner Machtinstanz gänzlich auszulöschenden Umstand, sagte ich Feuerbach, weil die Freiheit eben gerade dort ihren Ort hat, wo sie am gefährdetsten ist. Gut, es war aus fernen Zeiten und Welten zu mir gesprochen worden, es war eine Korrespondenz mit den Toten, aber das störte mich nicht. Tote nehmen nichts mehr zurück, und sie entschuldigen sich nicht, das ist die Kraft, die von ihnen ausgeht und sie überlegen sein läßt. Und sie können warten, bis man sie oder das, wofür sie gelebt haben und was von ihnen geblieben ist im Reich der unendlichen Sprache und eines unendlichen Sprechens, gefunden haben wird. Ich war der Beweis für die Richtigkeit dieses Satzes, ich war herausgetreten aus meiner Zeit und eingetreten in andere Zeiten, und dennoch führte von diesen anderen Zeiten ein schmaler Pfad in meine Zeit voraus oder zurück, eher zurück, weil die Bücherzeiten meistens doch immer Vorauszeiten sind, auch wenn sie dem Geschehen nach Zurückzeiten zur Darstellung bringen. Hatte diese Nationale Bücheranstalt mit ihrem Millionenbestand etwas von dem verhindern können, was in der Welt eingetreten war? Aber konnte ich die Frage, die von niemandem beantwortet werden konnte, da niemand hätte sagen können, was in der Welt anders geschehen wäre ohne Einrichtungen wie die Nationale Bücheranstalt, so stellen? Aber es war auch nicht so sehr wichtig, sich weiter um diese Frage zu kümmern, solange der hauptsächliche Sinn dieser besonderen und unter strengstes Leseverbot gestellten Giftschrankabteilung für mich gegeben war: Trost zu vermitteln, und das allein dadurch, daß in den Büchern dieselbe Verzweiflung und Trauer zu finden war, wie ich sie erlebte und mit der ich immer allein geblieben bin und auch weiterhin allein geblieben wäre, weil ich doch noch gar nicht gestorben genug war, wie sehr ich es mir vielleicht hin und wieder auch wünschte und wie sehr ich daran auch mitgetan habe, damit es endlich vorbei sei mit diesen Schmerzproduktionen, da man Zukunftserwartungen und Hoffnungen und alle diese nur noch verzweifelter und trauriger und einsamer machenden Belastungen nun einmal mitbekommen hat, warum und von wem auch immer, sagte ich Feuerbach. Im Umgang mit den Büchern der Giftschrankabteilung spürte ich meine zumindest in Resten erhalten gebliebene Lebendigkeit wieder, so als wäre ich in einer tiefen Narkose gewesen, aus der ich langsam erwachte, und diese Bücher gaben mir nun zurück, was mir genommen worden war, sofern ich es jemals besaß. Andererseits könnte man natürlich auch denken, daß die im Umgang mit den Büchern der Giftschrankabteilung bewirkte Rückbesinnung auf eine zumindest in Resten erhalten gebliebene Lebendigkeit in Wahrheit ein Rückschritt gewesen ist, eine Regression in den Zustand einer höheren Kultur, als sie beispielsweise Egel, Lurche oder meinetwegen auch Salamander haben.[47] Das wäre aus der Perspektive, ein Bestandteil der Maschine zu sein, die man gerade bediente, ein gewiß richtiger Gedanke. Aber hier konnte oder sollte oder brauchte man ja nicht mehr Teil einer im Fabrikraum benutzten Material- oder Werkzeugsache zu sein und gleich dieser unbelebt zu funktionieren, sondern hatte lediglich das materielle Leben der Bücher zu imitieren, was im Falle der Giftschrankabteilungsbücher einen sehr menschlichen (Verzeihung: schwer zu definieren, was damit nun wieder gemeint sein möchte)... Mehrwert bereithielt für uns Titelaufschreiber oder Magazinläufer oder dergleichen. Sich zumindest mental in das Ding zu verwandeln, das man zu bearbeiten hatte, was auch physiologische Veränderungen mit sich brachte, wie zum Beispiel harten Stuhlgang zu ha-

47 Denn hätten wir uns sonst damals verstanden, Bobo und ich? Nein, ich muß eine primitive Organisation gewesen sein, ein dumpfer, einfacher Erdling, der nur in binären Schlüssen dachte: ja oder nein, schwarz oder weiß, rein oder raus usw.

ben, wenn man Stahlarbeiter war o. ä., hieß in diesem Fall, ein Buch zu werden. Aber welches? Genau das war eines jeden Schicksal und hing davon ab, in welcher Abteilung er seine rund fünfzig Dienstjahre absaß. An allen Äußerlichkeiten wie Mode (die Art, den Dienstkittel über den Hosenbund fallen zu lassen, die Ärmelschoner korrekt ausgerollt oder zur Stoffwurst nach unten gekrempelt zu haben, die Schuhe symmetrisch oder über Kreuz geschnürt zu tragen) oder Gesprächsstoff (über Modetrends den Dienstkittel, die Ärmelschoner oder die Schuhschnürungen betreffend, Sport, hier vornehmlich das Freihandklettern die Bücherregale herauf und herunter, sowie das sogenannte Buchstapelstemmen: eine komplette Werkausgabe Marxismus plus verschiedene Briefmarkensätze zur Feinjustierung des Gesamtgewichts, oder auch Kultur- und Geschichtstatsachen wie: Was schreiben Bücheraufschreiber, wenn sie neben ihren Büchern erwachen u.v.m.) erkannte man sehr schnell, ob einer zum Surrealisten wurde oder zu Stalins Lieblingsautor und wie nah oder fern, zugänglich oder verschlossen die Giftschrankabteilung von seinem Standort aus war. Kurz halte ich inne, denn mir fällt ein, daß die Nationale Bücheranstalt horizontal in neun Abteilungen aufgeteilt war, die den neun Schuldbezirken meiner Deutschen D. Republik als gigantischen Kürbis betrachtet in der Vertikale entsprachen. Natürlich. Und die Giftschrankabteilung war in den Grenzen der horizontalen Schuldordnung etwa das, was die Nationale Bücheranstalt in den Grenzen der vertikalen Schuldordnung war. So war es durchaus logisch, daß sie ganz unten, im neunten Bezirk, vornehmlich Helmut Preislich oder Uwe Ärger oder Heribert Kant zu lesen bekamen, pflichtmäßig verordnet ohnehin wie Neuroleptika für verwirrte Gemüter, denn es las ja keiner dort, weil zu lesen keinen Sinn mehr hatte und die Bücher der Giftschrankabteilung, die zu lesen wenigstens die Erinnerungen an einen außerhalb dieses Bezirkes noch erhalten gebliebenen Sinn wachhielten, unzugänglich geblieben sind. Aber es gab wohl die Strafe des Lesens s. o.! Es gab die Lektüre als gezielte Foltermethode des Geistes s. o.!, und davor hatte doch jeder auf seine Weise Respekt. Bücher lesen zu müssen, also die dem Buch in der Tiefe seiner Existenzbedeutung innewohnende Freiheitsbehauptung zu konfrontieren mit der Unfreiheit des Lesens, das ist, wie zwei einander sich ausschließende Zustände in Übereinstimmung bringen zu wollen und den Hund mit der Katze oder die Katze mit der Maus oder die Maus mit dem Wurm in einen Kasten zu sperren und dann zu beobachten, wie die so verschiedenen Wesen sich fressen und gefressen werden, und daher kommt schließlich auch der Ausspruch: *Ich habe das Buch verschlungen*, sagte ich Feuerbach. Unfreie Menschen sind ganz klar Bücherverschlinger, was sonst auch bliebe ihnen übrig, mit Büchern zu tun? Von daher nun war das Leseland, von dem immer wieder gesprochen wurde, aus dem Gedanken der Marter entstanden, und daher auch war der Büchervertrieb zahlenmäßig am größten in den untersten Bezirken der Schuld, wo am meisten Bücher verschlungen werden konnten. Die Absatzzahlen waren proportional dem Grad der Leseversklavung und ein Ausdruck der Marter. Ich habe keine genaue Kenntnis darüber, in welchen Produktionsausstößen zahlenmäßig Helmut Preislich oder Uwe Ärger oder Heribert Kant[48] in Buchform kursierte, also verschlungen, verdaut (?) und ausgeschieden worden ist, aber es müssen Zahlen weit über die Anzahl der Bevölkerung gewesen sein, so daß jedes Bevölkerungsmitglied der Deutschen D. Republik mindestens zweimal, wenn nicht sogar drei-, vier- oder fünfmal dasselbe Buch bekommen haben mußte zu allen nur erdenklich geeigneten Anlässen wie Proletarierweihe, Parteigeburtstag oder Väterchen-Frost-Feiertage. Es verhielt sich mit den Bücherregalen in den Buchkaufhallen ähnlich wie mit den Regalen in den Konsum- oder HO- Verkaufsknotenpunkten für Überlebensmittel: Sie waren immer voll, doch nur mit Essig, Margarine und Gurken. So wurde mir der Zugang zur Giftschrankabteilung in gewisser Weise auch zu einem Ende des Lesens als Marter, zögerlich, tastend, aber kontinuierlich. Gewiß, die Giftschrankabteilung garantierte noch nichts, denn es waren auch unbrauchbare Werke in ihr, die zu lesen unsinnig war; aber die Wahrscheinlichkeit, in der Giftschrankabteilung auf Werke zu stoßen, die nicht unsinnig waren und die den eigenen Schmerz damit betäubten, selbst von diesem Schmerz zu berichten, der kein bestimmter und nicht einmal ein auf gewöhnliche Weise erzählbarer Schmerz war, weil er erst hinter der Oberfläche bekannter Schmerzen und benennbarer Gefühle begann und selbst noch der Freude oder der Heiterkeit oder dem Glück unterlegt sein konnte; weil er, vielleicht, ein Daseinsschmerz gewesen ist, der den bekann-

48 Die drei Prachtexemplare sozialrealistischer Literaturauffassung stehen hier natürlich nur stellvertretend für u.a. auch Giselamunde Steineggert oder Henry-Martin Zimt (ein Zögling Giselamundes und poetischer Vertreter der Freyen D. Jugend vor allem in der Sowjetunion (mußte sich im Auftrag G. St. (?) den rechten Daumennagel lang wachsen lassen (nie wirklich zu Ende recherchierte projektiv-sexuelle Perversion der Frau im Spiegel kollektivtotalitärer Gesellschaftsverhältnisse (Dissertationsthema !))) uvm.

ten und erzählbaren Schmerzen, die aus den konkreten Bedingungen hervorgehen, hinzuzudenken ist und den es geben muß, überall auf der Welt und zu allen Zeiten, da ich ihn sonst nicht hätte finden können in der Giftschrankabteilung der Nationalen Bücheranstalt; ... diese Wahrscheinlichkeit, in der Giftschrankabteilung derselben Freiheit zu begegnen, wie ich sie in mir trug, eingeschlossen im Körper meiner Seele oder in der Seele meines Körpers wie ich in der Dunkelheit der Zelle, war ungleich größer als in allen anderen Abteilungen der Nationalen Bücheranstalt. Nicht die Bücher mit den verbotenen Wörtern waren es, die zu lesen mir unbedingt sinnvoll schienen, sondern die Bücher mit den verbotenen Gedanken, die sich in durchaus auch erlaubten Wörtern ausdrücken konnten, um die erlaubten Wörter auf diese Weise zu zerstören und zu unerlaubten werden zu lassen gegen den Willen der Wörtererlauber und Bücherzensierer. Da ich selbst kein Bücherschreiber war zu dieser Zeit, sondern lediglich Titelaufschreiber und Magazinläufer und nun Nachtwächter, blieb mir das System, nach dem durchaus statthafte Wörter unstatthafte Gedanken hervorbringen konnten, verborgen.[49] Aber ich bewunderte es, wie ein Botaniker eine besonders schöne Blume bewundert, und es war eine Bewunderung der Schönheit der Freiheit. Die Viersterneverbotsbücher und die Dreisterneverbotsbücher und die Zweisterneverbotsbücher und die Einsternverbotsbücher waren auch (und man kann sagen, auf eine mit der Anzahl der Verbotssterne am Buchrücken steigenden oder fallenden Weise) dieser sehr besonderen Freiheit verpflichtet, aber oft

49 Poetikvorlesung Teil 1; – keine Ahnung, wie das mir in den Kopf kam, sagte ich Feuerbach.

doch nicht so radikal wie die Bücher der Giftschrankabteilung. Schwierig wurde es bei den mit keinem Leseverbotsstern versehenen Büchern, weil es nicht selten Bücher jenseits der Freiheit gewesen sind oder Bücher sogar, die ihre Freiheit, von Freiheit zu sprechen, nutzten, um sie erneut aus der Welt zu schaffen und sozialrealistische Vorstellungen als sozialrealistische Tatsachen in die armen, zu zwanghaftem Lesen verpflichteten Köpfe zu implantieren, als wäre das Himmelreich dort, wo die Hölle sich öffnet. Und dann gab es noch, wie schon mitgeteilt, den Zwangslesestoff. Darin ging es zum Beispiel um die Frage, warum es für eine Traktoristin und dreifache Mutter von fünf Kindern mit Vitaminmangelgesichtern nach Dienstschluß keine Haselnüsse mehr gibt, oder wieso das Vieh kalbt, wann es will und ohne auf den Jahresplan der Gemeinde zu achten. Am Ende war dann immer alles zum Guten gebogen, aber die dreifache Mutter von fünf Kindern mit Vitaminmangelgesichtern bekam nie Haselnüsse nach Dienstschluß, und das zur falschen Zeit kalbende Vieh wurde natürlich und augenblicklich geschlachtet, da es ja ganz offensichtlich unbelehrbar und aus der Art geschlagen war. Das dazu. Ich gehe nun sicher davon aus, daß meine Versetzungsanstellung in der Nationalen Bücheranstalt, ob als pädagogische Sondermaßnahme politisch motiviert oder als Verständigungsunfall der Personenbehördenstellen untereinander und ohne Absicht geschehen, zur Systemveränderung beigetragen hat und vielleicht sogar die Ursprungsgeschichte des Einbruchs meiner Unterweltrepublik und deren Selbstbegrabung gewesen ist; und das geschah so: Eines Tages nachts um halb eins läutete es in meiner Büchergruft, die ich als Schlafstätte von der Abteilung für Kommunale Wohnraumverlenkung (KWV) beim Rat der Stadt Leiden zugeteilt bekam unter der somit erzwungenen Bedingung, verheiratet zu sein (aha, ich rede mich hier immer näher an die Tatsachen heran: deshalb also meine frühe Hochzeit mit Barbara!); und das geschah so: Der KWV-Abteilungsberater, der mir, weil ich ihm hoch und heilig versprach, sofort zu ehelichen und mehrere kleine Tuttis zu zeugen, sobald ich im sozialrealistischen Besitzstand einer KWV-Wohnung sei, mochte meine Hasenscharte, und allein deshalb bevorzugte er mein Versprechen, zu ehelichen und der Regierung kleine Tuttis zu überlassen, den sicher gleich ernst gemeinten Versprechen anderer, die der KWV-Abteilungsberater indes nicht so sehr mochte, da sie über keine Hasenscharte verfügten wie ich. Es läutete, nein, es raschelten ein paar eigens dafür neben einem kleinen offenen Fenster aufgehängte und auf jede Annäherung physikalisch korrekt reagierende Seiten, die ich aus einem *Lehrbuch für den Literaturunterricht in den Klassen* 8–10 des allgemeinverbindlichen Polytechnikums praktischdenkenderweise herausgetrennt hatte, um andere Schriften wie z. B. die gesammelten marxistischen Werke eines gewissen Marx Engels für andere ebenso nützliche Zwecke zu schonen; dabei handelte es sich um die Seiten 217: *Das Bild des befreiten Arbeiters* (ich) *in der sozialrealistischen Literatur der Deutschen D. Republik* (es): *Mit der Gründung der Deutschen D. Republik am 7. Oktober xx49 hatte die Arbeiterklasse* (wir) *gemeinsam mit ihren Verbündeten* (sie) *unter der Führung ihrer marxistischen Leninpartei den ersten Arbeiter-und-Frauenstaat in der deutschen Geschichte geschliffen. Der Staat* (es) *wurde aus einem jahrhundertealten Instrument* (Hammer, Sichel und Präservativ (nicht zu verwechseln mit dem Wappenlogo (aktiver Hammer, gespreizter Zirkel und große gebogene Ehrenähre)) *der Unterdrückung des Volkes* (wir) *nunmehr zu einem Mittel, die schöpferischen Kräfte der Massen* (coitus), *insbesondere der Arbeiterklasse* (wir), *fertigzustellen und zu entfachen ff.*, S. 227: *Unter völlig anderen Bedingungen schildert der amerikanische Autor Jerome D. Salinger in seinem Roman «Der Finger im Roggen» (xx51) das Leben eines sechzehnjährigen Jungen an einem College. Seine Sehnsucht nach einem sinnerfüllten Leben glaubt Hoden (Hauptheld) durch Fluch und Flucht aus dieser* (ihrer) *Gesellschaft in die Einsamkeit der Natur erfüllen zu können. Im Schicksal dieses Jungen erhebt der Autor sehr bittere Anklage gegen eine Gesellschaft* (oberhalb unserer), *die ihre eigene Jugend in den seelenlosen Mechanismus ihrer veräußerlichten Welt zwingt und gedankenlos deren Streben nach Schönheit im Sterben mit Füßen tritt usw. Eine Jugend* (unsere) *dagegen, der das Leben unter sozialrealistischen Bedingungen bereits zur Selbstverständlichkeit geworden ist, die sich der Veränderbarkeit der Welt bewußt ist und weiß, daß sie selbst an diesem Werk tätigen Anteil hat, gewinnt aus der* (Tintenfleck), Seite 228: *Ich preise/die Heimat,/so wie sie ist://doch dreifach/die kommende/preis ich.* Und das, kann ich sagen, war nicht falsch. Seite 230: *Bei oberflächlicher Betrachtung könnte man meinen, daß das Schreiben unter sozialrealistischen Bedingungen nunmehr eine recht ganz einfache und unverkomplizierte Angelegenheit geworden sei. Doch die Befreiung aus dem Antagonismus aller bisherigen Geschichte erschließt dem sozialrealistischen Schriftsteller nicht nur die großartigen Möglichkeiten von bisher ungekannten Ausmaßen, sondern sie verbindet damit auch höchste Anforderungen an seine* (Tintenfleck), Seite 231: *Eilend von Erkenntnis zu Erkenntnis,/überwinden wir die Schwelle Zeit./*

Fürchtet nicht den Horizont:/Er ist nicht das Ende,/sondern der Anfang. Und das, kann ich sagen, stimmte auch: Der Anfang war immer am Horizont, nur nicht im Kornfeld. Warum sich dann fürchten? Es raschelte also, und der Kaderaktenmann lag vor meiner Abfallgrube mit geöffnetem Buchseitenfenster, ein Schlüsselbund in der Hand und die Hand wie die eines Ertrinkenden hoch über den hochroten Kopf gehalten. – Du giltst ohnehin als für unseren Stadtstaat verloren, sagte er mich meinend, und da kann es auch gut sein, daß du in die Vergiftungsabteilung wechselst und darin umkommst am sprachkranken Zustand des Gegners. Das heißt, du hast natürlich die Möglichkeit der radikalen Leseverweigerung, und dann liest du anstatt alles von Bakunin bis Stirner die Rätselseite der Frauenillustrierten *Sabine* oder usw. Oder du leihst dir Geschenkbücher von Gunter Gräulich[50] für die langen sehr dunklen Nächte, gleichviel. Nur in die Giftschrankabteilung, und schon flog mir der Schlüsselbund durch die Öffnung bis vor die Füße, müsse ich nunmehr und dauerhaft immer. Der Kaderaktenmann, der mich gleich bei der ersten Gegenüberstellung im Angestelltenkarteizimmer *Wärter* nannte und damit etwas sehr Belesenes o. ä. zum Ausdruck gebracht haben wollte, das zu verstehen ich lange Zeit brauchte (um dann schließlich irgendwann doch einmal auf das Jugendbuch Goethes *Die Leiden des Wärters* zu stoßen), sah traurig aus seinen mit künstlichen PVC-Haftscheiben verhangenen Augen und klopfte das komplette Morsealphabet vor sich auf den von allerhand breitgetretenen Essensresten verunreinigten Steinholzfußboden. War er be-

50 Siehe auch Anm. 48.

sorgt um mich? War er neidisch auf meine Zukunft? Daß ich und nicht er ins Gift geschickt wurde? Wollte er konspirieren? Vielleicht das eine oder andere abschreiben? Ahnte er, welche Macht auf mich zukam? In welche gefährdete Lage das Land sich selber brachte durch meine Arbeitsplatzverschiebung? Da er nur wenige Stunden später durch einen plötzlichen Basiszusammenbruch starb, war über seine Motive inklusive der an mich gerichteten, von mir aber leider nicht dechiffrierten Botschaften nichts mehr herauszubekommen. Es sind die Pförtner die wirklich Mächtigen dieser Welt, sagte ich Feuerbach, die Schlüsselbesitzer, die Lichtanmacher und Regalaufräumer. Die Bücheraufschreiber sind nur einmal wichtig, eine Stunde lang oder einen Tag. Die Titelaufschreiber sind nur zweimal wichtig, zwei Stunden oder zwei Tage, wenn sie 1.) die Titel aufschreiben und wenn sie 2.) sagen, wie man das Aufgeschriebene wiederfinden kann. Aber die Pförtner, die scheinbar unwichtig sind und ihre scheinbare Unwichtigkeit zum Beruf gemacht haben, indem sie wie die Verkehrspolizei den Verkehr die Wichtigkeit regeln und die wichtigen Leute zu den wichtigen Büchern durchlassen und die unwichtigen oder halbwichtigen Leute nicht oder nur bedingt, sie sind doch die wirklichen Schreiber der Geschichte und werden dabei permanent übersehen. Sie entläßt man auch nicht, weil sie in ihrer scheinbaren Unwichtigkeit gar keiner wahrnimmt. Sie entlassen sich lediglich selber durch ein plötzliches Organversagen nach vielen nicht mehr exakt mitgezählten Jahren, und bis dahin sehen sie den Entlassungen zahlreicher wichtiger Menschen mit Gelassenheit zu. So oder so ungefähr ging es mir durch den Kopf, als ich das erste Mal auf meiner mit Klarsichtfolie bezogenen Nachtcouch lag, die Hände unter dem Kopf zu einem provisorischen Kissen verschränkt und den Blick auf die Sterne gerichtet. Und fragen Sie mich jetzt bitte nicht, sagte ich Feuerbach, wo das Dach geblieben ist – ich weiß es nicht. Bald schon war die Zeit des Handelns gekommen, und ich schrieb ab, was zu wissen wichtig gewesen ist und die ideellen Fundamente der Deutschen D. Republik untergrub. Und dann verteilte ich das Abgeschriebene an weitere Abschreiber, die das Abgeschriebene des Abgeschriebenen an wieder neue Abschreiber verteilten, die das Abgeschriebene des Abgeschriebenen ihrerseits abschrieben und mir bald gänzlich unbekannten Abschreibern zum Abschreiben in mir bald völlig fremden Städten und Gemeinden überließen, bis das ganze Land, so kann ich sagen, von Abschriften heimgesucht war, die sich bei günstigen Windverhältnissen mit den Parteitagsbroschüren vermischten und für geistige Verwirrung sorgten. Jeden Morgen zwischen sechs und halb sieben, sobald ich vom Nachtdienst über die Mariannenbrücke nach Hause lief, warteten am westlichen Ende der Mariannenbrücke, die wie keine andere Brücke in Leiden geeignet war, sich selbst abzuschaffen, was mit der nennenswerten Höhe und einer dafür idealen Aufschlagfläche zusammenhing, die Liebhaber und schließlichen Kopisten meiner Abschreibearbeiten in jeden Tag länger werdenden Warteschlangen, was meinen Eifer naturbedingt antrieb und mich jede Nacht fleißiger werden ließ. Ich lief von der Ostseite auf die Mariannenbrücke, hielt in der Mitte der Mariannenbrücke, dort, wo die Schlucht unterhalb der Mariannenbrücke am tiefsten und die Aufschlagfläche am schönsten ist, weshalb sie auch zur beliebtesten Sprungstelle geworden war, regelmäßig an, um einen Blick nach unten zu werfen und zu sehen, ob es jemand geschafft hat, und hörte schon meine noch von einer Hagebuttenhecke verdeckte Leserschaft am Westende kreischen. Ich weiß nicht mehr, wo und wann das war, aber ich hatte einmal intimen Kontakt zu einer kleinen Gruppe verwilderter Hunde, die ebenso winselten, um ein paar zerlutschte Knochen zu kriegen, wie diese auf Giftschranklektüre heißhungrige Leserschaft nach meinen Abschreibetexten. Ich hörte ihn nicht ungern, diesen kollektiven Grunzton, in dem alle Individuallaute miteinander verschmolzen waren zu einer unendlichen Klage über das Bildungssystem, das vielleicht schon die Folge einer unvorstellbar einseitigen Ernährung gewesen ist. Dennoch war etwas sehr Forderndes und mich in gewisser Weise Bestechendes oder Erpressendes oder wie ich es sonst nennen sollte in diesem der Ausdrucksgebärde nach herzerweichenden Anspruch auf Giftschranklektüre. Bis zu meinen Abschreibetätigkeiten wußten sie gar nicht, daß es diese Literaturen mit immanenter Freiheitsbeziehung überhaupt gibt, um die sozialrealistischen Problemhorizonte für die Endstation eines bei sich selbst angekommenen Geistes zu halten, und jetzt konnten sie nicht genug davon haben und standen die ganze Nacht dafür am Westende der Mariannenbrücke an. Was macht sie so sicher, fragte ich mich an der bevorzugten Sprungstelle auf der Mariannenbrücke stehengeblieben und nach unten sehend wie auf einen Monitor mit neuesten Nachrichten, daß ich ihnen wieder ein paar Seiten mitgebracht habe? Die Fortsetzung der *Genealogie der Moral* vielleicht? *Man sagt mir, daß es einfach alte, kalte, langweilige Frösche seien, die am Menschen herum-, in den Menschen hineinkriechen und -hüpfen, wie als ob sie da so recht in ihrem Element wären, nämlich in einem Sumpf.* Ja, es klang tatsächlich einem Froschkonzert ähnlich, was aus dem Gebüsch bei Ostwind zu meinen Ohren drang, und ich dachte von Tag zu Tag zunehmend länger darüber nach, ob ich den Weg fortsetzen und die in der Nacht abgeschriebenen Seiten abliefern sollte. Ich verlangsamte meinen Schritt, je näher ich dem Ende der Mariannenbrücke und dem Anfang der am Westende der Mariannenbrücke in einem halbrunden Ensemble auf Lücke gepflanzten Hagebuttenhecke kam, um am Ende des Weges über die Mariannenbrücke, der mir von Tag zu Tag länger und eines Tages schließlich so lang vorgekommen ist, daß ich glaubte, ihn mit einem Marsch zu bewältigen nicht imstande zu sein, und kurz vor dem Ziel am Anfang der Hagebuttenhecke unterbrach und aus meiner Oberbekleidung ein provisorisches Schlaflager herrichtete und dann acht oder neun oder zehn Stunden lang schlief, um also am Ende des Weges über die Mariannenbrücke immer langsamer und langsamer und langsamer zu laufen, daß mir gar nicht mehr klar war, ob ich überhaupt noch lief, und wenn, ob ich noch geradeaus in Richtung Westende oder nicht vielleicht schon rückwärts Richtung Ostende unterwegs war und damit unausweichlich zurück, zurück in die Nacht und in meine Abschreibearbeit zurück. Ich sah gewiß ein paar erste zuckende Hände aus dem Hagebuttengebüsch heraus nach mir winken, so unvorsichtig nackt und so kühn in Anbetracht der Gefahr des Gesehenwerdens durch die Späherlinsen der Grenzpostbeamten, denn die Nationale Bücheranstalt stand mit dem Scheitel des Hauses zur Schuldbezirksgrenznaht und wurde dementsprechend auch stärker kontrolliert, nur war ich mir nicht immer sicher, ob diese ersten winkenden und noch in Luft greifenden Hände größer wurden, da ich auf sie zukam, oder kleiner, da ich von ihnen weglief von einem bestimmten Punkt des Auf-sie-zu-gekommen-Seins an, der auch ein Gedankenpunkt, ein Resultat von vielen kleinen und großen Überlegungen gewesen ist, die mein Körper oft ohne mein ausdrückliches Wissen darüber leistete. In der Nationalen Bücheranstalt habe ich eine Metamorphose zum Denkmenschen vollzogen, soviel steht fest, ich war evolutionsgeschichtlich gewaltig vorangekommen, und nur ein paar wie Schweinslocken gekräuselten Haare auf der unterdessen zivilisatorisch verfeinerten Brust erinnerten noch an meinen vor langer Zeit einmal auch recht zweckmäßigen tierischen Ursprung. Und so gab es auch zwei Formen von Denken in meinem Denken: das Denken und das Denkendenken. Das Denken dachte, ohne daß ich auf das Denken hätte aufpassen müssen, es war da wie die Atmung oder andere unwillkürliche Verrichtungen des Körpers. Ich konnte sehr gemütlich etwas anderes tun währenddessen, Etiketten abkratzen oder Schmutzlinien am Bucheinband messen und in einer Verbrecherkartei vermerken zum Beispiel, und nebenher dachte der Kopf und überraschte mich am Ende eines Handgriffs mit den erstaunlichsten Resultaten eines vollkommen anderen … Diskursgegenstandes:[51] *Iß mehr Gemüse* oder *Die Revolution entläßt ihre Kinder* (Giftschranklektüre) oder *Man lebt nur zweimal* usw. Das Denkendenken hingegen war eine sehr viel Kalorien verbrauchende und alle anderen Tätigkeiten konsequent aus-

51 Feuerbach staunte, und ich hielt das Wort auch lange im Mund und kostete es in seiner ganzen verankündigenden Intelligenzleistung aus …

schließende Hauptbeschäftigung, die ich mir fest vornehmen mußte und für die auch einige arbeitstechnische Voraussetzungen notwendig waren: stabile Kopfablage, in meinem Falle Kamillentee u.v.m. Und dann sah und hörte und roch ich mich denken, ich stand vor einem Spiegel und verbot mir, mit mir zu sprechen, weil ich daran dachte, daß ich dachte. Ich verfolgte die Gedankenwege mit den Worten auf einem Notizblatt und sah den wirren und irren und schiefen und steilen Bewegungen des Denkens denkend zu, es war, mit einem Wort, ein Beruf. Im Falle meines Weges über die Mariannenbrücke von der Ostseite zur Westseite morgens zwischen sechs und halb sieben mit mehreren abgeschriebenen Seiten aus der Giftschrankabteilung im Seitenfach meiner Betriebsaktentasche hat es sich um die erste Form des Denkens gehandelt, so daß ich keine gesicherte Auskunft darüber geben kann, wann ich auf meine Leserschaft zu und wann von ihr weglief, um immer wieder aufs neue überrascht zu werden, ob ich ihr körperlich tatsächlich nahegekommen war oder nur an sie dachte wie Jesus an seine Schafe. (Der Vergleich entfällt, wenn Jesus, von dem ich leider nur lesenderweise erfuhr, nie Schafe besessen haben sollte.) Aber bedenke ich die enorme historische Wirkung, dann muß ich doch sehr oft Schriften weitergereicht haben, damit sie abgeschrieben und weitergereicht werden konnten, um abgeschrieben und weitergereicht zu werden und abgeschrieben und weitergereicht zu werden und abgeschrieben und weitergereicht zu werden und abgeschrieben und weitergereicht zu werden und abgeschrieben und dann weitergereicht, abgeschrieben und dann weitergereicht, abgeschrieben, weitergereicht, abgeschrieben, weitergereicht, abgeschrieben, um weiter abgeschrieben zu werden, und weitergereicht, um weiter weitergereicht zu werden, um dann wieder abgeschrieben und dann wieder weitergereicht zu werden und immer so fort, bis die ganze Deutsche D. Republik voller abgeschriebener und weitergereichter, abgeschriebener und weitergereichter, abgeschriebener und weitergereichter, abgeschriebener, weitergereichter, abgeschriebener, weitergereichter, abgeschriebener, weitergereichter Schriften gewesen ist, am Ende einer jeweiligen Abschreibekette blasse Hieroglyphen, kaum zu entziffern und in einen Sinn zu bringen, der mit den abgeschriebenen und weitergereichten Schriftblättern am Anfang der Abschreibekette noch in eine Übereinstimmung gebracht werden konnte, so daß natürlich von einem Informationsverschleiß ausgegangen werden kann, aber dennoch, schaut man herab auf diese technische Hilfsform mit dem kühlen Blick eines Hundes auf seine Knochen, nicht ohne Erfolg. Neun Durchschlagpapierabschriften auf eine Seite Originalabschrift bei normal hartem Anschlag waren realistisch. Aber oft waren es siebzehn oder achtzehn oder neunzehn oder zwanzig Durchschlagpapierabschriften, soviel, wie unter das Originalabschreibeblatt paßten, um noch in der Walzenführung bewegt werden zu können, und das waren dann zum Ende des kleinen Durchschlagpapierabschriftenstoßes auch keine Abschriften mehr, sondern Erinnerungen an Abschriften. Aber auch diese Erinnerungen in Abschreibeseitenform kursierten noch wie heilige Kühe und kosteten zumindest den Materialwert plus fünf Pfennige Kulturbeilage. Die armen Hilfsproletarierer in den unteren Schuldbezirken hatten fast ausschließlich nur Abschreibeseiten der minderen Qualität ab der neunten Durchschlagpapierabschreibeseite zahlenmäßig aufwärts und qualitätsmäßig abwärts zur Verfügung, bis zu den Hieroglyphenseiten, und sie rätselten und rieten und tauschten sich aus und setzten die jeweils brauchbaren Stellen der verschiedenen Seiten wie ein Puzzle zusammen, um ihren Geheimnissen auf die Spur zu kommen. Die Berufsdenkmenschen hatten die besseren Abschreibeseiten und waren deshalb auch berufsdenkmäßig gebildeter. Insgesamt aber kann man sagen, daß der Verständigungsschwund hierarchisch betrachtet pyramidal von oben nach unten bis in die letzte Küche mit schwarzem Abwasch denkbar klein war, so klein, daß der kleinste Hilfsproletarier immer noch wußte, was dem größten Denkmenschen auf Empfehlung des Staatsratsvorsitzenden und umgesetzt durch das Grenzpostgeheimamt vorenthalten und dann allein durch mich abgeschrieben und aus der Nationalen Bücheranstalt herausgeschmuggelt wurde. Aber hatte jemand eine Kontrolle darüber, ob meine Abschreibeseiten identisch waren mit den Seiten der Bücher, aus denen ich abschrieb? Nun, um Sie nicht lange auf die Folter zu spannen, sage ich es gleich: Nein, niemand hatte eine Kontrolle darüber, ob die Abschreibeseiten fehlerfreie Kopien der Seiten der Bücher waren, auf die es ankam, oder nicht. Sie mußten, gern oder nicht gern, Vertrauen in mich investieren, a) daß ich eine optimale Auswahl der Bücher traf, die abzuschreiben und in Umlauf zu bringen sich lohnte, und b) daß ich eine optimale Auswahl der Passagen der optimalen Auswahl der Bücher, die in Umlauf zu bringen sich lohnte, traf sowie c) daß ich a) die optimale Auswahl der Bücher getroffen habe und b) die optimale Auswahl der Passagen der optimalen Auswahl der

Bücher getroffen habe und c) die optimale Auswahl der Passagen der optimalen Auswahl der Bücher optimal genau abgeschrieben habe. Denn wäre meine Abschreibearbeit bereits fehlerhaft gewesen, wäre der Fehlerkoeffizient, wie er infolge des tausendfachen oder zehntausendfachen oder hunderttausendfachen Abschreibens gegeben sein mußte und in Anbetracht dieser gigantischen Multiplikationen naturwissenschaftlich gar nicht mehr zu erklären niedrig war, um ein Vielfaches höher gewesen und so hoch schließlich, daß die Information am Ende der Abschreibekette (jemand) mit der Information am Anfang der Abschreibekette (ich) rein gar nichts mehr zu tun gehabt hätte, so daß aus: *macht aus dem Staat Kartoffelsalat* geworden wäre: *zwischen Oder und Neiße, ich liebe die*, nun ja, das Reimwort können wir uns schenken, sagte ich Feuerbach. Sie sehen, der Infoschwund wäre so groß geworden, daß nicht einmal mehr Alliterationen oder Klangkausalitäten oder Binnenreime oder weiß der Himmel was noch in einer Sinn- oder zumindest Tonverwandtschaft zum Original gestanden hätte und die Wirkung der Vorlage, denn in einer Sklavengesellschaft ist alles, was nicht an der Kette liegt, Freiheit!, ich philosophiere zuviel. Es fällt mir so ein. Es bedeutet wenig. Es tut mir leid. Ich habe zu lange nachdenken müssen, ohne gesprochen zu haben, und das macht vielleicht komisch. Links das linke Pferd. Rechts das rechte Pferd. Bobo, wie sie mir durch die Kleidung huscht und mit mir Familie spielt. Dann wieder die Zwillinge Tutti + Tutti, Bärbel, Babsi und Barbara und dann wieder gar nichts. Oft war es naß unter mir, wenn ich aufstand, den Kopf eingezogen und die Kniegelenke nur zur Hälfte geöffnet, wie eine angelehnte Tür oder eine verrostete Schere, mehr hüpfend als laufend, mehr watschelnd als hüpfend, mehr Ente als Erbprinz. Daß Wände nicht antworten, ist nicht nur falsch, daß Wände Ohren haben, ist nicht immer richtig. Manchmal hatte ich Sätze zu den Wänden gesprochen, und sie fielen als Echo in mich zurück. Dann wieder hatte ich Sätze zu den Wänden gesprochen, von denen ich mir wünschte, daß sie ein Ohr erreichten und auf einen Zettel notiert und in einem Archiv erhalten geblieben wären, aber nichts wies darauf hin. Es gab selten Übereinkunft darin, daß die mir wichtigen Sätze erhalten und die mir unwichtigen Sätze ausgelöscht wurden. Meistens wurde erhalten, was ich nie wieder hören wollte. Die Sätze, die mir als meine Sätze während der Augenfolter in Obermajor Tuttis Kommissariat mitgeteilt wurden, weil die Wände natürlich Ohrenwände gewesen sind, waren immer die unwichtigen Sätze. Die Sätze der Liebe gingen ausnahmslos verloren. Die Liebe zu meinen Pferden, nein, zu einem der beiden Pferde ist nirgendwo erwähnt. Meine Liebe zu Bobo ebenso nicht. Und dabei hatte ich durchaus eine Sehnsucht nach dem, was hinter den Wörtern beginnt. Ich lebte begraben unter einem Felsen, aber ich war lebendig wie eine Assel. Jeden Morgen der Gang zum Lichtspalt, der Handgruß des Vaters, die Gebete meine Mutter betreffend. Und dann schrieb ich den ganzen Tag über ab. Ich war Abschreiber geworden, und in die Abschreibearbeiten, die unsere Deutsche D. Republik von innen her sabotierten, gerieten zunehmend eigene Sätze, bis ich eines Tages selbst nicht mehr wußte, was ein Abschreibetext und was ein Erfindungstext war bzw. wo der Abschreibetext endete und wo der Erfindungstext begann bzw. wo der Erfindungstext endete und wo der Abschreibetext begann. Ich kam morgens über die Mariannenbrücke gelaufen und blieb in der Mitte der Mariannenbrücke stehen und sah von der schönsten Sprungstelle aus nach unten und dachte, wenn ich jetzt weitergehe, werde ich gleich die hungrigen Stimmen der hinter einer auf Lücke gepflanzten Hagebuttenhecke auf mich wartenden Leserschaft hören und die gierig durch die Hecke greifenden Hände und über die Hecke ragenden Köpfe sehen und den Schweiß der Begierde riechen und den Puls der mächtigen Erwartung, durch mich und meine Abschreibetexte erlöst zu werden, fühlen, und dann begann ich, ehe ich den nächsten Schritt auf diese wilden und nach Erklärungen für ihre Lage fiebernden Menschen zuging, den Abschreibetexten eigene Texte hinzuzufügen, teils, weil mir die Ausbeute der Nacht in der Giftschrankabteilung spärlich vorgekommen war und ich nicht wußte, wie ich diese vielen nach Geistesnahrung hungrigen Mäuler satt kriegen sollte, teils, weil mir die Abschreibetexte auf der Mariannenbrücke stehend und nach unten sehend und darüber nachdenkend nicht wirklich gut vorgekommen waren und vielleicht auch nicht die optimale Ausbeute des jeweiligen Buches darstellten, und ich also demnach und deshalb dem etwas hinzuzufügen für gewiß gewagt, nicht aber für unmöglich hielt, um so, in dieser Mischung aus Mitleid und einem solidarischen Basisinstinkt, wie er der Bevölkerung unter der Erde und damit auch mir quasi als überlebensnotwendige Erbmasse mitgegeben war, sowie aufgrund einer plötzlichen Bildungsarroganz?, oder pathologischer Kreativitätsschübe?, oder akuter Persönlichkeitsspaltung? Schriftsteller (dieses Wort hatte mir gerade noch gefehlt) zu werden.

12. Die Kultur der Erdlinge: Einsturz (I)

Ich war gern bei Barbara, weil ich bei ihr meinen Klumpfuß bedenkenlos auf den Tisch legen konnte. Da sie weder Obst noch Gemüse aß (und Fleisch übrigens auch nicht), war die Gefahr, versehentlich etwas von dem zu zerquetschen, das sie sich gerade zum Verzehr hingestellt hatte, sehr gering. Es war mir schon immer angenehmer, die Wesen, mit denen ich verkehre, leben auf ein Minimum beschränkt, in leeren oder fast leeren Räumen, erstens, weil dann nicht viel kaputtgehen kann, wenn man sich einmal rückhaltlos ausstreckt, und zweitens, weil ich so selbst viel besser wahrgenommen werde. Natürlich wußte Bärbel nicht, wo ich war, wenn ich bei Barbara war. Das wäre ja auch ein Fiasko geworden und hätte keinen Erholungswert gehabt. Für sie war ich beim physiotherapeutischen Bereitschaftsdienst, das mußte reichen. Dieses Hin und Her zwischen Bobo und Bärbel, ich meine Babsi und Barbara, ich meine Barbara und Bärbel, auf Dauer war das nicht gut für den Magen. Ich bekam ernsthaft Probleme und konnte nur noch Körner essen und wurde dünn wie eine schlesische Spindel (Schlesien und Spindel, zwei Worte, die es irgendwie geschafft haben, immer mal wieder aufzutauchen, ohne daß ich jetzt wüßte, warum). Ich verließ also meine Holzpferde auf der Ostseite von Leiden und rutschte auf die Westseite rüber. Dabei verletzte ich mir das Gesäß, mit dem ich immer gut in Erdfühlung blieb, an einer scharfen Kante des Bodens. Ich mußte notoperiert werden und kam in die Hauptstadt. Ostberlin war wirklich sehr viel aufregender als Leiden. Nicht nur, weil dieser Kübel zur Verrichtung der Notdurft tatsächlich in der Mitte meiner

Höhle stand, es spielte sich auch immer etwas mehr darin ab, als ich es vom ländlichen Umfeld her kannte. Diesmal waren es ganz zweifellos erste Anzeichen von Aufruhr, was da aus dem Inneren dieses Ortes an meine lauschenden Ohren drang, finster grummelnde Hauptstadtbürgen, rasselnder Lärm des Protestes, und auch die Witze wurden schärfer und schärfer. Erst Konter-, dann Revolution, das erkannte ich schnell. Solange die Masse der Kritiker kleiner war als die Masse der Fahnenhalter und Opportunisten, war es eine *Konterrevolution,* dann, sobald die Massenverteilungsverhältnisse zugunsten der Kritiker ausfiel, war es eine *Revolution,* eine friedliche und so noch nie dagewesene, in meinem Kübelchen und überhaupt, würde ich sagen, sagte ich Feuerbach. Ein Montagskomitee hatte sich gegründet mit dem Ziel, viele Gedanken in eine Tat umzusetzen. Einige wollten eine bessere sozialrealistische Republik,[52] andere wiederum nur einfach raus und nach oben, wo das Kunstlicht von richtigem Tageslicht abgelöst werden würde, wie es in Propagandaschriften und dann mündlich vervieltausendfacht hieß. Stimmte es, oder hatte ich Zweifel? Bald schon war alles aus den Fugen geraten, und Tutti, mein, nein, eigentlich Babsis Automechaniker, stop. Systematisch weiter, denn dieses Kapitel ist die Phänomenologie der Geschichte betreffend nicht eben uninteressant. Jedenfalls, ich war wohlhabend für den Moment und verfügte über sogenannte Forumschecks[53] (woher?); das waren kleine bedruckte Pa-

52 – Sie erinnern sich an den berühmt gewordenen Aufruf einer Schriftstellerpersönlichkeit: Stellt euch vor, es herrscht Sozialrealismus, und alles gräbt weiter? fragte ich F.

53 Vergleiche hierzu: Das Forum, Partei, in der Mitglied zu werden den Besitz

piertütchen, mit denen man in sogenannten Internistenshops spätkapitalistische Ware kaufen konnte, von Augentropfen bis Zierleisten alles. Sogar ein russisches Kraftfahrzeug mit dem Kennzeichen X für Leiden und dann viermal die Null gehörte mir höchstselber (wodurch?). Eines sehr späten Abends, ich war schon im Kamillenteerausch und lag halbnackt auf meinem vietnamesischen Schilfmattenläufer, kam Bärbel schluchzend zu mir heraufgestiegen, kratzte am Eingangspfosten links, wo das Holz weicher und dadurch auch leichter zu bearbeiten war, und weinte ganz bitterlich lange und laut. – Mein kleiner Tutti, sagte sie, hat ganz schreckliche Wundstellen im Darmausgangsbereich, und da hilft nur Penatencreme von Doktor Oetker. Du hast doch diese guten Kontakte zu Margarete von Hering! – Aber, sagte ich, das dauert, ehe mein Wunschbrief die Grenzposten passiert, dort von den Grenzpostbeamten gelesen, dann besorgt, verpackt und verschickt sein würde, um die Grenzposten abermals zu passieren und bei mir anzukommen, damit ich es dann dir geben und du es bei deinem Kleinen heilbringend anwenden kannst. Womöglich ist er bis dahin schon erwachsen? – Du läßt mich im Stich, sagte sie und begann, mich an einer Stelle zu streicheln, an der ich bestechlich bin. – Nein, gar nicht, sagte ich. Ich überlege nur eben, wie ich dir schneller als auf diese Art helfen kann, denn mit Wundstellen im Darmausgangsbereich ist nicht zu scherzen. Zumal der kleine Tutti mit dieser Krankheit ja gar nicht auf seinem Holzpferdchen reiten kann, und was das bedeutet, weiß ich

von Forumschecks zur Voraussetzung hatte. Vergleiche hierzu: Neues Forum, Partei, in der Mitglied zu werden zur Voraussetzung hatte, über keine Forumschecks zu verfügen. (Die Leute wollten endlich richtiges Geld.)

bestens, denn auch ich hatte des öfteren Wundstellen in dieser empfindlichen Gegend und konnte keinen Augenblick mehr auf meinem Holzpferdchen sitzen, und ich kannte keinen, der eine Margarete von Hering kannte, die Parmesansalbe von Doktor Müller oder sonst etwas Heilsames hätte schicken können. Ich war so sehr allein, Bärbel, sagte ich und begann meinerseits in einen dermaßen schweren Weinkrampf zu verfallen, daß ich mehrere Tage und Nächte ununterbrochenes Weinen für durchaus wahrscheinlich hielt. Vor allem das Wort *allein* ging mir so durch und durch, daß sich in ihm und für mich ein ganzes Universum an Verzweiflung und unendlich tiefer Trauer auftat. Bärbel kannte das natürlich und schlich sich immer, sobald das passiert war, am zweiten oder dritten Tag mehr heimlich als leise hinaus und fragte dann am sechsten oder siebten Tag einmal nach, wie es mir ginge. Wenn keine Antwort kam, weinte ich noch, und sie ging wieder weg. Heute aber umklammerte sie mich mit der ganzen Kraft ihrer schwachen Ärmchen und verwöhnte mich mit Tröstungen, die ich so noch nie von ihr kannte. Gewiß, es hing ja auch mehr Gewicht an dieser Stunde, die nicht uns, sondern ihrem Tuttiliebling mit dem schrecklich wunden Popo gehörte. Aber dennoch, nötig wäre es ihrerseits nicht gewesen, um mich meinerseits auf Solidarität einzustimmen. Warum erzähle ich das jetzt? Ich weiß es nicht. Doch. Weil ich sagen wollte, daß ich dann ein paar übriggebliebene Forumschecks fand, mit denen Bärbel sich anderntags im Internistenshop selbst helfen konnte und durch die der kleine kranke Zwilling ein Mittel zur Heilung bekam – ein natürliches Präparat, das aus Schwarzwurzel, Karottensaft und Kürbishefe bestand und mit Zink angedickt zu einer sogenannten und der klassischen Penatencreme nicht nur phonetisch, sondern auch farblich durchaus verwandten Piratencreme wurde. Bärbel fiel mir dankbar vor beide sportmedizinisch betrachtet unschönen Füße; sie war rührend, diese sinnliche Wirkung für ein bißchen Papier und einen Fingerhut voller Gesundheitssalbe. – Ach, sagte Babsi, wenn du wüßtest, wie viele Bärbels den Oberwelttuttis die Geschlechtsteile kühlen, nur um an ein paar dieser Märker zu kommen für Penatencreme gegen die Wundärsche ihrer Kleintuttis. Übrigens auch schon für Forumschecks und Ersatzsalben, fügte sie nach einer durch plötzliche Stille bedeutend gewordenen halben Minute hinzu. – Oh, sagte ich, du verkaufst dich? An mich, deine Unterweltliebe? – Nein, nein, sagte sie, ich meine die vielen Bärbels da draußen, die alle nicht weiterwissen und ihre jungen Knospen an alte Gärtner mit zerknitterten Säcken verschenken. Auf der Leidener Messe zum Beispiel. Ja, es gab ein Produkt, das bei uns abgebaut wurde und interessant auch für andere menschliche Völker von weit außerhalb war: Nugat. Natürlich im Rohzustand, aus tiefen Braunsteingruben mit der Hacke geschlagen und dann direkt von der Lore weg nach oben und ab in den Westen verschachert. Viele werden sagen, sagte ich Feuerbach, sie haben im neunten Schuldbezirk zur politischen Strafe gesessen bis zur Blutblasenbildung an den empfindlichsten Stellen und bis zur Befreiung durch den Einsturz der Erdschicht am Ende. Und gewiß, objektiv subjektiv betrachtet kann man jeden Schuldbezirk als den neunten empfunden haben, weil jeder auf seine Weise subjektiv objektiv betrachtet an Foltergeräten reich wie der Himmel an Geigen war. Aber nur ein echter

Neunbezirkler, der auch noch Erfahrungen in anderen Bezirken machen und somit vergleichen konnte, wird kompetent sein und behaupten können, daß die Braunsteingruben das wirklich härteste Schuld- und Schundleben abverlangten und nicht mit dem achten und nicht mit dem siebten oder dem sechsten oder fünften usw. und erst recht nicht dem zweiten oder gar ersten Schuldbezirk verglichen werden können. Und ich habe doch die meiste Zeit im neunten Schuldbezirk verbracht,[54] das kann ich schon mit Sicherheit so sagen, auch wenn mir der Überblick über die Jahre meiner Existenz mehr oder weniger (mal mehr, mal weniger) abhanden gekommen ist. Nicht der Klumpfuß oder die Hasenscharte oder der Schiefhals oder die vegetativen Insuffizienzen oder zentrifugalneurotischen Zwangshandlungen oder Durchgangspsychosen, die Zerrüttung der Restgesundheit ganz allgemein gesprochen einschließlich der gebrochenen, jede auch nur einigermaßen semantische Sprachaussage ins Rätselhafte zurückstammelnden Stimme, die plötzlichen Lachanfälle im Trauerfall oder die Weinkrämpfe früher beim Auftritt meiner sozialrealistischen Regierung am Arbeiter- und Frauengeburtstag und heute beim Anblick meiner mit roten Ausrufezeichen und Sonderwarnmeldungen im Index gekennzeichneten Kontoauszüge, nein: die Wegnahme meiner Existenzzeit im Austausch zu gar nichts,

54 Habe ich das wirklich dem armen Feuerbach so oft um die Ohren geschlagen, daß ich da aus der tiefsten Tiefe heraufgekommen war, so als hätte er, F., irgend etwas damit zu tun und könnte mir, der gar keinen Antrag auf Entschädigung, wofür auch?, gestellt hat, irgend etwas zurückgeben oder auszahlen oder gutmachen oder dergleichen ?; und weil wir nun schon einmal dabei sind: kein Geld, kein Glück, kein Mißgeschick: / ich möchte nur / die Zeit zurück (plötzlicher Lyrikanfall!, – kurze Pause, bitte, sagte ich F.).

das ist, was Sie richtig *Verbrechen am Seelenleben des Menschen* oder, wie in meinem Falle, eines dem Menschen nicht unverwandten Geschöpfes nannten, sagte ich Feuerbach. Seelenleben, ein kostbares Wort, nur eben unverständlich. Ich will es wohl aufschreiben und abheften, damit ich es nicht mehr vergesse. Daß es mir gutging in dieser einen Woche von Montag zu Montag, so gut, daß ich mir für Bärbel allerhand Penatencremes im Internistenshop plus einen Textilstift plus einen Zweikomponentenkleber plus eine Tüte voller Lackpapiersternchen und dann immer noch plus ein Stück Toilettenseife mit dem Duft der großen weichen Welt und mir einen nur auf sechsundzwanzig Jahre alt geschätzten Moskwitsch, nein, halb Moskwitsch, halb Dacia, im Umrechnungskurs 1 Forumscheck = 5000 DMD (Dermatologische Mark Deutschlands) und 1 WM (Westmarkt) = 10000 DMD kaufen konnte, also für exakt 66550 DMD, also für exakt 6 WM plus 1 Forumscheck plus 3450 DMD zurück, womit sich Bärbel noch einmal einen halben Forumscheck auf dem Schwarzmarkt käuflich besorgte für weitere 2 mg Piratencreme in Reserve, verdankt sich meiner infolge der Abschreibetätigkeit in der Nationalen Bücheranstalt quasi verselbständigten lyrischen Begabung, mit der ich außerhalb von Leiden für wie gesagt eine Woche Eindruck machen und damit Geld verdienen konnte. Gedichte von einem Erdling aus dem neunten Schuldbezirk waren rar in Margarete von Herings Kulturladen, das wollten die Leute über der Erde schon einmal riechen. Nein, niemals in meinem Hundeleben hätte ich geträumt, für meine Schmerznachrichten, mehr zu mir selbst als zu einem andern geschrieben, auch nur den kleinsten freundlichen Blick zu erhaschen, und dann das:

eine eigene Sendung im Deutschen Länderfunk zu Köln, 13 Gedichte und einen Anfang, von mir selber gelesen zur Leidener Nugatmesse im sicherheitshalber verdunkelten Verschlag des Leidener Nachwuchsschriftstellers Adolf Adolfo, unpäßliche Persönlichkeit, immer mit Augenbinde, um nur zur Hälfte erkannt zu werden. (Schon an der Alliteration im Namen läßt sich erkennen, sagte ich Feuerbach, daß es sich bei A. A. um eine Zentralfigur der subversiven Szene gehandelt hat, die es da unten natürlich auch gab; stolze 103 Jahre unterdessen und dann, so der offizielle Vermerk, *Nachwuchsschriftsteller*, da stimmte doch was nicht, oder?) Poldi vom Steinbruch, ein Urenkel Margaretes, smarte Erscheinung, stechender Blick, zückte seine Sendemaschine aus der Innenseite der Krokodillederjacke wie ein entschlossener Soldat seine geladene Maschinenpistole und sagte, mit dem Zeigefinger der linken Hand in hackender Abwärtsbewegung auf das zwischen zwei Buchstöße geklemmte Mikrophon weisend und mir damit klarmachen wollend, wo hinein ich meinen Wortschmerz abzugeben habe: Come on, Baby, now! Ich verstand nicht und startete später. Weil ich für jede Zeile gut eine Stunde Trainingszeit brauchte, um die Verse auch ein wenig verständlich zu sprechen, benötigten wir alles in allem drei Tage. Adolf Adolfo schlief fest unterdessen, und eine zweite schreibende Persönlichkeit ohne offiziellen Betätigungsstatus, hoch aufgeschossen wie Morgenlatte, aber gebildet, Name? (das macht mich nun wieder sehr verlegen), ruckelte ein wenig den schwarzen Vorhang zur Seite und ließ etwas milchiges Montagmorgenlicht auf unsere von Übermüdung rotgerandeten Augen wirken. Poldi vom Steinbruch liebte dieses so nur in Leiden zu sehende und für einen Besucher von oben als faszinierend und für einen Erdling von unten als tödlich empfundene milchige Montagmorgenlicht. Genaugenommen war es gar kein Licht, sondern lediglich ein im Verhältnis zur absoluten Schwärze der Nacht hell wirkender rostbrauner Schleier, der an den gewiß seltenen ruß- und regenfreien Tagen die Farbe von Milchglas annehmen konnte und dann sehr erstaunliche Illuminationen erzeugte, die einmal mehr zeigten, wie nuanciert auch das Schattenreich war. Dieses Schauspiel in der Natur zur Nugatmesse im März und September durch eine meteorologische Fügung geboten zu bekommen, über die das Zentralkomittee der sozialrealistischen Einheitspartei allein nicht mehr beschlußfähig war, da sie von Bedingungen abhing, die in der Natur höchstselbst gegeben (oder eben nicht gegeben) waren,[55] war nicht nur von wirtschaftlichem Nutzen, denn gut geruht und hochgelaunt unterschreibt es sich besser, sondern auch kulturpolitisch insofern relevant, als sie die Propaganda gestattete: Die sozialrealistische Regierung habe wieder alles für seine Gäste getan, einschließlich dieses bei sibirischem Ostwind freilich etwas geschwächten toskanischen Wetter. Kein Mensch hier unten wußte, was toskanisches Wetters sein sollte, aber dennoch, man orientierte sich am seltenen Klang und interpretierte entsprechend. Tatsächlich aber ruinierte der Nugatabbau das ganze Deutsche D. Republikanische Höhlensystem. Ein

55 Physikalische Gesetze! (… lagen außerhalb der Einflußsphäre der Einheitspartei und ihrer Beschlußfähigkeit – sehr große und sich notorisch reproduzierende narzißtische Kränkung, die das gesamte Politbüro wie eine Seuche heimsuchte und hier und dort und nicht nur in Wurzen …, – aber vielleicht lassen wir das jetzt, sagte ich Feuerbach.)

Stollen nach dem anderen brach weg und begrub so manche proletarische Erscheinung, noch ehe sie Held der Arbeit werden und ein Abzeichen dafür in Empfang nehmen konnte. Ortschaften mußten evakuiert werden, da sie schon derart unterhöhlt gewesen sind, daß nur noch eine letzte Scholle aus Braunsteinschlacke dem Rathaus einen allerletzten Halt geben konnte. Die Landschaft um Leiden herum war eine einzige Nugatruine. Lange Kratzspuren hier, tiefe Schürfkrater dort. Die Erde unter der Erde wurde wie durch einen Fleischwolf gedreht auf der Suche nach Nugat. In den Zentren des Nugatabbaus, Bitterfelde zum Beispiel, wurde es auch an regenfreien Tagen nicht mehr heller als zur Nacht, wenn der Mond mit seinem Licht die Blechdächer wie kleine Funzeln anknipste. Die Kanalratten litten nachweislich an Bronchitis, der Tausendfüßer war ganz verschwunden, der Ringelwurm und der Braunschlackenkäfer. Ganze Bakterienkulturen verschwanden, auch die sorbische Mundart, bis kurz vor die polnische Grenze geflüchtet, wurde leiser und leiser, es war ein einziges Notstandssterben. Wundert es, daß von hier aus die Verdammten unter der Erde als erstes der Menschengattung zugehöriges Geschlecht zu demonstrieren begannen, ehe dann die Hauptstadt Ostberlin nachzog? Vor allem die sozialrealistischen Schriftstellerpersönlichkeiten, deren Zwangslektüren in der Nationalen Bücheranstalt auf Paletten gestapelt hunderttausendfach zur Bestrafung sehr junger Menschen herumlagen wie sonst nur noch die Telefonbücher, sie kamen von hinten an die demonstrierenden Nugatfabrikarbeiter[56] herangeschlichen und

56 Und Nugatfabrikarbeiterinnen (gilt ff.)…

meinten, die Nugatfabrikarbeiter wären ohne die zur Gehirnfolter geeigneten und allein in diesem Sinne strategisch auch eingesetzten Druckerzeugnisse nicht auf den Gedanken von Freiheit gekommen, um jetzt aus ihren Schächten zu kriechen und das Lied der Moorsoldaten zu singen. Gewiß, die Nugatfabrikarbeiter achteten gar nicht auf die wie in zu kleinen Schuhen hinter ihnen hertrippelnden sozialrealistischen Schriftstellerpersönlichkeiten, aber nicht zuletzt ich, der nachweislich durch seine Abschreibetätigkeit von nicht lesenserlaubter Literatur aus der streng überwachten Giftschrankabteilung der Nationalen Bücheranstalt, über viele Jahre hindurch Nacht für Nacht angefertigt und morgens über die Mariannenbrücke bis zur Hagebuttenhecke geschleppt, wo viele nach Wissen ist Macht dürstende Nugatfabrikproletarier auf nichts anderes als auf mich und meine Abschriften warteten ... – Verzeihung, wenn ich mich hier und jetzt grammatisch einmal nicht zu Tode arbeite ..., ich meine, ich war die Quelle des Aufruhrs ..., ich meine die Bücher, die ich ausfindig machte und unter Einsatz meiner sehr persönlichen Gesundheit kopierte ..., und sie wollten es mir streitig machen mit ihrem Schriftkammergut von Uwe Ärger bis Heribert Kant. – Poldi, sag du mal jetzt, sagte ich, das ist doch eine infame Verfälschung von historisch möglicher Wahrscheinlichkeit! – Jetzt, sagte Poldi vom Steinbruch, auf meine Bemerkung gedanklicherweise nicht näher eingehend, dafür aber sichtlich stolz das vielleicht zehn, vielleicht zwanzig Meter lange und in viele hübsche braune Locken zerdrehte Magnetband mit meiner Lesung hochhaltend, jetzt schneiden wir in Fünf-Millimeter-Abschnitten alles gut auseinander, und mit diesen Worten holte er auch schon Lineal und Schere hervor und begann. Adolf Adolfo, der schon viele Jahre mit Poldi vom Steinbruch in konspirativem Kontakt gewesen ist und auf eine absolut sichere Weise seine besprochenen Magnetbandlocken nach Köln schmuggeln mußte, da von Leiden bis Ostberlin kein Verlag auch nur eine Seite russisches Toilettenpapier mit seinen dem Surrealismus näher als dem Sozialrealismus stehenden lyrischen Wortcollagen allererster Güte ausgeben wollte, hatte diesen genialischen Einfall entwickelt: Bandsalat schnipseln und oben (drüben) in Köln dann alles wieder zusammensetzen – eine Lebensaufgabe für Poldi und als Arbeitsbeschaffungsmaßnahme vom Deutschen Länderfunk sehr gern weiterempfohlen. Und tatsächlich, eines Montagnachts zwischen 23:00 und fünf Uhr in der Frühe war es dann soweit, daß meine Gedichte, immer in Dreiminutenblöcken, damit meine Regierung nicht ganz so viel mithört, ausgestrahlt wurden. Gut, die Texte waren oft fehlerhaft wieder zusammengepuzzelt, aber bei vielleicht fünfhunderttausend in mehreren Brotbüchsen heraus-, herauf- und herübergeschmuggelten Magnetbandschnipseln, die von vielen Mitarbeitern des Senders in mühevoller Kleinarbeit zunächst einmal abgehört und dann sprachtheoretisch katalogisiert werden mußten, um wenigstens vorgeordnet in die Abteilung für Zuschnitt zu kommen und für eine Sendung mit dem Titel: *Die Kultur der Erdlinge* verarbeitet werden zu können, die übrigens Tutti vom Schnitzel in seinem jeden Montag gleich nach dem Sandmännchen plazierten *Tiefschwarzen Kanal* für Stalin höchstselbst kommentierte. Wollte man genau sein und meine Originale mit dem vergleichen, was dann als Ergebnis einer schier unüberschaubaren Kette von Arbeitsschritten und allein der Hörqualität nach durch ein immer wieder von Empfangsrauschen und Frequenzstörungspiepsen aufs empfindlichste minimiert über den Sender ging, hätte man die jeweilige Seite vielleicht auf den Kopf drehen müssen, um eine gewisse Ähnlichkeit zwischen mündlicher und schriftlicher Textvariante sicherzustellen. Aber war das wichtig? Hauptsache, unser Existenzgefühl, lebendig begraben zu sein, konnte sich phonetisch vermitteln und affektiv am Leben erhalten. Gedichte sind Affektreservate, Geschichtsbücher der Gefühle, oder sie sind reinweg gar nichts. Vielleicht war ich auch inhaltlich enttäuscht, zum Beispiel wenn Poldi vom Steinbruch meinen schönen Reim *liquide* auf *perfide* weggeschnipselt hatte, den ich während meiner Studien über Finanzdesaster sogenannter doppeltfreier Lohnarbeiter in einem zu dieser Zeit schon zu erwartenden Realkapitalismus wie zufällig fand. Oder, in gleichem Zeitraum entstanden, *Beton* auf *Feuilleton*, natürlich angelesenerweise, aber die Entdeckung von Worten war ja für uns Schriftstellersubjekte das, was für einen Goldgräber Nuggets sind; es war geradezu eine sprachliche Explosion in meinem sich als Erkenntnisblitz physisch bemerkbar machenden Kopf eingetreten, denn wer mich beobachtete, konnte an meinen Zuckungen sehen, wie viele Erkenntnisblitze in der Minute oder Sekunde ich hatte; und ich liebte die Worte am meisten, von denen ich gar nicht wußte, was sie bedeuteten, so wie man sich auch gern in fremde Menschen verliebt, weil sie so herrlich weit weg sind. Gedichte aus reinem Klang entstanden, Gebilde wie Geheimsprachen, nur daß mir selber verborgen geblieben ist, was im Inneren dieser jeweiligen Geheimsprache zur Aussage drängte; ich hatte einen Schatz, aber keinen Schlüssel, ihn aus der Truhe zu heben. Doch dafür nun wiederum hatte meine auf jeden und alles überaus reizbar reagierende Regierung gesorgt, auch in der leeren Rede den verborgenen, weil verbotenen Sinn zu entdecken und damit die Sprache zu einer Instanz der Kritik aus sich selbst heraus werden zu lassen, da ihr die Möglichkeit von Kritik immanent ist; und da sie, wo ihr diese Möglichkeit als eine permanente Gegebenheit zugeschrieben wird, schon rein morphologisch, noch ehe sie eigentlich zu sprechen begonnen hat, Kritik habituiert, konnte auch das freye Spiel mit den Zeichen, gerade weil es in seiner Bedeutung unbestimmt bleybt und das kritisierte Tatsachenfeld dadurch semantisch ausdehnen kann, daß unendlich viele durch eine pathologische Deutungspraxis produzierte Referenten in den Primärtext eyngeschleust werden, eine höchste Form von Kritik sein.[57] Nun, verstehen Sie, daß dieses sprachliche System sehr spezifische Möglichkeitsbedingungen notwendig hatte, um kommunikative Mißverständnisse im Synne einer imaginären Koinzidenz zu arrangieren? fragte ich Feuerbach. Und daß das Poetische als eine semiologische Darstellungsweise des Abwesenden gleychsam zusammenbrechen mußte unter den Bedingungen, ihren fiktionalen Koeffizienten verloren zu haben? Leuchtet das nicht kultursoziologisch gleychsam vollkommen eyn wie primärpsychiatrisch in unsere, nun ja, selbstbefriedigte Gegenwart hinüber? Das Heer bethätigungsloser Schriftkünstler, aus der Sicht der Vergangenheit gesprochen ein zwar verlorener, aber noch überschaubarer Haufen und

57 Poetikvorlesung zweiter Teil: bitte Kleingeld bereithalten!

heute, nun ja, eine Armee? Aber ich greife voraus und führe hier Klage, als wenn ich nicht froh sein müßte, überhaupt geduldet zu werden, Krüppelnatur, die ich bin, aber nicht unliebenswürdig für bestimmte, mir verwandte Geschöpfe – und Verzeihung, wenn ich jetzt wieder weine und um eine kurze Unterbrechung der Redezeit bitte, wenn mir das, sagte ich Feuerbach, aus humanitären (?) Gründen verstattet sein möge. Jedenfalls waren die Montagefehler im Magnetbandpuzzle zu Köln nicht wirklich eine Entstellung des Sinns meiner Gedichte, wenn nur die Tonlage, die Grundstimmung, das, was Sprache ohnehin nicht sagen, sondern nur zeigen kann,[58] erhalten geblieben war. Und darauf hatte Poldi vom Steinbruch als professioneller Empfindungsproduzent schon sehr genau geachtet: alle Anpassungsbestrebungen, in der Jetztzeit anzukommen, raus und alle Erdtöne, und das Grummeln und Grunzen in meiner prärevolutionären Latrine zumal, technisch verstärken! Wie kleine Motten am erleuchteten Lampenschirm hingen dann Babsi und ich vor dem Röhrenempfänger *Olympia*, ein Erbstück ihrerseits aus der Zeit der Entdeckung des Radios bei uns, erworben von Großherzog Karl-Friedrich zusammen mit dem Thronfolgeberechtigungsschein für den Fall, aber diese Verbindung, sagte ich Feuerbach, glaubt mir ja ohnehin niemand mehr, ich fange den Satz noch einmal an: Wie kleine Motten am Lampenschirm hingen dann Barbara, Babsi, Bärbel und ich vor dem alten Röhrenempfänger, um nun diese Sendung *Die Kultur der Erdlinge* mit der laufenden Nummernbezeichnung 1 387-00 erster Teil mitzuverfolgen und zu erleben, wie

58 Poetikvorlesungen dritter Teil: (bitte, s. o.)

sich zunächst einmal reinweg gar nichts verändert, wenn man Literatur unters Volk mischt. Gegen drei Uhr in der Frühe dachte ich noch: Jetzt muß doch gleich der Aufstand der schlesischen Weber beginnen, nach bereits zehn Gedichten zur Hälfte gelesen, immer wieder unterbrochen von Musik (des damals zwangsverschickten Liedermachers Wolf Clausthaler, der gerade in Köln auf Durchreise war und die Betriebskantine im Deutschen Länderfunk mochte), Staumeldungen, den Wetterberichten (bitte die Mehrzahl beachten!), dann wieder eine Hauptüberschrift und so weiter. – Aber es ist doch gar nichts zu verstehen, sagte Bärbel. – Eben deshalb, sagte ich, muß es doch Unruhe stiften. Gerade hier in Leiden, das auch das Tal der Ahnungen genannt wurde, da außer den Betriebswellen vom Deutschen Länderfunk zu Köln nichts und gar nichts an Oberweltinfos mehr ankam (die Nugatmesse als Konspirationsort einmal ausgenommen), gerade hier, sagte ich, muß das doch mitgehört und dann verarbeitet werden; und die Leidener liebten ihre DLF-Sendungen wie nichts sonst, eben weil sie so schlecht zu empfangen waren und aus sich selbst immer ein wenig Rätselheft machten. Dieses Reden im Schneesturm, alles von unendlich weit her, obgleich kaum mehr als einen Kilometer Luftlinie von unserer Höhlenrinne zur Funkturmspitze über uns entfernt – was konnte wirklicher sein. Und selbst meine zerlöcherte Stimme, in der immer ein paar Silben abhanden kommen oder dem Wort unzugehörig hinzugegluckst werden, hatte eine recht schöne Färbung erhalten, wie alte Münzen mit Grünspan, ich glaube, sie gefiel mir, wie sie mit dem Tosen der Funkwellenbrandung auf- und unterging und ihrem zarten sprachlichen Inhalt die richtige zerfallende Form gab. Der Erfolg des Senders aus Köln lag zweifellos in seinem Dekadenzgeheimnis, gewissermaßen technisch dekonstruiert an unsere mit Daumen und Zeigefinger weiter als erlaubt geöffneten Ohren zu dringen. Eine gute Sendequalität, wie sie kurze Zeit später geboten werden konnte, da die für tausend Tage und eine Nacht installierte Abschirmtechnik zusammenbrach mit dem Zusammenbruch ganz allgemein gesprochen und an und für sich, paßte zum Kanal Egon Mielke in Ostberlin, aber nicht zu unserem *Deutschen Länderfunk* im oberschlesischen Köln (alter Streit zwischen Barbara und mir, ob nun Sudetendeutschland oder doch ganz woanders). Es war eine Beschädigung an Glaubwürdigkeit, die gerade dadurch gegeben war, daß alles laut und deutlich verstanden werden konnte und nichts mehr *mehr* gesagt wurde und im Rauschen gleichsam wunderschön verschwand, noch ehe ein Verstand es hätte aufnehmen und restlos verbrauchen können. Die Ästhetik des technischen Defekts, sie war eine Übereinkunft mit unserem realen Leben als Würmer. Der DLF war ein Sender für Erdlinge, denn er hatte gesprochen, wie man zu Erdlingen spricht, leise, wie unter Peitschenschlägen zerhackt und gebrochen, doch unbeirrt trotzdem. So war meine Gedichtsendung in gewisser Weise auch schon ein Abschied von der Legende, daß das Leben Geheimnisse hat, deren Ausdruck die Störung und deren Wahrheit das Unerkannte ist; unsere guten Verstecke!; unsere Hoffnungsmaschinen!; unsere Generatoren zur Erzeugung von Überlebenswillen! – alles das keimte in dieser Nacht von Montag zu Montag noch einmal auf. Und dann, völlig unerwartet für den Moment, geschah es: Ein paar Erdlinge regten sich im komplizierten Selbstfindungsdurchlauf nach so vielen Jahren reiner Objektzuschreibung unter einem Nugatsteinblock und riefen, noch wie die Wühlmäuse piepsend und zaghaft gleich einer meiner lyrischen Funkhauswellen zur selben oder zur vorherigen Stunde, aber dennoch ausreichend hörbar: *Wir wollen hoch!* – Hast du das gehört, Babsi?! Das war nicht im Sender, sondern gleich in einem Winkel zwei Rinnen weiter. – Sei mal ganz ruhig! unterbrach sie mich und legte das zur Hörtüte gedrehte ND weg. Bist du sicher, sagte sie, daß das nicht die neue Folge von *Du und Dein Haustier* ist? – Mitten in meiner Sendung *Die Kultur der Erdlinge*? fragte ich und drehte mit der Kombizange am Lautstärkeregler. Und da war es tatsächlich wieder, dieses wie um Entschuldigung bittende: *Wir wollen hoch!* (Ausrufungszeichen von mir.) Es leuchtete ein solches Glück in meinen Augen, daß unsere Unterweltbude augenblicklich hell zu werden begann: Meine Verse können die Erdlinge in den Nugatfabriken zur Handlungswut treiben. Natürlich war das alles idealisch erträumt, denn mein Automechaniker, stop! Adolf Adolfo schickte einen Kurier zwei oder drei Montage nach meiner Sendung (er selbst hatte gerade auch das zweite Auge verbunden und fand die Straßenbahn nicht). Ein kurzer Mann in Gummistiefel und Kittelschürze, um schlecht identifizierbar zu sein und den immer noch gefährlich wachen Geheimbundbeamten durch die Radarkontrollen zu schlüpfen, stand also plötzlich vor meinem mit Nugatspan verzierten Verschlag (eine Art Tiefgarage mit Dachlukenfenster (heute würde man *Hundertwasserhaus* dazu sagen)), während ich gerade dabei war, einen Schlafgast der Messe mit Zeitung und Brett zu versorgen, und auf das Kratzen am Pfosten erst gar nicht – o Himmel! – reagieren wollte. Und was brachte er? Einen Umschlag, darinnen ein Umschlag mit der Aufschrift: *von Adolf Adolfo*, darinnen ein Umschlag mit der Aufschrift: *bitte nicht zerreißen*, darinnen ein Umschlag mit der Aufschrift: *an der Seite zu öffnen*, darinnen ein Umschlag mit der Aufschrift: *erst öffnen, wenn Kurier wieder weg*, darinnen ein Umschlag mit der Aufschrift: *Honorar für: Die Kultur der Erdlinge, Serien-Nummer* 1.387-00, ich mußte mich setzen. Tatsächlich! Mensch Adolf! 6 WM plus drei Forumschecks anstelle von Kleingeld, das reicht bestimmt, dachte ich sofort, für eine rumänische Limousine aus Wellblech mit Zweitaktmotor ab Baujahr xx63. Eine Trabantkutsche, die gewiß sehr gefragt und beliebt gewesen ist, weil sie mit Wasserrad angetrieben kostengünstig im Unterhalt war und außerdem zusammengelegt und im Reisegepäck gut verstaut werden konnte, wenn es einmal von Leiden nach Ostberlin gehen sollte oder weiter noch bis zur ostdeutschen Ostsee, wollte ich aus, wie soll ich sagen, moralischer Disposition nicht. Ich würde, immer wenn ich das Lenkrad auf die Nockenwelle der Vorderachse geschraubt und die aus kubanischer Haselnußmasse schichtgehärtete Sitzschale eingehängt hätte, an Grete von Herings suizidalen Abgang gedacht haben, der sich in eben solch einem Fahrzeug vollzog. Nein, das wollte ich nicht. Außerdem war eine Trabantkutsche, da sie nicht rosten konnte oder durfte, am Schwarzmarkt ein paar Scheine (Bündel, Säcke, Koffer o. ä.) mehr wert als ein Selbstbau aus Teilen von russischer, polnischer und rumänischer Produktion, für den ich mich schließlich entschied. Es hatte nur einen Haken: Meine für 66 550 DMD im Umrechnungskurs 1:10 000 sehr günstig erworbene Selbstbaumaschine, vorne Moskwitsch und hinten

Dacia mit der in Alu gestanzten Aufschrift: Lada 0.8, um etwas Neid zu erzeugen (was mir charakterlich nun ganz und gar nicht entsprach, vielmehr ein gutgemeintes Souvenir des Herstellers war), brauchte Sonnenblumenöl für den Motor, damit der Kolben gut geschmiert die Luft aus den Düsen drückte für den Fall einer langen, einsamen Talfahrt. Aber das hatte mir Tutti, der Automechaniker von schräg gegenüber, eine mir etwas dubiose Bekanntschaft Barbaras, mit der sie nur hin und wieder ein paar Salatblätter essen gegangen sein will (?), verschwiegen. Das Ende ist mit einem Wort erzählt: Motorschaden, was nur eine andere Bezeichnung für Herzstillstand ist (nur eben bezogen auf Automobile, erklärte ich Feuerbach). Ich lief zum nächsten Büchsentelefon und zupfte am Draht, der zu Barbara führte, die gerade mit Kleintutti schwanger im Leidener Quarantänelager für mumpsverdächtige Frühgeburten lag, und erzählte ihr, daß ich auf dem Weg von Ost- nach Westleiden, um ein paar Sabbertücher für unseren winzig kleinen Nachwuchs von Babsis Urgroßmutter Luise Karoline von Geyersberg zu holen, einen Komplettmotorschaden angerichtet habe – nur weil mir dein – mein? – Automechanikerarsch nicht gesagt hat, sagte ich, daß ich alle fünfhundert Meter eine Flasche Sonnenblumenöl in den Trichter unter der Haube schütten muß. – Aber das weiß man doch, sagte Barbara mehr schluchzend als schreiend. – Und woher? Hatte ich je einen 0.8er Lada, bitte? Wir stritten, und unterdessen kam Kleintutti, unser Ost-West-Mischling mit ersten Merkmalen einer deutschdeutschen Gesamterscheinung, lustig unter ihrem Bauch vorgekrochen, ich erfuhr es zwei Tage später aus der Zeitung, Rubrik: *Was sonst noch passierte*… Ein ganz drolliger Knabe mit feisten Pustebacken und ein paar goldgelben Schamhaarlöckchen, der nun erst einmal ohne Sabbertücher sein kleines irdenes Glück finden mußte. – Natürlich, wenn die Kacke am Dampfen ist, sind dir meine Kontakte gerade gut genug, sagte Barbara und meinte ihren mich immer mit pechrabenschwarz ölverschmierten Händen begrüßenden Tutti von der Tanke mit Werkstattbetrieb. (Übrigens, sein Wechselgeld war auch immer dreckig, und so gab man halt Trinkgeld und rundete auf (ein beliebter Proletariertrick, erklärte ich Feuerbach)). Also ich zu ihm, ließ dann meinen Klumpfußapparat, das bei uns noch verwendete Tenotom von Antonio Scarpa aus dem Jahre 1792 und 1856 über Vincent Duval zu Strohmeyer nach Ostberlin gekommen, wo es xx70 eintraf, am Eingangsloch hängen, fiel, wie es einem Automechaniker gegenüber landesüblich war, auf die Knie, legte sofort einen Westschein, ohne den gar nichts ging, in eine dafür vorgesehene und als Seifenschale getarnte Plastikmuschel neben dem Freßnapf für den Betriebshund und klagte: Ich brauche einen neuen Motor, Lada 0.8. Bitte dringend, und wenn möglich, noch in den nächsten zwei Jahren. Tutti, ich glaube jetzt Nummer 7, schien nachzudenken, in Wirklichkeit aber schmierte er den Auspuff eines höheren Beamtenobjektes der Stadt für ein paar Forumschecks ab. Ich lupfte meine aus sehr schöner Laubarbeit zusammengestickte Geldsammelmappe, die mir Barbara einmal zur Jahrestagsfeier der Republik als Geschenk zwischen die Riemchen meines Strumpfhalters klemmte, und ließ einen zweiten und noch größeren WM-Schein wie einen Brillanten in der Sonne (zweimal mir damals höchst abstrakte Begriffe) blinken. Es wirkte wie ein guter Cognac sofort. – Stehe er doch auf, sagte Tutti 7, wir sind doch auch nur halbe Menschen wie er. Wenn ich die Beamtenkarre hier von der Prüfschiene habe, rechnen wir einmal durch. Übrigens, fragte er unvermittelt und mir nur mäßig verständlich, bist du eigentlich auch ein Volker? Heute weiß ich natürlich, was er damit meinte, aber noch etwas versteckt halten wollte für den nicht wirklich zu vermutenden Fall (sobald man mich auch nur einmal ein wenig genauer in Augenschein nahm), daß ich ein Geheimbundtutti sei. – Nein, ich bin ein mehr oder weniger freiwilliges Schriftstellersubjekt, sagte ich und hatte die Metamorphose der Montagsmotive von *Wir wollen hoch!* zu *Wir sind die Volker!* aus wie schon erwähnt familiären Veränderungsprozessen mit Barbara und Kleintutti und einer sich in Ausbau befindlichen Holzbauhöhle nicht verschlafen, das wäre falsch, sondern eher für den Moment unterschätzt, so daß ich nicht gleich reagieren konnte, wie er sich das wahrscheinlich gedacht hat. Tutti 7 wurde vorsichtig. Das linke Auge auf den WM-Schein, das rechte auf den Ausgang gerichtet, die linke Hand noch im Schmierfett, die rechte schon mit einer wuchtigen Kurbel bewaffnet: Also, wenn du kein Volker bist, sagte er für mich kreuzgefährlich, dann kannst du hier ganz schnell die Kurve kratzen. Hier sind alle Volker. Und wir wählen auch nichts anderes als Volker. Seit der Sendung vom DLF neulich, von Montag zu Montag, sechs Stunden lang, nur Volkerversprechen. Dann kam immer etwas Kulturbeilage von einem verunglückten Erdling gedichtet dazwischen, was für uns eine willkommene Pinkelpause war, und dann wieder: Nachrichten zur Volkerverständigung vom Feinsten, Brotkanten ohne Schimmelsterne, jedem sein eigener Reservekanister und blühende Rapsfeldlandschaften, wo jetzt schwarzbraune Nugatschlacke das Grundwasser rot färbt, weil alles sozialrealistisch totverplant wurde. Für mich stand fest, das ist Georg Herweghs: *alle Räder stehen still/wenn sein starker Arm es will.* – Bitte, wer? fragte Tutti 7, dem gegenüber mir das Zitat wohl aus dem Mund gefallen sein mußte (passierte öfter, hing mit meinen damals wirklich sehr großen Zahnlücken zusammen, durch die ganze Satzreihen flutschten und unwiederbringlich verlorengegangen sind). – Wir hier kennen nur Georg, den Boxer von Turbine Leiden, sagte Tutti 7, und eine kleine Miniaturwelt in mir, geschmiedet aus den Basissätzen *Wissen ist Macht* von Lenin, aber bei Nietzsche gelesen, und *Erwirb es, um es zu besitzen*, ein Wort Goethes zu Schiller das Fräulein von Stein betreffend, stürzte zusammen wie kurze Zeit später namentlich die gesamte Deutsche D. Republik. – Wahrscheinlich hatte dich deine Mutter doch zu fest gewickelt, sagte Babsi, daß du tatsächlich annehmen konntest, Literatur ist jemandem wichtiger als eine Karstadttüte. Ihr Pragmatismus ärgerte mich, war aber weniger am Zeitgeist vorbei als mein Gedankenspiel von der Werdung der Erdlinge. Ich hatte genug gesehen bei meinem Ausflug zur Hauptstadt, setzte mich in meine Lieblingsmulde zurück und spürte, wie ich in eine tiefe Schwermut verfiel. Bewegungslos war ich gewiß oft, wenn ich die Zeit zwischen Holzpferdchenpflege und Nahrungsaufnahme in meiner eigenen Pfütze verbrachte. Jetzt aber war ich nicht nur bewegungslos, sondern starr. Eine Kälte breitete sich in mir aus, die der Kälte der Welt entsprach, der vergangenen, der seienden und der, die auf mich zukam. Denn alles, wofür ich immerhin am Leben geblieben war in Zeiten, in denen nicht am Leben zu sein mir gewiß recht verlockend vorkam, hatte plötzlich keinen Sinn mehr und würde keinen mehr haben und zerstörte dadurch auch den, den es einmal gehabt haben mußte. Die Werdung der Erdlinge und damit meine eigene blieb in der Sprache begraben, die zu erschaffen mein Werk war von Anbeginn, Wort für Wort und Satz für Satz, bis zur Gefährdung des Leibes 1.) durch ein Geheimbundsystem, das die Möglichkeiten der Sprache zu nutzen unter Strafe stellte, und 2.) durch eine von Paradoxien durchzogene Unverständlichkeit der Wesen und Dinge um mich herum, die mich gefährlich nah an die Ränder des Irrsinns trieb. (Fahren Sie einmal Automobil und halten das eine Bein am Gaspedal und das andere auf der Bremse, weil Sie weg-, weil Sie bleiben wollen, und das nun übertragen auf die Motive meiner Gedanken, die, zugegeben, sehr oft, vielleicht hauptsächlich, erzwungene Botschaften der Sprache selbst gewesen sind, sagte ich Feuerbach.)

13. Der Kaspar der Revolution. (Verkaufsgegenstände).

Muß ich erklären, fragte ich Feuerbach, daß ich unter diesen mir plötzlich klargewordenen Umständen von eigener Überflüssigkeit, die alle folgenden Umstände von Überflüssigkeit zumindest ahnbar werden ließen, nur noch nach Wurzen[59] fahren und Schluß machen wollte? Andererseits, dieser beschwerliche Weg mit der Vorortbahn in einem aufs scheußlichste nach Bohrmilch und Sägespänen riechenden Abteil siebter Klasse (Proletarierzug, Nachtschicht) und dann die vielen organisatorischen Umstände ..., da hätte ich wirklich in einer besseren, psychisch stabileren Verfassung sein müssen. Ich also nähte mich, unfähig, irgend etwas anderes für mich zu entscheiden, von innen her ein in meinen Strohsack ohne Stroh, oder war es vielleicht doch nur eine Plastiktüte für Sondermüll, die man am Ende, da ich ja doch sehr angenehm kurz bin, auch zubinden konnte?, und verharrte dann sehr lange in einer Stellung, die dem Außenstehenden nur unbequem oder gar Schmerzen bereitend vorgekommen wäre: hockend, wie ein brütendes Huhn, das rechte Bein vorgestreckt, das linke mit seinem gut durchbluteten, kräftigen Klumpfuß unterhalb der Gesäßlandschaft fest auf den Boden gestemmt, rechte Hand mit gespreizten Fingern rechtsseitig abgestützt und linke hinter den Kopf gehalten, was ein sehr schönes Dreieck aus Arm, Schulter und Halslinie ergab. Das war, glaube ich heute, die passende Figur zu den historischen Veränderungen und prärevolutionären Unruhen dieser Region und dieser Epoche unter der Erde. Ich

59 Ostdt. Hauptstadt des Suizids.

hatte sie erfunden und der Welt zum Geschenk gemacht. Nun gut, von außen war sie nur im Umriß meiner Verpakkung zu sehen, als Silhouette gewissermaßen, aber die Botschaft war doch in ihrer ganzen subversiven Symbolkraft gegeben. Und tatsächlich war schon nur kurze Zeit später Sekundärliteratur zu meiner Strohsackepisode erschienen, ergo: Jemand hatte mich beobachtet und dann sofort Fotos und später auch Poster von meiner so überaus interessant versteinerten Körperhaltung angefertigt. Zu einer Zeit, in der dann alles auf der Oberfläche lag wie Strandgut verlassener Küsten und unser muffiges Höhlensystem wie weggespült war, kannte bald keiner mehr die Deutsche D. Republik – aber mein zum ebenso bizarren wie durchaus hübschen Kunstobjekt gewordener und sozialpsychiatrisch hochbrisanter Stupor, der hatte sich tief eingeprägt ins kulturelle Bewußtsein und mit ein wenig Glück auch ins Unterbewußtsein. Bald schon wurde er zu Accessoires nachgebildet und im Sinne eines Wahrzeichens unter dem vermarktungsträchtigen Titel *Kaspar der Revolution*, der, ich schwöre, sagte ich Feuerbach, nicht von mir, sondern von Wirtschaftsexperten, Verkaufsfachleuten, Betriebswirten etc., die in meiner Kreatur eine Chance für einen neuen Industriezweig erkannten, verkauft oder an die nun vaterlosen Kinder, die, wie wir alle, ihre Mutter suchten, verschenkt – als Plaketten für Wanderstöcke, Mützenaufnäher, T-Shirt-Aufdrucke, Abziehbildchen für Eßbestecktaschen (nicht lange allerdings, da Eßbestecktaschen mit der Schulspeisung sehr bald abgeschafft wurden), Seifendosen, Thermoskannen, Brotbüchsen (sehr viel benutzt vor allem von den Nugatfabrikarbeitern und Nugatabrikarbeiterinnen!, die auf ihre alten Gewohnheiten trotz der zahlreichen gravierenden Veränderungen zum Beispiel in der Wasserwirtschaft oder der Entsorgungsverordnung oder der Krankenstandsbemessungsgrenze nicht gern verzichten wollten, weil sie, wie es in einem Schlager heißt, *treu, treu, treu ist die Haselnuß* gewesen sind wie sonst nur noch ich gegenüber meiner Bobo zwei Wohnsteine weiter), Zuckertüten (Auslaufmodelle! – kein weiterer Kommentar), Schutzhelme, Schreibtischlampen, Spiegelecken, ich breche diese Aufzählung aus zeittechnischen Gründen jetzt erst einmal ab; ferner als in Gold (besonders kostbar!) oder in Silber oder in Bronze oder in Blei gegossene Skulpturen, vertrieben an einem Touristenstand vor meiner alten Behausung in der Ostberliner Straße in Leiden, an der viele schaulustige Oberwelteuropäer, oft Wissenschaftler vor allem der sozialwissenschaftlichen beziehungsweise humanmedizinischen beziehungsweise kulturphänomenologischen beziehungsweise ontogenetischen beziehungsweise dieser oder anderer die Menschheit allgemeinpathologisch betreffender und mich als Repräsentanten konkret zum Forschungsgegenstand erklärt habender Disziplinen, entweder eher zufällig vorbeispazierten, um dann schwer überrascht zu entdecken, was die Unterwelt doch immerhin so alles zu bieten hat, oder die zielgerichtet und mit einem hochdotierten Spezialauftrag in der Jackentasche aufgesucht wurden, um die seltsamsten Erscheinungen der Spezies und ihrer Entäußerungsformen für die Nachwelt zu sichern. Dann auch als Büchsenöffner, Butternäpfchen, Briefbeschwerer, Bücherplatzhalter, Besenstielhaken, Brillenglasläppchen, Lesezeichenfähnchen, Fernsehlämpchenständer, Zeitschriftenablagebox, Postfachverzierung, Kontoauszugsheftchen, Schlüsselbundtäschchen, Handschuhfachstöpsel, Zettelaufbewahrungsklammer, Heftpflastertüte, Ohrsäuberungsstäbchen, wir unterbrechen auch hier. Ferner ebenso als Puzzle- und andere Spiele, die jetzt aufzuzählen einen Supplementband notwendig machte (wir verzichten?). Dann als zu Sendungen und Serien und Filmen und Stücken geworden und dann immer wieder in Büchern thematisiert: als wissenschaftliche Abhandlung, feuilletonistisches Thesenpapier oder sensationsintendierte Enthüllungslegende, stets versehen mit einem zum festen Markenzeichen gewordenen Aufkleber am Einband rechts oben: *Kaspar der Revolution*. Ich würde es jetzt sehr gerne zeichnen, sagte ich Feuerbach, es sah wirklich apart aus, etwas wie Alfredo Hitchcock im Seitenprofil mit Zigarre im Mund und einem Vogel auf der Zigarre. Oder wie die hochberühmte Plastik des Deutschen D. Republikbildhauers Walter Matthauer (?): *Der Sekundenschritt*, vieldiskutiert damals, ob vorwärts- oder nicht doch rückwärtsgewandt und dann ab in den Westen. Hatte vielleicht mein kulturpolitisch durchsetztes Matrizenhirn nur etwas nachgebildet, als es meinen Körper in diese sehr aparte Haltung schickte? Kann es darauf Antworten geben? Auch erinnere ich mich, selbst einmal meine Stuporfigur verkauft zu haben. Warum? Wahrscheinlich brauchte ich Kleingeld für ein Betriebsnudelessen und mußte es mir auf diese Art selber verdienen; zwei Stunden Verkaufstisch plus An- und Abbau des Vorzelts – es war wirklich erheiternd. Ich nahm noch einmal diese unverwechselbar zu mir gehörende Pose eines Widergängers ein, eines Nachtfalters, eines Untoten meiner unterdessen verschimmelten Zeit (schlechtes Bild, sagte ich Feuerbach, aber wir müssen weiter), ich wiederhole: Klumpfuß schwer wie ein Ständer fest auf den Boden gestemmt, Sportbein mit hochgeklappter Fußspitzenfront steif und der Länge nach ausgestreckt, rechter Arm zum Stützpfeiler und linker zum Dreieck arrangiert; hier nun allerdings war ich mit einem Kopftuch bekleidet, das ich im Original natürlich nicht trug. Die Leute waren begeistert, mich gewissermaßen zum Anfassen nah in der gleichen Gebärde des Ausdrucks zu erleben, wie sie es bislang nur von meinen Artefakten her kannten, und sie kauften alles, was da war, fünf- oder zehntausend Stück in Blei, zwei- oder dreitausend Stück in Bronze, achthundert oder eintausend in Silber und alle auf zehn Stück täglich limitierten Figuren in Gold. Der *Kaspar der Revolution* war das Konsumereignis der Jahre xx89 (Winter), xx90, xx91 (ganzjährig) und ein wenig noch xx92 (Frühjahrskollektion plus zwei Monate im Sommer (ab August war dann Schluß (Kaufunlust, Überdruß!))). Gerade dieser Tage, sagte ich Feuerbach, kommt sie wieder etwas auf, diese Mode meine Erscheinung betreffend, einmal als tragisch, dann wieder als komisch, dann ironisch oder gar zynisch, dann pathetisch oder sentimental, dann kontrolliert rational oder spirituell religiös, dann für, dann gegen mich, dann über mich hinweggesprochen, dann von allem ein wenig oder ein wenig mehr als ein wenig oder ein recht starkes Stück und völlig daneben verhandelt, immer aber wird der *Kaspar der Revolution* dabei erwähnt, als sei er – und ist es vielleicht auch? – die höhere Wahrheit meiner Kreatur, nein, der Ereignisse. Kurz, diese doch im Grunde sehr einfache Form eines körperlichen Ausdrucks, die mich zeigte in meinem Strohsack zur vielleicht traurigsten Stunde meines Vorgeschichtslebens, währenddessen die historische Sollbruchstelle zum Westen über uns brach und das System Erdschicht für Erdschicht in sich zusammensackte (implodierte), war berühmt geworden, ein Kultgegenstand, sagte ich Feuerbach, Weltkulturerbe und den Generationen der nächsten mindestens zehn Jahrhunderte ganz klar im Gedächtnis. Es wurde nicht viel gelacht, glaube ich, als ich meine Figuren von mir selber verkaufte. Es ging zu schnell, als daß einer Zeit zum Lachen hätte haben können. Wie beim Kosakentanz. Die Stützhand warf eine Bleistuporfigur rechts über den Verkaufstisch, die Hypotenuse-Hand eine Silberstuporfigur links über den Verkaufstisch, das Sportbein eine Bronzestuporfigur unter den Verkaufstisch hindurch, natürlich in einer zeitlich versetzten Folge, die garantierte, daß meine Körpermasse, die immer auch den physikalischen Gesetzen sehr genau folgte, nicht zur Seite wegkippte oder nach hinten oder nach vorn. Nur mit dem Klumpfuß verkaufte ich nichts, aber das war kein politisches, sondern ausschließlich ein architektonisches Problem, denn ich hätte meine stabile Mitte verloren, wäre das Standbein, die Statik gewissermaßen, zu einem weiteren, wie ich meine zum Handeln motivierten Gliedmaßen nannte, *Verkäufer* geworden. Genauso flott nun, wie ich verkaufte, waren die Erwerblinge (schönes Wort!, bitte anmelden, bat ich Feuerbach) gezwungen, die Ware in Empfang zu nehmen, das heißt mit einer Hand zu fangen und gleichzeitig mit der anderen das Geld in einen dafür bereitgestellten Betonmischer zu werfen, um dann sofort, damit es nicht zu Verletzungen kam oder zum Stau und einer die Mechanik des Verkaufens durcheinanderbringenden Rhythmusstörung, mit einem Sprung aus der Reihe zu hüpfen. Ja, es gab einige Tote, nicht viel für zwei lange Stunden, aber mehr, als eine Hand, die eines Tischlers einmal ausgenommen, Finger hat. Entweder fingen sie nicht, was ihnen zugeworfen wurde, und bekamen meinen gut zehn Kilogramm wiegenden *Revolutionsstupor* (Wortneubildung, kreative Arbeit Teil 2) gegen die Schläfe geschleudert und kippten ohnmächtig um und stürzten dann derartig tragisch, daß das Genick brach wie ein Plastikstrohhalm im Griff eines zornigen Erdlings während einer der Montagsaufmärsche,[60] oder sie stießen mit einem Vorder- oder Hintermann Kopf an Kopf zusammen während des Zur-Seite-Springens zum Beispiel und so hart, daß der eine oder der andere (in einem Fall waren es beide) an Gehirnbluten verstarb. *Die Revolution hinterläßt keine Kinder*, an dieses Zitat läßt sich denken in diesem Zusammenhang. Und wo, bitte, hätte da einer lachen können? Der Fortschritt ist vielleicht komisch, aber gar nicht zum Lachen. Auch über mich hat, seit ich denken und einigermaßen wach beobachten kann, nie jemand gelacht. Eher geweint, eher, nach einer Begegnung mit mir, ist er, aus Verzweiflung oder Entsetzen oder einer vollkommenen Hoffnungslosigkeit infolge des Anblicks meiner Erscheinung, mit dem Kopf gegen die Wand geschlagen, immer wieder, bis zur Bewußtlosigkeit oder zum Tod. Oder er ist verstummt. Viele, vielleicht die meisten, sind verstummt. Wir hören sie nicht mehr, sie leben noch, aber wir hören sie nicht mehr. Sie gehen noch, aber wir sehen sie nicht mehr, aber sie gehen noch. Sie haben Spuren gebildet, die indessen schon wieder verweht sind, und in ihren Erinnerungen ge-

60 Ein wirklich gewaltiger Vergleich, finden Sie nicht? fragte ich F.

hen sie auf diesen Spuren weiter und weiter. Sie sehen sich geradeaus gehen, weil ihr Blick fest auf den Boden gerichtet bleibt, auf einen Punkt dieses Bodens, der eine Gerade zieht, aber sie gehen nicht geradeaus, sondern im Kreis. Wie Sträflinge. Der Kopf in diesem Fall ersetzt die Kugel an einer um das Beingelenk geschmiedeten Kette. Ich kenne sie, diese Dramatik des Kopfes, die damit beginnt, sich in einem Gang geradeaus zu vermuten, irgendwohin in Richtung Verbesserung der durch Sturz eingetretenen Lage. Ich sagte schon, es stürzt jeder. Früher oder später, so oder so. Der Rest sind Träume, kurze Beglückungen, um das Schicksal erträglich zu halten. Revolutionen, von denen zu sprechen in Zusammenhang mit unserer Einsturzgeschichte ein Wagnis allererster Güte bedeutet, sind solche kurzen Beglückungen, schnell gegeben wie Beischlaf und kurz wie die Liebe der Eintagsfliegen. Dann stürzen wir, und der Weg des Sturzes ist um so länger und grausamer, je größer die Hoffnung gewesen ist, nicht zu stürzen oder erst spät zu stürzen kurz vor dem Tode, und nicht, wie es meistens geschieht, im überraschendsten, unvorhergesehendsten Moment, *ganz auf der Höhe* sozusagen, aber von was? Wir vermuten uns angekommen an einem Höhepunkt, weil wir, sagen wir mal, im Zenit unseres Lebens stehen oder im nur knapp überschrittenen Zenit, wenn man sich die Lebenszeit ein wenig großzügig denkt, und von diesem gewiß nur eingebildeten Höhepunkt, von dem aus alle Niederlagen und Zerwürfnisse und Verzweiflungen als überschaubar erscheinen, von dem aus die größte menschliche Kränkung, geboren worden zu sein, ohne geliebt zu werden, hören Sie mir eigentlich noch zu? fragte ich Feuerbach. Aber alles um uns ist wie eh und je dunkel, und keiner in dieser Dunkelheit kann wissen, wo er sich in Wahrheit befindet, oben oder unten, auf einem Thron oder in einem Sumpfloch. Wir halten es für einen Thron, so wie wir den Höhepunkt für einen Höhepunkt und nicht für einen Niedergang halten, aber es ist ein Sumpfloch, und es ist selbst dann noch ein Sumpfloch, wenn es kein Sumpfloch, sondern ein Thron ist. Denn es gibt nur Sumpflöcher auf dieser Welt, wie es nur Niedergänge und Stürze gibt, schnell verstandene Niedergänge und Stürze, die begleitet sind von gebrochenen Knochen oder dergleichen, und nur zögerlich oder auch gar nicht verstandene Niedergänge und Stürze, die in der trügerischen Variante des Erfolges erscheinen und sich mit so etwas wie *Auf dem Höhepunkt sein* getarnt halten, um ihre Opfer nur um so länger auf einer absichtlich niedrigen Flamme der enttäuschten Hoffnungen zu quälen, sagte ich Feuerbach. Oh, diese kleinen, hinterhältigen Glücksportionen, wie sie gelegentlich ausgelobt werden, sie haben doch nur den Zweck, für Verwirrung zu sorgen und falsche Erwartungen zu produzieren und die Einsicht zu verhindern, daß alles in Niedergang endet und Sturz. Unsere Leben sind einfach zu lang, um nicht komplizierte und die Zeit dramaturgisch klug vertreibende Spiele nötig zu haben, sagte ich Feuerbach. *Kaspar der Revolution*, ein wirklich guter Titel, komisch, aber gar nicht zum Lachen, hier ist nichts, worüber gelacht werden könnte. Und wenn doch gelacht wird, kann es sich eigentlich nur um Verwechslungen handeln. Die Vermutung, ich sei ein Witz, wäre ein Beispiel für diese Möglichkeit von Verwechslung. Aber es lachte auch keiner, ich sagte es schon, ich erinnere gar nichts dergleichen, und wenn vielleicht doch, hier oder da, und ich habe es vergessen, sind es Verwechslungen gewesen mit einem Schrei oder einem Hilferuf oder einem Weinkrampf kurz vor der Stummheit, die das Ende ist, das dieser Geschichte und das aller Geschichten. Und ich habe vom Ende her angefangen zu erzählen, von der Wortlosigkeit her angefangen nachzudenken. Aber das Ende wird kein Anfang sein, es wird wieder ein Ende sein, ein anderes Ende als das Ende des Anfangs, ein ebenso leeres Ende wie die Figur meines Stupors als Ausdruck der Leere dieser Tage des Aufruhrs. Kein Lachen, kein Weinen, am besten gar keine Regung. Kauf und Verkauf waren ein Zirkel, der gut funktionierte, ernst, ruhig, schnell, die Revolte, die verpaßte Revolte, der Bleiguß meines Schattens, im Strohsack erfunden oder in einer Plastiktüte, irgendwie unter die Leute gekommen, sachlich, kühl, ohne viele Worte zu machen. Veränderungen finden im Körper statt oder gar nicht. Gesetze und Ideen, schön und gut, aber wenn sie nicht Körper werden, nützen sie sehr herzlich wenig. Doch immerhin brodelte es ja und kochte und stürzte von den Rändern her ein, als käme da etwas sehr Gewaltiges auf uns zu, ehe das Gewöhnliche wieder seinen Fortgang nehmen und das Ereignis mit sich begraben würde. – Hast du es auch gehört? fragte mich Babsi flüsternd irgendwo hinter mir in der Nähe des Kopfes. – Was? fragte ich. – Das, sagte sie. – Was, das? fragte ich wieder. – Das aus Karl-Friedrichs Radioempfänger eben, vorgetragen von einem Tutti Schabinsky, Zentralrat für Geheimbundfragen in Ostberlin. – Ich habe mich selbst weggesperrt und zurückgezogen, geistig abgeräumt wie schmutziges Geschirr, weil mich das gar nichts mehr angeht. – Aber ich muß es dir doch sagen, sagte sie. Hör zu, vom Originalton her mitgeschrieben steht: Ab sofort augenblicklich und in diesem Moment sind alle Stollen und Schächte, Aufzüge und Fernreiseballons nicht mehr durch Starkstromschleusen von der Oberwelt getrennt, sondern für alle gleich welcher Altersstufe und Geschlechtslosigkeit, sowie ab sofort und augenblicklich werden alle Starkstromschleusen abgeschaltet gehalten und die Aufzüge für jeden zugänglich sichergestellt in den Stollen und Schächten. Jeder Grenzpostbeamte darf nicht nur nicht dürfen, sondern muß ab sofort und augenblicklich sowie in jedem Moment vor allem alle durch Starkstromschleusen verhinderten oder verletzten Bürgen der Deutschen D. Republik, ebenso den kranken oder bis zur Unkenntlichkeit verunstalteten Nugatfabrikarbeitern und Nugatfabrikarbeiterinnen im neunten Bezirk freien Abzug gewähren. Ob Klumpfuß, Schiefhals, Henkelohren, Wolfsrachen, Hasenscharte, alles darf jetzt hoch und ab in den Westen und nicht nur die Besten, sagte sie, sagte er. Das Wappenlogo aktiver Hammer, gespreizter Zirkel und große gebogene Ehrenähre und die Währung DMD sind ab sofort und augenblicklich in diesem Moment marginal zu betrachten, sagte sie, habe er weiterhin gesagt. Ferner dürfen folgende Automobilmarken ausgeschlachtet werden: Trabantkutsche 600, 601 und 601 de Luxe; die Stretchlimousine Wartburg, die einfache Ausführung des Wartburg vor xx56 sowie die Importmaschinen Skoda, Dacia, Lada, Moskwitsch, Wolga und Polski Fiat. Die Berufssportler haben unverzüglich ihre Turnschuhe beim zuständigen Wehrkreiskommando der Schuldbezirke eins bis neun an die entsprechenden Haken mit den Symbolen *Apfel* für Apfelsymbolkinder, *Birnen* für Birnensymbolkinder, *Eimerchen* für

Eimerchensymbolkinder, *Pfirsich* für Pfirsichsymbolkinder und *Zwetschgen* für Zwetschgensymbolkinder, sagte sie weiter, abzuhängen. Gegessen wird bis auf weiteres transsilvanisches Büchsenfleisch. Die Bezeichnung Montag für Dienstag oder Montag für Mittwoch oder Montag für Donnerstag oder Montag für Freitag oder Montag für Sonnabend oder Montag für Sonntag wird ausgesetzt und als Montag der erste oder Montag der zweite oder Montag der dritte oder Montag der vierte oder Montag der fünfte oder Montag der sechste oder Montag der siebte umbenannt. Alles weitere wird jeden Montag zur *Aktuellen Kamera*[61] über Satellit 1[62] ausgestrahlt und zur guten Verständlichkeit auch der bildungstechnisch nur mäßig bevorzugten Jugend bekanntgegeben. Allgemeine Geschäftssprache ist bis auf weiteres Russisch-Anhaltinisch, sagte Babsi, sagte Schabinsky. Vokale werden keine mehr gebraucht und sind an allen dafür eingerichteten Entsorgungsstützpunkten gegen Pfandmarken mit Umtauschrecht abzugeben. Irgendwo müssen wir einig werden, sagte Schabinsky, irgendwie müssen wir beginnen, sagte Schabinsky, Abschied zu nehmen, sagte Schabinsky, rgndw mssen wr pfr rbrngen. Nd ds wrd d gnz Rvltn gwsn sn!!! Was gab es sonst noch? Meine Kamillenteesucht brach abermals durch. Ich trank, was die Kanne hergab, kochte die Blüten auch ein zweites Mal auf, bis ich irgendwann in der Morgendämmerung zum Platzen gebläht über einen Stein gebeugt abhing und mit allmählicher Entleerung der Blase

61 Ein telepathologischer Absenker der legendären Wochenschau (später Tagesschau).

62 Letzte Sojus-Generation und später auch im Kabelfernsehen unter der neuen Kennziffer Sat.1 präsent.

in einen gerechten (?) Schlaf der Erschöpfung hinüberdämmerte. Morgens, am für andere frühen Nachmittag, hatte ich nur einen Gedanken: Sehr schnell soll es Abend werden, auf daß ich in die Küche gehen und mir Tee zubereiten und trinken und trinken und nochmals trinken kann. Wie ich die Tage verbrachte, weiß ich nicht mehr. Wahrscheinlich lag ich auf meinem Strohsack und dachte an die Herrlichkeiten des Abends. Warum, frage ich mich, habe ich nicht vom ersten Augenaufschlag an die Tage zum Abend erklärt und entsprechend wohltuend eingeläutet, zumal es ja gar nicht selten tatsächlich schon wieder dunkel wurde (sofern es überhaupt einmal hell geworden war)? War es Lust auf Selbstbestrafung? Gab es moralische Gründe?, einen lastenden Kulturtext auf meiner Seele, der das verbot? Ich bin schon lange nicht mehr Herr meiner Fragen an mich selber; sie überkommen mich wie Herpesblasen und erzwingen eine Haltung der Demut jedem gesprochenen Wort gegenüber, das nicht vor einem Fragezeichen steht wie die Kuh vor dem verschlossenen Tor. Diese Gewißheit, am Rande einer Sprache des Verschweigens zu sprechen, hatte ich vielleicht zum ersten Mal xx89 (Herbst), zumindest in dieser das Nichtbewußte verlassenden und selbst schriftliche Verlautbarung werdenden Weise. Ich meine das Gefühl, im Namen, den ich sage, nichts zu berühren. Ich meine die dem Sprechen mitgegebene Vergeblichkeit. Tutti 7, unser Automechaniker, hatte nicht unwesentlich Anteil an dieser Krisenepisode, wie sie in der geschlossenen Abteilung meines Kopfes stattfand, denn die Tatsache, daß meine Widerstandssprache, man kann schon sagen, *verpuffte,* weil diese Volltuttis subversive Poesie gar nicht übersetzen konnten, hat mich wohl, sagte ich Feuerbach, aufs tiefste und sehr nachhaltig gekränkt. Nun hatte ich niemals ausschließlich für ihn oder seiner an den Händen schmutzigen Klasse geschrieben, seit ich im Notwehrverfahren zu schreiben begann, aber an eine Werdung der Erdlinge wie an meine eigene zum Menschsein hin war ich wohl doch, zumindest tief im verborgenen aller Gründe des Handelns, interessiert. Natürlich war ich in dieser Absicht nun ganz und gar lächerlich geworden, und ich wagte es ja schon aus Angst um mein Leben nicht, ihn darauf hinzuweisen, daß die lyrischen Zwischentexte in der vom DLF ausgestrahlten Volkersendung meine prä- oder postpoetischen Gehirnausstöße gewesen sind, wohlweislich. Ich, das Experimentalgeschöpf eines mir unbekannten medizinischen Ordens, dem Daumer wahrscheinlich vorstand, ein ferner und doch ganz vertrauter Erbe Frankensteins, um Generationen technologisch so weit verfeinert, daß plötzlich sogar die Frage zwingend geworden war: Wozu braucht ein geklonter Sozialkörper leibliche Eltern ..., was nun Ihre Untersuchungen, sagte ich Feuerbach, gewiß ein wenig seltsam werden läßt. Ich und pädagogisch aktiv, das war, denke ich heute, schon äußerst komisch und tragisch in seiner Komik unfreiwilligerweise. Doch nicht allein deshalb trank ich wieder viel zuviel Tee. Was also galt es im Kamillerausch noch zu betäuben? a) daß es mich gab allgemein behauptet, b) als soziopathologisches, c) den Staatshaushalt eines jeden Systems (und nicht nur meines fortimplodierten Erziehungsregimes, wie es mir sehr persönlich vorgestellt wurde) belastendes = ökonomisches Problem (denn mit Max Weber gesprochen, war ich der Sklave mit zu vielen Rechten, der Rom allein durch seine

Nachkommenschaft mit multiplizierter Rechtsgrundlage in den Untergang vögelte), d) daß ein meine existentielle Nichtigkeit annähernd vollkommen ausfüllender Gedanke, der mir in den Jahrzehnten der Isolation so im Kopf war, hinfällig wurde (Philanthropie …, mehr möchte ich im Moment nicht dazu sagen), e) daß ich von meiner Mutter und f) meinem Vater noch immer nichts wirklich Brauchbares wußte. Die Zeit wurde mir eng und enger, die Beweiszeit, ein echter Erdling zu sein, ein Zoni, wie man uns auch einmal nannte, ein Nachfahre der Vorvorgeschichte, mit zwei Pockenimpfnarben am Oberarm, die doch ein Indiz für meine Echtheit sein sollten. Ich zitiere aus dem Gutachten von Dr. Preu: *Er ist wie ein halbwilder Mensch in Wäldern erzogen worden, ist zur ordentlichen Kost durchaus nicht zu bequemen, sondern lebt bloß von schwarzem Brot und Wasser. Doch er ist geimpft, wie man am rechten Arm deutlich sieht. Dieses könnte vielleicht zu weiteren Forschungen führen.* Und was sagte Polizeirat Johann Friedrich Karl Merker in Ostberlin dazu? Ich hätte mir diese zwei Pockenimpfnarben mit einer Büroklammer selber geritzt, um meinem Abstammungsmythos mehr Farbe zu geben und die gewöhnliche Hausfrau von nebenan vor lauter Rührung zum emotionalen Beischlaf zu zwingen. Aber könnte ich sonst erzählen, wie Barbara ganz verschwitzt und aus bürokratischem Anlaß hellauf erregt zu mir kam eines Tages zu einer gar nicht üblichen Stunde und sagte, nein, schrie: Jetzt müssen wir aber sofort zur Pockenschutzimpfung und danach zum Lungeröntgen, mein Gutster? Es war, ich sehe es vor mir, an einem Montag im November, Bäume kahl, Wind rauh, Himmel verhangen, Wolken fast schwarz, mit wenigen Strichen Grasgrün plus Elfenbeingelb, die Laternen…, aber dazu auch eine Geschichte. Tutti 8 war unser Laternenanzünder, weil die Ostberliner Straße in Leiden tatsächlich von auf der rechten Seite sieben und auf der linken Seite fünf Laternen gelegentlich regelmäßig beleuchtet wurde. Er kam also mit einem Straßenlaternenanzünderstab und machte im Namen der Regierung Licht an am Abend und aus am Montagmorgen danach. Sehr schön. Sieben Laternen auf der rechten und fünf auf der linken Seite. Dann nur noch sechs Laternen auf der rechten und vier auf der linken Seite. Dann nur noch fünf Laternen rechts, drei Laternen links und immer so weiter. Tutti 8 wunderte sich. Wir wunderten uns, warum Tutti 8 sich wunderte. Schließlich brannten nur noch zwei Laternen auf der rechten Seite, während auf der linken Seite gar nichts mehr brannte, weil, erklärte mir Barbara, die arme Regierung arm wie eine Kirchenmaus sei (Ausdruck von einer Verwandten mütterlicherseits) und diese Hinterlassenschaften, aus der Zeit von Karl-Friedrich über Karl-Ludwig und Karl zu uns gekommen, verkauft (nach Köln, erfuhren wir später, wo sie die Strandpromenade vom Rhein hoch bis zur Serpentinenauffahrt des DLF zierten) oder in Zahlung für gesiebten Kaffeestaub oder Bananenschalen oder andere diverse Küchenprodukte gegeben werden mußten. Dann nur noch eine Laterne auf der rechten Seite mir gegenüber, etwas verloren wie ein letzter aufrechter Zahn oder dergleichen. Aber Tutti 8 kam pünktlich und steckte sie mit wenigen geübten und tadellos ausgeführten Bewegungen an, und wir, Babsi und ich, hockten an der Dachfensterluke und erfreuten uns dieser letzten und gewiß schon etwas schwachen, aber vor dem schwarzen Hintergrund der Nacht doch noch deutlich sichtbaren

Beleuchtung. Eines Abends aber kam Tutti 8 nicht, obgleich die Laterne noch immer an ihrem Platz stand, nur diesmal, ohne mit uns zu feiern und ein wenig Licht in den Abgrund zu werfen. Nein, diese letzte Laterne war dann auch schon verschwunden, behauptete Bärbel, und allein deshalb sei Tutti 8 nicht mehr gekommen. Nein, Tutti 8 sei nicht mehr gekommen, obwohl diese eine Laterne noch am Straßenrand stand, behauptete ich, weil Tutti 8 seines Amtes entbunden im Hungerturm Bautzen Abteilung vierunddreißigster Gesang zur Strafe gezwungen erniedrigt wurde. – Und warum? fragte Babsi. – Weil er, Tutti 8, sagte der Automechaniker Tutti 7, einen gewaltigen Fehler politisch betrachtet und die Zukunft betreffend nicht zu machen verpaßt habe. (Vorsicht, doppelte Verneinung, sagte ich Feuerbach. (Ein noch erhaltener Reflex, um die IQ-schwachen Geheimbundagenten schon im geistigen Vorfeld wieder loszuwerden, sie abzuschütteln wie Zecken.)) Er schrieb nämlich, sagte der Automechaniker, sagte ich Bärbel, an die Regierung einen Zettel des Inhalts, als Genosse Laternenanzünder seinen Laternen, wo immer sie nun hingekommen seien, ob Polen nörd- oder südlich zu Rußland, nachzumüssen (hier fehlte das Zwischenwort «-reisen», das aber durchaus bewußt unterschlagen sein konnte im Bewußtsein der Gefährlichkeit desselben Wortes aus bekannten wie benannten Gründen usw.). Tutti 8 wollte zwei symbolische Fliegen auf einmal schlagen: raus aus dem Schlammkiez und weg von Bobolina, seinem weiblichen Schuldbezirkspartner, den er gar nicht mehr aushielt, weil er zum Beispiel, aber das ist jetzt vielleicht wirklich nicht wichtig, sagte ich Feuerbach. Der erste halbstudierte Grenzpostbeamte hat das natürlich sofort durchschaut und den Verdacht auf Landesflucht nicht nur geäußert, sondern damit auch bewiesen, daß der Wunsch als Vater (oder Mutter?) des Gedankens der Tat nur zeitlich, nicht aber faktisch tatsächlich, nein, ich bekomme das jetzt nicht zur Logik gebogen, weil das nun wirklich ein zu zähes Stück Juristenostdeutsch war, das da zur Verhandlung und hohen Verurteilung führte. Kurz: Tutti 8 und die Laternen waren nicht mehr. Er hing an der *Kette,* und sie standen am *Rhein.* Er verlor eine *Wette,* und sie waren *klein.* (Erneuter Lyrikanfall!, kurze Pause, bitte.) Es war so sehr dunkel wieder in meinem Verlies, als hätte es diese Streichholzlichter, die den Weg zur Latrine beleuchteten, niemals gegeben. Bobos Weiß in den Augen war alles, was mir farblich ein wenig Abwechslung brachte. Aber es war auch nicht tatsächlich weiß, was ich erst gewußt haben konnte, als ich das erste Mal perlweiße Zähne, von Dr. Best behandelt, in einem Ottoshop-Katalog zu sehen bekam und, in Gedanken mit der Erinnerung an Bobos Augenhintergrundfarbe beschäftigt, auf alles von rauchgrau bis aschbraun mögliche kam, nur nicht auf s. o. Wir gingen, ich komme zum Thema zurück,[63] zum Lungeröntgen. Alle, die ganze Republik, gingen im späten November durch einen vor der Aufwärmhalle von Leiden aufgestellten Lungendurchsuchungskanal und ließen sich betrachten. Ein Recht auf Früherkennung schwarzer Flecken gehörte zu den Sonderrechtsregeln im Sozialrealismus, ebenso wie die Pockenschutzimpfung. Ich höre noch Barbaras euphorisch kreischende Stimme, weil sie

63 – Sie erkennen meine musikalische Art des Erzählens? fragte ich Feuerbach. Wie ich doch immer wieder zum Hauptmotiv finde? Sie sind doch musikalisch?

diese zwei pfauenaugengroßen Impfnarben am Oberarm schön (geil?) fand wie ich das Gemälde *Max braucht Wasser* von Wilfriede Sittich, Präsidentin der Hochschule für Kunstgewerbe in Leiden, das sie, Barbara, nun wiederum gar nicht gern mochte, da sexuell betrachtet nichts wirklich darauf zu sehen war. Ja, ich scheue die Schamberichte und habe vor lauter historischer Ernsthaftigkeit verabsäumt, den Werdegang von meinen überaus zaghaften Geschlechtsaktversuchen mit libidinöser Randerregung zu erfolgreichen Vollzugsepisoden nachzuvollziehen; denn tatsächlich war ich ja nun doch schon vom Krüppelkleinkind zum langzeitpubertierenden Jüngling geworden (und das auch ohne Pornohefte von Ulbrichts verheimlichter Zweitfrau Lotte Orlowski). Bitte, sagte ich Feuerbach, fragen Sie mich dazu, wenn Sie mögen, weiterhin aus. Es ist ohnehin alles politisch, und je privater wir werden, um so naturgemäß mehr. Nun also einmal dabei, die Vorzüge der Unterwelt ins rechte Licht eines getrübten Bewußtseins zu rücken, muß auch gesagt sein, daß der Lungendurchsuchungskanal zu den Errungenschaften des sozialrealistischen Systems gehörte; geschaffen allein, um die Wirkung der Folter zu messen. Darüber hinaus galt natürlich die zu einem ideologischen Standard gewordene Bemerkung eines Parteisekretärs aus Anlaß einer Betriebsbesichtigung der Nugatwerkhallen von Bitterfelde, bei der ein Reporter aus Köln vor Gestank den Verstand verlor: *Hier riecht nichts*! Aber da war die Deutsche D. Republik auch noch ohne, und darüber dankbar, Vergleichswert.

14. Intimbeichten: Einsturz (2)

Ich möchte nun doch noch einmal, angeregt durch Professor Daumers Bemerkung: *Seine Natur verhielt sich lange Zeit in geschlechtlicher Beziehung völlig indifferent, und sein Sexualvermögen war in tiefen, unerweckten Schlummer versenkt,* hauptsächlich Intimbericht geben, da dieser wohl auch Rückschlüsse zuläßt auf meine subversive Gesamtverfassung, warum? Weil, zumindest was die preußische Gesetzgebung unter sozialrealistischer Führung in Sachsen betrifft, die Totalkonzentration auf ..., jetzt ist die kulturelle Domestikation aber schon so weit erfolgt, sagte ich Feuerbach, daß ich ohne Selbstzensur gar nicht mehr denken kann. Ich versuche es noch einmal: ... die Totalkonzentration auf ... (Selbstzensur) und unter Ausschaltung aller anderen Aufmerksamkeiten wie zum Beispiel dem Pioniergruß im Augenblick des Erklingens der *Internationale*[64] politisch betrachtet hochbrisant ankam, so daß ich, totalkonzentriert auf ... (Selbstzensur), durchaus ins feindliche Lager wegrutschte, oder besser: mich hinüber ... (Selbstzensur), sagte ich Feuerbach in dieser mehr angedeuteten als ausgesprochenen Weise. Die ersten siebeneinhalb Jahre Impotenz waren pathologische Historie, und schon ging es los mit dem richtigen Leben. Ja, es stimmt, ich wollte, kaum daß es so halbwegs funktionierte, nur noch mit Bärbel ins Bett[65] und dann Seite an Seite mit ihr liegen. Gibt es nicht auch ein Lied darüber: *Seite an Seite/schreiten*

64 Arbeiterschlager, Dauerrenner aller ostzonalen Hitparaden.

65 Hier synonymisch für niederkommen, egal, wie und wo (Baum, Hecke, Rasen, Dielen, Beton, Telefonzelle (?), Fahrstuhl (?), Kellertreppe (?), Wäscheboden (?), nur Bett, glaube ich, nie.

wir/voran ...? Diese tief aus dem Innersten hervorbrechende Bedürftigkeit nach Leibesberührung ließ mich wie wild durch meine Zelle vor- und zurück- und vor- und zurück- und vor- und zurückstreifen, den Rücken bei jeder Ankunft auf der jeweils gegenüberliegenden Seite fest gegen die Mauerwand gepreßt, um so das Gefühl zu bekommen, nicht alleine zu sein. Später dann Babsi und Barbara, ein bißchen Grete, ein bißchen Margarete, ein bißchen der ganze Bezirk. In meiner Geheimbundakte werde ich eines Tages den Fachbericht lesen: Ich sei, seit ich mein körperliches Eigentum entdeckte, besessen von der Vorstellung, es überall und sofort zum Einsatz zu bringen. Und jetzt kommt, was mich doch nachhaltig beschäftigte: Er gebraucht es, wörtlich, *wie eine Waffe*. Am Ende heißt es dann ganz unmißverständlich: *So schlägt er sich tapfer mit seinem Penis durchs Leben;*[66] – «So ging er hin!» (Weltliteratur). Nun habe ich gerade diesem Satz gedanklich sehr lange nachgehangen und alle Potenzen meiner Phantasie mobilisiert, um ihm schließlich und von Tag zu Tag mehr auf die Schliche zu kommen und herauszufinden, daß er so etwas wie eine poetische Anleihe hatte und nicht wörtlich, sondern in einem eher uneigentlichen, metaphorischen Sinn verstanden werden wollte (oder sollte, je nachdem, wer hier nun wen oder was zum Subjekt macht). Das hätte man dazuschreiben müssen, fand ich, und schon hätte ich Zeit gespart. Sie waren doch sonst so gründlich. Aber Sie verstehen meinen augenblicklichen Zorn? fragte ich Feuerbach. Denn niemals habe ich mein körperliches Eigentum auch nur einen Zentimeter aus der Hose hängen

66 Keine Selbstzensur möglich, da Fremdzitat.

lassen, nicht in den härtesten und einsamsten Zeiten, in denen es durchaus Gründe dafür gegeben hätte, und gleich gar nicht habe ich jemals jemanden damit geschlagen! Aber wie gesagt, es klärte sich auf, desto länger ich darüber nachgedacht hatte, bis ich auch etwas enttäuscht darüber die Geheimbundakte ins Fach für sibirische Kochrezepte zurücklegte und nicht weiter zum Gegenstand meiner täglichen Betrachtungen machte. Gewiß, die Partei hatte ja prinzipiell sogar recht, und das nicht nur, weil sie prinzipiell immer recht hatte. Barbara, rotes Haar, blaue Augen. Grete, grüne Augen, weißer Mund. Bobo, kleine schwarze Augenknöpfe und ein goldener Mund. Bärbel, wie Bobo. Babsi, große gelbe Augen und ein kleiner blutroter Mund. Und da bin ich erst beim Buchstaben B, sagte ich Feuerbach, und wieviel haben wir noch? Aber auch klar wird, wie wenig die Deutsche D. Republik mich (uns (?)) substantiell (inhaltlich (?)) etwas anging und wie beschäftigt ich (wir (?)) mit den wirklich wichtigen Dingen der verlorenen Lebenszeit war. Ohne jetzt zuviel analytischen Verdacht in diesen Theoriegegenstand hineinzu … (Selbstzensur), denn Tatsache ist, daß ich allein Babsi zuliebe so lange im Erdreich ausgeharrt habe, aber … (Selbstzensur) war ganz klar Radikalkritik am Sozialrealismus, denn die Totalkonzentration auf … (Selbstzensur) schloß die Totalkonzentration auf alle und alles gleichzeitig, wie es verlangt worden war, radikal aus. Denn, aber, und so waren es, so gesehen, konterrevolutionäre Generalattacken. Ich fürchte, sagte ich Feuerbach, ich leide wieder an Denkstörungen.[67] Oh, was haben wir dieses Land sabotiert (er-

67 Schon nur kurze Zeit später konnte ich diesen Satz nicht mehr sagen.

schüttert, durchlöchert, abgeritten): liegend, stehend, sitzend, hockend, von hinten, von unten, von vorn, auf Matratzen, auf Dielen, im Stroh, um eins, um zwei, um drei, um vier, um fünf, um sechs, um sieben, um acht, um neun, um zehn, um elf und um zwölf Uhr, von dreizehn bis dreiundzwanzig Uhr sowieso gerne, nur nicht um vierundzwanzig Uhr (Nationalhymne), aber dann wieder ab null Uhr drei und fortfolgend, alle sieben Montage von montags bis sonntags hindurch, alle Jahreszeiten von Winter zu Winter hindurch, auf Abstellgleisen im Schnee, auf Friedhöfen im Regen, auf Müllhalden mit und ohne Mondlichtbeleuchtung, wir … (Selbstzensur) und … (Selbstzensur) und hörten die Erde von der Decke rieseln und sahen das Land Zentimeter für Zentimeter in seinem von unseren … (Selbstzensur) aufgeweichten Boden versinken, es war ein harter, es war ein ehrlicher Zweikampf. Ganz nach der Kalenderspruchweisheit des mongolischen Privatgelehrten Laotse-tung: *Das Wasser besiegt den Stein* – ein wahrer Geheimtip, sofern man viel Zeit hat. Nun und auf Babsi bezogen sowie auf die Frage der Republikflucht, dachte ich immer nur eines: … (Selbstzensur). Gewiß war ich nicht nur und ausschließlich darauf fixiert und wollte schon gern… (Selbstzensur), daß sie … und auch … mit mir kann… und, alles in allem, einer polytechnisch allgemeingebildeten, gleichberechtigt selbstbewußten, sozialrealistisch fremdverwalteten Frauenbewegung zugehörig ist. Käthe Kollwitz hin oder her: … (viele Seiten Selbstzensur, es tut mir leid, ich kann nicht mehr anders). Schade vielleicht. Aber Aposiopesen haben ja auch ihren Vorteil. Denken Sie nur an die wunderbare Kutschenszene bei Flaubert, sagte ich Feuerbach, in der wir nichts sehen können und doch alles wissen. Und auf die Nachwelt sollte man auch Rücksicht nehmen. Denn vielleicht liegen ja meine Merk- und Beobachtungshefte einmal irgendwo gedruckt und gebunden herum, und dann will ich ja auch nicht, daß die Jungs unter achtzehn zu früh aufgeschreckt werden und dann nicht wissen, wohin. Also gut, bei Grete lernte ich lesen, und Margarete schenkte mir Schokoladenpapier, das ich mir als Riechtuch über meine Bettmulde hing, um besser einschlafen zu können. Bobo kannte ich am längsten, und sie war mir eine Vertraute von Anbeginn. Bärbel, nun ja, aber Babsi, die so unendlich viele Therapiestunden mit mir verbrachte und mich die Grundbegriffe, wenn es ums Handwerk ging, lehrte mit einer Geduld, daß ich am Ende völlig vergessen hatte, einen Körper zu haben, der noch unbegabt war. Und dennoch, Barbara hatte etwas mehr als alle anderen, und das kann ich gar nicht erklären. Sie war damals Schönheitsassistentin in einem Kombinat für Kunst- & Künstlervermietung (K.&.K.) in Leiden. Zu ihr kamen die Artisten und Zaubermeister und Bühnenvorsprecher, denen immer wieder eine Locke, die mit der Zeit einen sehr privaten Ausdruckswert bekam und folglich nicht einfach abgeschnitten werden konnte, störend weit ins Gesicht gefallen war, ohne daß gleich die ganze Frisur eingedampft und neu kreiert werden mußte. Viel Stückwerk, viel Herumgefummel im Elend der Halbfertigkeiten und des Dilettantismus, mit dem ökonomischen Charakter des Landes durchaus vergleichbar. Ein anderer hatte zu große Zehennägel, aber nicht die passenden Schuhe, so daß Babsi so lange feilen und anpassen, feilen und anpassen, feilen und anpassen mußte, bis das eine mit dem anderen in Verbindung gebracht werden konnte, der Fuß mit dem Schuh bzw. der Schuh mit dem Fuß bzw. beide Füße mit beiden Schuhen bzw. beide Schuhe mit beiden Füßen, ohne daß der eine oder der andere Teil einen Schmerz oder eine Beschädigung, der Fuß den Schmerz und der Schuh die Beschädigung, davon zurückbehalten haben würde, wie ein Andenken, nur eben negativ. Oder aber, wenn sie schon so viel harte Materie heruntergeschmirgelt hatte, daß erste Partikel von Hornhaut und Spuren von Blut in der Raspel klebten und erste Schmerzen ein deutliches Warnsignal gaben: bis hierher und nicht weiter, Madame!, doch nein, ich weiß nicht, was sie dann machte, ich will bei den Tatsachen bleiben und hier nur sehr wenig erfinden. Vielleicht schnitt sie ein kleines Löchlein ins Schühchen, damit das Überbein heraus an die Luft kam, mit einem Pflaster obenauf, um gleich noch eine freie Stelle für Autogramme zu schaffen – ich weiß es nicht. Mit Bestimmtheit weiß ich nur das: Ihr soziales Milieu war hyperhysterisch, alles hochsensible Sondernaturen, U-Künstler, die viele Teller oder Tassen oder Untertassen, und ehe Sie fragen, sagte ich Feuerbach, Hüte und Stöcke und Messer und Gabeln usw. selbstredend auch, in die Luft schleudern und mit durchtrainiertem Mittelfinger wieder auffangen konnten, dies und vieles, vieles mehr, nur eben nicht, und das machte sie liebenswert für unseren jeweiligen Staatsratsvorsitzenden, denken, d.h. denkend denken und nicht spielend denken in der Maske des Clowns aus einem russischen Staatszirkus, für den meine Babsi, ob sie nun wollte oder nicht, immer Freikarten bekam. Sie simulierten zarte Seele und waren doch grobes Holz, und so waren auch ihre Schuhe zierliche Ho-Chi-Minh-Stadt-Produkte mit viel Ornament und sehr wenig Leder und ihre

Füße Klötze dagegen. Babsi mußte das nun irgendwie geradebügeln und herunterschleifen oder auftragen, was gar nicht da war oder nicht weggehörte, und das war nun gewiß eine sehr schwere Arbeit. Dazu mit dauernörgelnden Kunden, die zur obersten Verwöhntheitsgruppe überhaupt gehörten, auf einer Stufe mit Fleischfacharbeitern, Fliesenlegern, Automechanikern und Gemüsefachverkäufern, wenn es auf Weihnachten zuging. Klar dachte meine ahnungslose Proletarierclique, mit der ich noch immer irgendwie verkehrte – diskret und mit hochgezogener Kapuze, so wie man auch ins Bordell geht, wenngleich schon eine rechte Weile in beruflicher (?) Einzelhaft als freier (?) Autor genommen und von ihr soziokulturell betrachtet weit weg –, bei dem Wort *Künstler* gleich an eine von Knut Maager[68] (o. ä.) höchstselbst gemästete Zuchtsau. Die latente oder gar nicht nur latente Intelligenzschwäche, nicht bei allen Prolis[69] durchweg, aber tendenziell und mit steiler Kurve nach oben, war in diesem Fall kein Grund, den *Künstler* einmal besser gar nicht zu mögen und die Verbrüderungshand: Denn waren wir nicht alle ein Volk im Zeichen von aktivem Hammer, gespreiztem Zirkel und großer gebogener Ehrenähre, mit einer Hymne, deren verbotener Text uns immer wieder neu und bis zum Putschversuch tief ins veruntreute Herz fiel: *Stillgestanden in Ruinen/und dem Erdreich zugewandt;/laß uns dir zu Tode dienen,/abgebranntes Vaterland*: auszuschlagen, sondern das historisch gewachsene Mißtrauen gegenüber allem, was we-

68 Neuer Name. Müßte jetzt personaltechnisch eingeführt werden. Aber ich glaube, es lohnt nicht.

69 Kosewort, von Richard Wagner über die Musiktheorie Adornos zu uns in den Osten gekommen.

nigstens ein bißchen so etwas wie denken konnte, und sei es nur die Zahlenwalze einer von Hand gedrehten Rechenmaschine, ließ *Verbrüderung* einfach nicht zu. Ja, es gab auch einen Namen für dieses kultursoziologische Basisereignis: *Diktatur der Freunde des Proletariats*, und unter diesen nicht durchweg einfachen Bedingungen konnte ich beim besten Willen kein Künstler für meine Arbeiterklasse mehr sein. Meine Krankheit, denken zu müssen, war einfach zentrifugalneurotisch (...Feuerbach staunte!) zu manifest geworden, um noch wegtherapiert werden zu können, und das war allen, die ihr Recht auf Entspannung nach Schichtschluß einlösen wollten (Beine hoch!, Bier aufgedeckelt!, und dann: ... (Selbstzensur),[70] naturgemäß zu anstrengend. Ich war ja doch schon ein wenig weg von dem allen durch meine eigenen lyrischen Zeilenprodukte, und die waren für egal welchen Tutti, den ich von früher noch kannte und dann wiedertraf beim Kamillentee irgendwo auf der Szene, schlichtweg zu schwer. Für sie war ich immer noch ein Neunbezirkler ohne Zeugungserlaubnis, der sich nur leider völlig vertan hat, verirrt geradezu in Bereiche, die mit einem einzigen und für alles stehenden Wort abgetan wurden: *höhere Mathematik*. Zumal ein *Schriftsteller*, ich glaube, das Wort kannten sie gar nicht, ein *Bücherwurm* kein *Künstler* sein konnte, da man ihn ja niemals im Fernsehen sah (die Übertragungen von Demonstrationsfeldzügen Seite an Seite mit den Arbeiter- und Bauernkindern an den Tribünen der Volksfrontopfer vorbei einmal ausgenommen). Und wer einmal nach Bohrmilch und Lötfett riecht, das ist wie, als wäre

70 Siehe hierzu auch die Kurzbezeichnung: BBB (vorzugshalber immer «ohne» ankreuzen).

ein Vogeljunges fremdberührt worden: Die Familie faßt es nie wieder an, und es muß zurück in die Clique. Da halten die Ausgestoßenen eisern zusammen, so als könnten sie sich dadurch Vater und Mutter ersetzen. Vater, Mutter, zwei Stichworte, die meinen Redefluß bremsen, sagte ich Feuerbach. Immer aufs neue, sagte ich Feuerbach. Wir kommen da überhaupt nicht weiter, sagte ich Feuerbach. Wir sollten aufgeben, sagte ich Feuerbach. Danach zu suchen, sagte ich Feuerbach. Es hat keinen Sinn. Jedenfalls, sagte ich Feuerbach, war ich nicht völlig allein. Babsi, die mir wahrscheinlich einfach nur dadurch, daß es sie gab, das Leben gerettet hatte, wollte mit mir fortan alles geteilt behandeln, und das war klar eine Halbierung des Elends und der täglichen Hochkatastrophen – zusammen aufstehen und gleichsam zu Bett gehen, frühstücken zweisam und miteinander die Hausordnung regeln, dann gemeinsam kochen und ebenso auslöffeln, was wir uns selber so eingebrockt hatten, ehe dann der Tag hochverdient niedergegangen wäre in seiner scheußlichen Leere in dieser Zeit. (Hier folgt eine längere Passage, die der Selbstzensur komplett zum Opfer fiel. Stehen allein seiner historischen Relevanz wegen blieb:) … und verwandelte sich in eine *blühende Landschaft* (später eingegangen in den politischen Sprachschatz der Republik). Wäre ich, denke ich manchmal, in Anbetracht meiner durchaus exzessiven … (Selbstzensur) vielleicht doch noch Mitglied der ersten sozialrealistischen Einheitspartei geworden (deren Leitsatz: *Nach uns werden andere schauerliche Arbeiter kommen* zugleich das Codewort bildete für FKK-Fanclubs auf Hiddensee oder andere Zugangsbereiche mit mehr oder weniger subpornographischem Inhalt), hätte sie das … (Selbstzensur) nur eindringlich genug von mir verlangt? (Die Frage klingt sehr ähnlich einer anderen, die ich schon bald überhaupt nicht mehr hören konnte: *Wer weiß, wie ich mich unter den Bedingungen einer Diktatur der Freunde des Proletariats verhalten hätte und ob ich nicht auch* – nein danke, dann lieber keine Belohnung.) Aber Glück gehabt, sie war näher bei sich selbst als bei Erich, dem Ulbricht der D.D.R. (kannte jeder damals!). ... (Selbstzensur). Wir waren füreinander bestimmt und ausnahmslos immer fähig, selbst wenn wir nicht fähig waren ... (Selbstzensur). Oben, ab Hüfte aufwärts, war es gewiß komplizierter. Babsi, blondes aufgestecktes Haar, wie Seerosen große, wasserblaue Augen, ein sehr zarter Mund, dem man seine Worte, die aus ihm zu kommen vermochten, niemals zugetraut hätte. Verliere ich mich in Details? Keine Angst, ich finde zum Hauptmotiv zurück. Unten also eins plus und oben Totalkatastrophe. Wie konnte das sein? Das Problem war: Wir konnten nicht Beate Uhse anrufen und fragen, sondern mußte da irgendwie selbst durch. Doch, es gab eine Sendung, nein, eine Zeitung mit einer P.18-Ecke, für die man ein gesondertes Abo brauchte und dann einen Rubbelgummi, um an das Schriftfeld zu kommen. *Junge Welt*, so hieß das im Format einer Speisekarte gedruckte Blatt, *Die Junge Welt/ von Bitterfeld*. Frage: *Was ist ein Penis?* – Antwort: *Kein Schreibgerät.* Frage: *Stimmt es, daß onanieren zu vorzeitigem Schwachsinn führt?* – Antwort: *Das «Abzeichen für gutes Wissen»*[71] *bekommst du auf diese Art jedenfalls nicht!* Frage, aber

71 Eine Art Pioniergruppenoscar, den zu bekommen zahlreiche Fangfragen mit Rückverweis auf Masturbationshäufigkeit und Republikfluchtgedanken vorausgegangen sind. Eine Falle, wenn man da nicht höllisch gut achtgab (!).

vielleicht reicht das auch schon, um zu demonstrieren, wie relativ aussichtslos es war, auf meine sehr persönlichen Fragen, die etwa hätten lauten können: *Erst Ei und dann Henne oder erst Henne und später der Hahn,* eine auch nur einigermaßen brauchbare Antwort zu erhalten. Halt! ein neuer Konflikt ist in Sicht, wahrscheinlich antagonistisch! Erste Behauptung: Das Land war insgesamt, und die libidinös besetzte Bedeutung des Sports jetzt einmal außer Acht gelassen, geschlechtsorientiert, denn die Oberwelttuttis kamen ja gerade deshalb auch so gerne nach Leiden, weil es da immer etwas zu pimpern gab so ganz nebenher. Und zweite Behauptung: Aufklärungsnotstand? Beate-Uhse-bedürftig? Darf ich die Lösung aussitzen und diskret nach hinten verschieben?... (Selbstzensur). Wir lernten uns auf einer Verabredungsmesse für kulturelle Zweckgegenstände kennen. Natürlich war da alles wild durcheinandergewürfelt; so auch Personen, die sich andernfalls niemals begegnet wären, weil sie in den verschiedenen Schuldbezirken sehr verschiedene Aufgaben nicht zu erfüllen brauchten, da es sowieso keiner prüfte. Babsi hockte vor ihrem Info-Zelt, ich glaube, strickenderweise, und ich war gerade beim Zoologischen Garten als Grabsteintexter unter Vertrag und verfaßte an einem Stand des F.d.G.B.[72] Stegreifannoncen auf Grundlage einiger vorgegebener Basisdaten – Geschlecht, Alter, Krankheit des Tieres, Gewohnheiten, Lieblingsmahlzeiten und so weiter und so fort. Aber es gab kaum Arbeit, da die meisten verendeten Exemplare doch gleich weiterverwertet wurden, ohne daß eine moralische Spezies wie die unsere da über-

72 Freier deutschsprachiger Gewerkschaftsbund.

haupt hätte eingreifen können, und ich konnte recht zügig *Das Sein und das Loch* – sehr schlecht übersetzt, wie ich später bemerkte –, eines gewissen Jean-Paul Sartre lesen (es war noch in meiner stürmischen Leseepoche, die allerdings mit dem Selbstverfassen von Texten schon gehörig in Konfliktstürme kam). Doch immer gab es plötzlichen Wind, der meine Seiten verwuschelte. Zufall? Weil mein Stehtisch direkt vor der Ausgangstür stand und die Laufkundschaft an mir vorbei und hinter mich tretend häufig für Luftwirbel sorgte? Angeblich hätte sie Kopfschmerzen gehabt und wäre deshalb alle zehn Minuten diesen Weg an mir (und meinem Buch) vorbeigegangen, um an die frische Luft, was immer das gewesen sein konnte, zu kommen, aber das habe ich nie geglaubt. Babsi war einfach neugierig, wie einer freiwillig den Blick in beschriebenes Papier anstatt in ihre viele Geschichten gleichzeitig erzählenden Augen werfen konnte. Aber da war es schon und hätte mich stutzig machen müssen, dieses: *Du bist doch eigentlich ein ganz komischer Vogel.* – Das muß aber ein spannendes Buch sein, sagte sie schließlich zwei Minuten vor Thekenschluß und fünf vor Ende der Veranstaltung von hinten mir über die Schulter gesprochen. Dieser erste Satz war nun gewiß nicht unbedingt der klügste, aber dennoch und wie von einer fernen Macht befohlen klappte ich sofort das Buch zu, das an keiner Stelle Babsis schöne Stimme an sinnlicher Kraft überbieten konnte. – Ich heiße Barbara, sagte Bärbel, und meine Hand glitt sofort … (Selbstzensur). Obwohl sie noch ganz ordentlich in ihrer Kleidung versteckt blieb, wie es sich laut Bestseller *Er & Sie & 1000 Fragen* der Professoren für Haut- und Geschlechtsmerkmale Schnebel & Schnebel für die erste halbe

Stunde gehörte … (Selbstzensur). – Ich habe meinen Namen leider gerade vergessen, sagte ich, was auch tatsächlich stimmte. Aber sie hielt meine kleine Tragödie in Zusammenhang und bezogen auf mich selber, nicht ganz alle Aspekte und Elemente und Körperteile, die mich als, nun ja, *menschliches Spezialprodukt* ausmachen sollten, immer auch gut geordnet und sinnvoll zur Verfügung zu haben, für einen recht originellen Verlegenheitscharme und ahnte gar nicht, daß sie mit mehreren Menschen gleichzeitig, ich sollte vielleicht das Wort *kommunizieren* jetzt wählen?, kommunizierte. Ich: der Proletarier aller Länder, vereinheitlicht euch. Ich: der Erbprinz mit Anrecht auf Thronfolge beim Zentralrat der *FDJ*.[73] Ich: der Held der Arbeitslosigkeit (ab xx90 ff.). Ich, die *entfremdete Entfremdung*, wie ich es gerade bei Sartre gelesen hatte, *Die Nichtung des Nichts* – Urtext: das Rätsel seiner Zeit? Umstände? Sprache? Herkunft? Das Schriftstellersub- und Objekt, die Ohnmachtsvariante, der notorische Lachanfall in Anbetracht einer Lösung, die legendäre fehlende letzte Sprosse der Leiter, das Experiment Daumers, die Stirnhirndurchtrennung nach Monez, der unreine Reim, die Störung des Senders, die Seite, die nicht geschrieben, und das Wort, das nicht gefunden werden kann. Ich, die Größenbezeichnung für Katastrophe generell verwendet als Maßeinheit und Orientierungsbeihilfe mit Eintrag ins Urheberrechtsbuch. War ich ein Eheschwindler, weil ich für jeden mit Anspruch auf Zuchttauglichkeit schlichtweg eine Katastrophe war? – Hättest du doch eher sagen können, sagte sie. Jetzt müssen wir ihn mit der Kneifzange holen, unseren süßen

73 Geheimcode, kein Zugang mehr möglich.

kleinen Nachwuchstutti.[74] Die letzten fünf Minuten *Verabredungsmesse* – für die anderen am Ende, für uns erst am Anfang – vergingen wie im freien Fall: Die Pförtner rasselten mit den Ketten und drängten die Besucher aus den Hallen in die bereitgestellten Pendelbusse, wie der Bauer seine Schweine ins Gatter treibt, das Zentrallicht verdunkelte sich merklich, und die Geruchsfackeln mit Honignote waren bereits ganz verloschen, was bedeutete: Die feurig flackernden Punkte in Babsis Augen, die sich für mich mit der Vorstellung verbanden, die Montage könnten wie ein einziger Sonntag und die Liebe vielleicht doch dauerhaft sein, standen als Gefühlskraftverstärker gleichsam nicht mehr zur Verfügung, was nun ihre Entscheidung mich betreffend und meine Entscheidung sie betreffend nur noch um so erstaunlicher werden ließ, denn wir wollten uns tatsächlich beide und sagten es zeitgleich: – Ja, ich will! (ich). – Und am liebsten schon gestern! (sie). Ich kenne keine Szene der Weltliteratur, Georges Bataille eingeschlossen, sagte ich Feuerbach, in der die blinde Hochverliebtheit in ihrer Ekstase auch nur annähernd so schön beschrieben worden wäre, wie ich sie in dieser Stunde erlebte. Doch daß mein …(Selbstzensur) sie hätte wie ein Lasso umschlingen können, um sie so eng wie möglich an mich zu fesseln und von mir abhängig zu machen, ging beim besten Willen schon rein anatomisch nicht (gleichviel, daß ich es auch unter den Bedingungen einer biologischen Sonderausstattung niemals getan hätte, sagte ich Feuerbach. Mythos, auf Bärbels Geheimbundberichte zurückgehend, die sie erfunden hatte, um Erschwerniszu-

74 Das war eine Zeitblende um exakt neun, nein, zwei Monate später, sagte ich Feuerbach (Frühgeburt).

lage und später einmal Sonderrente[75] beantragen zu können: *Ich habe es genau abgemessen, während er schlief: 40 Zentimeter in ruhigem Zustand, dann eine Ginsengwurzeltablette vom Klassenfeind nach unten geschmuggelt, und ich saß förmlich auf einem Pfahl und kam ohne fremde Hilfe da gar nicht mehr runter).*[76] Es war, ich verstehe es bis heute nicht, mit uns zwei verknallten Turteltauben etwas zusammengekommen, das sich einerseits nicht mehr loslassen konnte, andererseits aber auch ziemlich schnell klar werden ließ: So ganz ohne Dauerverwundung wird das wohl auch nichts. Ein Sieger der Mathematikolympiade rechnete uns das einmal sehr genau durch und so, daß wir es beide verstanden: Oben (= Oberkörper = OK) Streit und unten (= Unterbau = UB) signifikantes Suchtverhalten. $\sum \rightarrow OK = \sum + UB + OK^{TM}$ (TM = Tragödienmatrix). Es sah nicht gut aus, aber war es zu ändern? Kurze Korrektur währenddessen: Babsi war natürlich Barbara. Alles andere kann bleiben, wie schon gesagt. A) Warum sprach sie mich an, wo ich doch ganz offensichtlich mit Philosophie beschäftigt war? B) Konnte sie erkennen, daß ich mein Buch falsch herum hielt, weil ich es mir angewöhnt hatte, von rechts nach links und von unten nach oben zu lesen? Und wenn ja, B-1): Nahm sie etwa an, daß ich mir ein kleines Fenster ins Papier gebohrt hatte, um heimlich zu spannen? Das alles blieb unausgesprochen, und vielleicht war es gerade dadurch, daß wir es verschwiegen, zum Gift in unserer Beziehung geworden. Auf jeden Fall hätten wir eine Paartherapie bitter nötig gehabt, denn unsere Dialoge hörten sich gar nicht gut an. – Sie: Holst du bitte die Äpfel aus dem Schorn-

75 Siehe hierzu auch die Bemerkungen zur «Rentenlüge» in Kapitel 4.
76 Wieder keine Selbstzensur möglich, da Fremdzitat (siehe auch Anm. 66).

stein, Schatz? – Ich: Aber es ist morgens halb vier, da fährt doch keine Straßenbahn mehr. – Sie: Ist das jetzt eine Frage auf meine Antwort? – Ich: Nein, Liebling, eine Birne für den Straßenbahnschaffner. So ging das über Stunden. Allein die Koseworte *Schatz* und *Liebling*, die hier genannt sind, um den harten Beziehungsgrundton ein wenig erträglich zu halten, verklammerten noch die Redeanteile, die, so muß man es sagen, in doch sehr verschiedene Verständnisrichtungen auseinanderfielen. Aber jetzt kommt eine sehr interessante Umweltbeobachtung hinzu: *Wählt die Kandidaten der Nationalen Front* stand zum Beispiel über einem Fachgeschäft für Kunststoffprothesen. An der Tür einer Buchhandlung hing ein Schild mit der Aufschrift: *Die Veranstaltung «In der Kürze liegt die Würze» muß wegen Staatstrauer verschoben werden.* An einer Toilettenwand stand in Kreide: *Sag ja zur Partei.* Die Liste ließe sich unendlich fortsetzen, denn fast jeder öffentliche Satz, und erst recht am Ende der Republikzeit, war gewissermaßen autistisch und mit keinem zweiten Satz in eine auch nur einigermaßen verständliche Verbindung zu bringen. Es ist klar, sagte ich Feuerbach, wie das eine aus dem anderen hervorkocht, das Kleine aus dem Großen und das Intime aus dem Allgemeinen und alles aus einem Topf? Barbara kam erschöpft von der Arbeit, ich hatte bereits Fisch für ihre Katze gekauft sowie die nötige Hausarbeit erledigt (Schimmel von der Wand abwaschen, Spinnweben zur Seite hängen, Rauchgas abpumpen, Ruß vor der Haustür wegschaufeln), damit wir einmal etwas mehr Zeit für uns haben würden. Doch sie hatte den Kopf so voller Merkwürdigkeiten, die ihr am Tag widerfahren sind und die sie nicht einfach so abschütteln und vergessen konnte, daß an eine aufeinander bezogene Handlung nach dem Muster: A legt seine Hand auf die Hand von B, B preßt ihre Zunge gegen die Lippen von A, A legt seinen Arm um B (ich überspringe), B und A ziehen sich wieder an usw., überhaupt nicht zu denken war. Ich küßte sie am Hals, und sie stand auf und zog sich ihren Wintermantel an. Oder: Ich streichelte ihr übers Haar, und sie zog eine Zahnbürste aus der Tasche und begann, ihre Schuhe zu putzen. Oder: Ich umfaßte sie an der Taille, und sie machte sich einen Knoten in den Schlüpfer. Natürlich war es ärgerlich, wo ich doch alles so gut vorbereitet und auch den Hausdienst erledigt hatte, andererseits wußte ich, daß Barbara den ganzen Tag wieder nur Veranstaltungsberichte geschrieben haben wird, die so wirr werden mußten, um wenigstens etwas bei der Wahrheit zu bleiben, daß kein grammatikalisch gültiger Satz sie aushalten konnte – geschweige denn ein, nun ja, menschlicher Verstand. Barbaras Verwirrungen steckten mich an, und es kam nicht selten vor, daß sie, wieder klar im Kopf, ihren gegen meinen Schenkel rieb, ich aber aufstand und das Rasierwasser suchte, zum Beispiel. Dann steckte ich sie wieder an, dann sie wieder mich, dann ich wieder sie, dann wir wieder andere, dann andere wieder uns und immer so fort. Wie war die Natur zu dieser Zeit? Wie sah sie aus, was tat sie währenddessen, wie verhielt sie sich uns und anderen gegenüber? Ich glaube, es gab keine. Kann mich nur an Steine erinnern, Sandsteinquader, wild über die Erde verstreut oder zu kirchenbauähnlichen Palästen hoch aufgeschichtet, in denen die verschiedensten Parteigruppen saßen (wohlgemerkt der einen Partei!). Schrieb eine Betrachtung darüber unter dem Titel *Die Naturlosigkeit*, mit der ich kurze Zeit später das renommierte Goethewanderstipendium gewann und für einen halben Tag berühmt und ein angesehener Gast dieser Erde war. Sehe mich noch bei Walfriede von[77] Hering im Ostberliner Kultur-ZK hocken und um Erlaubnis würfeln, ob ich ins feindliche Bluming am feindlichen Walchensee zum Wettbewerbslesen um das Goethewanderstipendium reisen darf oder nicht. Aber die Sonne schien, Walfriede hatte günstig gefrühstückt, Weihnachten war auch greifbar nahe, und dann dreimal die Sechs: Soviel Glück hatte ich nie wieder in meinem Leben. – Mit oder ohne Frau oder Freundin? fragte Walfriede, und ich traute meinen Ohren nicht. Dann erinnerte ich mich an Adolf Adolfos Ratschlag, auf dem Antrag unter *Medizinisches Begleitpersonal* auf jeden Fall ein Kreuzchen zu machen. Doch noch ehe ich das Formular überhaupt zu sehen bekam, fragte die Reisepaßvergabebevollmächtigte Walfriede von Hering schon: Na, gibt es ernste gesundheitliche Probleme, die Sie veranlassen könnten, eine Person zur Seite haben zu wollen? Etwa eine Zugphobie? Das sollte vorkommen, gerade zu dieser Jahreszeit. Erst kürzlich war ein Leidener Nachwuchsautor hier, um eine Paßverlängerung für sein Herzlieb, in sehr wilder Ehe die beiden, zu beantragen. Er ist nachtblind, und wir wissen ja nun wirklich nicht, ob es über der Erde dort drüben überhaupt jemals hell wird. Man hört da ja so allerhand. Nicht umsonst leben wir abgeriegelt. Aber zum Schutz unserer Bürgen ist uns freilich gar nichts zu teuer. Und dann ist es doch auf jeden Fall bes-

77 Das «Von» hatte sie gerade, schon im Wissen um die zu erwartende politische Zukunft, aus den Geburtsurkunden wieder hervorgekramt und schnell noch amtlich gemacht. (Davor stand es, wie bei den meisten, sofern überhaupt, nur in Klammern.)

ser, daß einem einer hilfreich zur Seite geht, oder? Wir wollen doch auch, daß Sie Leistung zeigen und im Namen des Volkes denen die Flöte einmal so richtig hart blasen! Mit diesen Worten formte Walfriede ein so schönes Loch mit dem Mund, daß ich Lust bekam, es mit einem Finger zu stopfen. Aber ich glaube, damit hätte ich eine Grenze des auch im Realsozialismus praktizierten Anstands überschritten, zumal wir nicht allein in diesem Dienstzimmer saßen, und auch hinter dem Stalinposter (oder Ulbricht?, oder Honekker?) muß jemand in der Wand gestanden haben, wie ich es an den nervös zuckenden Lidern im herausgeschnittenen Augenschlitz des Bildes erkannte. – Wie heißt denn die Erwählte? fuhr die Beamte beim Kultur-ZK, Zimmer II/1004 a, Grenzstraße 21b, fort. – Oh, ich weiß nicht genau, sagte ich, Bärbel oder Bobo, Barbara oder Babsi. – Dann lassen wir das Feld einmal frei. Geboren? fragte sie. – Ja, sagte ich. – Also auch keine Angaben. Augenfarbe? – Sehr wechselhaft, sagte ich. – Gut, sagen wir: graublaubraungrün? – Vielleicht ein wenig dunkler, sagte ich. – Graublaubraungrünschwarz? fragte sie weiter. – Ja, das könnten wir gelten lassen, sagte ich. – Da haben wir doch schon etwas, sagte sie befriedigt. Es läppert sich. Wäre doch gelacht. Haben noch jeden irgendwie zur Beschreibung gebogen. Alter? – Ganz schwer zu schätzen, sagte ich. – Sehen Sie, sagte Walfriede von Hering, wenn ich die Falten hier einmal blankziehe, sieht dann meine Mundpartie der ihren ein wenig ähnlich? – Im sehr entfernten Sinne, sagte ich. – Also siebzehn, sagte sie. – Klingt gut, sagte ich. – Geschlecht? fragte Walfriede. – Wahrscheinlich weiblich, sagte ich. – Nehmen wir das, sagte sie. Größe? – Ich zog meine Hände auseinander, als wenn ich Ziehharmonika spielen wollte, und schwankte beträchtlich. – Da können wir einen Meter eintragen, sagte sie freundlich. Das schreiben wir bei Mitreisenden eigentlich immer so. Gewicht? Ja, ja, ja, nein, nein, nein, Sie wissen es nicht. Können Sie sich das Gewicht von zwei Eimern Kohle vorstellen? Gut. Nun zur Feinjustierung. Eine Kohle mehr?, zwei Kohlen mehr?, drei Kohlen weniger? Gut. Schreiben wir dreißigeinhalb. Jetzt bräuchten wir natürlich noch ein Paßfoto. Kann sie das zu Hause selber nachkleben? Ja? Bitte. Und wenn sie keinen Fotografen in Leiden mehr findet, dann eben drüben und in Farbe. Damit wären wir dann fertig, sagte sie und reichte mir den gültigen Paß für Barbara. – Nun zu Ihnen. Können Sie uns Ihren Text aufsagen? *Die Naturlosigkeit,* klingt nach Besen ohne Stiel. Aber eigentlich interessiert es uns auch gar nicht. Die Hauptsache, Sie kommen nicht wieder. Was meinen Sie, weshalb wir sonst wohl so freigiebig sind? Sind nicht im V.d.V.,[78] haben noch keine eigene Publikation vorzuweisen, von den Grabsteintexten einmal abgesehen, die wir, großzügigerweise, als Debüt anerkennen, nun? Weil Sie ein Subjekt sind, das weggehört. – Oh, antwortete ich, ein Subjekt, immerhin, und ging. Da saßen wir dann auf unseren zwei Klappstühlen auf dem Bahnhof direkt vor dem Fahrstuhl nach Köln und warteten und nahmen in Gedanken still Abschied von diesem und jenem, denn es war uns beiden natürlich vollkommen klar, daß wir in unsere Sieche nie wieder zurückkriechen würden, wenn wir sie erst einmal verlassen hätten. Vielleicht, dachte ich, würden dann

78 Verband der Verseschmiede (Durchschnittsalter 78,5 Jahre. Und das bei einer durchschnittlichen Lebenserwartung für Herren damals bei 42,8 (der Schuldbezirk neun drückte da die Kurve gehörig nach unten!)).

auch unsere Dialoge wieder ein wenig verständlicher werden, wenn die Umweltsprache kommunikativer und damit gesünder für die Empfindungswelt ist. Adolf Adolfo, der mit seiner Kampf- und Lebensgefährtin seit längerem schon mindestens zweimal im Jahr hochfahren konnte, erzählte immer wieder, wie therapeutisch wichtig diese Kulturreisen seien. Gerade bei Beziehungsproblemen, sagte sie, oder bei Impotenz durch chronischen Sauerstoffmangel, sagte er. Warum kamen sie eigentlich immer wieder herunter? Interessante Frage. Ich habe das an einer Familie von Asseln, die unter einem Ziegelstein hockten wie ich in meiner Höhle, einmal sehr gründlich studiert und in vielen Heften festgehalten – kam alles im Erdrutsch abhanden (Wendeopfer!). Ich hob den Klotz, aber sie schienen nur vom Licht wie geblendet und kuschelten sich zusammen, anstatt auseinander und in die Freiheit zu flitzen. Das morsche, dunkle, immer gleichbleibend feuchte Stück Erde war schon zu sehr zu einer zweiten Haut geworden, ich sah die Sitz- und Liegemulden, die angenehm kurzen Wege zum Friedhof oder andere nicht zu unterschätzende Vorteile. In meinem in Bluming am Walchensee prämierten Text *Die Naturlosigkeit* ist allerdings mehr von Nachteilen oder Bedenklichkeiten die Rede gewesen; es war eine so unumwunden naturalistische Beschreibung der Umstände, daß ausschließlich alle im Saal zu weinen anfingen und ein Mitglied der Jury sogar mit einem Schock ins Krankenhaus gebracht werden mußte, wo er kurze Zeit später verstarb. Dabei hatte ich wirklich nicht vor, meine Schmerzen von Leiden, die ich selbst so genau gar nicht mehr wahrnahm vor lauter Hornhaut innen und außen, ins wunderschöne Bluming am wunderschönen Walchensee mitzubringen. Ja, ich hatte nicht einmal verstanden, daß bei einem Tatsachenbericht und in Anbetracht ganz alltäglicher Normalitäten, die Babsi und mich eher zum Lachen brachten – wie zum Beispiel über die obligatorischen zwei, drei Kakerlaken in jedem Gulaschtopf, weil der Wandaufriß ebenso ihre Brutstätte war wie unsere kleine Vorratskammer für seltenes Gemüse o.ä. –, dermaßen viele Menschen Tränen vergießen konnten. Drei Jahre später, als ich ein zweites Mal zum Walchensee kam, da es eine Gedenkveranstaltung zum hundertjährigen Bestehen des Goethewanderstipendiums unter dem Motto *Gestern gefeiert und morgen vergessen* gegeben hat, die alle neunundneunzig Preisträger – inspiriert davon entstand übrigens auch der Kultschlager «99 Luftballons» – und mich in trauter Runde einmal und nie wieder zusammenbringen sollte, eilte mir die in diversen Fachkreisen bereits kursierende Theorie bis nach Bluming voraus, ich sei gar kein Zähringer Erbprinz der ersten D.D.R. auf großdeutschem Boden, sondern *nicht unwahrscheinlich ein Betrüger*, wie Polizeirat Johann Friedrich Karl Merker es im *Nationalen Deutschland* zur Disposition gestellt hatte, während zeitgleich[79] der Herr Professor Daumer Experimente mit meiner Verdauung anstellte und in den Kiemenansätzen im oberen Halsbereich den Beweis erbracht sah, daß Luft Mangelware war und wir somit sehr wohl im Erdreich wie die Würmer, ich würde nun nicht sagen: vegetier-

79 Ende der 80er, Anfang der 90er war voller historischer Interferenzen, sagte ich Feuerbach. Hier liefen die Proletarier schon mit der BILD unterm Arm durch die Gegend, dort steckte noch das ND im Briefschlitz wie ein Messer im Brustkorb des Feindes. Hier zahlten wir schon mit Deutscher Markenbutter, dort noch mit der Margarine Goldina, die aus tiefgefrorenen Reservebeständen eilig hervorgetaut wurde usw. usf.

ten, sondern vagabundierten, lebten, liebten und zeugten. Dieses Gerücht, zu diesem Anlaß am wunderschönen Walchensee zur herrlichsten Vollblütezeit beim Cocktailtrinken und Häppchenessen unter die gelangweilten Leute gebracht, die nicht wußten, was sie hier tun sollten und dann alles mögliche hinzugedichtet haben, war der Beginn einer schmutzigen Kampagne bis heute, sagte ich Feuerbach. – Dein Problem ist, sagte Poldi vom Steinbruch, der sich nach einem harten Fußballspiel gegen die Landbevölkerung im Walchensee die Hühneraugen kühlte, während wir (eine Spezialität der Kultgaststätte *Armando Armandolino)* Wachteleier auf Knäckebrot aßen, daß du a) und b) die schönsten Freundinnen hast. Begabt sein, ja, aber dann, bitte schön, bitterböse allein. Oder schöne Freundinnen haben, dann aber a) bitte schön, nicht. Doch einen solchen Text schreiben zu können wie *Die Naturlosigkeit*, der es vollbringt, was in Bluming noch kein Autor vollbracht hat, daß alle, die ihn hören, fast gleichzeitig in schwere Weinkrämpfe verfallen und ein Redakteur sogar einen Herzinfarkt bekommt..., freie Stelle, falls es dich interessiert..., und, aber das sagte ich schon. Poldi blickte auf seinen Kugelschreiber mit Werbeaufdruck, als wenn er dort ein chiffriertes Stichwortverzeichnis für psychologische Gesprächsführung versteckt hielt, und fuhr in hochfahrend belehrendem Ton gutgemeint fort: Da hast du die schöne Bärbel und die schöne Babsi und die wunderschöne Barbara mit einem Duft, daß der ganze Raum wie in Rosenöl badet, dann Grete und Margarete, die auch ihren letzten Hering noch mit dir teilen, ich meine, die meisten haben nicht einmal die Anfangsbuchstaben von all dem, dies und dessen. Kannst du nicht verstehen, daß das zuviel ist?

Daß da irgendwo was wieder abgezogen gehört? – Aber meine Defekte, sagte ich und zeigte auf meinen Klumpfuß, zuckte mit der Hasenscharte und ließ meiner Veranlagung zur Inkontinenz freien Lauf. – Zählt nicht, sagte Poldi. Das konnte vielleicht deinen Sozialstaat beeindrucken und für einen Psychiatrieplatz mit Vollpension sorgen. Hier hat das jeder. Nicht so physisch präsent vielleicht, weswegen du ja auch allerhand Bewunderung erhalten hast für den ersten Moment der exotischen Fremderfahrung. Aber bald schon wird das nur noch Nachteile bringen. Deshalb ganz schnell die Mütze drüber und kein Wort mehr davon. Sieh mich an!, und mit diesen Worten knöpfte sich Poldi seine Lederjacke auf, zog ein paar Zentimeter Unterhemd hoch, und was ich dann zu sehen bekam, fand ich dermaßen furchtbar, daß ich mich selbst und augenblicklich als auf eine fast schon unanständige Weise kerngesund empfunden habe: Da war, außer ein paar Drahtschlingen, Transistoren und Widerstandsgruppen, die nach einem wirren Bauplan ins Innere der Bauchhöhle hingen, gar nichts. Poldi grinste. – Alles Bosch, AEG oder Siemens. Tja, Lieber, so geht es uns. Alles schon Ersatzteillager, kopierte Kopie, Raubprodukt in der zweiten Generation. Schöne alte Welt, in der einer noch einen echten Klumpfuß besaß aus Fleisch, Blut und Knochen. Du solltest ihn besser in Zeitungspapier wickeln, sonst hast du bald mehr Neider als Buchstaben auf deinem Papier, und damit schwang er sich in den Sattel seiner Dienst-Harley und verschwand zu einem nächsten *Event*, den es mitzuschneiden und dann wegzuwerfen gab. Wollen wir nicht doch lieber zurück? fragte Babsi, weil wir wohl vom Inneren unserer Fähigkeiten her gar nicht beschaffen sind, und jetzt sagte sie etwas, das mich in seiner Tiefgründigkeit, die ich an ihr so noch nicht kennengelernt hatte, nachhaltig bewegte: ... für die Gegenwart? – Nein, antwortete ich, wir müssen nur lange Lackmäntel kaufen und besser unsere Narben verstekken. – Verstehe, sagte Babsi und vergrub sich in ihrer Kleidung, als wäre plötzlich ein sibirischer Kälteeinbruch über uns gekommen. Ich wußte nun wirklich nicht, wo und auf welcher Landstraße wir weiterfuhren. Die Grenze zu unseren Schuldbezirken gab es definitiv nicht mehr. Hier und da sahen wir noch Betonmauerreste, aus den Erdfugen gesprengte Stahlwände und Schachteinlässe, Zollbaracken und Kontrollpostentürme, aber alles nur noch in der eher alptraumhaften Verweisung darauf, einmal existiert zu haben, wie letzte, locker herumliegende Knochenrückstände, die an ein Schlachtfest erinnern. Babsi zeigte auf eine Hecke, deren Äste so klingenscharf gewesen sind, daß sie alles zerschnitten, was sie berührten, und einige Fetzen von ausgebleichter Haut bezeugten, daß hier Flüchtlinge einmal qualvoll umgekommen sind. – Selbstschneideanlagen, sagte ich, Tausende kamen darin ums Leben. Sie sahen wie harmlose Hagebuttenhecken aus und waren so über den Austrittsschacht gepflanzt, daß jeder, der aus der Erde herauskommen wollte, sich wie durch einen Fleischwolf hindurchwinden mußte. Kaum aber, daß er mit dem ganzen Leib in der Hecke steckte, begannen sich die Zweige zu bewegen und mit den scharfen Innenseiten ins Fleisch ihrer Opfer zu schneiden. Diese Erfindung gab es tatsächlich nur hier. Es kann aber auch sein, sagte ich Feuerbach, daß Ulbricht oder Honecker o.ä. Dantes *Göttliche Komödi*e gelesen hatte und dachte und sagte: *Das können wir auch, Hilde-*

gard! – Was für ein Fortschrittsland, sagte Barbara, und was, gütiger Gott, machen wir jetzt mit unseren so hart erkämpften Pässen?

15. Dementia praecox.

Wußte ich noch, wo ich … und wo ich nicht war? Maria, die vermutlich einzige Frau, die ich aus Liebe gleich zweimal geheiratet habe (zuerst als Barbara und dann, als das schiefging, noch einmal und mit zwei neuen Pässen), war das einzige mir vertraute Gesicht in dieser Zeit. Alles sonst war wie China. Ich torkelte wie blind durch die mir endlos erscheinenden Einkaufsfabriken, immer auf der Suche nach einem Ausgang und immer weiter durch neue Eingänge stürzend, so als ginge es nur tiefer hinein oder höher hinauf, niemals aber mehr zurück und heraus, und dann war auch Babsi hinter den Ständen für Tusche und Schminke, Schaumbad und Riechsalz verschwunden, und ich mußte tatsächlich zwei oder drei oder vier Jahre lang warten, ehe wir uns durch eine Fügung des Schicksals in Okkerwalde / Dorfzentrum wie gegengepolte Magneten in die nun abermals etwas älter und schwächer gewordenen Arme gelaufen sind. Zwischenzeitlich war ich ein wenig herumgekommen, erzählte vor staunenden Altertumsforschern von Tutti, dem Starkstrommann, der zwei gerissene Enden eines Hochleitungskabels mühelos mit sich selbst überbrücken konnte, vom Volkszorn, wie er ganze Schächte unter der Erde wegfegte, vom legendären Leidener Montagskino sowie von meinen Gedichtmotiven, die eine solche revolutionäre Unruhe brachten, daß sie nachweislich zu Motoren eines kollektiven Willens zur Veränderung der Reiseregeln wurden. Ich zog mich aus und zeigte mein Fleisch und ließ mich berühren, bis mein Körper voller Hämatome und übel anzusehender Schmier- und Schmutzflecken gewesen ist. Auf den Hammerwiesen in Schamwede zum Beispiel, wo der Gemeinderat eigens für mich einen Kuhstall freiräumte. Dann wieder Daumer, der mir in den Mund sah und von meinem durchaus einmaligen Gebiß mit den interessanten Reißzahnrudimenten am Oberkiefer Abdrücke machte. Und schon stand ich da, wie vom Himmel gefallen oder aus der Hölle gekrochen, auf dem Marktplatz mit Blick auf Karstadt, Kirchhof und Kneipe – das ganze Leben auf einen Blick. Sehr starker Eindruck. Zur Belohnung schenkte ich mir ein Bonbon, das ich über die letzten Tage oder Wochen vor meinem immerwährenden Heißhunger auf Bonbons gerettet hatte, faltete das Papier auseinander und las *Nimm* 2. Eine sehr interessante Empfehlung der Firma, fand ich. Aber woher nehmen, wenn nicht stehlen? (Später werde ich verstehen, warum man hier alles gleich zweimal bekommt, was es bei uns einmal gar nicht gab.)[80] Nun, es war eine schöne Klinik, in die zu kommen einer Auszeichnung gleichkam. Jeder hatte eine Stechkarte, um zu beweisen, rechtzeitig seine Rationen in Empfang genommen zu haben. Hier bunte Tellerchen, dort bunte Tüten. Babsi lag, was durchaus apart aussah, in einem vergitterten Bett, und das tat mir andererseits auch sehr leid für sie, zumal ich es war, der sie damals aus Leiden weg und in die Welt hinaus mitgenommen hatte. Vielleicht wäre sie heute immer noch dort und würde mit einem Zauberer o. ä. glücklich geworden sein?, immer voll ausgelastet dessen Kaninchen verstekken hauptberuflicherweise, anstatt hier neben mir die vielleicht besten Jahre in einem vergitterten Bett zu verbringen. Andererseits, diese Zone war ja zugeschüttet, und ich sollte

80 Es ist, sagte ich Feuerbach, die reine Sparsamkeit. Je mehr man kauft, desto größer ist die Ersparnis. Bis einer Millionär wird.

mir vielleicht keine schweren Gedanken mehr darüber machen, was wäre, wenn. Wer ich bin, das wußte ich natürlich immer noch nicht. Im Gegenteil, je länger ich danach suchte, um so unbefriedigender waren die Resultate. Aber wer ich nicht war, das wurde mir zunehmend klarer: kein Besenschrank erstens, kein Geschirrautomat zweitens, kein Staubsauger, um hier nur drei mir als gesichert geltende Beispiele herauszugreifen. Oder wollen Sie mehr hören? fragte ich den durch meine partielle Geistesbegabung ganz offensichtlich überforderten Feuerbach. Dieser Gedanke, mehr über sich, über seine Herkunft und ob das eigene Herz echtes Erz ist (zum Beispiel untadelig adelig ...) dadurch zu erfahren, daß man so lange alles ausschließt, was mit einem selbst in keine logische Verbindung zu bringen ist, bis man notgedrungen zu sich selbst kommen oder besser: sich selbst finden muß (*Selbstfindung*, sehr moderne Bezeichnung dafür), faszinierte mich zunehmend und beschäftigte mich auch und machte mir die Tage sinnvoll, die für meine verwirrten Mitpatienten, die sich Betroffene nannten und im allgemeinen Sprachgebrauch Klienten gerufen wurden, selbst dann, wenn sie in völliger Verwechslung der Örtlichkeiten dem armen Feuerbach vor die Zimmertür machten, leer geblieben sind, aber ich sollte jetzt vielleicht nicht über die anderen reden. War ich mit dieser Methode, die ich so ganz für mich während einer meiner mir selbst gehaltenen Vorlesungen *Deduktionsmethode* nannte, erfolgreich? Nein. Warum nicht? Eine reine Frage der Zeit. Denn ich wußte bereits, daß ich eines Tages hinscheiden und dauerhaft weg sein würde, Daumer sagte es mir, um mich vor einem Übermut zu bewahren, mit dem ich Pläne machte über die nächsten zwei

Jahrhunderte hinaus. Allein meine nähere Umgebung nach diesem Prinzip des Ausschlußverfahrens genau zu untersuchen hätte Monate, vielleicht Jahre gedauert, zumal ich immer wieder auf interessante, aber nur äußerst schwierig zu beantwortende, ich will sagen: philosophische Probleme gestoßen bin, zum Beispiel: In der Seifendose (= nicht ich) fand ich einen Fingernagel (= von mir). Wie ging ich jetzt gedanklich vor, wie war zu verfahren? Nein, nie wird irgend jemand wissen, wer er ist, dachte ich, es gibt, dachte ich, keine Methode, das festzustellen, es gibt einige Verdachtsmomente, Annäherungen, über die Technik des Ausgrenzens zum Beispiel, aber es bleibt doch immer und alles in allem ein Versteckspiel und als Gewißheit getarnte Vermutung, allein um aktenkundig zu bleiben und eine gültige Adresse für die Mahnpost zu haben, und das ist, großer Gott, alles. Möglich auch ist, daß ich Erkenntnissätze dieser Art in eines meiner für die Nachwelt (?) angelegten *Merkhefte* aufgeschrieben hatte. Wie viele von mir persönlich verfaßte Hefte gab es eigentlich? Ich gestehe, daß ich darüber jede Orientierung verloren habe. Vielleicht ein paar hundert, vielleicht ein paar tausend. Hin und wieder taucht eines irgendwo auf. Unterm Bett an entlegener Stelle zum Beispiel und bei der Suche nach einem verlorenen Knopf wieder zutage gekommen und dann eingearbeitet in die anderen Schriftlichkeiten meiner Wenigkeit höchstselbst. Da ich, zumindest am Anfang,[81] kaum etwas erinnern konnte, riet ich mir selber, oder riet es mir Feuerbach?, ein solches Journal zu führen, um über bestimmte Wortgruppen und Zeitzugehörigkeiten vielleicht

81 Welcher Anfang?

doch das eine oder andere wieder in eine chronologische oder dem Chronologischen zumindest nicht völlig entfernte Ordnung zu bringen. Auch war es eine gewiß sentimentale Referenz daran, daß ich ja doch und immerhin laut Sozialversicherungsbuch *Schriftsteller* war, wenngleich ich für dieses Wort nun wirklich keine Verwendung mehr hatte. Dabei fehlte es mir gewiß nicht an negativer Phantasie! Im Gegenteil, die Vorwegnahme des Scheiterns im Gedanken und schließlich schreibenderweise auf dem Papier war eine sehr praktische Konsequenz meiner Gesellschaftserfahrung, und so dachte ich alle Varianten des Unglücks vor und zurück und herauf und herunter, um im entscheidenden Moment gerüstet zu sein; nur daran, daß es dafür eines Tages keine Verwendung mehr geben könnte, daß es einen Weltzustand geben könnte, der diese schriftlichen Voraussagen und Warnungen nicht nicht nötig hätte, das wäre falsch, sondern schlichtweg übersieht, was das Wort *Schriftsteller* natürlich sofort und allumfassend asozialisiert und zu einem Schimpfwort werden läßt für Leute, die sich gerne Gemeinheiten wünschen, dachte ich, sagte ich Feuerbach, nie. Mein Zimmer ähnelte übrigens dem, das ich in der Ostberliner Straße 5 in Leiden bewohnte, nur daß es kleiner war und frei von Literatur wie ein gepflegtes Chirurgenbesteck von schädlichen Keimen.[82] In Leiden konnte ich ja gar nicht treten vor lauter aufgeschlagen herumliegender und zu vielen kleinen Häufchen aufgetürmter Bücher, die jeden Gang durch den Raum zu einem Hindernislauf werden ließen. So konnte es gewiß nicht weitergehen, mit dieser Überbedeu-

82 Stimmt natürlich nicht für jede Klinik!

tung von Sprache in einem Leben, das doch im Grunde genommen aus gar nichts bestand. Aber der andere Fall, die weiße Wand, das weiße Papier, die weiße Kleidung, auch das ist eine Strapaze, die Auslöschung, die Vertilgung, das Loswerden von Geschichte und Geschichten. Ich glaube, meine allgemeine Bereitwilligkeit zu erzählen, Feuerbach gegenüber einerseits, dann aber auch in dem hybriden Anspruch, der Ewigkeit[83] mit gleichbleibend lesebegabten Geschöpfen hochverbindlich etwas zu hinterlegen, resultierte weniger aus einem Interesse daran zu erfahren, wer ich bin und wo ich hergekommen bin, denn das war mir ab einem aufgeklärten Moment schnurzegal, als vielmehr aus einer noch etwas versteckt gehaltenen Lust am Verschwinden, in Sprache gleichsam zu versinken wie in einem Morast, in Erinnerung zu vergehen, das Gedächtnis noch einmal herauszufordern, um es ein für allemal erschöpft zu haben und nicht mehr heimgesucht zu werden von dessen zweifelhafter Fähigkeit zur Wiederherstellung besser im dunkeln begrabener Geschehnisse. Natürlich hätte ich das alles einfacher haben können, etwa mit einer simplen Stirnhirndurchtrennung, die wahrscheinlich in weniger als einer halben Stunde, wie beim Entfernen eines Appendix, erledigt sein würde. Meine Argumente, diesen Eingriff betreffend und Feuerbach gegenüber mehrmals erwähnt, waren durchaus plausibel: Täglich geschieht das auf sublime Art und Weise mit jedem, sagte ich Feuerbach, nicht im strengen medizinischen, aber durchaus in einem die Natur des Gehirns manipulierenden Sinn. Außerdem müssen die Körper radikal neu

83 Wie viel Jahre genau sind die Ewigkeit? (Neues Problem!)

beschriftet werden, das heißt, sie müssen frei sein von jeglicher Historizität. Mein rückwärtsgewandter, Reflexionsarbeit als positive Leistung fassender Anspruch war völlig unhaltbar geworden, vielleicht weil ein damit verbundener Schmerz nicht mehr hätte ausreichend betäubt werden können, womit auch? Ich gehörte genaugenommen in meine Grube zurück, in meine Nische, mein Loch, eben deshalb, weil ich meine Zeit in ihr verstehen und dieses andere Leben mit dem jetzigen in eine Form von Übereinkunft bringen wollte. Schon allein deshalb konnte ich auch kein *Schriftsteller* mehr sein, weil sich die meisten möglichen Leser genau von dieser Bedürftigkeit nach Herkunft abgewandt hatten. In Breslau, an der Mariahilfkirche (?), oder in Neapel, auf der Via Camorra (?), weiß wirklich nicht, wie ich wo hinkam und warum..., wahrscheinlich Schokoladenriegel an bedürftige Kinder verteilend in einem höheren, mir heute entfallenen Auftrag..., hatte ich auch meine Stuporplastik *Der Kaspar der Revolution,* mit der ich xx90 ff. einige Berühmtheit erlangte, als Souvenir mitgebracht. Letzte in Blei oder Bronze gegossene Exemplare, Raritäten, für die man mir ein paar Jahre früher die Füße geküßt hätte und die nun, hier (?), völlig unbeachtet auf einer ausgebreiteten Decke lagen wie Abfall, wenn er zum Abfall fällt. Ich packte also zusammen und ging.[84] Breslau war wie Neapel für mich, nur eben kälter. Und es gab dieses ein wenig matt auf das Pflaster fallende (kann Licht fallen?), in sich selbst wie gebrochen wirkende und in einem Farbton zwischen Hellgelb und Ziegelrot

84 Diesen Satz kann man nun wirklich so und so lesen, denn ich packte 1.) tatsächlich zusammen und ging, und ich packte 2.) wie 1.) zusammen und ging in einer durchaus weiterführenden Bedeutung.

changierende Licht, das ich später, an allen anderen Orten, so sehr vermissen würde. Vielleicht, sagte ich Feuerbach, werde ich, wenn ich noch ein wenig länger auf dieser Welt bleiben kann, als es mir für den Augenblick vorstellbar ist, über dieses Licht noch eine Erzählung verfassen. Daß mir zunehmend verborgen blieb, wo *was* bzw. was *wo* geschah, hing wohl auch damit zusammen, daß ich seit längerer Zeit schon nicht denken *und* wissen konnte, an welchem Ort ich mich gerade befand. Entweder ich dachte, und das strengte mich dann dermaßen an und nahm mich in Anspruch, daß ich gewissermaßen selbst zum Bestandteil des Denkens geworden war und nichts sehen, hören oder reflektieren konnte über den Inhalt des Denkens hinaus (was bei einer akuten physischen Bedrohung gleichkam der Gefahrenstufe 1a)[85]. Oder ich dachte nicht, und dann war ich auskunfts- und beobachtungsfähig. Ergo: Wußte ich, wo ich war, dann hatte ich klar und deutlich nichts gedacht in diesem Moment. Wußte ich es nicht, dann reifte etwas womöglich Bedeutsames heran. So kommt es gewiß immer wieder vor, daß die Räume wechseln, ohne daß ich das auch nur ansatzweise mitbekommen habe. Zum Beispiel: Ich stehe im Schlafzimmer bei, sagen wir, Luise Karoline von Geyersberg, denke aber und verpasse, mich auszuziehen. Dann ziehe ich mich aus, aber es ist viele Stunden später und niemand in meiner Nähe außer der Reinigungshilfe mit Besen, Lappen und Eimer, die ich aber unmöglich gemeint haben konnte. Oder: Ich stehe vor laufender Kamera, um darüber zu sprechen,

85 Nehmen wir den wütenden Spatenschlag eines beleidigten Polen zum Beispiel, sagte ich Feuerbach, und ich denkend und ohne Reaktion ... Da komme ich doch gar nicht mehr weg!

warum so viele Trabantkutschen über die Außenbezirke Rumänien, Bulgarien und Südpolen (Beskiden!) in die angrenzende (müßte jetzt auf der Karte nachschauen) Oberwelt flüchten, gerate aber in eine solche dem Gedanken gewidmete Konzentration, daß ich augenblicklich erstarre und die Geschehnisse um mich herum für einen Filmbericht im Fernsehen halte. Dann, zwei Tage später, spreche ich eine halbe Stunde vorzüglichen Kommentar, doch kein Reporter zur Stelle. Diese mitunter erhebliche zeitliche Trennung von Handeln und Denken, von Beobachten und Reflektieren, wirklich um vieles radikaler noch als jenes Denkendenken im Unterschied zum einfachen Denken (Monolog eines Bauarbeiters beim Bedienen einer Mischmaschine o. ä.), wie ich es an mir wahrnehmen konnte im Augenblick der Verwandlung vom Spülwurm aus dem neunten Schuldbezirk in einen Bücherwurm der Nationalen Bücheranstalt von Leiden, war neu in der kurzen Geschichte meines Denkvermögens. Möglicherweise ein gewaltiger Fortschritt und ein willkommener Ausgang aus meiner selbstverschuldeten Mündigkeit. Das Begrüßungsgeld, das die Klinikleitung an Überlebende der Deutschen D. Republik auf Empfehlung Feuerbachs auszahlen ließ, lehnte ich übrigens ab. Ein vielleicht seltsamer Stolz, denn es verstand tatsächlich keiner, daß ich diesen für mich schon beim Pförtner in einem Umschlag mit der Aufschrift: *Von Herzen schmerzlich willkommen in der westdeutschen Klapper* hinterlegten Geldschein (10,–, 20,– oder 50,– Złoty?)[86] unangerührt ließ. Dies zumal, da hier kein Mensch meine wenn möglich als ausdrucksstark zu verstehende

86 Können auch Rubel gewesen sein. Oder bulgarische Aluminiumplaketten(?).

Subjektgeste mehr registrierte. War dieses Verhalten ein psychopathologisches Basisindiz? Diese Gefahr bestand objektiv.

16. Vögel.

So, wie?, also war ich in eine Gegend außerordentlich vieler Vögel gekommen. Besonders im Frühjahr, laute, glückliche, immer ein wenig arrogant pfeifende, störende Vögel. Sie waren das erste, das ich zu sehen bekam, wenn ich die Augen aufschlug und durch das Lukenfenster hinaus in die herrlich neue Freiheit sah. In den Baumkronen, im grünen Dickicht der Zweige, auf den Dächern oder am Himmel, es gab keine Gnade, überall Amseln, Drosseln, Finken und Stare, Spatzen, Tauben. Alle auf einmal und durcheinander. Schnecken und Würmer, Egel und Kröten waren mir gewiß liebere Tiere. Nicht so populär vielleicht, aber sehr ruhig und immer mit Erde beschäftigt, mit Realitäten. Schon als Kind hatte ich eine Vorliebe für Geschöpfe, die nie so recht vom Fleck wegkommen können, benachteiligte Wesen, fand ich, wenn ich sie so ansah, regungslos Stunde um Stunde. Sie stumm, und ich stumm. Vögel scheißen zuviel. Überall weiße Kotberge, wie kleine Gehirne, der Form nach. Am Anfang habe ich mich noch gewehrt dagegen, kam mit dem Spachtel und kratzte sie weg, aber es nützte rein gar nichts. Später ging ich klar davon aus, daß meine Dachbehausung eines Tages verschwunden sein würde, wie Vineta, nur ohne Mythos. Dabei sollte ich mich doch glücklich schätzen. Ich, dieses seltsame Ding ohne Namen und Herkunft in einem so schönen Haus. Wer bezahlt das eigentlich? fragte der Okkerwälder Heimatbote und beschämte mich von oben bis unten und aufs tiefste. Wieder einmal hätte ich großes, unverdientes Glück, so mit leeren Händen gekommen und nun durchgefüttert für reinweg gar nichts zu werden. Danke. Aber auch Vögel, auch Engel haben Bedürfnisse. Das konnte ich natürlich nicht öffentlich sagen, sonst wäre das Streufutter ausgeblieben, das mir die Stadtverwaltung schenkte. Eine Kiste ging nach Jakutien und eine an mich, monatlich. Manchmal war auch Kleidung dabei, eine Wollsocke, ein paar Schnürsenkel, auch Stirnbänder, nachdem bekannt geworden war, wie sportlich ich bin. Im Fünfmetersprint beispielsweise. Kaum lief ich los, schon war ich da. Gibt es nicht eine Olympiade für behinderte Naturen mit athletischem Ehrgeiz? Oh, das wäre mir völlig entsprechend gewesen. Gegen eine Ratte also wäre ich angetreten, im Wettkampf rund um die Tonnen, gegen einen Vogel naturgemäß nicht, weil mich der Himmel zurückweist, leider. Die Knochen sind einfach zu schwer, um nach oben zu steigen, darum müssen sie einen Namen bekommen. Immer wieder die Herkunft, immer zurück, bis zum Zeugungsakt zweier mir unbekannter Wesen im Schatten einer Kastanie, bestenfalls. Ortsbestimmungen. Personenangaben. Allein die Bestimmung der Augenfarbe, eine Zumutung, wenn man es so genau nimmt wie ich. Zumal sie wechselt, manchmal stündlich, vom Grüngrau zum Graublau, zum Gelbgrün, zum Graugelb, mit und ohne Rotstich, es ist schwierig. Erstaunlich konstant hingegen war die Antwort auf die Frage nach dem Geschlecht. Ich kontrollierte es immer, ehe ich mein Häkchen anbrachte, aber es blieb stets dasselbe. Einmal größer und einmal kleiner zwar, doch immerhin. Möglicherweise haben manche gar kein Geschlecht, und sie müssen jedes Mal lügen, um nicht ins Gefängnis zu kommen. Nun, diese viel zu vielen Fragen an mich, von Dr. Preu montags bis donnerstags, von Professor Daumer ab Donnerstagabend bis zur Erschöpfung, sie waren eine gewaltige Herausforderung, und ich hätte wohl studieren müssen, um Antworten zu finden, ich hätte mich besser beobachten und das Beobachtete genauer aufschreiben müssen, ehe es wieder vergessen gewesen wäre, herabgefallen in die Tiefe des Kopfes. Zum Beispiel: Wo, auf welchem finsteren Punkt dieser sehr schönen Erde, bewege ich mich? Und wie bewege ich mich? Vorwärts oder rückwärts? Zu Fuß oder in einem Fahrzeug oder auf dem Rücken einer Kreatur, die mit mir austauschbar ist? Wohin, welchen Weges, woher? Allein, warum allein, warum nicht allein? Zielstrebig geradeaus oder verträumt irgendwohin? Motiviert in die Weite der Welt oder passiv getrieben, in kleinen Distanzen, um den eigenen Körper, immer im Kreis? Fragen über Fragen, auf die es jeweils nur vorläufige Antworten gibt. Die Wahrheit sind Fragmente im Zustand ihrer Unwiderlegbarkeit; die Wahrheit ist ein Test von Reflexen; nein, ich weiß es nicht, sagte ich Daumer, sagte ich Feuerbach. Obgleich ich, andererseits, nicht für verrückt gelten kann, jedenfalls nicht im klassischen klinischen Sinne, meinte Dr. Preu, sagte ich Feuerbach. Auch hier gute Tests und viel Selbstüberprüfung. Zum Beispiel sprach ich jeden Tag meinen Namen, mehrmals. Gleich morgens, noch ehe ich Schwung nahm, um über die Bettkante aus meinen Träumen ins harte Leben der Anstalt zu wechseln. Ich kannte meinen Namen? Hoppla, eine Verwechslung mit den Spielkandidaten im Fernsehen, die auf alles, und noch ehe die Eieruhr abgelaufen war, Antworten hatten. Frage: Wie alt sind Sie?, und ohne zu zögern: Zweiundneunzig oder dreiundneunzig oder einhundertundvier, sehr bemerkenswert, diese Klarheit im Tonfall. Mußte ich, der nicht einmal wußte, ob er Mann oder Frau ist, Hund oder Hündin, beides, alles oder gar nichts…, nun habe ich schon wieder gar keine Lust mehr, diesen Satz ordentlich zu Ende zu bringen, sagte ich Feuerbach. Ist das genetische Faulheit oder linguistische Skepsis? Nein, ich leide nicht oder zumindest nicht sehr unter diesen zugegeben recht lange anhaltenden Absencen, die hauptsächlich mein sprachliches Zentrum im Kopf attackieren. Ein Schmerz in der Leistengegend ist schlimmer. Ich also immer so weiter, im Schneetreiben auf eisglatter Fahrbahn, verirrt ohnehin, abgekommen von einem Weg, der vielleicht nur noch in meinen Vorstellungen existierte. Fest stand, daß ich treibenden Schnee gegen Glas fallen sah, Dunkelheit herrschte und eine Stille, wie ich sie vorher noch niemals zu hören bekam. Ob ein Telefon existierte, weiß ich nicht, obgleich ich eines Morgens telefoniert haben mußte oder zumindest telefoniert haben könnte oder mir eingebildet habe, telefoniert zu haben. Jedoch nicht auf italienisch, das hätte ich gewußt. Denn ich habe es nicht gelernt, Italienisch zu sprechen, fast nichts habe ich gelernt. Ein Student mit einer süßen kleinen Hasenscharte verdiente sich etwas Geld nebenher, indem er zu uns in die Schreibfabrik kam und Unterricht gab. Bei Maria hatte es Sinn, sich unterrichten zu lassen; bei mir hatte es keinen Sinn. Nach wenigen Monaten schon konnte sich Maria so gut verständigen, daß sie zu Gesprächen imstande war, die mir recht fließend vorkamen. Sie faßte für mich, der nach einer Minute schon wußte, nie diese Sprache erlernen zu können, immer zusammen, was gerade gesagt worden war, so daß ich doch auch Anteil nehmen konnte an den Angelegenheiten, die zwischen dem Studenten und ihr, meiner unterdessen steuerabzugsberechtigten

Frau oder Freundin, ich müßte das noch einmal recherchieren, so liefen. Ob sie richtig übersetzte oder ob sie mich nur mit allerhand Lächerlichkeiten abgespeist hatte, während sie in Wahrheit obszöne Dialoge führte, vermag ich nicht einzuschätzen. Listig, wie ich sein kann, habe ich mich einmal auf Lauer begeben und die Mimik ihrer Gesichter sowie die Gestik ihrer Körper mit dem Sprachgegenstand, den sie mir andrehen wollten, ins Verhältnis gebracht, und siehe da: Nichts paßte. Übrigens ging es um Polnisch, nicht um Italienisch. Die ganzen Krrsszz und Prrsszz, wer sollte das aussprechen können. Babsi, ich meine Barbara, ich meine Maria hatte einen polnischen Urgroßvater, der in Zabrze Kohle aus dem Berg geschlagen hatte und als verdienter Arbeiter des Volkes recht frühzeitig starb. Dieser Mann mußte ihn ihr vermacht haben, diesen sehr besonderen Sprechapparat zur Erzeugung von Lauten, die andernfalls gar nicht hervorgebracht werden können. Da hatte ich gewissermaßen von Anfang an keine Chance. Dieser Student mit der hübschen kleinen Hasenscharte jedenfalls gab sich mit mir reichlich viel Mühe, das immerhin will ich gestehen, wenngleich er mir sein Polnisch als Italienisch verkauft hat. Schließlich zog ich mich, gescheitert auf der ganzen sprachtheoretischen Linie, auf einen mir als elementar erscheinenden Satz zurück, den ich wieder und wieder paukte und dann irgendwann behielt: *Entschuldigung, ich spreche kein Italienisch*. Das habe ich, glaube ich, beherrscht. Aber in Polen verstand auch das niemand, was meine Lage völlig hoffnungslos machte. Als dann das Telefon läutete, habe ich stumm den Hörer gehalten und verzweifelt nach der Formulierung gesucht, die mir nicht wieder einfallen wollte in diesem mich aufs äußerste erregenden Moment. Sehr peinlich, offen gesagt, sehr niederschmetternd, denn wieviel Energie, wieviel Zeit, die ich zur Lernarbeit brauchte, hat mich dieser Satz schon gekostet, und wie demütigend, peinigend, mich in vielerlei Hinsicht bloßstellend war doch dieses lange währende Schweigen, unterbrochen nur von einem kurzen, hilflosen Grunzen, um wenigstens dem Anschein nach doch etwas zu sagen. *Scusi, non parlo italiano,* ich glaube, das wär's gewesen. Vermutlich Prüfungsstreß. Oft gehabt, früher. Immer etwas schlechter als gut, dafür aber besser benotet. Doch, es gab sie, diese Gerechtigkeiten (?) im Belohnungs- und Bestrafungssystem unter der Erde. Auch Mitleid, Essen und Beischlaf. Auch Weihnachten mit Baum und Familie. Alles durchgehalten, und dann finde ich Okkerwalde nicht. Aber so ist es eben, dieses seltsame Halbmenschenleben, und ich werde es noch zwingen, zur Schrift und damit wesentlich zu werden.[87] Zumal meine schriftlichen Mitteilungs- und Ausdrucksversuche immer schon um vieles besser als meine mündlichen waren, was den Rückschluß gestattet, nicht ganz wehrlos im Netzwerk anderer Leute Sprache zu sein. Dann kam die Abfahrt, und ich war vorbeigeschossen mit meinem rumänischen Flitzer, wirklich dramatisch. So oder so ähnlich bin ich auch nach Zabrze gekommen. Immer vorbei an der Ausfahrt, und schon war ich da. Andererseits, meine Vorträge mündlich waren wirklich ein einziges Elend. Allein die kurzen, trippelnden, keinen Rhythmus findenden Schritte, mit denen ich meinen von plötzlichen Spasmen befallenen Körper an ein Rednerpult oder auf eine Bühne mit Stühlchen und

87 Gern auch als Drohung benutzter Hinweis auf meine Tagebuchaufzeichnungen!

Tischchen, Lämpchen und Wasserglas quälte, müssen mir den Anschein von früher Verblödung gegeben haben. Mein Oberkörper, der steif wie ein Brett blieb, und die Atmung, die bis zu einem plötzlichen Hustenanfall, Daumer sagte, hyperventilierte, was einen verzögerten, die Silben mehr verschluckenden anstatt herausbringenden, ganz und gar unverständlichen Redeanfang ergab, der immer ein Irgendwie-Anfang war, ein Haben-Sie-das-verstanden?-Anfang; die kurzen, wie wild zuckende Ringelwürmer durchs Manuskript nestelnden Finger, die alle Seiten heillos durcheinanderbrachten und mich sehr häufig zwangen, mit dem Ende zu starten; und dann die Absencen, die mich schlagartig vom Thema abbrachten oder auch umfallen ließen mit der ganzen Wucht meines in Erstarrung gefallenen Leibes, einfach nur furchtbar und mitleiderregend. Aber einen Behindertenausweis, wie er mir mehrfach im Austausch mit einer andernfalls fällig gewordenen Geldüberweisung angeboten wurde, wollte ich auch nicht, denn meine schriftlichen Mitteilungs- und Ausdrucksversuche waren wohl frei von vegetativer Zerrüttung. Hätte es sonst diese Auftrittsangelegenheiten in den Vortragshöhlen höherer Priesterseminare oder Polizeifachhochschulen o. ä. überhaupt gegeben? Und wäre ich sonst in die Schreibfabrik geschickt worden, die eine Auszeichnung war der Länder Sachsen, Niedersachsen, Schleswig-Holstein und Baden-Württemberg auf Empfehlung des Rates von Okkerwalde? Aber alles hat ein Ende, was keine Wurst ist, sagte ich Feuerbach, und die hübschen Vögel in dieser schönen Vogelgegend konnten mich natürlich auch nicht ernähren. Sie wissen ja, daß ich eine schreibende Kulturperson wurde und zu viele Tage und Nächte mit Lyrikstrapazen hingab für finanziell reinweg gar nichts. Nun haben vor allem die Damen der höheren Stände mich so stark bewundert, daß mir ganz blind vor Augen nie so recht klar werden konnte, wie wenig gut eßbar die Ehre ist. Oh, ich hörte wohl ihre zarten, empfindsamen Herzen brechen, aber leider nie das Geräusch klimpernder Münzen. Und so, nur von den Erträgen des Erbarmens zu schöpfen, das konnte ich auch nicht. Zumal die Attraktionen meiner Erscheinung schon wieder recht aus der Mode waren und kaum neue Forschungsprojekte in Aussicht standen, durch die ich auch immer ein wenig mitverdiente. Also aufgeschrieben und abgeschickt: «Sehr geehrte Damen und Herren vom Genehmigungsinstitut für Parkpflege inklusive sanitärer Bedürfnisanlagen!» Sehr gut, fand ich. «Lange, zu lange gezögert, Ihnen meine Bewerbung zum *Parkordnungshüter* mit eigener Pachttoilette anzutragen. Hemmungen einerseits sowie ein Verdrängen meiner realen Situation als freiberuflicher Texthersteller, um hier eine Bezeichnung zu finden für etwas, das es, laut Finanzamt, nicht gibt, andererseits. Aber ein *Parkordnungshüter*, der konzentriert darauf achtet, daß da nichts wild über die Wiesen holpert oder ohne Erlaubnis vom Ast fällt, um hier nur zwei von unendlich vielen Aufgaben herauszugreifen, das wäre doch sicher im umwelthygienischen und auch naturmoralischen Sinne der Stadt Okkerwalde. Und wer könnte auch einmal die Herren auf dem Örtchen ermahnen, sich besser doch hinzusetzen wie eine Frau, wenn nicht ein von Amtes Gnaden eingesetzter *Parkordnungshüter* mit Strafzettelblock und stets griffbereitem Stift? Gepflegte Toiletten, Dabbeljusies, namentlich an Orten von höherer menschlicher Frequenz, wie sie am

Rande der Okkerwälder Freizeitanlage zweifellos gegeben ist, sind nicht nur wichtig an und für sich, sondern auch eine Visitenkarte für unsere Gäste aus Übersee. Das heißt, ich begrüße nicht nur ausdrücklich die von Ihnen getroffene kommunalpolitische Entscheidung, an eben genannter Stelle ein Häuschen zur Verrichtung der Notdurft neu einzurichten und aufzuschließen, wie ich es mit biologischer Erleichterung im Okkerwälder Heimatboten Seite 6 unten rechts lesen konnte (und womit Sie sich dem großen Thema *Der Mensch und sein Abfall* für unser Gemeinwesen wohl auf das vortrefflichste arrangieren), nein, nicht nur das wollte ich höflichst und frei oder nicht frei von Bewunderung sagen, sondern auch, daß ich Ihnen in meiner vielleicht neuen Eigenschaft als *Parkordnungshüter* mit Leib und Seele, die noch zu besitzen mir selbst nicht bekannt ist, ergebenst ebenso dafür, denn nichts Menschliches war mir je fern, leitend und pflegend zur Verfügung stehe, desgleichen in jener Ausschließlichkeit, wie Sie es nun wiederum Ihrerseits suchen: einen *Toilettenfachmann* und *Pfützenwegwischer* dortselbst.» – sehr gut, fand ich. «Auch darf ich Sie im Zusammenhang mit meiner Bewerbung auf meine im Unterholz-Verlag Büttelborn/Schleswig-Holstein erschienene Studie *Auf Du und Du mit dem Flachland* hinweisen, deren 7. und erweiterte Auflage Platz 8 in der SBZ-Bestenliste belegte. Ferner auf die Schriften *Phantasie und Durchblutungsstörung. Eine kleine Geschichte der Notdurft*, ebenda, sowie auf die Standardwerke *Urinierblockaden und Mindestabstand* und *Darmunruhe als Phänomenologie des Geistes betrachtet*.» – sehr gut, fand ich. «Als leider nie ordentlich gewordener Professor für und mit Sacherfahrung im oben dargestellten Fall ersuche ich Sie nun, mir, hier» – wo? –, «in Okkerwalde, diese Aufgabe zuzumuten. Danke. Ihr ergebener …» Sehr gut, fand ich, und rein in den Kasten! Man muß nur lernen zu lügen, ohne zu schielen, Mutter,[88] und schon geht es weiter.

88 Hier nur als Füllwort zu verstehen (da uneigentlich).

17. Die Wahrscheinlichkeiten des Todes.

Welche Begriffe sind jetzt noch unaufgeklärt? fragte ich Feuerbach. Schreibfabrik, richtig. Ich öffnete die Augen und war plötzlich da. Keine Vorgeschichte, kein Entwicklungsprozeß. Ich habe, glaube ich, soviel Mitleid erregt, als ich so plötzlich und wie aus der Gosse gezogen am Pfingstmontag xx90 den Unschlittplatz heruntergewackelt[89] kam und dann im Luginsland[90] meinen historischen Rausch ausschlief, daß sie sich im Rat von Okkerwalde nicht anders zu helfen wußten, als mich erst einmal auszuzeichnen, um Zeit für eine Reihe von Überlegungen zu gewinnen. Und Textnachweise, die als Grundvoraussetzung für ein bis zehn Jahre Schreibverpflichtung in der Deutschen Kulturbrauerei[91] in Neapel elementare Voraussetzung waren, konnte ich ja zur Genüge, inklusive der Grabsteininschriften für verendete Vierbeiner, die ich im Zoologischen Garten von Leiden einmal tausendfach verfaßte, vorlegen. Doch wußte ich, was ich hier sollte? Ich fürchte, nein, sagte ich Feuerbach. Ging wochenlang auf Empfehlung architektonisch hochinformierter Nachbarn nur durch Ruinen und muffige Kellergewölbe, die mich immer an Leiden erinnerten und an die Deutsche D. Republik im allgemeinen. Die zu kleinen mausgrauen Häufchen zusammengekehrten Knochenrückstände ehemals mächtiger Unsterblichkeiten aber, die mit einem kurzen kräftigen

89 So jedenfalls beschrieb es Georg L. Weickmann.

90 Gefängnisturm von Okkerwalde.

91 «Schreibfabrik», da jeder jeden Abend bis 18.00 Uhr mindestens eine beschriebene Seite auf ein Fließband legen mußte, von dem aus die Tagesproduktion eingetütet und direkt in die Hauptstadt (?) abgeschickt wurde. Was, war egal. (Las ohnehin nur der Pförtner.)

Windstoß hätten für immer hinweggefegt werden können, sie haben mich fasziniert und sind mir eine Genugtuung gewesen und eine Versöhnung mit meinem Ekel vor der Geschichte, die ich nur als eine Geschichte der Kränkungen kannte. Zwischen mir und mir als dieser und jener lag eine Unendlichkeit, und ich hatte sogar die Fragen vergessen, auf die es keine Antworten gab. Ich war, sagte ich Feuerbach, so frei von Herkunft und so frei davon, in ihr etwas suchen und finden, sein und werden, verstehen und erklären zu müssen, daß sich eine Leichtigkeit in mir auszubreiten begann, so als ginge ich schon gar nicht mehr auf dieser Welt, sondern weit oben und auf Augenhöhe mit unserem Herrn. Andererseits, konnte ich Glück, von dem ich wirklich nichts wußte, außer daß es in diversen Romanen als Schlafmittel für strapazierte Leser erscheint, überhaupt gebrauchen? Ich bekam Fieber und Schmerzen am ganzen Körper den ganzen Tag und ebenso nachts. Nie zuvor war ich soviel krank, nicht einmal im neunten Schuldbezirk, in dem nur noch Unkraut überlebte; im neunten Schuldbezirk war ich, glaube ich, überhaupt nie krank oder nur selten, und niemand hatte es bemerkt; im neunten Schuldbezirk konnte man, glaube ich, gar nicht krank sein, weil Krankheit die Norm war, und wäre jemand nicht krank gewesen, dann hätte man ihn sicher behandelt. So auch war mein Körper ein geborener Unglückskörper, und er war gewiß an die notorische Anwesenheit eines Schmerzes gewöhnt. Er war durch die Geschehnisse unter der Erde an Kränkungen gewöhnt und an Vergiftungen der verschiedensten Art, und da er bis dahin ja auch überlebt hatte, schien es nichts mehr zu geben, das ihm doch noch einmal gefährlich werden könnte, dachte ich, sagte ich

Feuerbach. Ich war von einer Zerbrechlichkeit, die ich unterdessen für äußerst stabil hielt, und das gab mir etwas Gewißheit und Halt. Dieses Glück in Neapel aber, das aus einem Verlassen der Geschichte bestand, meiner Geschichte, unserer Geschichte, und das mich, wenn auch nur für Momente, heraustreten ließ aus einem Erinnerungskreis der Kränkungen, überforderte mich und machte mich wehrlos. Ein gekränkter Körper ist ein kranker Körper, aber er hat den Zorn und den Ekel, mit dem er sich verteidigt. Schon in meiner Ostberlinerstraßewohnung in Leiden, von der aus ich eine ideale Aussicht hatte auf die vielen gekränkten und durch Kränkung vergifteten Körper, die sich müde von Montag zu Montag an meinem Haus vorbei in die Fabrikhallen schleppten, dachte ich darüber nach, ob die tausendfachen Szenarien der Kränkung, denen wir rund um die Uhr ausgesetzt waren, nicht die wirkungsvolleren Formen von Gewalt und Unterwerfung darstellten, da sie keine Spuren bildeten und später nicht vorgeführt und bewiesen werden konnten. Heute, sagte ich Feuerbach, bin ich mir sicher, daß dieses Gift, das aus den Szenarien der Kränkung besteht, wirkungsvoller als alles andere ist. Dabei hat ja mein entstellter und jedem sofort als absonderlich auffallender Einsachtunddreißigkörper wenigstens noch Merkmale seiner Kränkungsgeschichte angenommen, durch die ein Rückverweis auf Gewalt wahrscheinlich wird. Jedenfalls für jene, die an der gleichen Gewalt nicht schon umgekommen sind, denn nicht selten lieben die Umgekommenen ihren Henker und verherrlichen die Umstände ihres Todes in der paradoxen Hoffnung, der Tod wäre dann gnädiger und schneller auch wieder vorbei. Von daher habe ich wohl immer Vorteile denen gegenüber gehabt, die entstellt wurden, ohne daß es äußerlich auch sichtbar geworden war, denn eine Entstellung, die keiner sieht, ist ja nun wirklich kein einfaches Los. Ich hingegen habe stets für Aufsehen gesorgt, wenn ich irgendwo über die Rampe in einen Vortragssaal hinkte, in dem meine Natur gerade zur Schau gestellt wurde, und ich konnte immer davon ausgehen, daß ich neben Abscheu und Verachtung auch Mitleid erregte. Aber es war das falsche Mitleid, es war das Mitleid meine körperliche Versehrung betreffend, aber das Gift in diesem Körper, das viel gefährlicher war als alles, was an Deformationen nach außen hin sichtbar wurde, blieb unbeachtet, und wie auch hätte es Beachtung finden können? So habe ich das Mitleid, das meinen Versehrungen galt, in Gedanken umgewandelt in ein Mitleid für meine Verletzungen, die mir tief im Innern, dort, wo wir, verlegen um ein besseres Wort, von *Seele* sprechen, zugefügt wurden und die mich durchaus auch hätten töten können – was nun nicht unbedingt heißen muß, ich wäre tot umgefallen, denn es gibt ja viele, sagte ich Feuerbach, die sind tot, und sie gehen trotzdem noch über die Straße zum Bäcker. Aber ich mußte wohl auch zu dem Gift der Kränkungen ein Gegengift entwickelt haben, das in meiner Sprache entstanden war und von dem ich erst jetzt wußte, wie groß seine Wirkung gewesen ist, da es mich ja immerhin überleben ließ. Ich, der stumme Zeuge mit einer Sprache der Wahrheit – wenn das mal nicht zur manischen Phase meiner zyklothymen Persönlichkeit gehört, sagte ich Feuerbach. Aber es bleiben mir ja nur meine Gedächtnisspuren, denen ich noch einmal nachgehen kann, um Beweise für eine Geschichte zu finden, die verschüttet ist, das Land, das verschüttet ist und für nichts mehr zur Verfügung steht, es muß so genau erzählt werden, daß es sich nicht verleugnen kann, es muß von seiner Unsichtbarkeit her erzählt werden, von seinem Gift her, das es erzeugte und vielleicht noch immer erzeugt, sagte ich Feuerbach, und Leichengifte sind ja wohl auch nicht gerade gesund. Ich weiß schon, daß das alles so überdrüssig ist und daß ich selbst die vielleicht anachronistischste Figur überhaupt geworden bin, der niemand mehr zuhören mag, aber erstens kann ich gar nicht *nicht* erzählen in Anbetracht der vielen bedrängenden Bilder im Kopf, selbst dann nicht, wenn es fast nichts zu erzählen gibt, denn wie sonst hätte ich mein an Erzählstoff armes Montagsleben zu beschreiben durchgestanden? Zweitens möchte ich, daß es Erklärungen dafür gibt, warum das Gift in unsere Körper geraten ist und was es angerichtet hat, und ich möchte, sagte ich Feuerbach, alle Entschuldigungen der Art, man habe sich an *große, die Freiheit des Menschen betreffende Experimente* gewagt und dann einsehen müssen, daß *der Mensch noch nicht reif für sich selbst ist,* für immer unmöglich werden lassen. Experimente wie die Daumers an meinem Körper, ein ganzes Buch voll, ich reiche es Ihnen gesondert und dränge auf Suspendierung dieser Person. Ich möchte, sagte ich Feuerbach, daß die Entmündigungspraxis und Sprachversklavung als ebenso grausam erachtet werden wie die physische Folter und die Verwahrung in einer Zelle. Wenn allerdings meine Erzählungen darüber scheitern, zumal es ja Erzählungen über das Unsichtbare sind, über Kränkungen und Umstände, unter denen die Kränkungen aus gesunden Körpern vergiftete Körper machten, wenn meine Erzählungen also, deren einziger Beweis ihre Sprache ist, scheitern, und sie werden abgetan als Erfindung und enden in jener Versenkung, in der auch alles das verendet ist, von dem sie berichten, dann würde ich womöglich doch noch zugrunde gehen wie all die anderen, über die wir heute nur deshalb nichts wissen, weil es in der Natur des Todes liegt, jene mit Schweigen zu bestrafen, die er mitgenommen hat. Dann hätte diese Höhlenrepublik doch noch ihren späten Triumph und ihre Lebendigkeit über ihr Ende hin. Aber zum Glück, sagte ich Feuerbach, habe ich Sie, der meine Erzählungen gehört hat, und Sie werden mich vor der Lächerlichkeit, der ich ausgesetzt bin, wenn meine Erzählungen unbekannt bleiben, bewahren, denn ohne meine Erzählungen bin ich lächerlich, und um das einzusehen, genügt mir ein Blick in den Spiegel. Und es müssen Erzählungen sein, die erklären, was man nicht sehen und nicht hören und nicht anfassen kann, Erzählungen, die *die Wahrheit der Verhältnisse* beschreiben. Das in einer Situation, in der die Existenz eines Systems unter der Erde überhaupt infrage gestellt ist, was die Beschreibung der Verhältnisse nur um so schwieriger, wenn nicht gar sinnlos macht, denn wozu brauchen wir eine Beschreibung *der Wahrheit der Verhältnisse*, wenn es das System unter der Erde, zu der diese Beschreibung gehört, gar nicht gegeben haben soll? Wir müssen also grundlegende Beweise vorbringen, sagte ich Feuerbach, um dann, mit diesen Beweisen, zu einer *Wahrheit der Verhältnisse* vorzudringen. Dabei haben wir fast keine Indizien, die ausreichend belegen könnten, daß es ein System unter der Erde tatsächlich gab. Das Kratzmesser aus meiner Zeit in der Leidener Nationalbibliothek oder den Vierkantschlüssel, den ich einmal als Garderobenwart auf dem allgemeinverbindlichen Polytechnikum bekam, könnte ich sicher noch irgendwo in meiner Kleinkramkiste für Erinnerungsstücke finden, aber gegen diese zwei kleinen Gegenstände stünde eine komplett neue Welt, und dagegen sollte ich angehen? Wir hätten mehr bewahren sollen, weglegen für eben diese Zeiten, in denen aber auch jeder kleine Beweis für die Existenz des Inexistenten von Nutzen gewesen wäre. Aber wer konnte wissen, daß eines Tages tatsächlich nur noch ein Kratzmesser und ein Vierkantschlüssel aus meiner Leidener Zeit übrig sein würden von einem System, das einmal in Anspruch nahm, ewig zu sein? Dabei hätten wir alle Möglichkeiten gehabt, genügend Beweisgegenstände beiseite zu schaffen, so lange zog sich die Verabschiedung des Landes von sich selber hin. Die Vermischung der Verhältnisse und Dinge, von unten nach oben wie von Ost nach West, war wie ein Zeitlupenfilm in Endlosschleife. Doch dann und sehr plötzlich war alles weg, was diese andere Geschichte einmal hervorgebracht hatte und für uns, immerhin, eine irre Realität war. Eine Noteinweisung in die Pronto Soccorso des Università degli Studi di Napoli «La Sapienza», was soviel heißt wie: *Hier kommen sie nie wieder raus,* war übrigens nicht zu vermeiden. Eine zu Kalkstein gewordene Giftablagerung hatte sich in der linken Herzkammer verfangen und blockierte den Blutfluß einer Arterie zum Großhirn, was zu Haarausfall und häftigen erektilen Fehlattacken führte. In der Deutschen Kulturbrauerei, in der mich meine Abwesenheit zum dauernden Gesprächsthema machte, hieß es unterdessen, ich schriebe an einem Krankenhausführer und sei auf Recherche. Und tatsächlich, sagte ich Feuerbach, hatte ich bald schon so unendlich viele Vorbestellungen in meinem von mir nicht mehr geleerten Postfach in Neapel, daß ich heute, wo alle Reserven verbraucht sind, bereue, ihn nicht geschrieben zu haben.

18. Dementia praecox (II und ff.)

Während ich nun im neapolitanischen Hilfskrankenhaus so an die gefühlten zwanzig Jahre am Tropf hing und über mein schiefes Leben nachdachte, brauten sich in Okkerwalde die schlimmsten Gerüchte zusammen: Ich sei gar kein Erbprinz der Zone, sondern ein ganz gewöhnlicher Feger irgendwo tief aus dem Bauernstand, der sich eine Rente erschwindelt. Nun hatte ich ähnliche Anschuldigungen schon Jahre vorher beim legendären Wettbewerbslesen um das Goethewanderstipendium in Bluming am Walchensee gehört, nur war dieses Wettbewerbslesen in Bluming am Walchensee nicht mehr als ein Betriebsausflug berufsbedingter Zeitungsleser und dementsprechend nur mäßig bedeutend. In Okkerwalde aber, wo ich mir eine Zukunft in der Langzeitklinik durchaus gut vorstellen konnte, war schlechte Meinungspresse einfach verheerend. Und die Argumente gegen mich, das heißt gegen meine Glaubwürdigkeit, das heißt gegen meine Anwesenheit, verdichteten sich und verdarben mir mein Restleben gründlich. Im Auftrag der immer wieder gern gelesenen Zeitschrift *Der Ossi* hatte man nämlich eine gerade möglich gewordene mitochondriale DNA-Analyse eines Blutflecks auf meiner historisch so hochgeschätzten Hose daraufhin vorgenommen, Merkmale von Verwandtschaft zwischen mir und dem badischen Stammesadel, ich meine mir und einer ostdeutschen Braunschlackengrube, ich meine mir und einer Gegenpopulation der Familien Stalin, Ulbricht und Co. festzustellen mit dem Resultat eines Übereinstimmungskoeffizienten von plus/minus null. Es sah wirklich schlecht aus. Ich mußte selbst hin. Nun war die Autobahn von Neapel über Mailand nach Okkerwalde wegen ausgelaufener Ziegenmilch für Ostfahrzeuge[92] gesperrt, so daß ich einer empfohlenen Umleitung folgte, die ihrem Namen alle Ehre machte: drei Tage nur Nadelwald und einmal ein Schild mit der Aufschrift: Moskau, zehntausend Kilometer. So kam ich nach Zabrze. Doch Zeit für einen Bummel durch Schlesien blieb mir jetzt nicht. Also zurück, über Sibirien nach Okkerwalde. Sah dann meine von Ausscheidungen der verschiedensten Art und Konsistenz übel zugerichtete Bundfaltenhose mit 1,5 % Baumwollanteil, die ich einmal im *Exquisit* für rund zweitausend DMD erworben hatte, in einer Vitrine ausgestellt, daneben mein erstes Merk- und Beobachtungsheft und ein Stadtplan von Leiden, den man sich sehr schnell einprägen konnte, da er nur aus vier sich kreuzenden Linien bestand. Auf Seidenpapier und in Leder gebunden lag das Gutachten daneben, nach dem ich 1.) weder männlich noch weiblich wäre, 2.) unmöglich menschlicher oder dem Menschen ähnlicher Abstammung sein könne und 3.) keiner Art angehörte, die 3.1.) enzyklopädisch erfaßt bzw. 3.2.) nicht erfaßt ist. Unterschrieben von Polizeirat Johann Friedrich Karl Merker auf dringende Empfehlung seines Schreibtischkollegen Freiherr vom Schnitzel, dessen Klassenkampfsendung *Der tiefschwarze Kanal* einmal Legende gewesen ist: – *«Wie viele Beispiele gibt es von Betrügern, welche mit eiserner Beharrlichkeit lange Zeit hindurch einen schmerzlichen Zwang erduldet und sich Jahre lang gefügt haben. Und welche Klugheit, welche Ausbildung gehört dazu, eine solche Rolle zu spielen, wenn angenommen werden könnte, daß er ein Betrüger wäre?»* Wer jetzt

92 Hatte noch den Dacia mit 0,8er Ladamotor und Trabantkutschenkarosse, oder?

einen Stift halten konnte und seine Karriere noch vor sich hatte, schrieb mich leicht ins Verderben. Freiherr vom Schnitzel setzte gleich noch einen Aufsatz über Anton Delbrück hinterher, der die *Pathologische Lüge und den psychisch abnormen Schwindler* als einer der ersten wissenschaftlich tiefendurchforschte. *Pseudologia phantastica,* so stand es schließlich im Okkerwälder Heimatboten mit der für die einfachen Leser verständlichen Zweitüberschrift: *Lügen haben kurze Beine und führen geradewegs in die Klinik.* Die Deutsche D. Republik – ein Spuk in meinem Schädel? Sie verstehen? fragte ich Feuerbach. Nun hatte mir die Direktorin dieses kleinen, aber sehr ambitionierten Museums für VEB[93]-Artefakte, in dem, neben Rotkäppchensekt und Spreewälder Gurken, auch meine verbliebenen Sachen aufbewahrt wurden, selbst einen Brief geschrieben des Inhalts, daß die Hose «nach etwas aussehen müsse …», wenn man sie öffentlich im Sinne meiner erlittenen Schmerzen verwenden will, und so goß sie kurzerhand Schweineblut auf den Stoff. Polizeirat Johann Friedrich Karl Merker, früher Generalmajor beim Geheimbund, wußte das natürlich. Ein zweiter und diesmal nachweislich von mir stammender Fleck wurde nur kurze Zeit später übrigens auch untersucht, aber dieses Ergebnis ist nirgendwo dokumentiert. Klar ist, sagte ich Feuerbach, daß hier alte Seilschaften, wie sie in den kürzlich freigegebenen *Rosenstolzakten*[94] aktenkundig aufbewahrt sind und bei angemessener Interessenlage auch bewiesen werden könnten,

93 VEB = Volkseigene Betriebslokale (D.D.R.–Deutsch).

94 Rosenstolz: Dt. Popgruppe, die Texte aus diversen Geheimbundakten für ihre Lieder verwendet. Gesungen allerdings nur Englisch-rückwärts (ggf. dechiffrierbar!).

weiterhin wirken und abermals neue Wirkungsgeflechte ergeben, politische Rhizome gewissermaßen, in denen die Vergangenheit fortlebt und schon zur Zukunft geworden ist. So hatte ich plötzlich die Welt gegen mich und war doch nichts als ein Zwerg. Selbst Lord Henry Moehringer, mein Vormund in den ersten Okkerwälder Jahren und ein begeisterter Förderer unausgelebter Talente, dem ich tausendmal Dank sagen wollte, aber nie dazu kam, schrieb für mich völlig unerwartet und plötzlich: «Was mich am meisten verdrießt, ist jetzt einzusehen, daß auf seine Erinnerungen nicht gebaut werden kann.» Das sind wohl die tiefsten Enttäuschungen, die den Umweg nehmen über das Herz, sagte ich Feuerbach. Aber konnte ich eine Ahnung von Lord Moehringers wahren Absichten haben? Natürlich nicht. Im Gegenteil, Lord Moehringer, der mir half, wo immer er konnte, und der mir eines Tages sogar versprach, mich in die Mitte seiner Familie zu schleusen und zu behandeln wie seinesgleichen eigener Sohn, vertraute ich, seit wir uns das erste Mal trafen. Wir lernten uns im Stadtpark von Okkerwalde kennen, hatten beide den gleichen großen Druck auf der Blase und kamen so und währenddessen ins Plaudern. Ich hatte wirklich noch nie so lange und so interessant uriniert, sagte ich Feuerbach. Nun war sein Strahl dermaßen kräftig, daß viele kleine Spritzer von der Kalkwand zurück auf unsere Kleidungen sprangen und hell wie kleine Sternchen im Tageslicht blitzten, was durchaus hübsch anzusehen war. – Sie kleckern mich gerade ein wenig voll, sagte ich schüchtern. – Es tut mir sehr leid, sagte er, aber ich kann gerade nicht anders. Sie sehen ja, was da aus dem Inneren meines Leibes schießt. Kommt vom Saufen, nehme ich an. Aber bei zehn

Geschäftsessen die Dreiviertelstunde. Übrigens, Moehringer mein Name, Lord Henry von, Weltenbummler und Ehrenbürger der Stadt Okkerwalde, in der ich eine Fabrik mit einer Maschine besitze, die aus Holzrückständen Sägespan raspelt. Gewußt wie, und schon türmen sich die Millionen. – Schwer angenehm, sagte ich und reichte ihm beide Hände, um ihn gleich zweimal zu grüßen. – Ich heiße auch bzw. habe gar keinen Namen, sagte ich. Auch kenne ich meine Mutter nicht und nicht meinen Vater. Möglicherweise verfüge ich überhaupt nicht über desgleichen und bin geboren, wo andere ihren Abfall hineintun. – Als wer oder was will er denn Fuß fassen im schönen Okkerwalde? fragte Lord Moehringer am Ende der Unterhaltung über fast alles, was einem so nahegeht. – Oh, sagte ich und dehnte diese eine Silbe so bedeutungsvoll in die Länge, daß sie zu einem Roman geworden war, den ich aus Zeitgründen jetzt nicht erzählen konnte. Von diesem Tag an trafen wir uns fast täglich an selber Stelle wieder. Ich übte mich als Parkordnungshüter und verscheuchte die Vögel, wenn sie unerlaubt über die Wiesen tapsten, und er erholte sich von seinen unzähligen Geschäftsessen und genoß es, hier einmal ganz natürliche Verhältnisse vorzufinden. Bald schon bezahlte er Daumer dafür, mir in die Erbsen gebratenen Speck beizumischen, und riet mir gut zu, an meinen Merk- und Beobachtungsheften weiterzuschreiben, wofür er mir wöchentlich auch neue Bleistifte und Papierbögen brachte. Heute wissen wir ja, sagte ich Feuerbach, daß ihn Obermajor a. D. Dr. Туттй geschickt hatte, um herauszufinden, ob und an was ich mich zu erinnern vermag und inwiefern es für seine, Obermajor a. D. Dr. Туттйс zweite Karriere, die im westdeutschen Beamtenstand recht glücklich angekommen war, doch noch einmal brenzlig werden könnte. Ich sei doch wohl ein Dichter von Gnaden, meinte Lord Moehringer, den Blick in meine Hefte versenkt, in denen er alles andere als Poesie gesucht hat, und eine Zeile von mir wäre mehr wert als alle seine Konten zusammengerechnet. Aber tauschen freilich wollte er auch nicht. Dafür lud er mich hin und wieder ein, in sein Riesenrad zu steigen und von ganz oben auf Okkerwalde zu spucken. Lord Moehringer, der von einer Sache sehr schnell gelangweilt sein konnte, wenn sie länger als zehn Minuten anhielt, wechselte seine Vergnügungen wie andere ihre Hemden und erfand sich immer neue Möglichkeiten der Zerstreuung. Und im übrigen kaufte er alles auf, was er auch nur im entferntesten gebrauchen konnte. Seine Besitztümer waren so zahlreich, daß ein Leben nicht ausreichen würde, sie alle aufzuzählen. Das hing damit zusammen, daß Lord Moehringer die komplette biologische und soziale Umwelt eines Gegenstandes, den er sich angeeignet hatte, mitkaufte. Allein meinen Bleistiften, die er mir regelmäßig brachte, ging der Erwerb einer gesamten Ladenkette für Schreib- und Bürogegenstände voraus. Hatte er einen Brief abzugeben, kaufte er sofort das Postamt, und so ging es zu, seit Lord Henry Moehringer vor fast zwanzig Jahren nach Okkerwalde gekommen war. Konnte es überhaupt noch etwas zu kaufen geben für den Lord? Ich vermute, sagte ich Feuerbach, daß der Amtsbürgermeister und mit ihm der gesamte Stadtrat von Okkerwalde zu Lord Moehringers Privateigentum zählt. Und das alles durch eine einzige Maschine, die aus Holzabfall Sägespan raspelt. – Mit so viel klug verdientem Geld, ließe sich da nicht meine Wenigkeit durchfinanzieren? fragte ich einmal nach einer dritten Flasche guten Fünfhunderter[95] in seinem Weinbunker kurz vor Anbruch des Morgens. Lord Moehringer zückte sein Scheckheft wie andere ein Messer und schlug es hart auf die schachbrettgemusterte Marmorplatte mit Goldrandverzierung: Wieviel und für immer? Geht aus der Portokasse. In diesem Moment streckte mich ein Gesichtskrampf mit Komplettverkantung der Kiefernknochen dermaßen nieder, daß ich außer Oooohhh und Aaaahhh nichts Sinnvolles hervorbringen konnte. Das war's und kam nicht wieder. – Ich hätte natürlich wissen müssen, sagte der Lord schon im Gehen begriffen, daß er so banale Dinge wie Geld nur abstoßend findet. Er, der an solchen wunderbaren Merk- und Beobachtungsheften schreibt, deren geistige Kostbarkeit mit keinem Scheck dieser Welt je bezahlt werden könnte. Nein, ich werde ihn nie wieder damit behelligen! Danach besorgte ich mir sofort ein T-Shirt mit der Aufschrift: *Ich nehme alles, und am besten sofort*, denn schon allein in der Klinik hatten sich Kosten ergeben, die ich, zahlungsunfähig, wie ich war, mit täglichem Geschirrdienst für die nächsten vielleicht einhundert Jahre abarbeiten mußte. Dann gab es die noch immer unbezahlte Krankenhausrechnung aus Neapel. Ich Ossi ohne Welterfahrung hatte mir für einen operativen Eingriff am linken Herzkammerflügel doch tatsächlich eine komplette Narkose geleistet, die natürlich teuer zu Buche schlug. Und Lord Moehringer schob mir keinen Złoty[96] mehr zu, um mich nicht noch einmal so sehr zu beschämen. Dann, als sein

95 – Fünfhundert Riesen, ein Preis unter Freunden! meinte der Lord, der damit das Niveau seiner Beziehungen kenntlich machte.

96 Währung auch hier unklar (siehe auch Anm. 86).

Auftrag erfüllt war und er alle oder doch fast alle Merk- und Beobachtungshefte ausspioniert hatte, ließ er mich ohnehin fallen und schrieb an den Okkerwälder Heimatboten jenen denunziatorischen Vermerk, mit dem er sich auf die Seite meiner Feinde schlug. Fand er etwas? Ich glaube, nein, da ich prinzipiell alles von rechts nach links und von unten nach oben beschrieb. Außerdem ließ ich die Vokale beiseite, um mehr auf eine Zeile zu kriegen. In den Kopien für die Nachwelt war dann zwar alles wieder geradegerückt, aber die hatte ich so gut versteckt, daß ich sie jetzt selbst nicht mehr finde. Hier, in der Klinik, in der ich keinen Platz mehr für Bücher hatte …, mir geht es wieder nicht gut, sagte ich Feuerbach. Ich muß mich kurz ausruhen. Ein halbes Leben im Kniestand, das hinterläßt seine Spuren. Auch weiß ich im Moment nicht, von welcher Zeit wir eben noch sprachen. Seitdem mein schöner Montagskalender, der aus einer einzigen Seite bestand, die wirklich die komplette Ewigkeit faßte, was wollte ich sagen? Ja, nein, ich konnte nichts mehr auseinanderhalten und in ein lineares System übertragen. Die Verschiedenheit der Tage und Dinge machte mich konfus. Bei uns, unten, war alles wie Erbsen in Tüten geschüttet. Aber nun gab es für jedes Ding ein Fach, einen Namen, ein Preisschild. Ich war, zumal ohne Taschencomputer, restlos überfordert, mein Gehirn, sagte ich Feuerbach, muß dafür einfach nicht beschaffen gewesen sein. Vielleicht auch zu klein oder zu kantig. Als würde man einen Kürbis nehmen und verlangen, daß er nach Banane schmeckt. Ich meine, vielleicht ist ja meine Unterweltspezies, der ich entstamme, genetisch betrachtet wie ganz fernes Ausland, wir brauchen, sagte ich Feuerbach, ein Schichtröntgenbildnis von meinem

Kopf. Dann können wir ja sehen, ob ich ein Kuckucksei bin. Wundern würde es mich jedenfalls nicht, wenn ich gelegt worden wäre, um meinesgleichen nicht arrogant sein zu lassen. Aber wer oder was ist schon meinesgleichen. Einzeller vielleicht. Primitive Formen der Flechte. Nein, ich erhebe keine Ansprüche auf eine komplette Invalidenausstattung, sagte ich Feuerbach, ich würde wohl, sagte ich Feuerbach, mit meinem Wissen vom natürlichen Abgang auch die Toilette pachten und putzen, wenn es schon mit dem Parkordnungshüter als Berufsstand nichts wird. Aber auch hier kamen wir nicht wirklich voran. Außerdem lagen der Stadtverwaltung von Okkerwalde zweihundertfünfunddreißig Bewerbungen vor, die alle erst einmal gesichtet und geprüft werden mußten. Überwiegend Akademiker, Geistesarbeiter wie ich, wenn ich gut drauf war. Irgendwie, dachte ich, muß es sich ja lohnen, daß man die Bank auf der Uni gedrückt hat. Sie hier oben und ich irgendwo in den Tiefen der Erde, ausgestattet mit allerhand menschlicher Basiserfahrung. Vorher aber gehen wir meine physiologischen bzw. biogenetischen bzw. anatomischen Besonderheiten noch einmal der Reihe nach durch: Die Hasenscharte, kaum mehr sichtbar und nach dem Frühstück ohnehin für mehrere Stunden mit Marmelade beschmiert. Der von Daumer entdeckte Kiemenansatz im oberen Halsbereich, nicht wirklich brockhausverdächtig. Ein paar Fachberichte, Tagungen von medizinischen Sonderlingen, die mir einreden wollten, etwas Besonderes zu sein. Der Klumpfuß, markig, in guter Sichtposition für ein nach Ereignissen dürstendes Auge und mehrfach gegen meinen Willen behandelt. Ausdruck einer hysterischen Mutter und Erkennungszeichen einer Bruder-

und Halbbruder- und Viertelbruderschaft, wie ich sie wohl weitverstreut besitze; alle Klumpfußkinder sozusagen; alle Hasenschartenkinder sozusagen; alle Wolfsrachenkinder sozusagen; alles ein und dieselbe Abstammungslegende. Meine Stimme? Restlos zerschnitten, sofern überhaupt noch hörbar und vorhanden. Feuerbach war vielleicht der einzige, der sie aufgrund seiner langen Erfahrung mit mir noch wahrnehmen und wenigstens teilweise verstehen konnte. Im allgemeinen aber hatte ich gegen das Getöse um mich herum, ob es die Schreie eines Neuzugangs waren oder die lauten Stimmen der Nachrichtensprecher, die in allen Fluren und Zimmern rund um die Uhr telemedialen Bereitschaftsdienst hatten, nicht den Hauch einer Chance. Aber wenigstens las ich wieder, wenngleich keine Bücher, sondern Mahnungen der verschiedensten Art, und ich schrieb auch wieder, wenngleich keine Gedichte, sondern Briefe an die Behörden von Okkerwalde meine sozialen Gefährdungen betreffend, die auf mich jenseits der Anstaltsmauern warteten wie Wölfe auf ein verlorenes Schaf. Diese aber mit solchen ausgesuchten Formulierungen, daß sie kleine Kunstwerke wurden und die Empfänger nachhaltig erfreuten. Ich reimte sogar und gebrauchte klassische Metren, wenn es ganz eng für mich wurde. Kamen dadurch Wunder zustande? Leider nein. Es brachte nur noch mehr durcheinander, aber übel nahm mir das keiner. Und ich hatte viel Zeit zum Nachdenken, auch wenn das alles andere als einfach ist. Nicht nachdenken zu müssen ist ja eine recht feine Sache, wenn man genug Gelegenheiten hat, um sich abzulenken, wie es zu den Privilegien eines Lord Moehringer gehört. Ich behaupte sogar, sagte ich Feuerbach, daß die psychische

Strapaze für Beschäftigungslose hauptsächlich im Bereich der Unabweislichkeit philosophischer Fragen liegt und dann erst in dem sozialer Demütigungen. Ich meine damit die *Nichtserfahrung,* mit der ich reichlich ausgestattet war und die mich so ungezieferhaft resistent werden ließ. Ohne Nichtserfahrung kann man ja heutzutage kaum überleben. Hätten sie, die hochbezahlten Subjektherrlichkeiten mit ihrer arroganten Art des Bescheidwissens im Blick, da nicht etwas lernen können von uns zum Unkraut gefallenen Erscheinungen? Halten wir fest. Aber wer ist denn *wir* nun schon wieder? Denn Feuerbach war ja nachweislich tot, vergiftet, weil er so kurz vor der Lösung meines Rätsels stand. Schickte seine Berichte mich und meine Herkunft betreffend, daß ich ein echter ostdeutscher Erdling bin, geradewegs an die Geheimbundassoziation des Freiherrn vom Schnitzel. Das ist so, als würde die Mastsau von alleine in den Schlachthof kommen, um zur Sülze zu werden. Aber hinterher ist man ja immer noch einmal dümmer als vorher nicht klug.

19. Niemand und nichts.

Eines Tages zu später Stunde klopfte es an meiner Zellentür, und wer, sagte ich zu dem kleinen grauen Lätzchen (oder war es eine Krawatte ?), das von Feuerbach übriggeblieben war und über einer Stuhllehne hing, stand wie vom Himmel geschneit vor mir und weinte mir die Ohren taub? Tutti, wirklich übel in sich zusammengesunken, die Zähne kariös ruiniert und die im Blick toten Augen blutunterlaufen wie ein Steak frisch aus der Hüfte geschnitten. – Um die halbe Erde bin ich gekrochen, um dich hier im fröhlichen Anstaltsleben wiederzufinden, während ich, nun ja. – Tutti! entfuhr es mir ein wenig zu emphatisch für meinen Geschmack, so überrascht darüber, eine Person geradewegs aus dem Jenseits zu treffen. – Kannst du nicht ein paar Anekdoten dem *Ossi* anbieten, damit sie uns glauben, daß es sie gab, diese, wie war doch ihr Name, Republik? – Aber das ist es ja, schluchzte Tutti. Habe mich gerade um die Stelle des Direktors einer Parkanlage mit Toilettenverpachtung – in Okkerwalde? stolperte ich sofort dazwischen. – Aber nun gibt es, weinte Tutti sehr schrecklich weiter, diesen wahrlich garstigen Eintrag in meinem Betragensbuch, daß ich, wie soll ich sagen – beim Geheimbund? – war. Ja. – Und ich soll dir jetzt aus der Patsche? – helfen, sagte Tutti. Ja. Ich meine, wenn du, heute eine Berühmtheit unter den Idioten von gestern, leibhaftig und mit gestreckten zwei Fingern versicherst, nie inneren Schaden wie zum Beispiel Magenbluten o. ä. durch meine schlampig bis gar nicht ausgeübte Zwangstätigkeit, – und Bärbel, die mir von euch ins Bett geschleuste Denunziantin meiner Zerbrechlichkeiten? Wie soll ich das meinem

Herzen erklären? – Ich habe immer wie eine deutsche Eiche vor eurem verunglückten Leben gestanden und habe es beschützt, beteuerte Tutti, indem ich sie, – wen?, – auf falsche Fährten schickte. Wenn du mit Barbara, nehmen wir nur dieses eine Beispiel, am Büchsentelefon gehangen Fluchtpläne schmiedetest, sagte ich ihnen, – wem?, – du bist mit der Brigade beim Montagshalma im Kulturkombinat. Wir!, nicht sie!, – wer?, – haben die Revolution vom Zaun der Geschichte gebrochen und sind die wirklichen Haken, äh Helden dergleichen. – Und ich, sagte ich, wir da unten in unserer brackigen Schlammschmiere? Wo es uns gab in der ganzen Nacktheit unserer Körper?, – seid nichts, niemand und nichts. Und niemand hat euch etwas getan, sagte Tutti, sagte ich zu Feuerbachs kleinem Lätzchen über dem Stuhl.

20. Also,

Also auf! auf!, zum Amtsbürgermeister von Okkerwalde und dann ganz persönlich gesprochen. Binder, sehr feiner Mann mit literarischer Bildung und einem Profil, wie ich es schon einmal bei Diderot gesehen hatte, an einem Montag mit neutralem Wetter außerhalb der eigenen vier Wände. Kein Regen oder Schnee, keine Sonne, aber sehr freier, weiter, tiefblauer Himmel, durchaus geeignet, keinen Anlaß für ein Gedicht herzugeben, komisch, komisch. Binders erste, weil schönste Sekretärin wollte gerade zur Mittagszeit die Abteilungstür schließen und war schon eben dabei, die Gardinen, roter Samt mit gelben sowjetischen (?) Sternen, im Beschwerdezimmer zuzuziehen, da stemmte ich noch schnell meinen Klumpfuß in die Angel und sagte, – bitte! Also, – bitte! sagte ich, mindestens zweimal, vielleicht auch dreimal hintereinander. Oh, was für ein Mitleid sie hatte! Wie blaß sie wurde! Binder kam, sah mich und spuckte in eine eigens dafür auf seinem Schreibtisch stehende Schale aus Kokosrinde mit Elfenbeinverzierung. – Entschuldigung, sagte er, aber. – Schon klar, sagte ich, mir wird auch schlecht, wenn ich mich so unverhofft sehe, und mit eben diesen Worten trug ich mich sofort ins Gästebuch ein. – Sehr feine Handschrift, wunderte sich Binder und zeigte sie seiner ersten, weil schönsten Sekretärin, die sich ebenso wunderte und sagte, – eine sehr schöne Handschrift. Wie von besserem Geblüt! – Oh, sagte ich, danke. Auch ich war einst und mit goldgelben Locken. Aber na ja, aber nun und überhaupt. Binder bestätigte meine Anwesenheit und daß er sie zur Kenntnis genommen hatte mit einer verneinenden Geste des Kopfes. – Bin bis vor kurzem noch in Bulgarien gewesen, sagte er und zeigte wie zum Beweis auf seine von Šopska-Salat buntgesprenkelte Krawatte, wo ja und nein und nein und ja das verdrehte Gegenteil sind. – Also, sagte nun ich und hielt ihm meinen Geheimbrief vor die einer Raumtemperatur weit unter Null ausgesetzte und dadurch stark vereiste Brille. – Städtischer Sparzwang zugunsten des Sonderausgabenfonds *Aktion Ost,* sagte er und hauchte sich ein Guckloch ins Glas. – Also, nun auf bulgarisch, sagte ich und schüttelte den Kopf. Diesen Brief an Sie gerichtet habe ich nicht. Und dann kniete ich im ganzen Restcharme meiner Erscheinung nieder und überreichte das schon recht abgegriffene und mit Flecken beschmutzte Papier, das in diesem wahrlich unschönen Zustand zu überreichen mir aus Gründen einer bereits erfolgten Teilkultivierung peinlich genug war. Aber immerhin trug ich es ja schon einige Zeit so bei mir und nutzte es bei jeder lauernden Gefahr als möglichen Freibrief, beim Fahren eines Autos im betrunkenen Zustand zum Beispiel, was ich sehr gern tat, da ich dann schneller voran kam. Zwei, drei doppelte Whisky, und das Standbein blieb durchgedrückt. Binder also, an seine erste, weil schönste Sekretärin gerichtet, las, was ich über viele Jahre in meiner untersten Hose versteckt und nun vorgelegt hatte: *Von der Sächsischen Gränz Daß Orte ist unbenant. Hochwohlgebohner Hr. Amtsbürgermeister! Ich schücke ihnen ein Knabe der möchte getreu dienen Verlangte Er, dieser Knabe ist mir gelegt worden und ich selber ein armer Taglöhner.* – Ha! rief Binder dazwischen, Taglöhner sind wir doch alle, was?! *Ich Habe auch selber* 10 *Kinder und wahrlich genug zu thun.* – Ha! rief Binder abermals, und ich ahnte, daß ihm diesen Brief so kurz vor der Mittagspause zu geben keine so gute Idee war. Wir haben einschließlich Kindeskinder zusammengerechnet zwanzig, sagte Binder, und genug zu tun haben wir auch! *Daß ich mich fortbringe, und seine Mutter hat mir um Die erziehung daß Kind gelegt, aber ich habe sein Mutter nicht erfragen Könen, jetzt habe ich auch nichts gesagt, daß mir der Knabe gelegt ist worden, auf den Landgericht. Ich habe mir gedenckt ich müßte ihm für mein Sohn haben, ich habe ihm Sozialrealistisch Erzogen und jugendgeweiht so gut es eben ginge, und habe ihm Zeit seines Lebens Keinen Schrit weit aus den Haus gelaßen daß Kein Mensch nicht weiß davon wo Er auf erzogen ist worden. Sie derfen ihm schon fragen er kann es aber nicht sagen.* – Ha! unterbrach Binder erneut, ich derfe immer noch, was ich will! *Ich habe im nur bis vor Okkerwalde geweißt da hat er selber zu ihnen hingehen müßen ich habe zu ihm gesagt wen er einmal ein Soldat ist, kome ich gleich und suche ihm Heim sonst häte ich mich Von mein Hals gebracht Bester Hr. sie derfen ihm gar nicht tragtiren.* – Ha! Wir derfe immer noch, was wir wolle, gelt?! wiederholte Binder jetzt noch etwas schärfer als eben und fuhr fort: *Er weiß mein Orte nicht wo ich bin, ich habe im mitten bey der nacht fort geführt er weiß nicht mehr zu Hauß. Ich empfehle mich gehorsamt, Ich mache mein Namen nicht Kundbar den ich Konnte gestraft werden.* – Ha! sagte Binder, diesmal nicht mehr, nur eben, ha! *Und er hat Kein Kreuzer geld nicht bey ihm weil ich selber nichts habe wen Sie im nicht Kalten so müßen Sie im abschlagen oder in Raufang auf hengen.* Binder schloß die Lektüre und ließ die Hand mit dem Brief zwischen Daumen und Zeigefinger etwas kraftlos wirkend sinken. Dann sah Binder noch einmal auf das Papier und entdeckte den etwas kleiner und mit anderer Handschrift geschriebenen Nachsatz, den er, nach wie vor an seine erste, weil schönste Sekretärin gerichtet, ihr und sich selbst oder sich selbst und dann ihr, vorlas: *Das Kind ist schon beschriftet und wohlweislich rechtens beschnitten dem Schreibname misen sie im selber geben das Kind möchten Sie auf Zihen sein Vater ist gestorben.* – Nun, sind wir denn bei den Barbaren?! sagte Binder, wo jeder jeden einfach so auf die Gosse hinausschmeißt? – Aber er muß, sagte seine erste, weil schönste Sekretärin, während sie mir einen Becher für die silbergraue Asche des Herrn Amtsbürgermeisters Stück für Stück abgerauchte Zigarre auf den Katzbuckel stellte, den zu machen ich aufs perfekteste imstande war, einen Antrag auf Anwesenheitsberechtigung ausfüllen. Als ich dann die Fragen, die ich zu beantworten hatte, der Reihe nach durchging, ahnte ich schon, daß ich mein mir verbleibendes Leben dafür werde hingeben müssen. – Also,

Literatur bei C.H.Beck

Hans Pleschinski
Ludwigshöhe.
Roman
Etwa 592 Seiten. München 2008

Christina Friedrich
Morgen muss ich fort von hier.
Roman
Etwa 192 Seiten. München 2008

SAID
Der Engel und die Taube.
Erzählungen
Etwa 112 Seiten. München 2008

Nico Bleutge
Fallstreifen.
Gedichte
Etwa 96 Seiten. München 2008

Harald Weinrich
Vom Leben und Lesen der Tiere.
Ein Bestiarum
Etwa 144 Seiten. München 2008

Aravind Adiga
Der weiße Tiger.
Roman
Aus dem Englischen von Ingo Herzke
Etwa 336 Seiten. München 2008

Gilbert Adair
Und dann gab's keinen mehr.
Evadne Mounts dritter Fall
Aus dem Englischen von Jochen Schimmang
Etwa 304 Seiten. München 2008

Diane Broeckhoven
Herr Sylvains verschlungener Weg zum Glück.
Roman
Aus dem Niederländischen von Jörn Pinnow
Etwa 160 Seiten. München 2008

Jay Parini
Tolstojs letztes Jahr.
Roman
Aus dem Englischen von Barbara Rojahn-Deyk
Etwa 360 Seiten. München 2008

Frauke Meyer-Gosau
Einmal muss das Fest ja kommen!
Eine Reise zu Ingeborg Bachmann
Etwa 224 Seiten mit etwa 20 Abbildungen. München 2008